Frida Gronover

DÄNISCHE SCHULD

Kriminalro

Ullstein

Besuchen Sie uns im Internet:
www.ullstein-buchverlage.de

MIX
Papier
FSC FSC® C083411

Originalausgabe im Ullstein Taschenbuch
1. Auflage Juli 2020

Umschlaggestaltung: zero-media.net, München
Titelabbildung: © Daniel Schoenen / getty images (Haus mit Steg am Meer); © PhotographerCW / getty images (Fahne); © Roberto Moiola / Sysaworld / getty images (Strand im Hintergrund); © FinePic®, München (Düne)
Gesetzt aus der Quadraat Pro powered by pepyrus.com
Druck und Bindearbeiten: CPI books GmbH, Leck
ISBN 978-3-548-06078-1

Für Annelie, die sich wunderbar in Marielyst für die Urlaube von Familien mit besonderen Kindern einsetzt. Und für Alex, der so schöne Fotos von Marielyst und Umgebung macht.

1

Gitte stieg die Treppenstufen hinauf, die zum Sonnendeck der Fähre führten. Sie musste kurz warten, als ihr eine korpulente Frau entgegenkam, die den Platz am Geländer benötigte. Der Geruch von Zigarettenrauch stieg Gitte in die Nase. Die Frau schnaufte laut und heftig, da blieb offenbar keine Kraft für ein freundliches Gesicht. An Deck der Fähre strahlte die Septembersonne hingegen fröhlich von einem fast wolkenlosen Himmel, und Gitte sog die wunderbare salzige Meeresluft ein. Ein paar Möwen kreischten über dem Schiff, es war nicht mehr weit bis zur dänischen Küste.

Gitte freute sich auf ihr Zuhause in Marielyst auf der dänischen Insel Falster. Sie hatte für ein paar Tage Urlaub in der alten Heimat Münster gemacht und ein paar Freunde getroffen. Anlass war die Hochzeit einer ehemaligen Kollegin gewesen. Zum Glück hatte keiner ihrer Bekannten darauf gedrängt, dass Gitte ihre dänische Wahlheimat wieder aufgab und nach Münster zurückkehrte. Sie alle hatten deutlich gespürt, wie wohl Gitte sich in dem Wikingerland fühlte, in dem sie seit Juli dieses Jahres lebte. Kein Wunder, denn die Liebe zu Dänemark lag ihr gewissermaßen im Blut, schließlich war sie das Kind eines Dänen und einer Deutschen. Ihre blonden Haare und die braunen Augen hatte sie von ihrem Vater geerbt, ihre leichten Rundungen von der Mutter.

Gitte war von der Feier am Vorabend müde und gähnte in die Sonne. Sie blickte sich um, voll besetzt war die Fähre nicht. Es war ein Sonntagmittag, und die Urlaubszeit ging erst wieder mit den Herbstferien los. Gitte beugte sich über die Reling. Sie liebte es zu beobachten, wie der Bug der Fähre durch das Wasser brach, während der Seewind ihr um die Nase strich. Sie war überrascht, als sie nach vierzig Minuten bereits den dänischen Hafen Rødby vor sich sah.

Als sie zwei Stunden später in den Kreisverkehr von Marielyst einfuhr, bog sie zunächst zum Einkaufscenter ab. In Dänemark gab es keine vorgeschriebenen Ladenöffnungszeiten, und in einem Ferienort wie Marielyst konnte man sogar außerhalb der Saison sonntags bis einundzwanzig Uhr einkaufen. Heute ignorierte Gitte die leckeren Marzipanangebote und Lakritzspezialitäten sowie das süße dänische Gebäck. Mit zwei Tüten voller gesunder Sachen, die die Völlerei der vergangenen Tage kompensieren sollten, machte sie sich auf den Heimweg. Bis zu ihrem Häuschen im Anemonenvej war es nicht mehr weit.

Im Grunde war es ein Ferienhaus, das neben anderen Mietobjekten lag. So wohnte Gitte zwischen lauter Urlaubern und lernte immer wieder nette Menschen kennen. Doch als sie den Golf mit dem Berliner Kennzeichen auf dem Nachbargrundstück entdeckte, stöhnte sie leise auf. Die aktuellen Urlauber waren also noch da. Es handelte sich um ein junges Pärchen, das sich leider ewig zankte, und zwar lautstark, drinnen wie draußen. Wenn einer von beiden doch nur seine wiederholten Drohungen wahr machen und endlich nach Hause fahren würde!

Umso mehr freute Gitte sich über die Karte aus Schweden, die sie in ihrem Briefkasten vorfand. Erik Nyström, ein Urlaubsnachbar aus dem Sommer, schrieb ihr, dass er bald für zehn Tage wieder nach Marielyst kommen würde. Eventuell mit seiner Frau! Das wäre eine kleine Sensation, denn seine Frau, eine Künstlerin, verreiste nur sehr ungern. Diese allgemein verbreitete Leidenschaft hielt sie für völlig überbewertet, da man zwar die Umgebung wechselte, beim Komfort aber auf eine Menge verzichten müsste. Eriks Frau war davon überzeugt, dass die meisten Abenteuer im Kopf stattfanden, und blieb lieber dort, wo sie sich gut fühlte: neben ihrer Kaffeemaschine, vor der Staffelei oder hinter ihren Büchern. Sie arbeitete als freischaffende Künstlerin und gestaltete häufig düstere Buchcover für einen Verlag. Auf eine schön gemalte sanfte Landschaft wartete Erik bislang vergebens. Laut ihrem Mann sah sie der deutschen Schauspielerin Hannelore Elsner verblüffend ähnlich. *Ich bin wieder im Haus neben dir und passe dann auf dich auf*, schrieb Erik. Gitte lächelte und dachte an die aufregenden Sommerwochen zurück, als sie vor ihrer Tür eine Leiche gefunden und in einem Mordfall ermittelt hatte.

Gitte parkte ihren alten Kombi auf der platt gefahrenen Wiese neben dem Haus und trug die Einkäufe hinein. Ihr Domizil war nicht sonderlich luxuriös, dafür aber praktisch eingerichtet, auch wenn sie einige Möbel, die ihr nicht gefielen, ausgetauscht hatte. Ihr Vermieter Tony murrte zwar bei jedem Möbelstück, das er in Gewahrsam nehmen musste, doch er war ein gutmütiger älterer Däne, der jede Form von Stress vermied und sich freute, wie wohl Gitte sich in seinem bescheidenen Häuschen fühlte. So stand im Wohnzimmer ein hübscher heller Sekretär, und auch der Esstisch war neu. Hier hatte Gitte sich für einen modernen Glastisch entschieden. Superpraktisch, stöhnte sie jedes Mal, wenn im Sonnenlicht lauter Fettflecken auf der Glasplatte glänzten. Als Nächstes wollte sie den alten Teppich austauschen, den schon zu viele Touristen gesehen hatten.

Nachdem Gitte auch ihren Koffer hereingeholt hatte, blickte sie sich um. Etwas fehlte. Hieronymus, ihre über dreißig Jahre alte Schildkröte. Sie hatte sie in die Obhut ihres Chefs gegeben und würde sie erst am Montag zurücknehmen.

Das Klingeln ihres Telefons schreckte sie aus ihren Gedanken.

»Hej, Gitte!« Es war Malthe, der Sohn von Sven Træborg, der das bekannte Restaurant Schou's im Ort betrieb. »Ich habe dich eben auf dem Parkplatz vom Rema gesehen. Lass deine Einkäufe stehen, und geh heute Abend mit mir essen. Mein Vater lädt uns bestimmt ein. Du bist doch hungrig, oder? Nur sehr hungrige Leute gehen sonntags einkaufen.«

»Ich komme gerade aus Deutschland zurück, mein Kühlschrank war leer.« Sie überlegte schnell. Ein saftiges Steak im Schou's oder *Stjerneskud med Rejer*, also Schollenfilet mit Krabben aus der Tiefkühltruhe. Die Entscheidung fiel leicht.

»Ich komme gerne mit, danke, Malthe.«

Kurz vor sechs stand Malthe vor ihrer Tür.

»Hattet ihr schlechtes Wetter in Münster?«, begrüßte er sie. »Du siehst recht blass aus.«

Sie grinste schief und zog den Bauch ein, als Malthe sie so genau betrachtete. »In Münster regnet es leider recht häufig, und nächtelanges Feiern ist auch kein gutes Rezept für einen frischen Teint.«

Die Dänen aßen früh zu Abend, um neun Uhr brauchte man kein Essen mehr zu bestellen, meist saß man ab halb zehn allein im Restaurant. So richtig hungrig war Gitte noch nicht, Malthes Magen knurrte hingegen laut. Sie gingen die wenigen Meter zu Fuß; er lief wie ein Wolf, der seine Beute witterte. Malthe hatte die dunklen Augen und die dunklen Haare seines Vaters. Er hatte seine Haare heute zu einem Zopf gebunden und trug eine Lederjacke, in der er wie ein Bandmusiker aussah, der er in seiner Freizeit auch war.

Auf dem kurzen Weg zum Restaurant erzählte Malthe ihr, was er in den letzten Wochen erlebt und gemacht hatte, und prahlte scherzhaft: »Du kennst ja meine Qualitäten als Gitarrist einer großartigen Band. Wir haben viel geprobt, und eventuell bekommen wir einen Gig in Kopenhagen. Das wäre schon toll. Und während du in Münster eine brave christliche Hochzeit gefeiert hast, war ich zu einer heidnischen Trauung eingeladen, in Odense. Einer unserer Musiker hat eine sehr brave Tochter aus einer frommen christlichen Familie geheiratet. Aber sie haben sich für die Zeremonie der *Forn Siðr* entschieden. Die evangelischen Eltern waren nicht gerade begeistert, doch sie haben sich tapfer geschlagen. Es gab ein großes Spektakel mit viel Tanz und Gesang und leider auch viel Alkohol. Ich konnte erst gestern Nachmittag wieder zurückfahren.«

Malthe gehörte einer uralten dänischen Religion an, der *Forn Siðr*, der sogenannten Alten Sitte. Sie war seit einigen Jahren als eigenständige Glaubensgemeinschaft vom Staat anerkannt. Von ihren Treffen und Ritualen erzählte Malthe gerne.

Gitte war beeindruckt. »Dann war deine Hochzeit sicher spannender. Meine Freundin hat sehr brav und katholisch in der Kirche geheiratet. Und morgen fliegt das Hochzeitspaar nach La Gomera. Die Glücklichen.«

»Willst du auch mal heiraten, Gitte?« Malthe blieb abrupt stehen und betrachtete sie.

Gitte verdrehte die Augen. »Malthe, darüber mache ich mir Gedanken, wenn ich mich verliebt habe. Und dann bespreche ich das mit meinem Freund. Was stellst du denn für Fragen?«

Das Schou's lag direkt an einer der großen Hauptstraßen von Marielyst, am Bøtøvej, von dem aus viele kleine Gassen zum Strand führten. Gitte war froh über ihre warme Jacke, denn jetzt am Abend wurde es empfindlich kühl. Der Herbst lag in der Luft. Die Feuchtigkeit roch abends anders als im Hochsommer, würzig und irgendwie erdig.

Sie überquerten eine kleine Straße und hatten das Schou's erreicht. Von der vorderen Seite aus war nur die angrenzende Metzgerei zu betreten, die ebenfalls von Malthes Vater Sven betrieben wurde. In das Restaurant hingegen gelangte man durch eine Tür an der Rückseite des Hauses.

Ein Flur, in dem man seine Jacke an der Garderobe lassen konnte, führte in den behaglichen Gastraum.

»Weiß Sven, dass wir kommen?«

»Nein, ich habe meinen Vater selbst seit einer Woche nicht mehr gesehen und hoffe, er freut sich.« Malthe grinste sie an und öffnete mit Schwung die Tür. Ein Schwall warmer, nach Essen duftender Luft strömte ihnen entgegen. Das Restaurant war gut besucht, nur zwei Tische waren noch frei.

Der Kellner, ein junger Mann, begrüßte Malthe mit einem Schlag auf die Schulter, dann rief er etwas in die Küche, und kurz darauf kam der kräftige Besitzer des Schou's mit seinen wallenden, grau melierten Haaren, die ihm bis zur Schulter reichten.

Sven Træborg freute sich sichtlich über den Besuch, neckte seinen Sohn aber: »Hej, Malthe, du kommst doch nur zum Schnorren her, oder?«

»Ich finde, wir sollten feiern, dass Gitte wohlbehalten aus Deutschland zurückgekehrt ist und sich nicht doch für die alte Heimat entschieden hat. Bei ihrem Job hier wäre eine Flucht durchaus denkbar.« Malthe hielt ihr galant einen Stuhl hin.

Gitte lachte. »Was stimmt mit meinem Job nicht?«

»Zu viele Tote für eine so hübsche Frau.«

Gitte konterte rasch. »Alle anständig gestorben und im Umgang sehr friedlich.« Sie wandte sich an Sven. »Dein Freund Paul Larstsen ist ein angenehmer Chef und ein einfühlsamer Bestatter. Ich arbeite gern mit ihm zusammen.«

Sven nickte und gab ihnen beiden die Speisekarte. »Ich

empfehle das Steak mit Pfifferlingen. Die Pilzsaison startet gerade.«

Am Nachbartisch saß ein Paar mittleren Alters, das ebendieses Gericht soeben vom Kellner an den Tisch gebracht bekam. Das Essen duftete köstlich. Gitte beobachtete, wie der Mann genüsslich die Nase zum Teller beugte. Bevor er zum Besteck griff, nahm er zunächst aber eine dicke Tablette und eine lange schmale aus einem Döschen ein.

Gitte wandte den Blick ab und widmete sich wieder der Karte, hatte sich jedoch eigentlich bereits für das Steak mit den Pilzen entschieden. Malthe bestellte sich den typisch dänischen Schweinebauch mit Petersiliensoße. Sven gab die Bestellung an die Küche weiter und setzte sich zu ihnen an den Tisch.

»Deine Mutter liegt krank im Bett. Sie hat sich eine Grippe eingefangen, die Arme. Gestern hatte sie sogar richtig Fieber. Vielleicht gehst du mal kurz zu ihr und sagst Guten Tag, Malthe. Sie freut sich bestimmt, dich zu sehen.«

Gitte hatte den Eindruck, dass Sven seinen Sohn aus dem Raum schicken wollte, um unter vier Augen mit ihr zu sprechen. Malthe trollte sich gutmütig, und Sven kam gleich zur Sache: »Es geht um deinen verschwundenen Vater. Auch wenn das alles schon Jahrzehnte her ist, habe ich da doch noch etwas ausgegraben.«

Gitte war vor einigen Monaten nicht nur wegen des schönen Strandes nach Dänemark ausgewandert, sondern auch, weil hier ihr Vater vor achtzehn Jahren zum letzten Mal gesehen worden war. Sven hatte Gittes Vater Mads kurz vor dessen Verschwinden in seinem Restaurant empfangen und bedient. Doch ihr Vater war an jenem Abend nicht alleine hier gewesen. Schon vor Wochen hatte Sven ihr von den zwielichtig aussehenden Russen erzählt, die ihren Vater begleitet hatten. Mads war im Immobiliengeschäft tätig und hielt sich damals wegen einiger Geschäfte in Marielyst auf. Das letzte Lebenszeichen, das Gittes Mutter erhalten hatte, war ein Telefonat, in dem er seine baldige Heimreise nach Deutschland angekündigt hatte. Gitte war zu der Zeit ein Teenager gewesen. Sie hatte niemals daran gezweifelt, dass ein Verbrechen für das Verschwinden des Vaters verantwortlich war. Ihre Mutter hatte schon mal den Verdacht geäußert, Mads hätte sich mit einer anderen Frau aus dem Staub gemacht und sein altes Leben ad acta gelegt. Sie hatten die Wahrheit bis heute nicht herausgefunden, und Gittes Mutter war inzwischen verstorben.

Sven beugte sich jetzt zu Gitte und sagte. »Gitte, ich habe dir doch vor einiger Zeit von den Russen erzählt, die damals mit deinem Vater hier bei mir gegessen haben, du erinnerst dich?«

»Natürlich, ich denke oft daran.«

»Nun, ich habe in meinen alten Notizen herumgestöbert. Ich führe nämlich seit meinem zwanzigsten Lebensjahr Tagebuch. Nichts Besonderes, immer nur ein paar wichtige Daten oder Erlebnisse, manchmal sogar Erkenntnisse.« Er grinste. »Jedenfalls habe ich nachgeschaut, ob ich das Verschwinden deines Vaters damals erwähnt hatte. Das war ja schon eine Nachricht wert, wenngleich der Vorfall kaum durch die Presse ging. Mads war ein erwachsener Mann, der von seiner Familie als vermisst gemeldet worden war. Das musste nicht zwangsläufig ein Verbrechen sein, du weißt, was ich meine.«

Gitte nickte und rutschte unruhig auf ihrem Stuhl hin und her. Nach so vielen Jahren endlich Informationen zu bekommen war aufregend. Sven kramte einen Zettel heraus und gab ihn ihr. Das hatte er schon einmal getan. Vor einigen Wochen hatte er ihr den Namen der alten Sekretärin ihres Vaters gegeben. Nun stand ein fremdländischer Name darauf: Wladimir Wolkow. Gitte blickte auf. »Wer ist das?«

»Der Mann, der damals den Tisch reserviert hat. Ich weiß nicht, warum, aber ich habe den Namen aufgeschrieben. Ich habe kein Gesicht mehr dazu, doch sympathisch war keiner von denen. Das habe ich dir bereits erzählt.« Er beugte sich noch ein Stück weiter vor und wurde eindringlich. »Gitte, ich halte es für keine gute Idee, wenn du alleine Nachforschungen anstellst. Wer weiß, was du für schlafende Hunde weckst. Zieh Ole hinzu.«

Ole. Ihn hatte Gitte schon seit ein paar Wochen nicht mehr gesehen. Und das störte sie mehr, als sie zugeben würde.

Malthe kam zurück und nahm sich ein Bier. Zu seinem Vater sagte er: »Himmel, Mutter hat es ganz schön erwischt. Sie hat eine Stimme wie Joe Cocker nach einem Konzert. Pflege sie mal bloß gut.«

»Ich bringe ihr jetzt eine Hühnerbrühe«, sagte Sven und ließ die beiden allein.

Während Gitte und Malthe sich unterhielten, begann der Herr am Nachbartisch plötzlich, laut nach Luft zu schnappen. Er griff sich an den Kragen und lockerte sein stark verschwitztes Hemd, während er immer wieder hustete. Die Gespräche an den Nachbartischen verstummten schlagartig. Alle Blicke waren auf den Mann gerichtet, der mittlerweile von einem starken Krampfanfall geschüttelt wurde und sich hilflos mit einer Hand an der Tischkante festhielt. Mit der anderen Hand griff er nach seinem Hals. Seine Frau sprang auf und fragte ihn panisch, was los sei. Dann schrie sie laut um Hilfe, denn ihr Mann war mitsamt seinem Teller zu Boden gegangen. Zappelnd und röchelnd lag er dort.

Malthe reagierte als Erster. Er sprang auf und kniete sich zu dem krampfenden Mann, der offensichtlich höchste Not litt. Seine Augen verschwanden unter den Lidern, aus seinem Mund quoll Speichel. Gitte kramte hektisch nach ihrem Handy und wählte den Notruf. Sah so ein epileptischer Anfall aus? Oder hatte der Mann etwa einen vergifteten Pilz gegessen? Zum Glück hatte sie ihr Gericht noch nicht erhalten. Aber die Frau …! Das Paar hatte das Gleiche gegessen, Steak mit Pfifferlingen. Die Begleiterin war in heller Aufregung, zeigte jedoch keinerlei Symptome.

Malthe versuchte, dem Mann Flüssigkeit einzuflößen, aber die Hilfe kam zu spät. Voller Entsetzen mussten alle Anwesenden mit ansehen, wie der Körper des Mannes sich aufbäumte und dann erschlaffte und sein Kopf zur Seite sackte. Er war tot.

Seine Frau warf sich laut weinend über ihn, drängte Malthe zur Seite und schüttelte gleichzeitig den leblosen Körper. »Mein Gott, die Pilze. Man hat ihn vergiftet.« Dann kniete sie sich neben ihren Mann und begann hektisch, aber kräftig mit einer Herzdruckmassage. Sie ließ sich von niemandem helfen. Erst als der Notarzt eintraf und sie sanft zur Seite schob, wich alle Energie aus ihrem Körper, und sie sackte auf einem Stuhl zusammen.

Der Aufruhr und das Entsetzen im Raum waren körperlich spürbar. Gitte sah aus den Augenwinkeln, dass ein anderer Gast seinen Teller panisch zur Seite schob. Eigentlich konnte sie sich nicht vorstellen, dass Sven so nachlässig war und giftige Pilze verarbeitet hatte. Die meisten Pilze im Restaurant kamen ohnehin aus Züchtungen und nicht aus dem Wald, hatte Malthe ihr bei der Essensbestellung erzählt.

»Ja, der arme Mann hat tatsächlich Gift zu sich genommen, allerdings nicht durch Pilze«, bestätigte kurz darauf der Notarzt, der sofort den Geruch von Bittermandeln am Mund des Toten wahrgenommen hatte.

Unvermittelt fand Gitte sich an einem Tatort wieder. Keiner der Anwesenden durfte das Restaurant verlassen, bis die Kriminalpolizei die Ermittlungen aufgenommen hatte. Nun würde sie Ole wiedersehen, auch wenn ihm dieses Zusammentreffen mit Sicherheit nicht gefallen würde. Ihr erstes Wiedersehen nach längerer Zeit, und wieder lag ein Toter zu ihren Füßen ...

»Ole Ansgaard«, machte sich der Kommissar wenig später bekannt, als er mit einigen Beamten im Restaurant erschien. Groß, breitschultrig und so, wie man sich einen Dänen vorstellte: blonde Haare, blaue Augen und ein markantes Kinn mit einem Grübchen. Als er Gitte und Malthe nebeneinander sah, verschwand das souveräne Lächeln aus seinem Gesicht. »Gitte. Kellnerst du jetzt?«, fragte er und schien das auch noch ernst zu meinen.

»Nein, Malthe hat mich zum Essen eingeladen. Ich bin ganz zufällig hier.« Gitte hoffte, dass Ole keine falschen Schlüsse aus ihrer Verabredung mit Malthe zog. Er hatte seine Vorbehalte gegen den Musiker mit seinen zahlreichen Frauenbekanntschaften.

Mit einem abschätzenden Blick musterte Ole Ansgaard Malthe und sagte: »Zufällig? Sicher nicht. Und ich gehe mal davon aus, dass Sven euch einlädt, oder lässt er den eigenen Sohn zahlen?«

Malthe reagierte gelassen auf die Spitze. »Er lässt mich spülen. Gut, dass du da bist, Ole. Ein Toter in einem Restaurant ist keine gute Werbung. Es wäre wichtig, dass die Wahrheit über die Ursache schnell an die Öffentlichkeit gelangt, damit niemand denkt, es hätte an den Pilzen gelegen.«

Der Kommissar nickte. »Ich rufe Nils Jansen hinzu.«

Nils war der Journalist vor Ort. Er schrieb für die Zeitung *Sydfalsternyt*. In diesem beschaulichen Ort mit seinen gut 700 Einwohnern berichtete er vor allem über Konzerte, bauliche Veränderungen oder touristische Anekdoten, manchmal auch über kleinere Diebstähle oder Verkehrsdelikte, aber normalerweise nicht über Mord und Totschlag.

»Ihr werdet sicher den Auftrag für die Bestattung bekommen, denn der Verstorbene war kein Tourist, sondern lebte hier in Marielyst. Ich weiß, dass er Ferienobjekte verwaltete. Zuerst geht die Leiche aber in die Gerichtsmedizin. Du kennst das ja«, fuhr der Kommissar fort.

Er setzte sich an einen Tisch; den Kopf tief gebeugt,

schrieb er sich Notizen in sein Heft. Gitte hatte schon des Öfteren bemerkt, dass Ole Anzeichen von Kurzsichtigkeit zeigte, aber sie sprach ihn nicht darauf an. Auch Männer konnten eitel sein. Als er fertig war, sah er auf.

»Gitte, mit deiner Aura stimmt irgendetwas nicht. Wie kann man denn zweimal in so kurzer Zeit an einem Tatort zugegen sein? Die meisten Menschen sehen irgendwann einmal die Leiche ihres Großvaters, der Rest findet im Fernsehen statt. Du machst die Beschäftigung mit Leichen nicht nur zu deinem Beruf, nein, du sammelst sie auch noch in deiner Freizeit.« Er stöhnte empört auf.

In diesem Moment kam Nils Jansen durch die Tür und blickte sich mit geschultem Auge um, bevor er seine Kamera zückte und ein paar Bilder von dem Restaurant machte. Die Leiche war mittlerweile in die Gerichtsmedizin gebracht worden. Davon hätte Nils kein Foto schießen dürfen.

Erstaunt blickte er schließlich Gitte an. »Hej, dürft ihr die Leiche schon mitnehmen? Du arbeitest doch noch beim Bestatter Larstsen, oder?«

»Ich bin rein zufällig hier. Ich wollte nur essen gehen.« Gitte schob ihre schulterlangen blonden Haare nach hinten. Eine Geste der Verlegenheit.

Nils entblößte grinsend seine gelben Raucherzähne. »Schon wieder zufällig in der Nähe einer Leiche? Wie machst du das bloß? Ich gäbe sonst was dafür, immer als Erster am Tatort zu sein.«

Nun stöhnte Gitte genervt auf. Mussten denn alle darauf herumreiten? Ja, sie hatte bei ihrer Ankunft in Marielyst vor wenigen Monaten einen Toten auf ihrer Terrasse gefunden.

Die ganze Angelegenheit war traurig genug gewesen. Daran musste dieser auf jung getrimmte Schreiberling sie nicht auch noch erinnern. Sie betrachtete seine Hose, die mit den vielen Taschen aussah, als wolle er zu einem Pfadfinderlehrgang aufbrechen. Auch das Sweatshirt mit den baumelnden Bändern und der Kapuze hätte einem Zwanzigjährigen besser gestanden als einem vierzigjährigen Journalisten.

Nils wandte sich an Ole, um Informationen für seinen Artikel zu bekommen. Sicher würde er auch den Besitzer des Restaurants nach seiner Meinung befragen. Gitte schaute sich nach Malthe um, der seinem Vater beistand. Sven war tief betroffen. Zum einen hatte er den Toten gut gekannt, so wie jeden hier im Ort. Zum anderen war es eine furchtbare Tragödie, dass der Mann in seinem Restaurant gestorben war.

Es stand noch nicht fest, wie der Mann das Zyankali zu sich genommen hatte. Gitte fiel erst jetzt die Tablettendose wieder ein, und sie zupfte Ole ungeduldig am Ärmel, während der ein paar Sätze mit Nils austauschte. Er hob abwehrend den Arm und setzte sein Gespräch fort. Dann erst wandte er sich an Gitte, die ihm von den beiden Tabletten erzählte, die der Tote kurz vor dem Essen geschluckt hatte.

»Warum hast du das nicht gleich gesagt?«, blaffte Ole sie an und blickte sich suchend nach der Begleiterin um. Die Ehefrau des Toten hatte mittlerweile vom Notarzt ein Beruhigungsmittel erhalten und saß leise vor sich hin schluchzend auf einem Stuhl. Ihre rötlich braunen Haare, die sie locker zu einem Knoten zusammengefasst hatte, lösten sich aus der Frisur und rahmten das schmale Gesicht ein. Sie sah sehr zerbrechlich aus, und Ole bat Gitte: »Rede du bitte mit ihr. Du hast doch Erfahrung mit Opfern.«

Die hatte Gitte. Vor ihrem Umzug nach Marielyst hatte sie in Münster bei der Polizei in der Opferhilfe gearbeitet. In der neuen Heimat hatte sie diesen Job ganz bewusst an den Nagel gehängt. Zu lange schon hatte sie sich düstere Geschichten anhören müssen. Die Arbeit mit den Verstorbenen verlief deutlich stiller, und Gitte mochte es, dem Tod eine gewisse Würde zu verleihen.

Gitte setzte sich zu der trauernden Ehefrau und stellte sich vor. Dabei nannte sie nur ihren Namen, ohne zu erwähnen, dass sie beim hiesigen Bestatter arbeitete. Das hätte allzu sehr nach einem Geschäftsgespräch ausgesehen. Karla Andresen war etwa Mitte vierzig und besaß trotz einiger Falten um Augen und Mund ein niedliches Gesicht mit großen blauen Augen.

Gitte redete behutsam auf die Frau ein, sprach ihr ihr Beileid aus und hörte zu, als sie über den Verlauf des Tages berichtete, der so harmlos begonnen hatte. Ihr Mann sei, obgleich es Sonntag war, kurz in sein Büro gefahren. Manchmal kamen auch sonntags Urlauber an, und er musste die Schlüssel übergeben. Auf Gittes Frage nach den Tabletten guckte sie erschrocken und sagte: »Wie perfide. Das, was ihm helfen soll, wurde vielleicht zur tödlichen Dosis?«

»Wer hatte denn Zugang zu seinen Tabletten?« Gitte bemühte sich, beiläufig zu klingen, dennoch rief die Frau erschrocken: »Ich natürlich! Bin ich jetzt verdächtig? Ich bringe doch nicht meinen Mann um!« Ihr Gesicht bekam rote Flecken, und sie schnäuzte wiederholt in ein Taschentuch, das sie krampfhaft in der rechten Hand hielt.

Ole stand in der Nähe und hörte jedes Wort mit. Jetzt kam er Gitte zuvor und sagte: »Karla, es tut mir leid, wir müssen jede Spur verfolgen, und ich muss dich fragen, wer alles Zugang zu den Tabletten deines Mannes hatte. Das heißt nicht, dass du verdächtig bist.«

»Das klingt jetzt komisch, aber praktisch jeder hatte Zugang zu der Dose, weil er darin auch seine Tabletten gegen seine Laktoseintoleranz aufbewahrte, und die brauchte er ständig. Außerdem nahm er noch Pillen gegen Migräne ein. Also lag seine Dose auch überall herum: im Büro, zu Hause, bei Gästen. Am Samstag hatte er sie sogar im Büro vergessen. Das Antibiotikum hat er gestern Abend dann einfach ausgelassen, weil er keine Lust mehr hatte, noch mal ins Büro zu fahren. Da hätte sich praktisch jeder dran zu schaffen machen können.«

Sie biss in ihre Faust, als würde ihr erst jetzt bewusst werden, dass ihr Mann nie wieder in sein Büro fahren würde.

»Dein Mann nahm also drei unterschiedliche Medikamente ein, richtig?« Ole zückte sein Notizbuch und hielt es sich sehr nah vor die Nase, als er schrieb. »Wofür hat er das Antibiotikum genommen?«

»Er hatte eine Harnwegsinfektion.«

»Kannst du mir bitte alle Medikamente aushändigen, die du noch von deinem Mann besitzt? Und es ist wichtig, eine Liste aller Angestellten und Personen zu bekommen, die Zutritt zu den Büroräumen haben. Ich komme morgen bei dir vorbei und sehe mir dann auch sein Büro an und spreche mit den Mitarbeitern. Wir werden den Fall schon aufklären.«

»Ich weiß nicht. Morgen schon? Ich muss mich um so viel kümmern, ich weiß doch gar nicht, wo ich anfangen soll. Oh Gott!«

Mit aufgerissenen Augen saß sie vor Gitte und Ole, der Körper starr vor Schock. Gitte dachte schon, bei ihr würde nun auch eine tödlich giftige Wirkung einsetzen. Doch dann hauchte Karla leise: »Wie soll ich das nur unserem Sohn erklären?«

Es dauerte dann noch eine Weile, bis Malthe Gitte nach Hause brachte. Die unbeschwerte Stimmung, die sie beide ins Schou's begleitet hatte, war nun stiller Betroffenheit gewichen.

Als Gitte am Montag mit ihrem alten, laut scheppernden Fahrrad die wenigen Straßen bis zum Institut des Bestatters fuhr, überlegte sie, wie sie ihrem Chef von den Ereignissen berichten sollte, denn bestimmt hatte auch Paul Larstsen den Toten gekannt. Aus der Tageszeitung konnte ihr Chef noch nichts von dem gestrigen Todesfall erfahren haben, aber vielleicht hatte er die aktuellen Neuigkeiten im Internet gelesen. Da gab es keinen Redaktionsschluss.

Ole hatte Gitte gestern Abend noch zurechtgewiesen, als sie gleich von Mord sprach. So sicher sei das nicht. Todesfälle mit Zyankali seien in den meisten Fällen auf Selbstmord oder Unfälle zurückzuführen.

Unsinn, fand Gitte. Wer zelebrierte denn seinen eigenen Tod in einem Restaurant? Selbstmörder hatten meist nur noch wenig Humor und sicher auch keinen Appetit. Es sei denn, der Tote hatte dem Besitzer Sven Træborg schaden wollen. Aber auch das tat man doch eigentlich nicht vor der eigenen Gattin. Nein, jemand hatte eine der Medikamentenkapseln ausgetauscht oder mit Zyankali versetzt. Das war ein klassischer Mord, wie ihn die zweifelhaften Helden bei Agatha Christie nicht besser hätten ausführen können. Da war Gitte sich sicher.

Sie hatte den Ortskern erreicht und fuhr an der Holzplattform vorbei, die das Zentrum markierte. Hier standen ein Aussichtsturm und im Sommer viele Liegen, die man wie Tortenstücke nebeneinanderstellen konnte und auf denen sich die Touristen sonnten. Bis zum Strand hinunter war der Weg mit Holzbohlen ausgelegt, sodass selbst Rollstuhlfahrer fast bis ans Wasser gelangen konnten. Mehrfach schon war der Strand hier als schönster von ganz Dänemark ausgezeichnet worden, und auch jetzt im September waren in dem Ort noch zahlreiche Touristen. Die meisten waren Wiederholungstäter. Wer einmal in Marielyst Urlaub machte, das übersetzt die *Lust der Marie* hieß, kehrte nur zu gerne zurück.

Auch wenn die Sonne tagsüber noch alles gab, war die Luft inzwischen deutlich kühler. Ein Spaziergänger führte gerade seinen Golden Retriever zum Strand hinunter. Gitte sah, dass er eine Tüte in der Hand hielt, um den Haufen zu entsorgen. Artig. In Dänemark war man im Umgang mit Hunden recht streng. Im Grunde genommen mussten sie stets an der Leine geführt werden, und sie durften niemals ein Restaurant oder Café betreten.

Schwungvoll betrat Gitte schließlich das Bestattungsinstitut. Paul Larstsen saß an seinem wuchtigen Schreibtisch und rieb sich nervös die Hände. Er trug eine feine Leinenhose und ein dunkles Hemd. Auf seinem Haupt konnte man die penibel gerade Linie erkennen, die der Kamm gezogen hatte, und das Gesicht war blank rasiert. Vor sich hatte er einen Becher Kaffee stehen und einen Teller mit Lakritzkonfekt, das er ihr großzügig anbot. Kein Aquavit, wie sie mit einem schnellen Blick erleichtert feststellte. Er wusste es also noch nicht. Denn ihr Chef nutzte jede Gelegenheit, um einen Aquavit zu trinken. Ein Mord im Ort wurde mit zwei Schnäpsen begossen. Doch schnell wurde ihr klar, dass sie sich geirrt hatte.

»Gitte, jedes Mal, wenn du aus Deutschland zurückkehrst, bringst du einen Mord mit. Mein armer Freund Sven. Den hat das ganze Schauspiel gestern Abend erheblich mitgenommen. Er hat sogar unseren Saunaabend heute abgesagt.«

Klar, dachte Gitte. Sven und Paul waren schon seit mehreren Jahrzehnten gute Freunde. Bestimmt hatte ihr Chef von ihm die traurige Neuigkeit gehört.

»Ich kannte den Toten, Lars Andresen«, erzählte Larstsen weiter. »Ich habe vor zwei oder drei Jahren seine Tochter beerdigt. Das war eine schrecklich traurige Sache. Die Kleine ist mit sieben Jahren gestorben. Und nun wurde er ermordet. Die arme Ehefrau. Das ist ein bisschen viel mieses Karma.«

»Allerdings«, nickte Gitte. »Ich habe beobachtet, wie dieser Lars kurz vor dem Essen Tabletten eingenommen hat.

Kannst du dir vorstellen, dass er Selbstmord begangen hat? In einem Restaurant?«

Ihr Chef nippte an seinem Kaffee und bot ihr mit einer Handbewegung selbst einen an. »Ich kann mir nicht vorstellen, dass er eine solche Tat vor seiner Frau begangen hätte. Aber wer weiß schon, wie sich ein Mensch wirklich innerlich fühlt und wie sehr der Tod seines Kindes auch nach Jahren noch an ihm nagte. Doch ich denke, Lars Andresen wäre leiser gestorben, für sich allein.«

»Man wird auf die Witwe aufpassen müssen. Nach zwei Todesfällen in der Familie könnte sie den Lebensmut verlieren.«

»Damit kennst du dich besser aus, Gitte. Aber wir sind Bestatter und als solche keineswegs für die Gemütszustände unserer Auftraggeber zuständig. Nicht, dass du da wieder etwas verwechselst. Denn eins weiß ich sicher: Den Auftrag für das Begräbnis bekommen wir. Apropos Auftrag, hast du Ole getroffen? Er übernimmt doch den Fall, oder?« Larstsen schmunzelte neugierig. »Er war sicher begeistert, dich neben einem Toten wiederzusehen, oder?«

Gitte schnaubte erbost. »Er dachte, ich kellnere bei Sven!«

»Sag mir Bescheid, wenn du mit deinem Gehalt nicht auskommst. Mein Arzt hat mir übrigens eine Zeit lang den Aquavit verboten. So ein Spielverderber. Ich werde in der nächsten Zeit öfter schlechte Laune haben.«

»Super, dann kann ich Hieronymus in deinen Kühlschrank legen. Er muss doch bald in die Winterruhe. Und so oft wird dein Kühlschrank ja dann nicht mehr geöffnet.«

Dieser Kühlschrank stand in dem Raum, in dem die Leichen hergerichtet wurden. In ihm befanden sich einige Salben und die Aquavitflasche ihres Chefs. Wenn der nicht mehr wiederholt die Tür des Kühlschranks öffnete, würde Hieronymus seine Ruhe haben. Ein Kühlschrank war nun einmal der optimale Aufbewahrungsort für die Tiere, wenn sie Winterschlaf hielten. Alle paar Tage sollte man allerdings die Tür öffnen, der frischen Luft wegen. Sie könnte das Licht abkleben oder die Kiste verdunkeln, dann müsste es gehen.

»Und du meinst nicht, dass es deinem Tier Unglück bringt, wenn es ausgerechnet bei einem Bestatter im Kühlschrank liegt?«

Gitte zuckte grinsend mit den Schultern und fragte: »Bist du krank? Warum hat dein Arzt dir den Alkohol untersagt?«

»Ich habe eine Gastritis, bekommt man angeblich oft im Herbst.« Larstsen goss sich eine zweite Tasse Kaffee ein.

»Und Kaffee darfst du trinken? Das geht?«

»Nun, es geht jedenfalls nicht ohne Kaffee. Ich habe heute Morgen schon diesen furchtbaren englischen Frühstücksbrei zu mir genommen, Porridge. Der soll sehr gut für die Magenschleimhaut sein, ist aber schlecht für die Psyche. Dieser Brei ist doch nur was für Säuglinge oder alte Leute.« Larstsen verzog so sehr das Gesicht, dass Gitte lachen musste.

Nur noch wenige Wochen, und ihr Chef würde tatsächlich einen Säugling im Arm halten. Seine Tochter Lea erwartete ihr erstes Kind. Sein Sohn Axel hatte sich von seiner Frau getrennt und war am letzten Wochenende von Kopenhagen nach Nykøbing gezogen. Ihr Chef freute sich riesig, seinen Sohn nun so nahe zu haben, denn der Ort lag nur knapp zwölf Kilometer von Marielyst entfernt.

»Wie gefällt es Axel in seiner neuen Wohnung?«, fragte sie ihn nun.

»Als Axel mir vor einigen Wochen von der Trennung erzählt hat, habe ich gedacht, er freut sich, seine zänkische Ehefrau loszuwerden.«

»Aber Chef, niemand freut sich über eine gescheiterte Beziehung.«

»Ja, stimmt wohl. Nun scheint er ihr regelrecht hinterherzuweinen. Er nennt mir immer wieder neue Gründe, warum er sie anrufen muss.« Seine Miene wurde noch finsterer. »Stell dir nur mal vor, die vertragen sich wieder, und Axel hat doch nun diese schöne große Wohnung. In Nykøbing ist es ja viel günstiger als in Kopenhagen.«

»Ja, und?« Gitte ahnte, was ihm Sorgen bereitete.

»Stell dir vor, Svenja, so heißt meine Schwiegertochter, zieht zu ihm. Hier in meine Nähe. Du glaubst doch nicht, dass sie ihren Mann mit mir angeln gehen lässt. Ein Sport, in dem man einen böse verzinkten Haken ins Wasser wirft, um einem Fisch damit brutal die Kehle aufzustechen, sei kein Sport, sondern Mord.« Gitte gab ihr im Stillen recht, aber sie hütete sich, darüber nun eine Diskussion anzufangen.

»So schlimm wird sie schon nicht sein, Chef. Genieße es doch erst einmal, dass dein Sohn jetzt in der Nähe wohnt. Wo wir schon von Familie sprechen ... Kannst du dir vorstellen, warum Lars Andresen umgebracht wurde? Hatte er viel Geld? Ging er fremd? Hatte er unangenehme Verwandte oder kriminelle Mitarbeiter? Ich gehe davon aus, dass nur jemand aus dem Umfeld seine Tabletten manipulieren konnte.« Gitte hielt inne und fragte mit einem zarten Lächeln: »Kann ich das Gespräch mit den Angehörigen übernehmen? Du sagst doch selbst, dass man behutsam mit der Witwe umgehen muss.«

»Behutsam? Du? Gitte, du willst einen Mord aufklären, das Beerdigen des Leichnams ist dir dabei lediglich ein Mittel zum Zweck. Wie soll aus dir nur eine zurückhaltende und taktvolle Bestatterin werden?« Doch er lachte und gab ihr damit die Erlaubnis. »Aber nur, wenn die Kunden nicht ausdrücklich mich als Ansprechpartner verlangen. Die Angehörigen kennen mich persönlich«, fügte er noch hinzu.

Gitte war überrascht, als am frühen Nachmittag ein junger Mann von vielleicht zwanzig Jahren das Beerdigungsinstitut betrat. Wobei er es eigentlich nicht betrat, sondern befuhr, denn er saß im Rollstuhl. Die Ähnlichkeit mit seiner Mutter war so frappierend, dass Gitte gleich wusste, wen sie vor sich hatte. Die Haare waren kastanienbraun wie die seiner Mutter, sein Gesicht war ähnlich schmal, nur das Kinn war markanter.

»Ich bin Björn Andresen«, stellte er sich vor. »Mein Vater wurde gestern Abend im Restaurant Schou's ermordet. Wir hätten gerne, dass ihr die Beerdigung ausrichtet.« Allein an seinen geröteten Augen und den Schatten darunter sah man, wie sehr ihn der Tod seines Vaters mitgenommen hatte. Sein Ton klang selbstbewusst.

Gitte war so überrascht, dass sie sich kurz sammeln musste. Sie hatte mit der zarten, sichtlich überforderten Ehefrau gerechnet, die sie am Vorabend kennengelernt hatte. Stattdessen saß nun dieser junge Mann mit dem muskulösen Oberkörper vor ihr, zu dem die schmalen Beine nicht so recht passen wollten. Hinter dem verschlossenen Gesichtsausdruck konnten sich auch Wut oder Trauer verbergen. Seine Lippen pressten sich eine Spur zu fest aufeinander.

»Meine aufrichtige Anteilnahme, Björn. Ich war ebenfalls im Restaurant essen, als es geschah. Lass uns nach nebenan gehen, dann können wir alles Weitere besprechen. Wie geht es deiner Mutter Karla?«

Während Gitte den jungen Mann ins Nebenzimmer lotste, musste sie an die Worte von Larstsen denken. Er hatte ihr erzählt, dass er die kleine Tochter der Familie vor ein paar Jahren beerdigt hatte. Der ältere Bruder saß im Rollstuhl. Wie viele Tragödien hatte diese Familie noch durchstehen müssen?

»Meiner Mutter geht es sehr schlecht. Sie ist heute noch nicht aus dem Bett aufgestanden. Hast du etwas gesehen? Hat mein Vater sehr leiden müssen?«

Gitte war ehrlich. »Ja, gelitten hat er wohl eine kurze Zeit lang. Dein Vater bekam große Atemnot, aber es ging recht schnell. Selbst wenn ein Arzt anwesend gewesen wäre, er hätte keine Chance gehabt.« Gitte zögerte einen Augenblick, dann fuhr sie fort: »Ich habe gesehen, wie er seine Medikamente vor dem Essen eingenommen hat.«

Björn lachte hart auf. »Manche glauben, die Pilze seien

giftig gewesen. Mord ist denen anscheinend zu brutal. Aber das Leben ist brutal. Meistens.« Er rollte auf seinen Rädern vor und zurück.

»Du bist eigentlich zu jung, um so verbittert zu sein.« Gitte bot ihm mit einer Handbewegung zur Kaffeemaschine einen Kaffee an, und er nickte.

»Ich bin nicht verbittert. Du brauchst auch kein Mitleid mit mir zu haben. Als Krüppel, entschuldige, als Behinderter genieße ich viele Vorteile.«

Die Maschine ratterte und spuckte den ersten Kaffee aus, den Gitte ihm auf den Tisch stellte.

Er nahm ihn dankbar entgegen. »Die Pilze waren in Ordnung. Außerdem sind die Symptome bei einer Pilzvergiftung ganz anders, und man stirbt auch nicht so schnell daran. Ich hoffe, dass die Besitzer vom Schou's nicht auch noch darunter leiden müssen.«

Gitte goss sich ebenfalls einen Kaffee ein, ihre vierte Tasse heute, und setzte sich zu Björn.

»Ich kenne Malthe, den Sohn des Besitzers«, erzählte Björn. »Er ist in Ordnung. Er hängt dieser schrägen alten Wikingerreligion an, *Forn Siðr*.«

Gitte nickte. »Die Alte Sitte, ja, er hat mir auch davon erzählt.«

Björn ließ wieder unruhig seinen Rollstuhl ein winziges Stückchen hin- und herfahren. »Er hat mich mal eingeladen zu so einem Treffen. Aber mal ehrlich, einen guten Wikinger gebe ich kaum ab. Das musst du nicht falsch verstehen, ich bin ein sportlicher, kräftiger Typ und kann eine Menge, aber ein echter Wikinger hätte sich in meinem Fall sofort für Walhalla entschieden. Na ja, die Zeiten haben sich geändert. Jetzt integriert man uns ja recht gut. Aber genug von mir ... Lass uns die Beerdigung planen. Wenn es in der Gerichtsmedizin nicht zu lange dauert, soll mein Vater noch mal aufgebahrt werden. Meine Mutter möchte sich verabschieden, meine Großmutter ebenfalls. Aber dafür sollte mein Vater etwas zurechtgemacht werden. Das könnt ihr doch, oder?«

Gitte hatte noch in Deutschland einige Fortbildungen zur Bestatterin absolviert, als ihr neuer Berufswunsch gereift war. Selbst thanatopraktische Behandlungsmethoden für besondere Ansprüche, wie sie beispielsweise nach Unfällen oder starker Verwesung nötig waren, hatte Gitte erlernt.

In Dänemark gab es genaue Bezeichnungen für die Großmutter väterlicherseits oder mütterlicherseits, und so wusste Gitte, dass Björn von der Mutter seines Vaters sprach. »Ja«, sagte sie, »das können wir. Er wird aussehen, als schlafe er.«

Björn musterte sie mit grauen Augen, leichter Spott lag auf seinem Gesicht. »Und das machst du? Du wirst meinen Vater waschen und schminken und was da sonst so dazugehört?«

»Ja, das mache ich oder Paul Larstsen.«

»Hm.« Björn griff nach hinten, wo ein Beutel am Rollstuhl befestigt war, und reichte ihn Gitte. »Das sind die Sachen, die er anziehen soll. Es ist so eine Art Indiana-Jones-Outfit. Mein Vater liebte die Filme. Er wollte selbst immer mal eine Expedition machen. Eventuell bekommt er im Jenseits Gelegenheit dazu.« Ein wehmütiger Zug legte sich auf sein Gesicht. Vielleicht war es eine Leidenschaft gewesen, die Vater und Sohn miteinander geteilt hatten.

Gitte guckte in den Beutel und sah ein Fahrtenmesser darin. Sie räusperte sich. Auch wenn das Friedhofswesen in Dänemark liberaler war als in Deutschland, ein Messer gehörte nicht in einen Sarg. Sie würde das später mit Larstsen klären.

»Ich mochte die Filme auch sehr.«

»Wusstest du, dass Harrison Ford im realen Leben auch so ein Draufgänger ist? Er besitzt einen Pilotenschein und fliegt mit seiner Maschine oft ziemlich wilde Manöver.« In seinen Augen blitzte Bewunderung auf.

In Sachen Blumenschmuck und Trauerkarten war der junge Mann dann überfordert. Das merkte Gitte schnell. Sie versprach ihm, alles passend zu arrangieren. Seine Mutter schien zurzeit keine große Hilfe zu sein. »Kommt ihr klar, du und deine Mutter?«, fragte Gitte ihn am Ende ihres Gesprächs vorsichtig.

»Ja, meine Großmutter schmeißt gerade den Haushalt. Sie ist fit und tapfer, aber sie wollte nicht mitkommen. Sie meinte, sie würde ganz sicher nicht die Beerdigung ihres eigenen Sohnes besprechen. Das sei die falsche Reihenfolge. Nun, meine Mutter hat das auch schon mal machen müssen. Sie hat meine kleine Schwester beerdigt. Der Tod meines Vaters war einfach zu viel, es geht ihr sehr schlecht. Ich muss nun auch zu ihr zurück.«

Gitte schaute ihm nach, wie er die Straße entlangrollte. Sie hätte zu gern noch seine Geschichte erfahren. Kaum ein Kind kam querschnittsgelähmt auf die Welt.

Als Gitte kurz vor Feierabend auf ihr Handy blickte, fiel es ihr siedend heiß ein. Tante Stine. Die Schwester ihres Vaters hatte zweimal versucht, sie zu erreichen. Gitte hätte sich gleich bei ihr melden sollen, als sie aus Münster zurückgekommen war. Sie würde Tante Stine zurückrufen, sobald sie zu Hause war.

Mit einem Arm noch in der Jacke, wählte Gitte wenig später die Nummer ihrer Tante, die in Nykøbing wohnte.

»Kind, ich hatte schon Sorge, du würdest in Münster bleiben.« Tante Stines Ton klang gespielt vorwurfsvoll. »Du bist doch wieder in Marielyst, oder?«, fragte sie.

»Wieso glaubt eigentlich alle Welt, ich würde nicht mehr in Dänemark leben wollen? Habe ich in der letzten Zeit einen so unglücklichen Eindruck gemacht?«

»Ich habe jedes Mal, wenn ich euch in Münster besucht habe, daran gedacht, nicht mehr nach Dänemark zurückzukommen. Münster hat viel Charme, und so weit weg vom Meer ist es ja auch nicht.«

»Tante Stine, ich habe den Eindruck, es lag mehr an meinem Onkel als an der Stadt Münster, dass du nicht zurückwolltest. Schließlich lebst du immer noch hier.«

Tante Stine kicherte. »Ja, aber mein werter Gatte nicht mehr.«

Gittes Onkel, ein unangenehmer, lauter Egomane, war vor einigen Jahren gestorben und hatte Tante Stine zu einer unabhängigen, wohlhabenden und vor allem zufriedenen Witwe gemacht. Ihre Vorliebe für gutes Essen sah man ihr an, ihren Wohlstand nicht. Sie kleidete sich meist in bunte wallende Gewänder und nahm zum Einkaufen einen Jutesack. Sie frühstückte gerne mit ihrer Putzfrau und lud ihre Bäckereifachfrau abends zum Dinner ein. Die Dänen machten kein großes Gewese um Besitz oder Titel.

»Als dein Onkel Jussi damals bei der Jagd dieses arme Mädchen angeschossen hatte, wollte ich sogar nach Polen auswandern, so sehr habe ich mich geschämt«, fuhr Tante Stine fort.

Bei der Vorstellung musste Gitte herzlich lachen.

Tante Stine protestierte. »Das ist beileibe nicht lustig. Kommst du heute Abend zum Essen? Sofie wird auch da sein. Wir beide erwarten ein paar gute Geschichten.«

Ein Blick aus dem Fenster in den Garten nebenan, wo ihre Nachbarn gerade wieder den Grill anheizten, überzeugte Gitte. Auch wenn es abends empfindlich kühl wurde – immerhin war es Mitte September –, saßen diese Berliner noch lange draußen. Sie hüllten sich in dicke Decken und zankten auch in dieser kuscheligen Haltung lautstark miteinander.

»Ich komme. Was soll ich mitbringen?«

»Einen leichten Nachtisch. Mir fallen nur Sachen mit Sahne oder Schokolade ein. Du musst aber nichts selbst machen, ist ja schon spät.«

Also hielt Gitte auf dem Weg nach Nykøbing, der größten Stadt im weiteren Umkreis, bei einem Aldi und kaufte noch Joghurt mit Pfirsichstücken.

Tante Stine wohnte nah am Zentrum, in einem großen Haus mit einem gemütlichen Wohnzimmer. In diesen Raum wurde Gitte gleich nach ihrer Ankunft gezogen, als müsse man sie vor etwaigen Feinden auf der Straße verstecken.

Das Zimmer war geschmackvoll eingerichtet. Ein graziler Holztisch mit Intarsien stand mitten im Raum, drum herum leicht geschwungene Stühle mit dunkelblauen Polstern. Es gab eine dazu passende Vitrine und einen alten Sekretär, an dem Tante Stine ihre Korrespondenz und Geschäftsangelegenheiten erledigte. Auf der Schreibplatte sah es aus, als regiere hier ein kreativer und eigensinniger Kopf. In dem Chaos fand sich wahrscheinlich nur Tante Stine selbst zurecht. Gitte wusste, dass Signe, die Haushaltshilfe, den Bereich nicht aufräumen oder putzen durfte. Eine Anzahl Vasen und Porzellanfiguren standen herum und ließen den Raum leicht überfüllt wirken. Der alte Holztisch war nett gedeckt, auf den Tellern lagen Servietten mit der Flagge von Dänemark.

Gitte zeigte darauf. »In Deutschland wählt man Servietten mit Blumen oder süßen Tieren, auch schon mal ein Hirschgeweih.«

Die Gastgeberin zuckte mit den Schultern. »Hier ist das anders. Du weißt selbst, ohne eine dänische Flagge vorm Haus, unseren Dannebrog, wärst du keine Dänin. Sei froh, dass Ole dir eine geschenkt hat.«

»Ja, bin ich. Als Ole mir die Flagge gegeben hat, habe ich gedacht, er würde mich ehrlich mögen, trotz seines launischen Charakters, den ich oft genug zu spüren bekommen habe. Doch seit einigen Wochen macht er sich ziemlich rar.« Gitte hielt kurz inne und fuhr dann leise fort: »Seiner Frau ging es schlecht. Ich habe dir erzählt, dass sie seit einem Autounfall in einem Pflegeheim lebt.«

Tante Stine murmelte etwas von den schrecklich unentschlossenen Männern heutzutage und öffnete die Küchentür. Ein köstlicher Duft nach Pasteten zog ins Wohnzimmer.

»*Tarteletter med höns og asparges?* Tantchen, wo hast du um diese Zeit den Spargel her?« Blätterteigpasteten, gefüllt mit einer cremigen Masse aus Huhn und Spargel, waren ein beliebtes Lunchgericht in Dänemark. Aber auch gehaltvoll.

Gitte wusste aus Erfahrung, dass ihre Tante bei der Soße niemals mit Sahne sparen würde. Wenn Gitte bei ihrer Rückkehr nach Dänemark bei ihrer Tante eingezogen wäre, hätte sie ihre Kleidergröße nicht mehr im Griff gehabt. Auch dann nicht, wenn sie die zwölf Kilometer bis zum Bestattungsunternehmen jeden Tag mit dem Rad gefahren wäre. Aber Gitte ließ sich nur zu gern in regelmäßigen Abständen von Tante Stines Kochkunst verwöhnen.

»Ich habe immer etwas Spargel eingefroren. Ich sehe nicht ein, warum ich mir im Mai den Bauch damit vollschlagen soll, um dann das ganze Jahr darauf zu verzichten. Setz dich.«

Tante Stine stellte ein Dutzend herrlich duftende und leicht gebräunte Blätterteigpasteten auf den Tisch, bevor sie selbst Platz nahm. Dazu gab es einen Tomatensalat.

»Es riecht köstlich.«

»Die Pasteten sind von Sofie. Ich soll dich schön grüßen, sie musste leider unverhofft zu ihrer Mutter. Die hat einen Wasserrohrbruch im Haus.«

»Wie weit ist sie mit der Eroberung ihres Angestellten? Hieß er nicht Liam?«

Tante Stine verdrehte die Augen. »Sofie hat den Eindruck, dass Liam sie durchaus mag, aber er hat offenbar

Hemmungen, mit seiner Chefin anzubandeln. Neulich waren sie zusammen im Kino, aber nur, weil Sofie ihm ernsthaft mit einer Kündigung gedroht hat. Am Ende des Abends hat er sie endlich leidenschaftlich geküsst.«

Gitte strahlte. Sie gönnte es der neuen Freundin von Herzen. Sofie besaß eine eigene Bäckerei in Nykøbing und hatte zwei Bäcker sowie zwei Verkäuferinnen als Angestellte.

»Sofie hat es mir so genau beschrieben, dass ich nun mein Alter verfluche. Sei's drum, am nächsten Morgen war er wieder der schweigsame, fleißige Mitarbeiter, der nur Augen für die Backwaren seiner Chefin hatte.«

Gitte lachte. »Sie wird ihn rausschmeißen oder die Bäckerei verkaufen müssen, wenn sie ihn zum Partner will.«

Ihre Tante schnaufte. »Sie wird sich bald künstlich befruchten lassen, denn Sofie möchte endlich eine Familie. Ewig wird sie auf den Mann nicht warten können.«

»Das geht in Dänemark so einfach als Singlefrau?«

»Natürlich. Das zahlt sogar die Krankenkasse. Aber nicht, dass du jetzt auf dumme Gedanken kommst. Ich bin altmodisch und halte die Variante, in der es einen Vater gibt, für deutlich schöner.«

Gitte fand, dass es an der Zeit war, das Thema zu wechseln. »Tante Stine, du wirst es nicht glauben, aber ich bin tatsächlich wieder auf eine Leiche gestoßen.«

»Du bist Bestatterin. Erwartest du, dass die Leute ihre Angehörigen lebend vorbeibringen?«

»Es war nicht auf der Arbeit, sondern im Schou's. Der Mann am Nachbartisch wurde vergiftet und starb noch im Restaurant. Vor meinen Augen.« Gitte wusste, dass sie nicht so reißerisch über das Unglück eines anderen Menschen sprechen sollte, aber es war nun einmal eine verdammt gute Story.

Die Pastete, die Tante Stine ihrer Nichte gerade auf den Teller legen wollte, blieb in der Luft schweben. Völlig verdattert ließ sie das Stück schließlich auf ihren eigenen Teller fallen. Und packte noch zwei dazu. Dann erst schob sie Gitte zwei Stücke auf den Teller.

»Du musst eine ganz und gar düstere Aura haben, mein Kind. So etwas passiert einem doch nicht zweimal im Leben.«

Während des Essens erzählte Gitte ihrer Tante die Einzelheiten. Ihre Gastgeberin war nicht gerade zartbesaitet, aber sie war doch über die Ereignisse verdutzt. Marielyst war ein beschaulicher Urlaubsort. An Straßenständen wurden Lebensmittel angeboten, das Geld dafür legte man einfach in eine Schatulle. Das Fahrrad brauchte man nicht überall abzuschließen, und auch sein Auto konnte man offen stehen lassen. Aber gewaltsam ins Jenseits beförderte Tote fand man neuerdings öfter, und immer tummelten sie sich in der Nähe ihrer Nichte. Das gab Stine lautstark zum Besten und entschied: »Der Sache müssen wir nachgehen.«

Gitte nickte. »Ich würde gern wissen, wie die Familie mit den verschiedenen Schicksalsschlägen umging. Wie haben sie zum Beispiel den Tod des kleinen Mädchens damals verarbeitet? Unter anderen Umständen könnte man auf Selbstmord tippen. Viele Eltern verkraften den Tod des eigenen Kindes nicht, Ehen zerbrechen daran, manche verlieren ihren Job, weil sie zu oft im Büro fehlen. Manch einer ertränkt den Verlust im Alkohol. Der Sohn sitzt im Rollstuhl, auch da steckt bestimmt eine Geschichte hinter. Was wir brauchen, ist Klatsch und Tratsch. Wie wäre es mit einem Friseurbesuch in Marielyst? Es gibt einen Salon am Strandvej.«

Gitte warf einen Blick auf die blond gefärbten Haare ihrer Tante, die sie zu einem Knoten zusammengefasst trug, wie Königin Margrethe. Ansonsten ähnelten sich die beiden Frauen in keiner Weise. Tante Stine war füllig und weich. Sie verabscheute es, wenn Frauen ihr Äußeres durch Rauchen verunstalteten, und nur, weil Margrethe nun mal ihre geliebte und überaus gebildete Königin war, sagte sie nur Gutes zu deren auffallend gelb verfärbten Zähnen. Die Dänen liebten ihre Königin, und Tante Stine war ihr sogar mal persönlich begegnet. »Ja, sie hat gelbe Zähne, aber die macht sie mit ihrem Charme und ihrer Offenheit wieder heller«, hatte ihre Tante geschmunzelt.

Jetzt legte Stine begeistert die Gabel hin. »Das mache ich. Ich gehe zum Friseur und höre mich um. Über so eine Sache wird mit Sicherheit noch tagelang geredet.«

»Bei der Gelegenheit kannst du dir auch mal mein bescheidenes Heim anschauen. Ich wohne nun schon seit Juli in Marielyst, aber du scheinst regelrecht Angst vor meinem Zuhause zu haben.«

»Es ist ein ehemaliges Ferienhaus. Hat es keine schlechte Aura, wenn dort so viele verschiedene Menschen gewohnt haben?«

»Glaub mir, Tantchen, meine Aura setzt sich durch.«

Sie aßen zum Nachtisch den typisch dänischen Joghurt mit den dicken Pfirsichstücken darin, den Gitte mitgebracht hatte, und tranken eine Tasse Kaffee dazu. Die ältere Dame schob ein wenig unruhig ihre Tasse hin und her und sagte schließlich: »Ich werde Oma. Deine Cousine Merit bekommt ein Kind, schon in vier Monaten. Sie haben lange gewartet, mir das zu sagen.«

»Das ist doch toll! Herzlichen Glückwunsch.«

»Ich weiß nicht. Ich finde meinen Schwiegersohn unsympathisch. Stell dir vor, das geht mir mit dem Kind genauso. Es wird ein Junge. Also, ich freu mich ja auch ein wenig, ich will nur keine schlechte Oma sein. Und ich genieße meine Unabhängigkeit.«

»Unabhängig kannst du ja auch bleiben. Haben sie schon einen Namen ausgesucht?«

Jetzt schimpfte Tante Stine regelrecht. »Wie soll das gehen? Es ist doch noch nicht einmal geboren. Hier in Dänemark will man schließlich, dass der Name zum Kind passt. Die Eltern lassen sich damit oft bis weit nach der Geburt Zeit. Hier gibt es einige Babys, die die ersten Monate auf Erden ganz ohne Namen auskommen.«

Gitte erinnerte sich. Sie war hier geboren, aber ihre deutsche Mutter hatte für sie schon vor der Geburt den Namen Birte ausgesucht. Gitte kannte die Geschichte zur Genüge, die ihre Tante nun zum Besten gab.

»Birte, den Namen hatte deine Mutter für dich ausgewählt, also wirklich. Zum Glück fand dein Vater dann einen, der wirklich zu dir passt, und tauschte Birte gegen Gitte aus. Er hat lange diskutieren müssen, deine Mutter war ja als Westfälin immer sehr stur. *Ich will alles*, hat Gitte Haenning in den Achtzigerjahren immer gesungen, und da du als Baby deine Hände nach allem ausgestreckt hast, wurdest du zu Gitte.«

»Wie geht es Merit? Ich würde sie gerne mal wiedersehen.«

Eigentlich war Gitte sich nicht sicher, ob sie das wirklich wollte. Ihre Cousine war früher ein sehr lautes und forderndes Kind gewesen. Sie lebte in der Nähe von Kopenhagen, so wie ihre Schwester.

»Ja, sie hat auch schon nach dir gefragt. Merit geht es so weit gut, sie wird halt immer dicker. Dem Aussehen nach zu urteilen, kommt das Kind in zwei Wochen. Aber sie ist glücklich, und das sollte mir reichen. Also, morgen oder übermorgen gehe ich zum Friseur in die Provinz.«

2

Als Gitte gegen halb zehn zu Hause ankam, saßen ihre Nachbarn in Decken gehüllt noch immer draußen, wärmten sich am Grill und sangen in seltener Eintracht deutsche Lieder. Der Mann hatte sogar eine recht gute Stimme, aber die Frau quäkte die Töne unangenehm in die schöne Abendluft hinaus. Seufzend ging Gitte ins Haus, nachdem sie zum Gruß kurz gewunken hatte. Eine Bemerkung schluckte sie herunter, um nicht in ein Gespräch verwickelt zu werden.

Auf der anderen Seite ihres Hauses lag das Ferienhaus so weit nach hinten versetzt, dass sie von den Gästen wenig mitbekam. Sie wusste nicht einmal, ob das Haus gerade belegt war.

Gitte setzte sich mit einem warmen Kakao vor den Fernseher und schaltete in eine Serie, die sie schon öfter gesehen hatte. Wie viele Dänen liebte sie Serien. Man traf immer wieder alte Bekannte, denn so viele Schauspieler gab es in dem kleinen Land nicht.

Plötzlich wurde laut gegen ihre Terrassentür gehämmert. Dazwischen hörte sie die Worte: »Sorry, can you help us?«

War den deutschen Nachbarn der Grill umgefallen, und sie hatten ihre Bank in Brand gesetzt?

Gitte öffnete die Tür und sagte als Erstes: »Ihr könnt Deutsch mit mir reden.« Dann sah sie das viele Blut, das der Frau über die Hand lief und auf den Boden der Terrasse tropfte. Die Arme war schon ganz blass im Gesicht, was aber auch an der fahlen Beleuchtung vorm Haus liegen konnte.

»Meine Freundin hat sich an einer kaputten Bierflasche verletzt. Kannst du uns helfen?«

»Wenn es so stark blutet, muss der Schnitt genäht werden. Ich mache ihr einen Druckverband, und dann fährst du sie ins Krankenhaus nach Nykøbing.«

»Ich habe keinen Führerschein. Also ich hatte mal einen, aber zurzeit habe ich keine gültige Fahrerlaubnis.« Er blickte sie zerknirscht an, und Gitte fluchte innerlich. Sie hätte den Mann mit dieser Alkoholfahne eh nicht fahren lassen dürfen, und ihm in dieser Notlage die Tür vor der Nase zuzuschlagen kam auch nicht infrage. Die Frau konnte mit der verletzten Hand aber auf gar keinen Fall fahren, und getrunken hatte sie ja ebenfalls.

Eine Reihe von Blutstropfen war bereits auf ihrer Terrasse gelandet. Gitte schluckte und holte erst mal einen Druckverband, den sie fachmännisch anlegte. »Ich fahre euch zum Krankenhaus und rede mit einem Arzt. Aber zurück müsst ihr euch ein Taxi nehmen.« Das war abends zwar etwas teurer als tagsüber, aber für die Kilometer erschwinglich.

Also verabschiedete sie sich innerlich von ihrem gemütlichen Abend und manövrierte das Paar zu ihrem Auto. Unterwegs waren die beiden Deutschen unerwartet schweigsam. Sie hatten ihre Namen gesagt, Jana und Jan, und Jan hatte kurz versucht, den Hergang des Unfalls zu beschreiben. Es hatte recht wirr geklungen. Jana hatte nur einmal geklagt, dass die Wunde unangenehm pochte.

Im Nykøbing F. Sygehus gingen sie zielstrebig zur Notaufnahme. Hier war Gitte selbst im Juli schon einmal mit einer Kopfverletzung vorstellig geworden, als ein betrunkener Autofahrer sie beinahe über den Haufen gefahren hätte. Sie dachte daran, wie fürsorglich Ole Ansgaard sich damals um sie gekümmert hatte. Er war an dem Abend nicht von ihrer Seite gewichen, hatte sie mit ihrer Gehirnerschütterung sogar ins Bett gebracht.

Die Frau neben ihr stöhnte und wäre beinahe weggesackt, wenn ihr Freund sie nicht im Arm gehalten hätte. Offenbar war ihr schlecht. Gitte stellte das Paar an der Anmeldung vor und wollte die beiden dann allein lassen. Mit Englisch kam man hier gut weiter, oft sogar mit Deutsch.

Als sie sich verabschiedete und sich gerade umdrehte, blickte sie direkt in die überraschten Augen des Kommissars. Mit ernstem Gesicht kam er auf sie zu. »Alles in Ordnung? War dir das Fernsehprogramm zu langweilig?«

Gitte lachte und erklärte ihm ihre Anwesenheit. »Glaub mir, freiwillig wollte ich nicht von meiner Couch weg. Und warum bist du hier?«

»Ich habe einen Jugendlichen mit Verdacht auf eine Alkoholvergiftung begleitet. Er hat in der Spielhalle am Bøtøcenter randaliert. Aber so betrunken, wie er war, wollte ich die Verantwortung nicht übernehmen. Statt auf der Wache liegt er jetzt auf der Intensivstation. Ich wollte aber gerade gehen. Mein Dienst endet hier.« Ole blickte noch mal auf Gittes Nachbarn und fragte: »Bist du dir sicher, dass es sich nicht um einen eskalierten Streit gehandelt hat? Wie kann man sich denn dermaßen an einer Bierflasche schneiden? Der Kerl sieht so schuldbewusst aus.«

»Die beiden streiten den lieben langen Tag miteinander, aber Handgreiflichkeiten habe ich noch nicht beobachtet. Möglich ist alles. Ich habe nichts gehört, ich hatte extra den Fernseher lauter gestellt. Zu meinem Glück sitzen die beiden nämlich gerne draußen.«

»So wie Erik, der alte Schwede«, grinste Ole. »Aber der war leise. Hast du von ihm etwas gehört?«

»Ja, er kommt in den nächsten Tagen. Ich freue mich schon riesig. Gibt es neue Erkenntnisse zu unserem Mord?«

Jetzt wurde seine Miene wieder finsterer. »Es ist nicht unser Mord, sondern allein meiner, Gitte Madsen.«

»Mach mich zu deinem Hilfssheriff, einer Bestatterin erzählt man viel mehr als einem Kommissar.«

»Dein letzter unerlaubter Einsatz hat dich in einen düsteren Keller geführt, der von außen verriegelt war. Und zwar so lange, bis ich dich da rausgeholt habe. Fahr nach Hause, Gitte.«

»Okay, ich fahre nach Hause und wasche das viele Blut von meiner Terrasse. Ist ja nicht der erste Blutfleck dort.«

Ole Ansgaard stöhnte in gespielter Entrüstung auf, und sie gingen gemeinsam zum Ausgang.

Gitte hätte ihn gerne gefragt, wie es seiner Frau ging, aber sie traute sich nicht. Das war ein schwieriges Thema.

Anita Ansgaard hatte ihren Mann betrogen. Oles Schwester Ann hatte es herausgefunden und die Schwägerin zur Rede gestellt. Danach war es zu einem folgenschweren Autounfall gekommen, der Anita zu einem Pflegefall gemacht hatte. Gitte entschied, dass es eine gute Idee wäre, mal wieder Oles Schwester zu besuchen. Die konnte sie fragen, wie es ihrer Schwägerin aktuell ging.

»Pass auf dich auf, Gitte. Bei dir ist das keine höfliche Floskel, sondern ein ernst zu nehmender Rat. Du ziehst Katastrophen an wie Motten das Licht.«

Gitte lachte. »Nicht die Motten ziehen das Licht an, sondern umgekehrt.«

»Ich habe das schon extra so gesagt. Schlaf gut.«

Natürlich schrubbte Gitte ihre Terrasse nicht mehr sauber, als sie nach Hause kam. Das konnte der nächste Regen erledigen. Sie war hundemüde und fiel sofort in ihr weiches, gemütliches Bett.

Als Gitte am nächsten Morgen mit ihrem Rad zur Arbeit fuhr, war nebenan noch alles still. Sie dachte an die Worte von Ole. War die Schnittverletzung eventuell doch das Ergebnis eines heftigen Streits gewesen? Warum hatte Jana dann nicht erzählt, wie es passiert war? Sie hatte weder auf Jan geschimpft noch den Unfall erklärt. Es gab Menschen, die beim Anblick des eigenen Blutes so geschockt reagierten, dass sie kaum mehr handlungsfähig waren. Vielleicht hatte es daran gelegen.

Im Bestattungsinstitut bot sich Gitte ein ähnliches Bild wie am Vortag: Larstsen thronte an seinem Schreibtisch und hatte eine Tasse Kaffee sowie einen Teller mit Haferkeksen vor sich stehen. Seine Sucht verlagerte sich gerade offenbar: Süßes statt Aquavit. Da er ein hagerer Mann war, konnten die Kekse kaum schaden. Allenfalls Gitte fühlte sich bedroht, wenn ihr Chef nun jeden Tag irgendwelche Leckereien im Institut herumstehen ließ. Gitte war nicht dick, aber sie saß durchaus stramm in den Jeans, und wenn man sie an den Hüften packte, fand man auch einiges zum Greifen.

»Hej, Gitte. Die Leiche von Lars Andresen können wir morgen früh abholen. Dann kannst du ihn noch ein wenig herausputzen, nicht?«

»Ja, sein Sohn hat mir extra Sachen zum Anziehen mitgegeben. Lars war Indiana-Jones-Fan und soll bei der Beerdigung so ein Outfit samt Hut tragen. Der Sohn hat mir auch ein Pfadfindermesser mitgegeben. Was mache ich damit? Das kann ich doch nicht als Grabbeigabe im Sarg lassen.«

»Nein, natürlich nicht. Wir sind ein seriöses Unternehmen und halten uns an die Bestimmungen. Du legst das Messer erst einmal zu dem Mann in den Sarg, und bevor wir den schließen, nehmen wir es wieder heraus und geben es dem Jungen erst nach der Beerdigung wieder. Das klappt immer ganz gut und erspart uns Diskussionen und Bestechungsversuche. Ich hatte mal einen Ehemann, der seiner Gattin unbedingt ihren Schallplattenspieler samt Lieblings-LP mit ins Grab geben wollte. Himmel, was hatte ich mit dem für unangenehme Gespräche. Wo ist denn sechs Fuß tiefer bitte schön eine Steckdose? Da sind mir die Einäscherungspraktiken lieber. Zum Glück haben wir damit mehr zu tun. Heute Mittag werde ich auf ein Schiff gehen. Vorher esse ich bei Sven im Schou's eine Kleinigkeit. Ich muss meinen Freund doch unterstützen.«

Gitte wusste wegen der Seebestattung Bescheid. »Kommt heute die deutsche Familie, die ihren Angehörigen in der Ostsee beisetzen möchte?«

»Ja, genau. Der Vater hat dreißig Jahre lang in Marielyst Urlaub gemacht. Er liebte dieses Land und ließ sich auch nicht von dem unbeständigen Wetter abschrecken.«

Gitte wusste, dass in Dänemark vier Wettergötter um die Vormacht stritten: der Gott des Südens, Westens, Ostens und des Nordens. Dabei kam eine Mischung aus Sonne, Wolken und etwas Regen heraus – an manchen Tagen war von jedem etwas dabei. Der Gerechtigkeit halber musste Gitte zugeben, dass der letzte Sommer durchaus stabile Sonnentage geboten hatte.

Ihr brannten noch ein paar Fragen zur Familie Andresen auf der Seele. »Wie genau ist das Mädchen der Andresens damals verstorben?«

»Ich kann in den Unterlagen nachschauen, aber was genau damals geschehen ist, weiß ich nicht mehr.« Er guckte auf seinen Bildschirm und verkündete wenig später: »Die Beerdigung war vor zweieinhalb Jahren.«

»Und der Sohn? Warum sitzt der im Rollstuhl?«

»Keine Ahnung. Ich kann mich nicht daran erinnern, ihn bei der Beerdigung gesehen zu haben.«

Es dürfte nicht allzu schwer sein, an Zeitungsartikel zu kommen, die nicht mehr als drei Jahre alt waren, dachte

Gitte und nahm sich vor, diesen Todesfall weiter zu erkunden. Ihr erschien es merkwürdig, dass die Familie dermaßen vom Pech verfolgt wurde. Ihre Arbeit bei der Opferhilfe der Polizei in Münster hatte sie gelehrt, Dingen auf den Grund zu gehen. Auch wenn das streng genommen nicht ihre Hauptaufgabe gewesen war. In der Opferhilfe ging es um seelischen und finanziellen oder auch rechtlichen Beistand für die Opfer.

Als Gitte gegen vier Uhr am Nachmittag mit ihrem Rad wieder zu Hause ankam, stand ein Blumentopf vor ihrer Haustür. Sie blickte sich um, und da eilte auch schon ihr deutscher Nachbar aus dem Haus, als habe er die ganze Zeit Gittes Eingang bewacht. Seine braunen Haare standen zerzaust vom Kopf ab, und die Ringe unter den Augen waren so dunkel, als wären sie aufgemalt.

»Hallo, Gitte. Ich wollte mich noch mal bedanken, weil du uns gestern Abend geholfen hast. Jana ist über Nacht im Krankenhaus geblieben, aber jetzt liegt sie auf der Couch und lässt sich von mir verwöhnen. Ich fürchte, ich muss nun fürs Essen sorgen, aber außer Grillen kann ich nichts.«

Er blickte sie hilflos an und wartete offenbar auf eine Einladung zum Abendessen. Nichts lag Gitte ferner, als ihren Nachbarn ein solches Angebot zu machen. So antwortete sie munter: »Hier gibt es zahlreiche Fertiggerichte, mit einem Ofen oder einer Mikrowelle bekommst du vieles hin. Und in Marielyst ist ja alles extrem gut mit dem Fahrrad oder sogar zu Fuß zu erreichen.«

»Ach so, ja sicher. Bislang sind wir wegen der vielen Getränke immer mit dem Auto zum Markt gefahren. Ich glaube, Jana muss viel trinken, sonst besteht doch die Gefahr einer Thrombose, oder?«

»Nein, eine Thrombose bekommt sie nur, wenn sie zu viel untätig herumsitzt, aber zum Laufen braucht sie die Hand ja nicht. Ich wünsche euch noch ein paar schöne Tage. Wann reist ihr denn ab?«

»Sobald Jana wieder fahren kann, also wahrscheinlich schon morgen oder übermorgen. Sie hat keine Lust mehr, und es wird ja auch immer kälter.«

Gitte beglückwünschte sich innerlich zu der Ruhe, die bald wieder einkehren würde, aber ihr taten die beiden auch ein wenig leid. Sie waren noch so jung und unreif. »War es ein Streit, der zu dem Unfall geführt hat? So etwas kann ja mal passieren«, fragte sie ihren Nachbarn forsch.

Er wollte schon wütend auffahren, als er Gittes freundlichem Blick begegnete. Zuerst sah er weg, starrte auf seine Fußspitzen, dann sagte er: »Jana ist mit der Bierflasche in der Hand auf mich losgegangen. Sie wollte mir das Teil über den Schädel ziehen. Als ich die Flasche abgewehrt habe, ist sie in Janas Hand zersprungen. Sie muss die Flasche sehr fest gehalten haben. Hätte sie sofort losgelassen, wäre nichts passiert.«

Also war Jana offenbar selbst schuld. Das erklärte, warum beide nichts zum Hergang des Unfalls erzählt hatten. »Oje«, sagte Gitte und wollte in ihrer Wohnung verschwinden. Doch Jan hatte sich nun mutig geredet.

»Jana ist unberechenbar. Sie geht häufiger auf mich los. Man weiß nie, wie man es ihr recht machen kann.«

Darum sollte er sich besser auch nicht zu sehr darum bemühen, sonst würde er bald keine gleichberechtigte Freundin, sondern eine Tyrannin an seiner Seite haben, dachte Gitte, nickte aber nur höflich und sagte: »Ich muss dringend telefonieren, vielen Dank für die Blumen.« Schnell schloss sie die Tür, bevor sich der junge Mann mit weiteren Problemen aus seinem Leben aufdrängen konnte.

Draußen drehte gerade ein ordentlicher Wind auf, und es regnete plötzlich stark gegen die Scheiben. Umso erstaunter war Gitte, als es eine Viertelstunde später an der Haustür klingelte. Wie ein großer nasser Bär stand Ole Ansgaard mit einer Aktentasche vor ihr.

»Wenn das Wetter nicht gerade so schlecht wäre, hätte ich ein Déjà-vu. Schon wieder bringe ich dir eine Zeugenaussage zur Unterschrift vorbei«, begrüßte er sie. Das hatte er tatsächlich schon einmal getan.

»Komm rein. Ich hätte dich auch in deinem Büro besuchen können, um sie zu unterschreiben.«

»Nun, ich dachte, hier ist es gemütlicher, und ich könnte einen Kaffee schnorren. Hast du ein Handtuch?« Der kurze Weg vom Auto bis zur Tür hatte gereicht, um die blonden Haare in tropfende Strähnen zu verwandeln. Seine nasse Jacke hängte er über eine Stuhllehne. Gitte reichte ihm ein frisches Handtuch, und er wischte sich das Gesicht trocken und rubbelte die Haare so stark, dass sie in alle Richtungen hin abstanden. Gitte musste lachen.

»Ich bin eitel, lass mich kurz in einen Spiegel schauen«, bat er.

Gitte setzte derweil Kaffee auf und holte ein paar Haferkekse aus dem Schrank. Ole hatte seine etwas längeren Haare locker nach hinten gekämmt, und das stand ihm gut. Die nassen Strähnen gaben dem Dänen etwas Verwegenes.

Er stürzte sich sofort auf die Kekse. »Darf ich? Ich habe seit dem Frühstück nichts gegessen. Ich bin gleich bei Ann zum Essen eingeladen. Sie macht den besten Schweinebauch von ganz Skandinavien.«

»Wie schön, grüß deine Schwester herzlich von mir.«

»Du könntest mitkommen.«

»Nein danke. Darauf ist sie doch jetzt gar nicht eingestellt. Aber ich werde die Tage mal in ihrer Werkstatt vorbeischauen. Neulich schwärmte noch jemand davon, dass Ann Brixen eine hervorragende Glasbläserin sei. Sie ist hier in der Gegend ein echter Touristenmagnet.«

»Ich könnte jetzt einfach mehr Kekse essen, dann reicht der Schweinebauch bestimmt für drei.«

Gitte lachte, insgeheim freute sie sich über seine Beharrlichkeit. Er hatte sich so lange nicht gemeldet. Anscheinend brauchte er einen Mordfall, um mit ihr in Kontakt zu treten. Einfach nur zuzugeben, dass sie sich sympathisch fanden, war ihm wohl zu heikel. Und erneut musste Gitte an seine kranke Ehefrau denken. Gitte hatte keine Ahnung, ob Ole sie regelmäßig besuchte und ob man überhaupt noch von einer eheähnlichen Beziehung reden konnte.

»Lass uns ein anderes Mal essen gehen. Im Schou's oder im Larsens Plads.«

Letzteres war zwar nicht so vornehm und lecker wie das Restaurant von Sven Træborg, aber zwangloser. Im Larsens Plads konnte man auch einfach nur ein Bier trinken. Das gelbe Gebäude im Ortskern erinnerte Gitte von außen immer ein wenig an einen Western Saloon. Aber es wehte die dänische Flagge davor, nicht die amerikanische.

»Das Larsens Plads steht in der Beliebtheitsliste der Restaurants in Marielyst auf Platz zwölf von fünfzehn.« Ole zog ein Gesicht, als würde sie versuchen, ihm einen Zahnarzttermin schmackhaft zu machen.

»Ach was, da haben ein paar frustrierte Urlauber mit schlechter Laune abgestimmt. Es ist gemütlich dort. Aber du bist hier der Einheimische. Irgendetwas werden wir schon finden. Auf welchem Platz ist das Schou's?«

»Noch auf Platz eins.« Ole runzelte die Stirn und nahm seinen Kaffee in Empfang. »Aber es gibt wirklich Idioten, die glauben, im Essen von Sven lauere der qualvolle Tod.«

Gitte überlegte laut. »Es könnte natürlich auch ein abgedrehter Sabotageakt gegen das Restaurant gewesen sein. In dem Fall wäre Andresen ein Zufallsopfer. Allerdings würden die Angestellten von Sven dann ins Visier rücken.«

»Nein, es wurde nachgewiesen, dass das Gift in den Tabletten war, nicht im Essen. Das wissen wir mittlerweile ganz sicher.«

Gitte strahlte, weil sie dem Kommissar nun doch Informationen entlockt hatte.

»Weshalb bringt jemand einen Mann um, der Ferienhäuser vermietet? Sicher nicht, weil das gemietete Objekt eine kaputte Fliese hatte oder der Wasserhahn tropfte? Ich denke, es hat etwas mit seinem Privatleben zu tun. Wusstest du, dass ein Kind von Andresen vor mehr als zwei Jahren verunglückt ist?«

Ole antwortete: »Ich habe mir so etwas gedacht, immerhin sitzt der Junge im Rollstuhl.«

»Nein, nicht Björn. Es gab noch eine jüngere Schwester. Sie ist gestorben. Larstsen hat sie beerdigt, weiß aber nicht mehr, warum sie gestorben ist. Aber meist ist es in dem Alter doch ein Unfall. Oder Krebs.«

Der Kommissar hob seine Kaffeetasse, ohne daraus zu trinken, und starrte sie verblüfft an. Dann setzte er sie wütend zurück auf den Unterteller. »Wieso erfahre ich erst jetzt davon? Stecken meine Beamten denn schon alle im Winterschlaf? Herrgott noch mal. Weder die Ehefrau noch die Mutter des Toten haben davon etwas gesagt.«

Bare rolig, keine Sorge, war an sich ein geflügeltes Wort unter den Dänen. Ole Ansgaard war einer der wenigen Menschen, die Gitte in Marielyst kennengelernt hatte, die mit der dänischen Gemütlichkeit nicht konform gingen. Er regte sich oft und immer sehr plötzlich auf. Auch jetzt schimpfte er vor sich hin und tippte erbost ein paar Nachrichten in sein Handy. »Mehr weißt du nicht?«, fragte er Gitte.

»Nein, vielleicht war es ein Unfall, der für die Schwester tödlich verlief und für den Sohn im Rollstuhl endete.«

»Egal, ich habe jetzt Feierabend. Ich könnte allerdings meine Schwester gleich fragen. Sie ist ein wandelndes Zeitungsarchiv.« Er legte sein Handy beiseite. »Was macht dein Ex-Freund? Hat er sich schon getröstet, oder möchte er sich gerne noch mal mit mir prügeln? Dieses Mal wäre ich nämlich vorbereitet.«

»Ach ja, dein Boxverein. Bist du wieder aktiv?«

»Sicher. Du solltest auch in einen Verein gehen. Jeder anständige und sozial veranlagte Däne ist Mitglied in einem Verein.«

Gitte winkte lachend ab. »In diesem Fall berufe ich mich lieber auf meine deutsche Hälfte. Die Westfälin in mir möchte sich nicht binden.«

»An niemanden?« Es war ein wenig unheimlich, wie intensiv er sie mit seinen blauen Augen anschaute. Ohne Spott und ohne Ironie in der Stimme wartete Ole auf eine Antwort.

Gitte fühlte sich überrumpelt. Zu einer anderen Gelegenheit hatte sie dem Kommissar mal verkündet, sie wolle mit ihrer Schildkröte alt werden. Eine höchst ungeschickte Antwort, die sie mehr als spleenig hatte aussehen lassen.

Sie hob die Schultern und legte den Kopf schräg. »Ich weiß nicht. Mal sehen, was mein Leben noch so für mich bereithält.«

Ole schmunzelte. »Das kann ich dir sagen, zu viele Leichen.«

»Ist Karl wieder in Dänemark?«

Ole trank seinen Kaffee aus und stellte die Tasse behutsam auf die Untertasse. Er schien zu überlegen, bevor er antwortete: »Karl malt seit einer Woche wieder zu Hause und bleibt Ann als Mieter und Freund wohl erhalten, aber er hat auch noch eine Menge Ärger am Hals. Eine besonders rühmliche Rolle hat unser Landschaftsmaler im letzten Mordfall ja nicht gespielt. Sein größtes Vergehen war es, den Kopf in den Sand zu stecken und sich dumm zu stellen. Ein derartiges Verhalten kann auch zu einem Vergehen werden.

So schnell sind die Vergangenheit und auch der Fall bei uns garantiert nicht vom Tisch. Wie Ann aktuell zu ihm steht, weiß ich allerdings nicht. Ich schneide das Thema heute Abend mal an.«

»Nun, eventuell sitzt er sogar mit am Tisch und genießt Anns Schweinebauch.«

Ole machte ein erschrockenes Gesicht, offenbar traute er seiner Schwester eine solche Überraschung durchaus zu. »Du weißt ja, dass Ann und ich erst seit kurzer Zeit wieder miteinander reden, an unserer Versöhnung warst du schließlich nicht ganz unbeteiligt. Aber vielleicht will sie nach dem jahrelangen Streit und der Funkstille lieber noch nicht mit mir alleine essen. Verstehen könnte ich es. Ich war sehr stur«, sagte er gequält.

Gitte freute sich sehr, dass die beiden nun ein gemeinsames Abendessen hinkriegten. Da musste weder sie noch Karl als dritte Person dabei sein. Gitte war sich sicher, dass Ann Karl nicht dazu eingeladen hatte. Das hätte sie ihrem Bruder schon mitgeteilt.

»Was treiben deine Nachbarn?«, wechselte Ole das Thema.

»Sie reisen zum Glück vorzeitig ab, sobald Jana sich in der Lage fühlt zu fahren. Du hattest übrigens recht. Es hat einen Streit gegeben.«

Die Augenbrauen des Kommissars zogen sich bedrohlich zusammen. »Hat der Kerl ihr das angetan? Will sie ihn anzeigen?«

Gitte goss ihm einen zweiten Kaffee ein, damit er noch blieb. »Nein, sie hat die Bierflasche gegen ihren Freund erhoben und wollte ihn damit schlagen. Angeblich geht sie öfter auf ihren Freund los. Und als er die Flasche abgewehrt hat, ist sie in ihrer Hand kaputtgegangen«, erzählte sie ihm. »Er heißt übrigens Jan. Jan besitzt aktuell keine Fahrerlaubnis, warum, hat er mir nicht gesagt.«

Ole zückte sein kleines Notizbuch aus der Hosentasche und einen Stift, den er in seiner Jacke fand. »Gib mir mal bitte die Namen, die lasse ich durch unsere Datenbank laufen.«

Gitte versuchte, sich an die Nachnamen zu erinnern, die sie im Krankenhaus nur kurz gehört hatte. »Jan Struppel oder Strubel und Jana Haverkamp.«

Plötzlich hörte man draußen laute Stimmen. Gitte lugte durch ihre Terrassentür, auch Ole reckte neugierig den Hals. Sie sahen, wie gerade ein Koffer aus dem obersten Stockwerk flog, mit Schwung auf der Wiese landete und beinahe das Auto getroffen hätte.

»So, nun kannst du sehen, wie du ihn gepackt bekommst. Ich will noch nicht nach Hause fahren, damit du es weißt.« Jan stand auf der Veranda des Hauses und rieb sich die Hände, als hätte er einem üblen Kerl den Garaus gemacht. Es war aber nur ein leerer grüner Koffer, der da nun aufgeklappt im nassen Gras lag. Nun erschien auch Jana in ihrem Sichtfeld. Wutschnaubend schnappte sie sich mit der unverletzten Hand den Koffer und zog ihn hinter sich her. Ihre langen blonden Haare wehten ihr wie eine Fahne hinterher.

Sie schrie: »Ich fahre morgen ab, und ob du dann im Auto sitzt oder nicht, ist mir total egal. Von mir aus kannst du dich an deinen dämlichen Lakritzstangen zu Tode verschlucken oder dich beim Grillen in die Luft sprengen.«

Ole zeigte ein interessiertes Gesicht, während er Gitte über die Schulter blickte. »Sieht nach einer Trennung aus«, sagte er.

»Nein, so verlaufen die Streits der beiden üblicherweise. Da würde ich noch nichts darauf geben. Wenn ich Glück habe, fahren beide morgen einvernehmlich ab. Ich glaube nämlich nicht, dass sie ohne ihn geht.«

»Hauptsache, sie werden nicht wieder handgreiflich, dann muss ich eingreifen.«

»Das glaube ich nicht, und wenn, geht es eher von Jana aus. Jan wird schon aufpassen. Die Sache mit der Hand hat ihn mitgenommen.«

Ole blickte auf seine Uhr. »So, ich fahre jetzt nach Hause, ziehe mich um und kaufe noch ein paar Blumen für meine Schwester. Kannst du mir da etwas empfehlen?«, fragte er.

Gitte erinnerte sich an die Wohnung von Ann Brixen. Möbel, Teppiche und Wände waren weiß oder beige, aber Ann hatte überall bunte Dekoartikel aufgestellt, die auf elegante Art Farbe in die Wohnung brachten, wunderschön, fand Gitte bei ihrem ersten Besuch. »Kauf ihr einen hellen Strauß«, entschied sie. »Weiße und gelbe Blumen oder Ähnliches. Anns Vasen sind schon bunt genug.«

Als Ole gefahren war, überlegte Gitte, sich noch mit Nils Jansen, dem Journalisten, in Verbindung zu setzen. Er kam sicher schneller an Informationen zu länger zurückliegenden Unfällen. Sie rief ihn auf seinem Handy an und war erfreut, als er sich bereits nach dem zweiten Klingeln meldete. »Hej, Nils, hier spricht Gitte Madsen. Bist du noch bei der Arbeit?«

»Hej, Gitte. Nein, es ist doch schon nach fünf. Ich sitze im Vogelparadies Bøtø Nor und beobachte gerade einen Seeadler. Zum Glück habe ich das Handy auf Vibration stehen, sonst hätte ich mir jetzt einen neuen Beobachtungsposten suchen müssen. Einen Seeadler sieht man hier nicht alle Tage. Ich hoffe, du hast eine gute Story für mich.« Er sprach so leise, dass Gitte ihn kaum verstehen konnte. Sie konnte sich den auf jung getrimmten Redakteur nur schwer still sitzend in der Natur vorstellen.

Das Bøtø Nor war ein großes Vogelschutzgebiet mit vielen Seen und Tümpeln, und dort gab es in der Tat eine Menge Vögel zu beobachten, die man sonst nur selten zu Gesicht bekam. Vor allem im Herbst konnte man interessante Arten entdecken. Allerdings gab es auch Regeln: Man musste auf den Wegen bleiben, und im Wald herrschte ein strenges Rauchverbot. Gitte fragte sich, wie der Kettenraucher Nils das längere Zeit aushielt.

»Nein«, sagte sie freiheraus. »Eigentlich wollte ich dich um einen Gefallen bitten. Kannst du mal nach einem Unfall forschen, bei dem ein etwa siebenjähriges Mädchen ums Leben gekommen ist? Das muss vor zweieinhalb Jahren hier in der Gegend passiert sein. Es handelte sich dabei um die Tochter des Mannes, der im Schou's ermordet wurde«, fügte sie noch hinzu, um Nils' Interesse zu wecken.

»Und du glaubst, der Unfall hat etwas mit dem Mord zu tun?«

»Nein, wohl kaum. Ich weiß nicht einmal, ob sie bei einem Unfall ums Leben kam. Der Unfall interessiert mich einfach. Und der Sohn der Familie sitzt im Rollstuhl. Das sind recht viele Tragödien für eine Familie.«

Im Hintergrund entstand ein Tumult, es knackte in der Leitung, und Gitte glaubte schon, das Handy sei Nils in einen Tümpel gefallen. »Du, warte mal. Hier laufen ein paar Deutsche oder Holländer einfach durch das Wasser und schrecken alles auf«, erklärte er. Gitte hörte den Journalisten rufen und in Englisch ein paar kräftige Ausdrücke gebrauchen. Dann wurde es wieder ruhiger, und er meldete sich zurück. »Da steht doch überall und in jeder Sprache, dass man auf den Wegen bleiben soll, sonst wäre es ja auch kein Schutzgebiet mehr. Wenn die durchs Wasser laufen wollen, gibt es doch in unserer Gegend weiß Gott genug Strände, wo man das machen kann.«

Ja, dachte Gitte, die Dänen hielten sich an Regeln und pochten auch bei anderen auf deren Einhaltung. Sie erinnerte sich nur zu gut daran, wie penetrant der Kommissar auf der Ummeldung ihres Wagens bestanden hatte. Dabei war sie damals gerade erst in Dänemark angekommen. Und Ole Ansgaard wusste doch, dass so eine Anmeldung sie in den Ruin hätte treiben können, so teuer war das hier wegen der hohen Steuern.

»Ich schaue mal, was ich finden kann, aber erst morgen. Hej, hej, Gitte.« Bevor sie noch etwas sagen konnte, hatte Nils, der Hobbyornithologe, aufgelegt. Man entdeckte doch immer neue Seiten an den Menschen, mit denen man zu tun hatte.

Als Nächstes rief Gitte Sven Træborg im Schou's an. In Dänemark bedankte man sich am nächsten Tag immer für eine Einladung, selbst bei engen Familienmitgliedern. Er hob gleich ab, als würde er auf Anrufe warten. »Hej, Sven, Gitte hier. Ich wollte hören, wie es euch geht, und mich für das Essen bedanken. Es tut mir leid, dass es ein so unglückliches Ende fand. Ich hoffe sehr, dass dein Restaurant keinen Schaden davonträgt.«

Sven lachte bitter am anderen Ende der Leitung. »Hej, Gitte, schön, dich zu hören. Heute waren sogar recht viele Leute hier. Alle wollten sich den Tatort anschauen. Es geht doch nichts über einen Hauch von Tod und Verbrechen in schöner Umgebung. Über mangelnden Zuspruch beim Bier kann ich mich also nicht beklagen, aber mein Steak mit Pilzen wurde erst heute Mittag von Paul, deinem Chef, wieder bestellt.«

Gitte musste grinsen. Es sah ihrem Chef ähnlich, allen zu zeigen, wie haltlos die Gerüchte über giftige Pilze waren. Am liebsten hätte der Bestatter sicher noch die Presse dabeigehabt, um darüber berichten zu lassen, wie wenig Angst ein Totengräber vor dem Tod hatte.

»Es haben dann noch mehr Leute ein Essen bestellt, allerdings nichts mit Pilzen. Die Angst der Menschen sitzt tief. Aber ich werde es überstehen«, meinte Sven. »Rhandi hat sich so furchtbar aufgeregt, dass ihre Grippe der Wut gewichen ist. Ihr geht es heute schon viel besser. Sie schreibt gerade ein Plakat, auf dem steht, woher wir unsere Pilze beziehen.«

Auch bei Malthe, dem Sohn, rief Gitte noch schnell an,

um ihm für den schönen Abend zu danken. Zu Recht fragte der bei dieser Formulierung, ob sie sich über ihn lustig machen wollte. »›Schön‹ ist nun wirklich nicht die richtige Beschreibung für einen Abend, an dem uns ein Toter vor die Füße gelegt wurde«, korrigierte er sie. »Obgleich, bei dir und Paul bin ich mir da gar nicht so sicher. Ein Toter ist für euch so viel wert wie für uns ein hungriger Gast.« Sie sah ihn förmlich grinsen.

»Also gut, ich ersetze das Wort ›schön‹ durch den Begriff ›turbulent‹. Es war ein turbulenter Abend mit einem leckeren Essen.« Denn Gitte hatte zu späterer Stunde tatsächlich noch ihr Steak mit den Pfifferlingen vertilgt, trotz der Angst einiger Gäste, die Pilze seien vielleicht doch tödlich. Auch ein Arzt konnte sich ja mal irren.

Malthe lachte zufrieden. »Mir hat es besonders gut gefallen, dass du dieses Mal meine Essensbegleitung warst und Ole dumm aus der Wäsche geguckt hat.«

»Ja, aber er war doch nur verblüfft, weil schon wieder eine Leiche vor mir lag. Er dachte im ersten Moment übrigens, ich kellnere bei deinem Vater.«

»Das sieht ihm ähnlich. Er kann sich offenbar nicht vorstellen, dass du mit mir ausgehst.«

»Ihr kennt euch?«, fragte Gitte ihn.

»Wir sind zusammen zur Schule gegangen. Ich weiß, ich sehe jünger aus als er, aber wir haben das gleiche Baujahr.«

Gitte lachte und verabschiedete sich wenig später. Im Internet forschte sie nach Unfalltoten auf Falster und in der Umgebung, fand aber nichts Hilfreiches. In Dänemark war die Zahl der Verkehrstoten pro hunderttausend Einwohner genauso hoch wie in Deutschland. Sie fand einen Unfall, der ungefähr in die Zeit passte, doch dabei war eine Frau zu Tode gekommen, kein Kind. Der Vorfall war besonders tragisch, da es sich um Unfallflucht und unterlassene Hilfeleistung handelte. Bei der verstorbenen Tochter der Andresens wusste Gitte ja nicht einmal, ob es ein Autounfall gewesen war.

Als Gitte mit dieser Online-Recherche nicht weiterkam, kramte sie den Zettel heraus, den Sven ihr am Abend zuvor gegeben hatte, und tippte den russischen Namen in die Suchmaschine ein. *Wladimir Wolkow*. Das Ergebnis war enttäuschend. Den Namen gab es zu häufig. Ein russischer Jazzmusiker hieß so, ein bekannter Historiker, ein sowjetischer Zehnkämpfer und ein kasachischer Eishockeyspieler. Wenn schon so viele Prominente Wolkow hießen, liefen bestimmt noch viel mehr russische Bürger mit diesem Namen herum. Das würde sie nicht weiterbringen. Sie klappte ihren Laptop zu und ging für einen Moment auf die Terrasse.

Nebenan war es erstaunlich still. Entweder schwiegen die beiden sich beleidigt an, oder das Streiten hatte sie erschöpft in den Schlaf getrieben. Doch dann hörte sie die leisen Stimmen in einem Fernseher. Gitte hoffte inständig, dass die beiden morgen friedlich abfuhren und das Haus für ihren Lieblingstouristen Erik, den Schweden, frei machten.

Ein Wagen näherte sich im Schritttempo auf dem Schotterweg, fuhr an ihr vorbei und setzte dann im Rückwärtsgang zurück. Dem Nummernschild nach zu urteilen, waren es Holländer. Der Fahrer suchte offenbar ein Haus. Es war an sich ungewöhnlich, dass neue Gäste an einem Dienstag anreisten, der Wechsel fand meist an den Samstagen statt. In der Nebensaison konnte man ein Haus allerdings auch nur für ein paar Tage mieten.

Neugierig blickte Gitte auf die Straße und beobachtete, wie das Auto schließlich auf das Nachbargrundstück fuhr. Es war ein schwerer Wagen. Nun hatte sie auf der anderen Seite also Nachbarn, aber von dort bekam sie selten etwas mit. Das Haus lag weit zurück. Sie hörte das Bellen eines großen Hundes und ein paar Rufe.

Kurz darauf betrat ein junger Mann ihr Grundstück. An der Leine führte er einen Rottweiler. Es war ein schönes kräftiges Tier, doch die Art, wie der Hund sich in ihren Garten stellte und das Nackenfell sträubte, bereitete ihr ein wenig Unbehagen. Sie blickte den Besucher fragend an. Viel sympathischer sah das Herrchen auch nicht aus. Die Haare waren so kurz geschnitten, dass der Mann fast kahlköpfig wirkte. Er besaß die Figur eines Menschen, der den halben Tag im Fitnessstudio verbrachte und zu viel Eiweiß zu sich nahm.

»Hi, kann ich bei dir mal telefonieren?«, fragte er auf Englisch. »Diese Deppen im Touristenbüro haben uns den falschen Schlüssel mitgegeben. Wir kommen nicht in unser Haus.«

Dass jemand im Zeitalter von Handy und Co. nach einem Telefon fragte, war ungewöhnlich. Weit weniger ungewöhnlich waren hingegen Touristen, die an der Haustür eines dänischen Hauses verzweifelten. »Lässt sich der Schlüssel denn ins Schloss stecken?«, fragte Gitte zunächst, anstatt dem Besucher ihr Telefon anzubieten.

»Ja, das schon, aber die Tür geht nicht auf.«

»Die Haustüren hier sind anders. Du musst die Klinke nach unten oder oben stellen, dann funktioniert es bestimmt.«

Er blickte sie konsterniert an. »Willst du mir sagen, wir sind zu blöd, eine Tür aufzuschließen? Ich bin mir sicher, dass der Schlüssel falsch ist.«

»Soll ich kurz mitkommen?« Sie blieb weiter freundlich, fand den Mann aber recht unhöflich und eingebildet. Breitbeinig hatte er sich nun neben seinem Hund aufgebaut und verteidigte seine Ehre.

»Nein, nicht nötig. Wenn es der richtige Schlüssel ist, schaffen wir das schon alleine.«

Hinter ihm waren inzwischen noch zwei andere Männer aufgetaucht, mit ähnlichen Frisuren und Tätowierungen an den Armen. Der Mann mit dem Hund drehte sich zu ihnen um. »Man muss irgendetwas mit der Türklinke anstellen, damit man reinkommt. Andere Völker, andere Sitten.« Zu Gitte gewandt, ergänzte er: »Wenn es nicht klappt, komme ich wieder.« Das klang jetzt so, als hätte Gitte dann einen Fehler gemacht, für den er sie verantwortlich machen wollte. Nette Nachbarn.

Sie nickte nur kühl und ging ins Haus zurück. Zum Glück kamen sie nicht wieder, der Trick mit der Türklinke hatte anscheinend funktioniert. In Dänemark besaßen viele Türen ihre Geheimnisse, und man musste oft ein wenig herumprobieren, bis man Einlass bekam.

3

Als Gitte am nächsten Morgen zur Arbeit fuhr, waren die Vorhänge bei ihren Nachbarn noch zugezogen, es sah also nicht danach aus, als würden Jan und Jana vorzeitig abreisen. Die kleine Straße lag verschlafen in der frühen Morgensonne. Alles war still.

Gitte erschrak daher beinahe zu Tode, als sie ihr Fahrrad aus dem alten Schuppen holte und hinter sich das Knurren eines Höllenhundes hörte. Sie drehte sich um und blickte in die schmalen Augen des Rottweilers von nebenan. Die Nackenhaare standen erneut hoch, und er fletschte sichtlich die Zähne.

Wie konnte man denn einen solchen Hund frei herumlaufen lassen? Als Gitte sich vorsichtig bewegte, um ihr Rad rückwärtszuschieben, schnappte das Tier warnend nach ihr. Blitzschnell brachte sie das Fahrrad mit einer Drehung zwischen sich und den Hund und rief laut um Hilfe. Der Rottweiler hielt für einen Moment verblüfft inne, knurrte dann aber erneut.

Zum Glück kam gerade der kurzhaarige Besucher von gestern in Jogginghose um die Ecke und rief nach seinem

Hund. »Brutus, hierher. Tut mir leid, aber er kann Frauen nicht leiden.«

»Dann gehört er in jedem Fall an die Leine.«

»Ich konnte ja nicht ahnen, dass ausgerechnet Urlauber schon so früh auf den Beinen sind.«

»Ich fahre zur Arbeit, ich bin keine Touristin.«

Er machte einen Schritt zur Seite und hielt den Hund am Halsband fest, als Gitte nun ihr Fahrrad herausschob.

»Wo gibt es in diesem kleinen Ort denn Arbeit für eine so hübsche Frau?«

»Beim Bestatter.« Sie setzte sich aufs Rad und fuhr wütend davon. Noch so eine Begegnung mit dem Hund, und sie würde sich etwas einfallen lassen müssen. Ihre Schildkröte ließ sie besser nicht mehr unbeaufsichtigt ins Freigehege nach draußen. Drei Typen mit Kampfhaarschnitt, Tätowierungen wie Ex-Häftlinge und einem angriffslustigen Hund im Schlepptau. Viel schlimmer konnte es für eine gemütliche Ferienhaussiedlung mit vielen Kindern nicht werden.

Als sie im Bestattungsinstitut eintraf, erzählte sie sofort ihrem vergnügt wirkenden Chef von dem Vorfall. »Ich wäre beinahe nicht gekommen, weil mich ein holländischer Rottweiler zerfleischen wollte. Ich musste mich hinter meinem Fahrrad verschanzen, damit er nicht auf mich losgehen konnte. Als ich laut um Hilfe rief, kam der bescheuerte Besitzer und entschuldigte seinen Hund. Der könne halt keine Frauen leiden. Warum dürfen solche Leute hier Urlaub machen?«

»Nun, Dänemark verlangt weder von den Hunden noch

von deren Besitzern einen Wesenstest. Aber wenn so etwas noch mal vorkommt, solltest du mit Ole sprechen. Es gibt ein Einreiseverbot für einige als gefährlich eingestufte Hunderassen, die nach dem März 2010 angeschafft worden sind, aber Rottweiler fallen nicht darunter. Willst du auf den Schrecken erst mal einen Aquavit?«

Ihr Chef wollte doch wohl nicht rückfällig werden und den Rat seines Arztes missachten? Denn alleine würde er Gitte kaum trinken lassen. Sie lehnte höflich ab und blickte wie erwartet in ein enttäuschtes Gesicht. Dafür nahm sie sich ein kleines Marzipanbrot von Anthon Berg, von denen Larstsen drei Stück in der typisch pinkfarbenen Verpackung lockend auf seinem Schreibtisch liegen hatte. Er nickte ihr begeistert zu. »Ich liebe dieses Marzipan.«

»Ja, Zucker wirkt bei mir deutlich besser als Alkohol, danke, Paul«, sagte Gitte. »Süßigkeiten von Anthon Berg kennt man in Deutschland übrigens auch.«

»Ich habe heute Morgen schon die Leiche unseres Mordopfers abgeholt. Du kannst dich gleich an die Arbeit machen und den Toten in einen tadellosen Indiana-Jones-Helden verwandeln. Die Beerdigung ist in zwei Tagen. Die Verwandtschaft kommt heute Nachmittag um drei Uhr, um sich zu verabschieden, und dann machen wir den Sarg zu.« Paul Larstsen grinste, Gitte nickte und kaute genussvoll. Erst als sie das Marzipan runtergeschluckt hatte, begab sie sich in den Raum, in dem die Leichen hergerichtet wurden.

Lars Andresen war zu Lebzeiten ein gut aussehender Mann gewesen und mit sechsundvierzig Jahren zu jung zum Sterben. Seine grau melierten Haare waren fesch geschnitten, und er besaß ein energisches Kinn mit einem Grübchen. Sein Mund strahlte eine gewisse Entschlossenheit aus, die Nase war groß und aristokratisch, und von einem kleinen Bauchansatz einmal abgesehen hatte er eine tadellose Figur.

Er lag nackt auf den Metallkassetten, die mit zahlreichen Löchern ausgestattet waren, damit das Wasser beim Waschen abfließen konnte. Zunächst sprühte Gitte den Leichnam mit einem Desinfektionsmittel komplett ein und wusch ihn dann mit Seife und viel kaltem Wasser überall gründlich ab. Mit einem gut riechenden Shampoo spülte sie dem Mann die Haare und föhnte sie kurz trocken. Die Hände und Fingernägel des Mannes waren gepflegt, hier gab es nicht viel zu tun. Nachdem sie den Körper komplett abgetrocknet hatte, cremte sie ihn mit einer speziellen feuchtigkeitsregulierenden Lotion ein, die der Dehydrierung der Haut entgegenwirkte. Dann verschloss sie alle Körperöffnungen mit Watte und einem feuchtigkeitsbindenden Pulver.

Das Gesicht war schließlich der schwierigste Teil der Behandlung. Es sollte friedlich aussehen, so als würde Lars Andresen schlafen. Dafür gab es ein paar chirurgische Tricks, damit zum Beispiel der Mund nicht plötzlich offen stand, weil Unter- und Oberkiefer auseinanderklappten. Auch bei den Augen musste ein wenig nachgeholfen werden, damit die Lider geschlossen blieben. Dafür verwendete Gitte spezielle Plastikkappen, ähnlich wie Kontaktlinsen. Denn nach dem Tod sanken die Lider immer mehr ein, und durch deren Austrocknen öffneten sich die Augen wieder.

Als sie dem Toten die Sachen anzog, die der Sohn mitgebracht hatte, musste sie grinsen. Es würde ein merkwürdiger Anblick sein, einen Abenteurer in einem Sarg liegen zu sehen. Erschossen im Staub liegend, ein Pferd daneben, hätte besser zu dem Aufzug gepasst. Mittlerweile wurden in Dänemark mehr Leichen eingeäschert als im Sarg beerdigt. Die Familie betrieb einigen Aufwand, um Lars Andresen als Filmhelden zu bestatten. Zu guter Letzt legte Gitte dem Toten das Messer auf die Brust. Sie war einigermaßen gespannt, wer von der Familie heute Nachmittag auftauchen würde.

In ihrer Mittagspause ging sie ins Café Tante Karla und aß eine Kleinigkeit. Sie blickte aus dem Fenster auf den herrlichen Außenbereich des Cafés. Dort standen einige Tische und bequeme Sessel und eine Unmenge an Pflanzen herum, sodass es auch draußen sehr gemütlich wirkte. Für die kalten Temperaturen lagen Decken bereit.

Gitte selbst saß lieber drinnen und beobachtete die Passanten. Das Wetter in Marielyst war heute trocken, heiter bis wolkig, aber sehr windig. Die Urlauber schlenderten mit Mützen auf den Köpfen über den Torv genannten Platz oder zum Meer hinunter. Noch vor wenigen Jahren hatte es im Ortskern von Marielyst keine mit Holzplanken befestigten Wege gegeben. Gemütlich war es dennoch immer schon gewesen, doch nun wirkte der ganze Ort ordentlicher. Und Rollstuhlfahrer konnten ohne Probleme bis zum Wasser fahren.

Gitte musste darüber nachdenken, dass es für Rollstuhlfahrer wesentlich schwieriger war, einen Urlaub am Meer zu verbringen. Der viele Sand machte ein Vorwärtskommen auf Rädern nahezu unmöglich. Wie oft kam der Sohn von Lars Andresen wohl bis ans Wasser? Liebte er das Meer, so wie die meisten Menschen? Björn Andresen war eine interessante Person. Selbstbewusst, entschlossen und ja, auch etwas zynisch. Mal sehen, wie er sich in Gegenwart seiner Mutter und Großmutter verhielt.

Doch der erste Besucher nach der Mittagspause war Nils Jansen und nicht die Familie des Mordopfers. Bekleidet mit einem Jeanskäppi und einer zu bunten Windjacke, betrat er munter das Institut. An seinem Arm baumelte eine Kamera. Seine kleinen, flinken braunen Augen wanderten von einem zum anderen. »Hej, Gitte. Hej, Paul. Wie geht's?«

»Hej, Nils. Hast du etwas herausgefunden?«

»Ich weiß nun, woran das Mädchen der Familie Andresen gestorben ist, aber es war nicht einfach. Im Internet habe ich nur von einem tödlichen Unfall mit Fahrerflucht gelesen, der etwa in die angegebene Zeit fiel. Dabei handelte es sich um eine Frau in den Vierzigern, die schwer verunglückt ist. Aber ich habe mich mal in der Schule umgehört, und eine Lehrerin hat mir erzählt, dass die Tochter der Andresens an einer Meningitis gestorben ist. Es gab damals noch einen anderen Fall, und die Schule wurde wegen der Ansteckungsgefahr sogar für ein paar Tage geschlossen. Die andere Schülerin ist wieder gesund geworden.« Nils setzte ein wichtiges Gesicht auf und blickte fragend zu dem Stuhl, bevor er sich darauf niederließ.

Paul guckte verwundert von einem zum anderen, fand aber schnell den Faden. »Du hast deine Hände wieder in der

Polizeiarbeit, Gitte«, meinte er kopfschüttelnd, hörte jedoch interessiert weiter zu.

Nils fuhr fort. »Es gibt eine virale Hirnhautenzündung und eine bakterielle. Dabei ist die bakterielle die gefährlichere Form, die auch schnell zum Tod führen kann. Man kann sich dagegen impfen lassen, aber da denkst du ja nicht immer dran. Jedenfalls ist das Mädchen daran gestorben. Das ist tragisch, aber so etwas passiert.«

Nils guckte jetzt zu Paul und bat: »Kann ich mal einen Blick auf die Leiche von Andresen werfen? Ich mache auch kein Foto, aber ich kann einfach besser über den Mann schreiben, wenn ich ihn gesehen habe.«

Paul drückte sich klipp und klar aus. »Wenn ich mitbekomme, dass du heimlich ein Foto schießt, erhältst du Hausverbot bei mir. Ich möchte auch nicht in der Zeitung lesen, in welchem Aufzug er hier aufgebahrt wurde.«

Nils winkte ab und machte ein gespanntes Gesicht. »Natürlich nicht. Ich weiß schon. Solange die Leute am Leben sind, wollen sie ständig in die Zeitung und aufs Foto, aber Tote gibt es nur im Fernsehen.«

Anschließend schüttelte Gitte Nils die Hand und bedankte sich. »Das war ganz toll, dass du mir weitergeholfen hast. Im Recherchieren bist du große Klasse. Hast du zufällig auch herausgefunden, was mit dem Sohn passiert ist? Er sitzt im Rollstuhl.«

»Nein, von dem war nicht die Rede.«

Keine zwanzig Minuten später tauchte die Familie Andresen auf. Sie kamen zu viert. Vorneweg betrat ein Mann den Laden, der dem Toten erstaunlich ähnlich sah und sicher der Bruder war. Am Arm geleitete er die trauernde Witwe, seine Schwägerin. Dahinter rollte Björn herein, und neben ihm lief eine rüstige Frau um die siebzig mit grauen Haaren, die sie zu einer praktischen Kurzhaarfrisur geschnitten trug. Strahlend hellblaue Augen blickten Gitte prüfend an, als sie in den Raum trat. Wie in Dänemark üblich, wurde Gitte gleich geduzt.

»Immerhin siehst du ganz passabel aus. Ich hatte mit einer dürren, schwarz gekleideten Vogelscheuche gerechnet, als mein Enkel mir sagte, dass hier eine Bestatterin arbeitet.« Kein Lächeln begleitete ihre Worte. »Du hast meinen Sohn hergerichtet?«

»Ja, nach den Wünschen von Björn. Ich zeige euch, wo er liegt.« Gitte führte die kleine Gruppe ins Angehörigenzimmer und hoffte, dass das Indiana-Jones-Outfit kein bloßer Scherz von Björn gewesen war. Ihre Sorge erwies sich als unbegründet.

Alle stellten sich nun um den Sarg, und die Mutter des Toten lächelte sogar, als sie ihren Sohn betrachtete. »In manchen Dingen war er ein Kindskopf bis zum Schluss. Dieser Abgang würde ihm jedenfalls gefallen.«

»Ich lasse euch einen Moment lang allein«, sagte Gitte und schloss die Tür.

»Denk daran, das Messer einzusammeln, sobald wir den Sarg schließen«, meinte Paul.

»Die Beerdigung machen wir übermorgen zusammen, oder?«

»Ja, natürlich. Ich bin dabei. Du wirst ja sicher wieder

vollkommen damit beschäftigt sein, den möglichen Mörder unter den Gästen ausfindig zu machen. Aber ich kann dir jetzt schon sagen, das wird eine größere Gesellschaft als bei dem armen Griechen im Sommer.«

Gitte lehnte sich mit verschränkten Armen an die Wand neben Pauls Schreibtisch. »Ich hatte damals aber recht, all diejenigen, die am Unglück beteiligt waren, sind zu Joris' Beerdigung gekommen«, erinnerte sie Paul ein wenig trotzig. »So wie es den Täter zum Tatort zurückzieht, so zieht es ihn meist auch auf die Beerdigung des Opfers. Wenn ich jemanden umgebracht hätte, würde ich mir auch anschauen wollen, wie er in der Erde verschwindet und wer um ihn trauert.«

»Nun, als Bestatterin hast du nun die perfekte Tarnung.« Paul lachte und schob sich genussvoll ein Marzipanbrot in den Mund. Wenn er seinen Aquavitkonsum weiterhin mit reichlich Süßem kompensierte, würde er vielleicht doch noch zunehmen, dachte Gitte und betrachtete ihren hageren Chef.

Björn verließ als Erster das Angehörigenzimmer und gesellte sich zu Gitte. Er sah aus, als könne er nur schwer die Tränen zurückhalten. »Das ist schon irre, dass er noch immer ausschaut wie mein Dad, aber sich so kalt anfühlt wie ein Fischbrötchen. Man will ihn anbrüllen und schütteln, weil er da so leblos liegt.« Er starrte Gitte an und fragte: »Wenn du die Toten wäschst, hast du dann schon mal das Gefühl, dass noch Leben in ihnen steckt? Wenigstens ein kleines bisschen?«

Gitte schüttelte langsam den Kopf. Was für eine merkwürdige Frage für einen erwachsenen jungen Mann. »Ich stelle mir vor, wie sie gelebt und was sie gern gemocht haben und ob sie nette Menschen waren. Manchmal ist man versucht, mit ihnen zu reden, so, wie man mit einem Tier redet. Man erwartet keine Antwort.«

»Glaubst du, mein Vater war ein netter Mensch?«

Paul stand auf und ging mit einem Wink in das Angehörigenzimmer. Immerhin kannte er die Familie.

Gitte antwortete ehrlich: »Ich weiß es nicht. Er hat einen tiefgründigen Sohn.«

Björn verzog keine Miene. »Ich werde herausfinden, wer ihn umgebracht hat und warum. Einem Behinderten erzählen die Menschen mehr, schon aus Mitleid. Was glaubst du, wie viele Bonuspunkte ich beim Abitur bekommen habe? Ohne dafür gelernt zu haben.«

»Willst du deinen Vater rächen?«

Björn strich mit den kräftigen Händen über die Räder seines Rollstuhls. Er trug Handschuhe, doch die Fingerkuppen waren frei. »Nein, oder vielleicht, ich möchte wissen, warum er gestorben ist. Vielleicht hat ihn ja jemand bestrafen wollen.«

Gitte setzte sich auf einen Stuhl, damit sie nicht immerzu auf den jungen Mann herabsehen musste. »Das war dann aber eine sehr harte Strafe. Und so endgültig. Deine Großmutter ist übrigens eine interessante Frau.«

»Ja, sie ist toll.«

In diesem Moment kam die Familie von Björn zusammen mit Paul aus dem Zimmer. Karla Andresen hatte feuchte Augen und hing schwer am Arm ihres Schwagers.

Die Großmutter, Bente Andresen, wandte sich an Paul und Gitte.

»Ihr könnt ihn jetzt zumachen. Ich möchte nicht, dass ihn noch jemand zu sehen bekommt. Wir treffen uns dann übermorgen.« An der Tür drehte sich die ältere Dame noch einmal um und blickte Paul an. »Wir werden die Gäste nach der Beisetzung ins Schou's zum Essen einladen. Hältst du das für geschmacklos?«

»Nein«, sagte Paul. »Ich halte es für eine sehr kluge und großherzige Entscheidung.«

»Sven war ein guter Freund meines Mannes. Er hätte genauso entschieden. Hej, hej.«

Gitte freute sich, dass die Familie beschlossen hatte, den sogenannten Leichenschmaus im Schou's zu veranstalten, obwohl Lars Andresen in ebendiesem Restaurant ums Leben gekommen war. In Marielyst gab es zwar eine kleine Strandkirche, aber keinen Friedhof. Die Beisetzung würde im benachbarten Gedesby stattfinden.

Heute hatte Gitte noch eine andere Mission, die sie von dem aktuellen Mordfall weit wegführte. Heute wollte Gitte in der Vergangenheit ihres Vaters stöbern. Dazu würde sie eine alte Dame besuchen, die ehemalige Sekretärin ihres Vaters. Als sie Maggy Petersen im Sommer besucht hatte, um sie über ihren Vater auszufragen, hatte Gitte zwei Sachen herausgefunden: Ihr Vater war ein Eigenbrötler, der seinen Kunden nur selten erzählt hatte, dass er eine Familie in Deutschland besaß. So als wäre ihr Vater im Menschenhandel tätig und hätte mit gefährlichen Verbrechern zu tun. Dabei war er in der vergleichsweise harmlosen Immobilienbranche gewesen. Zum anderen hatte sie den Verdacht von Sven Træborg, Mads habe sich mit ein paar zwielichtigen Russen eingelassen, bestätigt. Zumindest wusste die alte Dame, dass Mads vor seinem Tod mit zwei Kunden zu tun hatte. Mit einem netten dänischen Pärchen und mit einem reichen unsympathischen Russen, dessen kranker Sohn offenbar dringend den Strand von Marielyst und die Umgebung zur Genesung brauchte. Einen Namen hatte Maggy ihr beim letzten Zusammentreffen nicht geben können, aber nun konnte Gitte sie konkret nach jemandem fragen. Da die alte Sekretärin mittlerweile recht schwerhörig geworden war, wollte Gitte lieber direkt bei ihr vorbeifahren. Maggy Petersen wohnte im nächsten Ort, in Væggerløse. Also rief sie sie an und kündigte ihren Besuch für kurz nach vier Uhr an. »Keine Kekse, Maggy, keine Umstände.«

»Ja, ja, das lass mal meine Sache sein. Ich koche Tee.«

Die alte Dame hatte so laut ins Telefon gebrüllt, dass Paul fragte: »Wo gibt es Tee? Weißt du, Gitte, ich finde einen wirklich guten, geschmackvollen Tee zu kochen ist um Längen schwieriger, als einen halbwegs anständigen Kaffee zu brauen. Ich kann es nicht, meine Frau konnte es schon gar nicht, bei der schmeckte eh alles nach Nikotin. Aber meine Tochter, die macht einen Tee, da brauchst du keinen Kuchen und keinen Keks dazu. Dieses Geschmackserlebnis willst du durch nichts anderes stören.« Er leckte sich genüsslich die Lippen und schob den kalt gewordenen Kaffee zur Seite. »Meine Frau hätte mehr Tee trinken und weniger rauchen sollen, dann wäre sie nicht an Lungenkrebs gestorben.«

Gitte erklärte ihm: »Ich fahre gleich noch zur alten Sekretärin meines Vaters.«

»Zum Teetrinken?«

»Ja.«

»Weil du gerne mit alten schwerhörigen Menschen Tee trinkst?«

»Weil ich sie nach jemandem fragen möchte. Ich suche schließlich immer noch nach Hinweisen zum Verschwinden meines Vaters.«

Paul verdrehte die Augen. »Irgendwann wird unser Kommissar dich einsperren. Schutzhaft, Behinderung von polizeilichen Ermittlungen, Widerstand gegen jeglichen Ratschlag – ihm wird etwas einfallen. Und dann muss ich mir schon wieder einen neuen Mitarbeiter suchen.«

Gitte lachte fröhlich.

Mit dem Fahrrad konnte man in zwölf Minuten in Værgerløse sein, doch Gitte hielt noch beim Einkaufszentrum, um ein paar Pralinen für Maggy zu besorgen. Damit stand sie schließlich vor der Tür des Hauses, in dem es, wie sie wusste, zwei Wohnungen gab. Die untere bewohnte die alte Sekretärin ihres Vaters. Die zarte kleine Frau zog Gitte mit einem überraschend kräftigen Händedruck in die Wohnung. »Essen ablehnen, aber anderen Frauen die Kalorien schenken, das nenne ich perfide. Aber danke, Gitte. Ich liebe Schokolade.«

Maggy Petersen hätte auch jetzt noch in einem Vorzimmer als Sekretärin sitzen können. Ihre rot gefärbten Haare trug sie zu einem Zopf zusammengebunden. Große Brillengläser machten einen wichtigen Eindruck, den ein schmaler Rock und eine feine Bluse noch verstärkten. Um den faltigen Hals lag eine Perlenkette. Gitte schätzte die Frau auf weit über siebzig.

Maggy geleitete Gitte in ihr kleines Wohnzimmer. Den königsblauen Teppich, der dort lag, hatte Gitte schon bei ihrem ersten Besuch bewundert. Auch jetzt fiel er ihr wieder auf. »Es ist unglaublich, der Raum ist wirklich nicht groß, aber dieser Teppich verleiht ihm Würde und Schönheit«, sagte Gitte.

Maggy kicherte. »Ja, der ist toll, nicht wahr? Ich habe ihn von einem Verehrer geschenkt bekommen. Der glaubte doch tatsächlich, er dürfte dann bei mir einziehen. Der Teppich ja, du nicht, habe ich zu ihm gesagt. Leider ist der Kerl vor vier Jahren gestorben. Er hatte oft gute Ideen und war recht unterhaltsam. Außerdem verstand er leidlich etwas von Musik. Wir sind manchmal zusammen nach Kopenhagen gefahren, ins Konzert. So, setz dich, und trink einen Tee.«

Maggy schenkte ihr ein und reichte ihr ein süßes Biskuitteilchen. »Wenn du den Mund wieder leer hast, erzählst du mir, was du wissen willst«, fügte sie hinzu.

Gitte biss in das mit Marzipan umhüllte Gebäckstück und zog gleichzeitig den Zettel mit dem Namen des Russen aus der Hosentasche. Sie legte ihn Maggy neben die Teetasse.

Mit abgespreiztem Finger hielt die alte Dame ihre heiße Tasse in der einen Hand und in der anderen den Zettel mit dem Namen des Russen. Sie trank einen Schluck, starrte auf den Zettel, trank, starrte wieder auf die Buchstaben und murmelte dann vor sich hin: »Wolkow, Wolkow, Artjom Wolkow. Ja genau, Artjom Wolkow.«

Gitte wusste nicht, ob die Frau vielleicht nicht alles lesen konnte, und sagte: »Wladimir Wolkow, steht da.«

»Was da steht, sehe ich. Es steht ja da.« Maggy tippte auf den Zettel. »Aber ich kann mich wieder an Artjom Wolkow erinnern.«

»Wer soll das gewesen sein?«

»Iss du mal deinen Kuchen, und lass eine senile Frau ihre alten Bilder sortieren.«

Gitte war froh über jede Erinnerung, die wieder hochkam. Sven hatte ihr von drei Russen erzählt, die beim Essen im Schou's mit ihrem Vater zusammengesessen hatten. Das war an dem Abend, bevor er verschwunden war. Möglich, dass es Brüder waren. Gitte wurde ganz aufgeregt, weil sie endlich eine Spur bekam. Auch wenn sie keine Ahnung hatte, wie sie einen Russen nach knapp zwanzig Jahren ausfindig machen sollte. Alles, was Maggy einfiel, konnte von ungeheurer Bedeutung sein.

Jetzt ging ein Lächeln über das Gesicht der Sekretärin. »Das war so ein hübscher Bengel. Also pass auf. Ich habe dir doch erzählt, dass ein russischer Geschäftsmann ein Haus hier in der Gegend kaufen wollte, weil sein Sohn krank war und ihm die Ostseeluft so guttat. Der hatte sich das fest in den Kopf gesetzt. Aber als russischer Staatsbürger konnte er gar kein Haus in Dänemark kaufen. Eines Tages stand er bei mir im Büro. Mit seinem Sohn. Mads war zu dem Zeitpunkt nicht da. Ich glaube, er war bei euch in Deutschland. Aber dass er Familie hatte, durfte ich ja niemandem erzählen. Also habe ich gesagt, dass Mads geschäftlich in Schweden wäre. Ich weiß nicht mehr, was der Mann von deinem Vater wollte, aber er hat ganz schön geschimpft, weil er nicht erreichbar war. Und neben ihm stand die ganze Zeit dieser Junge. Große graue Augen mit langen Wimpern starrten mich an, und ich dachte nur: Der Junge weiß, dass ich lüge.«

»Und der Junge hieß Artjom?«

»Ja, komisch, diese Begegnung war mir völlig entfallen. Der Junge litt an Asthma. Je mehr sein Vater sich aufregte, desto flacher begann der Sohn zu atmen. Ich habe ihm ein Glas Wasser angeboten. Der Vater hat gewartet, bis sein Sohn sich wieder ein wenig beruhigt hat, und dann hat er zum Abschied etwas Komisches gesagt.«

Maggys Stimme bekam einen tiefen Klang, als sie den Russen nachahmte: »Geld spielt keine Rolle, aber ich erwarte Zuverlässigkeit und Loyalität. Sag das deinem Chef.«

Gitte starrte sie erstaunt an und bemerkte nachdenklich: »Merkwürdige Worte für eine einfache Geschäftsbeziehung. Meinst du, mein Vater hatte mit dem Russen etwas Spezielles am Laufen?«

»Etwas Spezielles am Laufen?«, rief Maggy wieder sehr laut. »Was ist denn das für eine Ausdrucksweise? Was sollte Mads denn am Laufen gehabt haben? Mit einem Russen? Ölgeschäfte?«

Gitte zuckte mit den Schultern und erwiderte: »Irgendeine Beziehung muss er doch mit ihm gehabt haben. Sonst sagt man so etwas doch nicht vor seinem Sohn. Wie alt war der Junge damals?«

»Artjom Wolkow? Ich schätze, er war so um die zehn Jahre alt.«

Gitte ließ sich noch eine Tasse von dem hervorragenden Tee nachgießen. Ein weiteres Stück Gebäck lehnte sie entschieden ab.

»Weißt du, ob Wolkow ein Haus hier auf Falster gekauft hat?«

»Als Russe hätte er keine Genehmigung bekommen. Ich weiß es nicht, Kind. Was ich noch weiß, ist Folgendes: Dein Vater hat diesen Wolkow noch mal getroffen, sie hatten einen oder sogar mehrere Termine und haben sich Häuser angeschaut. Ich habe dir doch schon mal erzählt, dass es da ein Projekt in Sakskøbing gab. Es handelte sich um ein sehr schönes Haus, villenähnlich, wenn ich mich recht entsinne. Ob und wie sie einen Verkauf organisiert haben, daran kann ich mich allerdings nicht mehr erinnern. Oder ich habe davon nichts erfahren, keine Ahnung. Aber zu dem Zeitpunkt verschwand dein Vater ja auch, und ich hörte auf zu arbeiten.«

Gitte stellte ihre Tasse mit einem kleinen Scheppern auf die Untertasse zurück. »Wie hast du dir sein Verschwinden damals erklärt? Du musst doch eine Idee gehabt haben?«, fragte sie die alte Dame.

»Meine Idee willst du nicht hören.« Den Satz hatte die schwerhörige Maggy überraschend leise ausgesprochen. Jetzt stand sie auf und brachte die Biskuits in die Küche. »Ich packe sie dir schnell in eine Dose, die kannst du beim nächsten Besuch wieder mitbringen.«

Gitte wartete, bis Maggy zurückkam, und griff nach deren Hand. »Ich habe seit knapp zwanzig Jahren nichts von meinem Vater gehört. Meinst du nicht, dass ich schon alle möglichen Ursachen für sein Verschwinden gedanklich durchgespielt habe? Deine Vermutung wird mich nicht umhauen.«

»Ich denke, Mads ist tot. Es tut mir leid, Gitte.«

»Warum glaubst du das?«

»Er hat euch geliebt und hätte seine Familie nicht einfach so verlassen. Bei den Russen verschwinden häufiger mal Personen. Mit diesem Wladimir Wolkow und seinem Sohn kam etwas Dunkles, Bedrohliches nach Falster. Ich bin mir sicher, dass es nicht nur um Immobilien ging.«

Gitte bekam eine Gänsehaut im Nacken. Dann hatte sie eine Idee. »Wenn ich mit dir durch Sakskøbing fahre, vorbei an den schönen Villen der Hafenstadt, könntest du dich dann eventuell erinnern, welches Haus es war?«

»Du willst mit mir eine Tour mit dem Auto machen, bei der ich aus dem Fenster schaue wie ein debiler Affe? Nein. Außerdem habe ich besagtes Objekt nie gesehen.«

Auf der Rückfahrt ließ Gitte sich den Wind durchs Haar pusten und dachte daran, dass Sven Træborg und Maggy ähnliche Ansichten über die Russen hegten. Gitte sah einen traurigen russischen Jungen vor sich. Mit großen grauen Augen und einem hilflosen Ausdruck im Gesicht. Doch Artjom Wolkow musste mittlerweile Ende zwanzig sein. Wie hilflos war er noch?

Gitte hatte keine Ahnung, wie sie diese Wolkows finden sollte, aber sie dachte an die Privatdetektei in Schleswig. Kevin Dunkel, der das Unternehmen leitete, hatte sie schon einmal für ihre Angelegenheiten beansprucht. Er könnte einen Aufruf in einer überregionalen dänischen Zeitung veranlassen. Gitte musste grinsen, als sie daran dachte, was der Kommissar wohl zu ihren neuesten Plänen sagen würde.

Am nächsten Tag zog Gitte ihren schwarzen Hosenanzug an und steckte die blonden Haare hoch. Sie war gespannt, wer alles zur Beerdigung von Lars Andresen kommen würde und wie groß seine Familie war. Gegen zehn Uhr fuhren Paul und sie zur Kirche nach Gedesby. Der Nachbarort von Marielyst lag nur wenige Kilometer entfernt an der Küste. Man bog einfach im Kreisverkehr rechts ab und stieß dann auf den Gedser Landvej und erreichte die kleine Ortschaft, zu der ein großes Waldgebiet und ein bekannter FKK-Strand gehörten. Hier wohnte auch Ole Ansgaard, der als ermittelnder Kommissar mit Sicherheit der Zeremonie beiwohnen würde.

Die weiße Kirche in Gedesby war wie ein Langhaus im gotischen Stil mit Spitzbogenfenstern gebaut. Zwei Männer halfen ihnen, den Sarg ins Innere der Kirche zu bringen und aufzustellen. Gitte betrachtete zum wiederholten Male das gut erhaltene Altarbild, das Szenen der Kreuzigung Jesu zeigte. Aber noch viel spannender war der kleine Kindersarg, der oben an der Decke der Kirche aufgehängt war.

Dieser Sarg wartete symbolisch noch immer auf ein Kind. Während des Hochwassers im Jahre 1872 waren zweiundzwanzig Menschen ertrunken, und für sie alle wurden Särge gebaut. Doch da der Leichnam des kleinen Mädchens verschollen blieb, hing der Sarg leer an der Decke. Ein furchtbar trauriger Anblick, fand Gitte.

Sie ordnete den Blumenschmuck, während die ersten Gäste eintrafen und sich die Kirche füllte. Die Angestellten des Toten, Nachbarn, Freunde und Bekannte suchten sich Plätze. Ein paar Kränze mit Aufschriften wurden zum Sarg gelegt.

Björn kam als einer der Letzten in seinem Rollstuhl bis nach vorn gefahren, wo er sich neben seine Großmutter, die am Rand der Bank saß, platzierte. Er sah sehr gut aus, fand Gitte. Björn trug eine dunkelgraue Jeanshose und ein schwarzes modisches Hemd, das er am Kragen offen stehen hatte. Ein Lederarmband zierte seinen kräftigen linken Arm. Gitte bemerkte, dass viele der Anwesenden den jungen Mann anstarrten. Ob die meisten von ihnen wussten, warum der Sohn der Andresens im Rollstuhl saß? Hoffentlich bekam sie diesbezüglich ein paar Informationen heraus. Die Familie interessierte sie immer mehr.

Der Priester, ein hochgewachsener, schlaksiger Mann um die vierzig, kam aus der Hafenstadt Gedser, denn die Gemeinden Skelby, Gedesby und Gedser bildeten eine Pfarrei. Er sprach in seiner Andacht von einem schändlichen Verbrechen, Giftmorde seien heimtückisch und brutal. Das allerdings traf ja wohl für fast alle Morde zu, dachte Gitte. Ein Messer im Rücken oder eine Kugel im Hinterkopf konnten schwerlich als Kavaliersdelikte durchgehen. Der Priester erzählte etwas vom Werdegang des Toten, den Schicksalsschlägen, die die Familie vereint gemeistert hätte, und er sprach auch über die glückliche Ehe der Andresens. Bei diesen Worten drückte die Witwe ihr Taschentuch noch ein wenig fester auf die Augen. Karla Andresen sah blass und sehr schmal aus; so als hätte sie seit dem unglücklichen Pilzgericht nichts mehr zu sich genommen. Dagegen wirkte die Mutter des Toten rüstig und gefasst.

Nach der Andacht wurde Gitte Zeugin einer überaus interessanten Szene. Alle Gäste begaben sich nun in einer Prozession zum Friedhof, um dem Toten das letzte Geleit zu geben. Da beobachtete Gitte, dass Bente Andresen, die Großmutter von Björn, mit energischen Schritten zu einem rundlichen Mann schritt, der offenbar allein gekommen war. Er war mittelgroß und trug sein schütteres hellbraunes Haar zu lang. Seine erstaunlich grünen Augen blickten unstet hin und her. Bente Andresen sagte zu ihm: »Ich denke, das reicht jetzt. Ich möchte, dass du gehst.« Mit ihren stahlblauen Augen sah sie dem Mann so lange ins Gesicht, bis der wegschaute, nickte und sich abwandte.

Gitte prägte sich sein Gesicht ein, vielleicht konnte sie erfahren, wer der Mann war, der da so energisch fortgeschickt wurde. Sie war überrascht, eine gewisse Erleichterung in der Haltung und im Gesicht des Mannes zu lesen. Bevor er sich zum Gehen wandte, machte sie heimlich eine Aufnahme mit ihrer Handykamera von ihm. Da wurde sie fest am Arm gepackt.

»Gitte Madsen, was zum Teufel machst du da?«

Es war Ole, der sie festhielt und mit der freien Hand auf ihr Handy zeigte.

Sie ignorierte die Frage und stellte selber eine: »Weißt du, wer der Mann ist, der da gerade die Beerdigung verlässt?

Bente Andresen hat ihn ziemlich brüsk weggeschickt. Warum tut sie so etwas?«

Ole ließ ihren Arm los. »Du kannst doch nicht einfach Fotos von den Gästen machen. Du bist als Bestatterin hier. Da, sieh, Paul sucht dich schon.«

Tatsächlich fuchtelte ihr Chef mit den Armen in der Luft herum und gab ihr Zeichen, dass sie die Umschläge mit den Beileidsbekundungen endlich einsammeln sollte. Das hätte eigentlich beim Auszug aus der Kirche geschehen sollen. Sie hatte sich ablenken lassen.

»Wir reden noch«, zischte ihr der Kommissar hinterher, als sie schnellen Schrittes zu den anderen Gästen eilte.

Björn fuhr ihr entgegen, grinste müde und reichte ihr drei Umschläge. »Hier, die sind zwar für uns, aber ich brauche meine Hände frei. Die sammelt ihr ein, oder? So ein Tod bringt doch tatsächlich Geld ein.« Er tippte auf ein schwarz umrahmtes Kuvert. »In dem Umschlag sind 450 Kronen.« Björn schien genauso abgebrüht wie sie selbst zu sein, auch wenn man ihm ansah, dass er sich hinter seinem Galgenhumor versteckte. Er hatte dunkle Augenringe und ein angespanntes Gesicht. Wenn er lächelte, tat er das nur mit dem Mund, die Augen blieben traurig.

Gitte wollte ihn gerade fragen, wen seine Großmutter so vehement weggeschickt hatte, da kam Bente Andresen zu ihnen und gab Gitte ebenfalls zwei Umschläge. »Schön, dass du da bist«, sagte sie und schenkte Gitte ein Lächeln. »Es ist doch ein netterer Anblick als immer nur diese männlichen Bestatter. Komm, Björn, wir müssen zum Grab. Das ist der schlimmste Teil einer Beerdigung. Lass uns deinen Vater zur letzten Ruhe betten.« Trotz ihres gefassten Gesichtsausdruckes rollte ihr eine Träne die Wange herab.

Bente Andresen wandte sich mit Björn an ihrer Seite ab. Gitte nahm derweil weitere Umschläge mit Trauerkarten entgegen, während Paul die Sargträger zum Grab begleitete.

Wenige Minuten später ging auch Gitte zwischen den angelegten Wegen an anderen Gräbern vorbei zu Andresens Grube. Der Pastor sprach einige Worte und gab dann den Sargträgern ein Zeichen. Die Seile wurden hinabgelassen, der Sarg senkte sich in die ausgehobene Grube.

Plötzlich sackte die Witwe in sich zusammen und fiel neben dem Grab zu Boden. Es gab ein paar erschreckte Ausrufe, doch keiner der Anwesenden war schnell genug bei ihr, um sie aufzufangen. Gitte eilte zu der Frau, auch wenn sie weiter hinten stand. Dabei zückte sie ihr Handy und wählte den Notruf. Natürlich konnte eine Witwe schon mal mit Kreislaufproblemen am Grab zusammenklappen, aber Gitte vermutete eher, dass die Frau völlig dehydriert war und daher einen Arzt brauchte.

Ein Mann zog galant seinen Trenchcoat aus, um die arme Frau darauf zu betten. So lag Karla Andresen nun beinahe neben ihrem Mann, wenngleich ein paar Meter höher. Das wäre nicht ohne einen gewissen Witz, wenn es nicht so tragisch wäre, dachte Gitte.

Als der Krankenwagen eintraf, war Karla Andresen bereits in der Lage, aufzustehen und einige Schritte zu laufen. Wegen der schmalen Wege konnte das Auto nicht bis zum Grab vorfahren, und auf die mitgebrachte Trage wollte die Frau sich nicht legen. Betroffen begleitete Björn seine Mutter und wurde ebenfalls in den Krankenwagen verfrachtet. Den Leichenschmaus musste Bente Andresen nun alleine bewältigen. Gitte zweifelte nicht daran, dass sie das schaffen würde.

Innerhalb kürzester Zeit löste sich die Gruppe der Trauergäste auf, und alle gingen zu ihren Autos, um nach Marielyst zurückzufahren. Für Paul und Gitte endete die Beerdigung hier.

Gitte übergab Bente Andresen die eingesammelten Umschläge. »Ich hoffe, ihr habt noch eine kleine andächtige Feier im Schou's. Wenn wir noch etwas tun können, sag Bescheid.«

»Danke, Gitte. Da wäre in der Tat etwas. Kannst du als unsere Bestatterin ins Krankenhaus nach Nykøbing fahren und nach Björn sehen? Er tut immer so cool, aber das Ganze nimmt ihn sehr mit. Nur für ein Stündchen, ich komme dann später selber nach.«

Gitte lächelte verständnisvoll. »Natürlich, das ist überhaupt kein Problem. Ich sage nur schnell meinem Chef Bescheid.«

Paul nickte, als sie ihn darauf ansprach. »Wenn Bente Andresen dich schickt, solltest du gehen. Aber frag dem armen Jungen keine Löcher in den Bauch, er hat eben erst seinen Vater beerdigt.« Irgendeine Laus schien ihrem Chef über die Leber gelaufen zu sein, denn er guckte verbissen, und sein Ton war am Morgen noch deutlich freundlicher gewesen.

»Ich muss nur mein Auto holen«, sagte Gitte, die ihr Fahrrad am Bestattungsinstitut hatte stehen lassen.

»Quatsch, setz mich einfach vor dem Institut ab, und fahr mit dem Firmenwagen.«

Auf der Rückfahrt von Gedesby nach Marielyst grummelte Paul Larstsen vor sich hin, sagte nur einmal barsch: »Himmel, Gitte, zisch doch nicht so rasant in die Kurve.«

Sie bogen gerade in den Kreisverkehr ein, als Gitte sich ein Herz fasste. »Paul, willst du mir nicht sagen, was dich gerade so ärgert?«, fragte sie. »Es ist sicher nicht mein Fahrstil. Seit der Messe bist du verstimmt.«

»Ich habe mich über einen alten Schulfreund geärgert, den ich überraschend auf der Beerdigung wiedergetroffen habe. Er ist ein dummer, überheblicher Kerl, und ich habe mich wider besseres Wissen über ihn geärgert. Mehr ist es nicht.«

»Womit hat er dich so verärgert?«

Paul drehte sich auf dem Beifahrersitz zu ihr hin und regte sich schon wieder auf. »Dieser Arne ist ein arroganter Kerl, der ständig mit seinem guten Job und seinem luxuriösen Lebensstil prahlt. Du weißt, Gitte, das ist in Dänemark höchst unerwünscht und nicht üblich.«

Sie nickte. In Dänemark war es verpönt, mit Titel oder Besitz hausieren zu gehen. Bloß nicht auffallen. Anders als in Deutschland wurde keiner mit seinem Titel angesprochen, und nur die Königsfamilie wurde tatsächlich gesiezt.

Paul fuhr fort. »Soll er sich lächerlich machen mit seiner Angeberei, das kümmert mich nicht, aber er ist sich auch nicht zu schade, auf einer Beerdigung miese Gerüchte über die Angehörigen zu erzählen.«

»Aha. Da es sich um einen Mordfall handelt, würde ich diese Gerüchte aber liebend gerne hören.«

»Karla Andresen soll ein Verhältnis gehabt haben. Die arme Frau hat so viel mitgemacht, und nun zieht er über sie her, während sie am Grab vor Schmerz zusammengebrochen ist. Mir wäre beinahe die Hand ausgerutscht.«

Gitte musste bei dem Gedanken grinsen. Ein prügelnder Bestatter auf der Beerdigung eines Mordopfers. Das wäre eine Schlagzeile, bei der sich Nils die Finger lecken würde.

»Und du kannst dir nicht vorstellen, dass an der Geschichte etwas dran sein könnte?«

»Das spielt doch keine Rolle. Es geht uns nichts an. Über solche Dinge redet man nun mal nicht, während der tote Ehemann gerade in seinem Grab ankommt. Außerdem liegt der Vater von Arne im Sterben, und er deutete schon an, dass wir die Beerdigung übernehmen sollen.« Paul hob den Zeigefinger. »Er hofft, dass ich ihm ein gutes Angebot mache, so als alter Schulfreund.« Er stöhnte. »Ich hätte ihm am liebsten ein Kärtchen der Konkurrenz an die Windschutzscheibe seines Autos gesteckt.«

Wenig später fuhr Gitte nach Nykøbing zum Krankenhaus, in das man Karla Andresen gebracht hatte.

Ein Leichenwagen vor dem Krankenhaus regte bestimmt zu so manchen Vermutungen an, dachte Gitte, als sie den langen Kombi auf dem Parkplatz abstellte. Die überraschten Blicke, wenn eine Frau ausstieg, kannte sie schon. An der Pforte sagte man ihr, wo sich das Zimmer von Karla befand. Schließlich fand Gitte die blasse und schmale Frau in einem

Krankenbett vor. Ihr Arm war an einen Tropf angeschlossen. Ansonsten war das Zimmer leer. Keine Spur von Björn. Karlas Augen flatterten, als Gitte sie ansprach.

»Hallo, Karla. Geht es dir etwas besser?«

Die Frau schüttelte langsam den Kopf. »Wo ist Björn? Bente meinte, ich soll mal nach ihm schauen.«

Jetzt nickte Karla zustimmend und sagte mit leiser Stimme: »Ich habe ihn ins Café geschickt, er musste etwas essen.«

»Okay, ich gehe mal zu ihm. Karla, du darfst jetzt nicht schlappmachen, dein Sohn braucht dich.«

Karla wedelte mit der linken Hand, was alles und nichts bedeuten konnte, und schloss die Augen.

Im Café herrschte um die Mittagszeit reger Betrieb. Menschen besuchten ihre Angehörigen und aßen mit ihnen ein Stück Kuchen, einige Angestellte nahmen ein schnelles Mittagessen ein. Sie fand Björn an einem Vierertisch, wo er neben einem jungen Ehepaar saß, das sich angeregt unterhielt. Die Frau war hochschwanger und war ein Stück vom Tisch weggerückt, da die Kante mit ihrem Bauch kollidierte. Der junge Mann hielt ihre Hand. Das war für den armen Björn sicher nicht der angenehmste Platz. Man musste sich zwangsläufig als Störenfried fühlen. Nebenan wurde gerade ein Tisch frei, und so setzte Gitte sich schnell dorthin und winkte den jungen Mann zu sich.

Er nahm seinen Teller mit einem Smørrebrød mit Käse und Thunfisch und balancierte ihn auf seinen Knien, während er zu ihr fuhr.

»Endet eure Arbeit nicht mit dem Versenken des Sarges,

oder rechnest du mit dem baldigen Ableben meiner Mutter?«, fragte er mit einem süffisanten Grinsen.

»Darüber solltest du keine Witze machen.«

»Da hast du recht. Das sollte ich nicht. Meine Ma hat einen schweren Infekt, sie hat Fieber und Gliederschmerzen, aber keiner von uns hat es bemerkt. Jeder war so mit seiner eigenen Trauer beschäftigt. Und sie hat auch nichts gesagt, weil doch die Beerdigung war. Jetzt denken alle, sie sei aus seelischem Schmerz zusammengebrochen. Dabei ist meine Ma tapferer, als alle denken.« Björn blickte auf seinen Teller, das Smørrebrød hatte er noch nicht angerührt.

»Du hast wohl keinen Appetit?«

»Doch, sogar sehr, deshalb bin ich ja ins Café gegangen, aber ich habe das Besteck vergessen und wollte nicht wieder quer durch die Menschenmenge fahren.« Er blickte sie bittend an. »Auf zwei Beinen geht es leichter als auf zwei Rädern.«

Gitte holte ihm Besteck und brachte sich bei der Gelegenheit selbst einen Latte macchiato mit. Als sie sich setzte, sagte Björn freiheraus: »Es ist mir ganz recht so, denn auf den Leichenschmaus mit der Familie hatte ich keine Lust. Die meisten sind okay, aber seitdem ich im Rollstuhl sitze, verhalten sie sich total gekünstelt. Ständig fragen sie mich, wie es mir geht. Keiner würde mich kritisieren und sagen: ›Sitz gerade‹, oder ›Halt das Besteck ordentlich‹. Ich muss offenbar geschont werden, weil ich es angeblich schon schwer genug habe. Sonst nörgelt man immer an jungen Leuten herum, aber einen jungen Menschen im Rolli kritisiert man nicht. Da lästert man nur zu Hause drüber.« Er schnitt sich ein großes Stück seines belegten Brotes ab und biss hinein.

Gitte guckte ihn an. »Da bin ich anders. Das Stück, das du dir abgeschnitten hast, ist viel zu groß. In der Öffentlichkeit stopft man sich den Mund nicht so voll, und schon gar nicht, wenn man einer Dame gegenübersitzt.«

Abrupt hörte Björn auf zu kauen, was aber auch keine Lösung war. Der Mund musste ja leer werden. Doch er kaute nun langsamer und nickte.

Gitte stellte die Frage, die ihr auf der Seele brannte: »Warum sitzt du im Rollstuhl?«

»Fallschirmsprung.«

»Wow, das nenne ich mal eine Geschichte. Was ist passiert?«

Björn kaute erst in aller Ruhe zu Ende und erklärte dann: »Mein Fallschirm war defekt, er riss plötzlich an einigen Stellen und funktionierte daher nicht mehr so zuverlässig, wie er das hätte tun müssen. Ich bin mit zu hoher Geschwindigkeit unten aufgekommen und unglücklich gestürzt.«

»Gibt es nicht immer einen Ersatzschirm?«

»Ja, aber mein Schirm hat sich ja geöffnet, ich habe erst zu spät bemerkt, dass er nicht ganz in Ordnung war. Ich war auch nicht so schnell, dass ich in Panik geraten wäre, aber geschickt genug war ich eben auch nicht.«

Gitte hatte den Eindruck, sie durfte ruhig weiterfragen. »Ist das nach dem Tod deiner Schwester passiert oder davor? Ich habe gehört, dass sie eine Hirnhautentzündung hatte.«

Björns Wut überraschte sie. »Lene hätte nicht sterben müssen«, stieß er erbost hervor. »Sie hätte gar nicht erst krank werden müssen. Aber es gibt ja so dämliche Eltern, die ihre Kinder in einem desolaten Zustand zur Schule schicken und sich einen Dreck darum scheren, dass sie andere anstecken. Lene hat sich bei einem erkrankten Mädchen angesteckt. Sie waren befreundet und saßen nebeneinander, und da ihre Freundin sich schlecht fühlte, hat sie sich um sie gekümmert. Und zack, war meine Schwester krank.« Björn haute auf die Tischplatte, dass das Paar am Nachbartisch erstaunt zu ihnen herübersah.

»Aber mitunter entwickelt sich doch so eine Krankheit erst im Laufe des Tages. Die Eltern wussten sicher nicht, wie krank ihr Kind war.«

Björn schüttelte erbost den Kopf. »Doch! Sie haben das Mädchen definitiv mit Fieber in die Schule geschickt, und erst ein aufmerksamer Lehrer hat den Krankenwagen gerufen. Ihm war es komisch vorgekommen, dass seine Schülerin plötzlich den Kopf kaum noch senken konnte und über starke Kopfschmerzen klagte. Angeblich hatte sie die schon am Abend davor gehabt.«

Diese Familie hatte über die Maßen Pech. Allerdings war ein Mord kein zufälliges Unglück, sondern eine gezielte Tat. Wer hatte Lars Andresen so sehr gehasst, dass er ihn trotz dieser Schicksalsschläge umgebracht hat?, fragte sich Gitte einmal mehr.

»Björn, das tut mir alles sehr leid. Das ist mehr, als eine Familie erleiden sollte.«

Der junge Mann machte wieder auf cool. »Ist schon okay. In Kriegsgebieten verlieren die Menschen noch mehr. Ich sehe dabei noch ziemlich gut aus, und ich kann mit dem

Ding hier alt werden.« Er tippte auf seinen Rolli. »Und mit etwas Glück finde ich sogar eine Partnerin.«

Er lachte, doch es klang gepresst. Gitte wusste nicht, wie sie darauf reagieren sollte, und wechselte das Thema. »Hast du eine Vermutung, wer deinen Vater ermordet haben könnte?«

Im Hintergrund klagte eine Frau über plötzlichen Schwindel und wäre beinahe vom Stuhl gerutscht. Ihr Begleiter versuchte, sie zu halten, und überraschend schnell kam ein Pfleger mit einem Rollstuhl angefahren, um die Frau auf ihr Zimmer zu bringen.

Björn und Gitte beobachteten die Szene, dann erst antwortete er ihr nachdenklich. »Es könnte ein Konkurrent gewesen sein oder eine ehemalige Mitarbeiterin, die Rachegefühle hegte. Mein Vater musste vor ein paar Wochen eine Frau entlassen. Aber ich glaube, die meisten Morde gehen auf private Streitereien zurück. Ich weiß es wirklich nicht.« Er strich sich eine Haarsträhne aus dem Gesicht. »Ich möchte nicht mal ausschließen, dass er sich selbst umgebracht hat.«

»Im Beisein deiner Mutter und auf diese spektakuläre Weise?« Gitte machte ein zweifelndes Gesicht.

»Ist doch eine gute Tarnung. Die Lebensversicherung zahlt schließlich bei Selbstmord nicht. Und außerdem hatten meine Eltern auch ihre Probleme. Ich weiß nicht, ich kann es zumindest nicht so sicher ausschließen, wie meine Mutter das tut. Die ist davon überzeugt, dass es Mord war. Aber die weiß eventuell auch mehr über meinen Vater.«

Wieder schob er den Rolli mehrmals ein Stückchen vor und zurück. »Ich habe auch ein Motiv«, gestand er.

Gitte antwortete nicht, sondern blickte ihn nur fragend an.

»Wir haben uns in letzter Zeit oft gestritten. Ich möchte gerne zur Schauspielschule gehen. Mein Vater ist total ausgeflippt, als er das hörte. Ich sollte irgendwann seine Firma übernehmen. Das mach ich im Leben nicht! Die wenigsten Ferienhäuser sind behindertengerecht. Für die zahlreichen Besichtigungstermine und die Instandhaltung bin ich unbrauchbar. Sollte ich zur Schauspielschule gehen, wollte er mich finanziell im Regen stehen lassen. Die Nummer, dass einem aus Mitleid alles erlaubt wird, hat bei ihm leider nicht funktioniert.«

Der übliche Streit zwischen Eltern und Kindern, wenn die beruflichen Vorstellungen auseinandergingen. »Und was denkt deine Mutter?«, fragte Gitte.

»Sie möchte natürlich nur das Beste für mich, hat aber Sorge, dass ich als Schauspieler später verhungere. Auf der anderen Seite möchte sie mir auch meine Wünsche erfüllen. Ich soll glücklich werden.« Er nickte wichtig und steckte sich den Rest seines belegten Brotes in den Mund. Gittes Magen knurrte, aber hier im Café wollte sie jetzt nichts essen.

»Wenn du dich für die Schauspielerei entscheidest, musst du besonders gut sein. Dein Problem besteht darin, dass man jede Rollstuhlrolle mit einem normalen Schauspieler besetzen kann, aber viele normale Rollen kann ein behinderter Mensch nicht spielen.« Er guckte sie verdutzt an, und sie ergänzte: »Du wolltest doch einen ehrlichen Umgang.«

»Aber doch nicht so schonungslos. Wir sind doch nicht beim Arbeitsamt.« Dann lachte er sie plötzlich an und sah dabei richtig gut aus. Ein junges Mädchen hatte sich bereits mehr als einmal nach ihm umgedreht, wie Gitte beobachtet hatte.

»Du bist schwer in Ordnung. Was hältst du davon, wenn wir den Mord an meinem Vater zusammen aufklären?«

»Ich bin Bestatterin.«

»Ja, eben. Und du warst Augenzeugin. Du bist doch ganz nah dran an dem Fall. Ich muss jetzt wieder zu meiner Mutter. Gehst du noch kurz mit hoch?«

»Ja, deine Oma wollte auch gleich kommen. Sie ist eine starke Frau.«

Sie begaben sich zu den Fahrstühlen, und Björn bestätigte Gittes Worte. »Oh ja, das ist sie. Und sie kommt gut mit meiner Mutter klar, das schafft auch nicht jeder. Meine Ma ist eigenbrötlerisch, manche nennen sie seltsam.«

Sie stiegen in den Fahrstuhl. »Deine Mutter hat ein Kind verloren, da darf man schon mal seltsam sein.«

Er schüttelte seinen Kopf, und die braunen Haare fielen ihm ins Gesicht. »Das meine ich nicht. Sie malt komische Bilder, wenn sie wütend ist, und richtet die Wohnung immer wieder mit neuen Farben her. Sie brauche manchmal Orange, manchmal Gelb, sagt sie. Und sie meint, manche Menschen hätten eine düstere Aura. So eine Person darf dann nicht in unser Haus.«

Gitte fragte sich, ob man mit dieser Fähigkeit vielleicht

auch einen Mörder finden könnte. Sie hatte Karla nur einmal gesprochen, kurz nach dem tödlichen Zusammenbruch ihres Mannes. Da hatte Karla zerbrechlich und überfordert ausgesehen, was angesichts der Tragödie auch kein Wunder war, dachte Gitte. Es gab schlimmere Ticks, als Auren zu sehen und die Wohnung bunt zu gestalten. Ihre eigene Wohnung könnte bestimmt auch noch einige schöne Farbakzente vertragen.

Sie kamen oben auf der Station an, und Gitte ließ Björn den Vortritt zum Zimmer seiner Mutter. Karla Andresen lag noch genauso da wie zuvor und schlug nur einmal kurz die Augen auf.

Doch sie sprach mit ihnen. »Sobald Bente kommt, fährst du mit ihr nach Hause, Björn. Ich möchte einfach nur schlafen und traurig sein. In ein paar Tagen bin ich dann bestimmt wieder auf den Beinen. Und dir, Gitte, du heißt doch Gitte, oder? Dir danke ich für die gute Arbeit und für deinen Besuch.« Plötzlich griff sie nach der Hand von Gitte und hielt sie überraschend fest.

»Lars hatte einen Feind, einen richtigen hasserfüllten Feind, aber er hat mir nie gesagt, wer das war.« Dann ließ sie los und drehte den Kopf weg. Ein eindeutiges Zeichen, dass Gitte nun aufbrechen sollte.

Jemanden einen Feind zu nennen, so wie Karla es beschrieben hatte, klang nach Krieg und Mittelalter. Als man Feindschaften noch mit dem Schwert austrug. Heute drückte man sich anders aus, wenn man jemanden nicht leiden konnte oder nicht mehr mit ihm zurechtkam. Selbst wenn man gegen jemanden einen Rechtsstreit führte, sprach man von Konflikten, jedoch nur selten von Feindschaft.

Als Gitte wenig später den Wagen vor der Tür des Bestattungsinstituts parkte, balancierte sie eine Tüte Pommes in der Hand. Der Hunger war übermächtig geworden.

Doch noch vor dem ersten Bissen erzählte sie Paul von ihrem Gespräch im Krankenhaus. »Lars Andresen hatte einen Feind. Was sagst du dazu?«

Paul zog eine Augenbraue hoch. »Nun, aus reiner Freundschaft und Nächstenliebe wird ihn keiner umgebracht haben.«

Die Bemerkung überhörte sie einfach. »Seine Frau hat mir gesagt, ihr Mann hätte einen hasserfüllten Feind gehabt. Ich finde, das ist eine merkwürdige, aber ernst zu nehmende Formulierung. Das klingt nach Kampf und Vergeltung. Ich stelle mir zwei Männer mit erhobenen Schwertern vor, keinen Immobilienmakler mit einer vergifteten Tablette.«

»Du schaust zu viel *Game of Thrones*, meine Liebe. Hasserfüllter Feind klingt in jedem Fall nach Mord und Totschlag, und das liegt ja hier vor. Jetzt braucht die gute Witwe der Polizei nur noch den Namen dieses Feindes zu nennen, und schon ist der Mord aufgeklärt.«

Gitte merkte, dass Paul sie ärgern wollte, dennoch fuhr sie fort: »Sie weiß nicht, wer es ist.«

Jetzt hatte sie Pauls volle Aufmerksamkeit. »Karla Andresen weiß also, dass ihr Mann einen Feind hatte, aber sie hat keine Ahnung, wer das sein könnte? Klingt nicht logisch.

Woran hat sie denn überhaupt gemerkt, dass ihr Mann sich quasi im Krieg befand? Hat er Drohbriefe bekommen? Hat jemand Kratzer in sein Auto geritzt?«

Gitte aß ihre Pommes und zuckte mit den Schultern. »Keine Ahnung, sie liegt krank auf der Inneren. Laut Björn ist es eine schwere Grippe.« Während sie es aussprach, fiel ihr ein, dass Malthes Mutter ebenfalls mit Grippe im Bett gelegen hatte, als Lars Andresen ermordet wurde. Hatte Karla sich im Restaurant angesteckt? Eventuell hatte einer der Kellner das Virus schon in sich getragen. Sie erzählte weiter.

»Björn hat keine Ahnung, wer seinen Vater umgebracht haben könnte. Er schließt auch einen Selbstmord nicht aus. Seine Mutter wiederum ist von Mord überzeugt.«

»Gitte, du hältst Ole offenbar für einen miesen Ermittler, der dringend deine Hilfe benötigt.«

»Ich habe einen offiziellen Auftrag von Björn. Er möchte mit mir zusammen den Fall lösen.«

4

Am Nachmittag fuhr sie mit ihrem klapprigen Rad nach Hause. Sie überquerte eine der beiden großen Hauptstraßen, den Bøtøvej, und radelte die Schotterwege entlang. Auf dem Kies kam sie zwar etwas mühsamer voran als auf dem Asphalt, dafür rasten aber keine Autos an ihr vorbei, alles wirkte viel gemütlicher. Bei ihrem kleinen, behaglichen Ferienhaus angekommen, erwartete sie eine schöne Überraschung. Einige Meter neben ihrem Auto, auf dem Nachbargrundstück, stand ein Wagen aus Schweden. Und kaum hatte sie ihr altes Fahrrad in den nicht minder klapprigen Schuppen gestellt, da ging auch schon die Tür des angrenzenden Häuschens auf, und die große, stabile Statur von Erik erschien auf der Veranda. Ihr Urlaubsbekannter vom Sommer hatte ihr ja bereits geschrieben, dass er bald kommen würde.

»Hej, Gitte, ich bin schon da. Lass dich ansehen.« Sein Schnurrbart und das große breite Lächeln ließen ihn wie einen Seebären erscheinen, als er herunterkam und sie in die Arme nahm. »Der Vermieter war so nett, mir Bescheid zu geben, dass die Vormieter früher abgereist sind. Jetzt wohne ich hier sogar ein paar Tage umsonst, nur die Stromkosten muss ich natürlich bezahlen. Wie geht es dir?«

Gitte befreite sich lachend aus seinen kräftigen Armen. »Es ist so gut, dass du wieder da bist. Die letzten Nachbarn haben mich zu oft um meine schöne Ruhe gebracht.« Und sie fügte geheimnisvoll hinzu: »Ich habe auch wieder einen Mord für uns.« Dann blickte sie suchend zum Haus. »Wo ist deine Frau? Wollte sie nicht mitkommen?« Nach den ganzen Aufregungen im Sommer um den toten Griechen hatte seine Frau sich tatsächlich für eine Reise an die dänische Ostsee ausgesprochen. Für dieses Abenteuer war sie zu haben. »Wo ist Kate?«, wiederholte Gitte also ihre Frage. Ein Schatten ging über das Gesicht des Schweden. Er strich sich verlegen über seinen Schnurrbart. »Sie darf gerade nicht verreisen. Jedenfalls nicht weit weg.«

»Wieso denn nicht? Ist sie krank?«

Erik bearbeitete immer noch seinen gewaltigen Schnurrbart. »Nein, krank ist sie nicht. Es ist nur so, die Polizei möchte nicht, dass sie verreist. Kate ist da in etwas hineingeraten. Sie hat ein Foto von einem alten Herrenhaus gemacht, weil sie ein solches Gebäude für ein Buchcover malen wollte. Leider ist sie dabei erwischt worden, wie sie mit ihrer Kamera um das Haus schlich.«

»Aber es ist doch nicht so schlimm, heimlich ein paar Fotos zu machen. Außer einer Verwarnung dürfte doch nichts passiert sein. Oder hat sich deine Frau der Staatsgewalt widersetzt?« Gitte musste grinsen.

»Es ist weitaus schlimmer, glaub mir. In diesem Herrenhaus ist in der Nacht noch eingebrochen worden, und nun steht Kate im Verdacht, ein paar wertvolle Gemälde gestohlen zu haben.« Sein Blick war so zerknirscht, dass Gitte sich nicht sicher war, ob er seiner Frau nicht sogar eine solche Tat zutraute.

»Aber du bist dir doch sicher, dass Kate keine Gemälde gestohlen hat, oder? Das klingt doch nach einem Missverständnis«, fragte sie neugierig. Sie wunderte sich, dass Erik seine Frau in dieser Lage überhaupt allein in Schweden gelassen hatte.

»Ja. Natürlich hat sie nichts damit zu tun, aber sie ist auch wenig kooperativ. Jedenfalls hat sie mich beinahe hinausgeworfen, als ich ihr helfen wollte. Ich fürchte, sie genießt den Verdacht auch noch. Es stand ja bei uns in der Zeitung, und sie hat den Artikel stolz ihren Freundinnen gezeigt. Das würde den Preis ihrer eigenen Bilder in die Höhe treiben, meinte sie.«

»Das klärt sich schon noch auf. Am Anfang einer Ermittlung ist doch beinahe jeder verdächtig, der in der Nähe war.«

»Ja klar. Sie kommt nach. Hat sie gesagt.«

Das hoffte Gitte sehr. Diese Kate wurde immer interessanter. Schließlich erzählte sie Erik von dem Mord in Marielyst und von der Verwandtschaft des Toten. »Björn will nun den Mord an seinem Vater aufklären«, schloss sie ihren Bericht.

»Klar will er das, und klar, dass du ihm helfen willst.« Erik breitete die Arme aus und zog die Luft ein wie ein hungriger Wolf. »Ist das schön, wieder hier zu sein. Wie geht es Ole?«

»Nun ja, er hat jetzt wieder einen Fall zu lösen und spielt

sich ein wenig auf, wenn du mich fragst. Ständig lehnt er meine Hilfe ab.«

»Er mag dich eben und will nicht, dass du wieder in Gefahr gerätst.«

Bei dem Wort »Gefahr« fiel Gitte der schrecklich unangenehme Hund der Nachbarn auf der anderen Seite ein, und sie erzählte dem Schweden auch davon.

Erik blickte erschrocken drein. »Vor Kampfhunden habe ich wirklich Respekt. Ich will nur hoffen, dass der hier nicht noch mal frei herumschleicht.«

Er sah auf, als plötzlich ein orangefarbener Smart vor Gittes Grundstück auftauchte und langsam am Haus vorbeifuhr. Dann blieb der Wagen abrupt stehen, setzte schließlich ein Stück zurück und rollte mit Schwung auf die platt gefahrene Wiese vorm Haus.

Aus dem Smart stieg eine ältere Dame mit einem weiten bunten Kleid und einem sichtlich frisch frisierten Haarschopf. Die blond gefärbten Haare waren kunstvoll in Wellen gelegt und locker mit Haarspangen festgesteckt.

Tante Stine strahlte sie beide an. Gitte fühlte sich etwas überrumpelt. Wenn sie gewusst hätte, dass ihre Tante heute kommen würde, hätte sie aufgeräumt und zumindest den Glastisch streifenfrei geputzt. Sie begrüßte Stine aber dennoch herzlich, und auch Erik erinnerte sich natürlich an das leckere Essen, zu dem er bei der Dänin im Juli eingeladen war. Er begrüßte sie auf Englisch und zog sich dann mit der Erklärung zurück, er wolle noch auspacken und einkaufen gehen.

»Oh, dein Häuschen ist kleiner, als ich dachte.« Stine

blickte sich um, als sie durch die blaue Holztür ins Innere schritt. Gitte führte sie schnell am unaufgeräumten Badezimmer vorbei ins Wohnzimmer. Die offene Küchenzeile war zumindest einigermaßen sauber. Stine nickte wohlwollend. Sie ließ ihren Blick über den abgenutzten Teppich, den hellen Sekretär, den modernen Glastisch und einige nette Accessoires schweifen. »Doch, es ist ganz gemütlich. Und dank des Kamins bekommst du es hoffentlich auch im Winter warm.«

»Ja, sicher. Dieses Haus wurde das ganze Jahr über vermietet. Hier haben schon sehr viele Deutsche und Holländer Weihnachten gefeiert.«

»Das macht das Haus in der Tat zu einem anständigen Wohnobjekt. Deutsche frieren schnell. Deine Mutter lief hier immer nur in einem Wollkleid und dicken Socken herum. Hauptsache, du fühlst dich wohl. Wenn nicht, kannst du jederzeit bei mir einziehen.«

»Du warst beim Friseur in Marielyst«, wechselte Gitte das Thema. »Die Frisur steht dir gut, macht dich jünger.«

»Danke. Die Friseurin beherrscht zwar ihren Beruf, im Erzählen war sie aber leider weniger talentiert. Ich musste alle möglichen Tricks anwenden, um sie überhaupt zum Reden zu bringen. Dabei bestand die größte Herausforderung darin, diese Dame davon zu überzeugen, dass ich nicht über die Vorteile eines Conditioners für meine Haare sprechen wollte, und schon gar nicht über ihre Erfahrungen mit Haarfärbemitteln im Alter. Das Ehepaar Andresen kannte sie jedenfalls, denn die Witwe lässt sich immer bei ihr die Haare machen. Kochst du mir einen Kaffee, Kind?«

Gitte war so gespannt, was ihre Tante beim Dorfklatsch herausgefunden hatte, dass sie gerade eine schlechte Gastgeberin abgab. Schnell stellte sie ihre Arbeitstasche weg und ging in die Küche. Sie holte das Gebäck hervor, das ihr die Sekretärin ihres Vaters eingepackt hatte, und stellte zwei Tassen auf den Tisch. Während die Kaffeemaschine lief, erzählte Stine weiter.

»Im Friseursalon schließen sie jedenfalls einen Selbstmord nicht aus. Der arme Mann hätte so viele Schicksalsschläge gehabt. Und da sei auch zweimal ein Mann aufgetaucht, der Karla Andresen vom Friseur abgeholt hat. Die beiden seien sehr vertraut miteinander umgegangen. Eventuell hatte seine Frau also ein Verhältnis.« Tante Stine nahm sich mit leuchtenden Augen ein Biskuit mit Marzipan und biss hinein. »Köstlich, wo hast du die her? Bei uns im Supermarkt gibt es diese Sorte nicht.«

Gitte erzählte ihr von dem Besuch bei der Sekretärin ihres Vaters. An sich hatte sie das Thema erst später ansprechen wollen.

»Du lässt nicht locker, oder? Pass bloß auf, Gitte. Bei der Erwähnung von russischen Geschäften klingeln bei mir alle Alarmglocken. Auch wenn das Ganze bereits achtzehn Jahre her ist – das ist gemessen am Alter des Universums nur ein Fliegenleben. Nicht einmal. Aber zurück zur Familie Andresen. Kannst du dir vorstellen, dass Karla fremdgegangen ist? Du hast das Ehepaar doch beim Essen gesehen. Was für einen Eindruck machten die beiden auf dich?« Tante Stine biss noch einmal in das Gebäck und leckte sich die Finger ab.

Gitte holte den Kaffee und schenkte ein. »Über mögliche

außereheliche Beziehungen wurde auf der Beerdigung auch schon gemunkelt. Sollte Lars Andresen von einem Verhältnis gewusst haben, wäre es eventuell ein Motiv für einen Selbstmord in ihrem Beisein. Aber wenn er sich an seiner Ehefrau hätte rächen wollen, hätte er doch sicher einen Abschiedsbrief geschrieben«, gab Gitte zu bedenken.

»Vielleicht hat sie ja einen bekommen und erzählt es nur nicht.«

»Sie liegt gerade mit einem Infekt im Krankenhaus in Nykøbing und behauptet ziemlich bestimmt, dass ihr Mann umgebracht worden ist. Ich neige dazu, ihr zu glauben. Die beiden wirkten beim Essen eigentlich recht herzlich und harmonisch miteinander, wie ein Ehepaar, das ein Stück Zweisamkeit genießt. Wir sollten von einem Verbrechen ausgehen. Wenn auch nur jeder zweite betrogene Ehepartner sich das Leben nimmt, kämen wir mit den Särgen und Urnen gar nicht mehr nach.«

»Sehr witzig. Es gibt noch ein paar traurige Fakten zu der Familie. Eine Tochter ist an einer Meningitis gestorben, sie hat sich in der Schule angesteckt, berichtete mir die Dame im Salon. Das hätte ihr eine Nachbarin der Familie erzählt. Ein älterer Sohn sitzt seit einiger Zeit im Rollstuhl, er hatte einen Unfall, wahrscheinlich mit dem Moped.«

Hier unterbrach Gitte sie: »Er hatte Pech bei einem Fallschirmsprung. Mit Björn, so heißt der Junge, habe ich schon öfter gesprochen. Er ist ein sehr netter junger Mann.«

Ihre Tante lächelte nachsichtig. »Dass die Angehörigen eines Toten gerne deine Gesellschaft suchen, haben wir ja schon bei dem ermordeten Griechen gesehen. Wie hieß der

Cousin des Griechen noch, der immer mit dir losgezogen ist?«

»Timon. Aber er ist nicht ständig mit mir losgezogen. Er hat mich nur einmal besucht und ist mal mit mir zusammen zum Campingplatz gefahren, Tante Stine. Er war schließlich erst siebzehn Jahre alt.« Gitte musste an den Jungen denken, der den Tod seines Cousins nur schwer verkraftet hatte. Björn war bestimmt ein ganz anderer Typ als Timon, aber auch er wollte mit Gitte zusammen Nachforschungen anstellen.

Jetzt erst fiel ihr ein, dass sie vergessen hatte, Björn nach dem Mann zu fragen, den seine Großmutter so herrisch von der Beerdigung weggeschickt hatte. Was wusste Bente Andresen wohl über ein mögliches Verhältnis ihrer Schwiegertochter? Vielleicht war das der Mann gewesen, mit dem Karla eine Liaison begonnen hatte. In diesem Fall würde Gitte es verstehen, dass man den Liebhaber der Schwiegertochter nicht auf der Beisetzung des eigenen Sohnes dabeihaben wollte.

Rein äußerlich gesehen hätte Karla einen schlechten Männertausch gemacht, dachte Gitte und musste grinsen. Das verstand ihre Tante, die gerade nach einem weiteren Teilchen griff, falsch. »Du findest, ich esse zu viel, ja?« Gitte wehrte vehement ab und erklärte ihr, an was sie gerade gedacht hatte. »Es war nicht unbedingt ein schöner Mann, den Bente des Platzes verwiesen hat. Allerdings sah seine Kleidung teuer aus. Auf manche Frauen macht das ja Eindruck.«

Ihre Tante, die von ihrem verstorbenen Mann nicht unerheblich geerbt hatte, schmunzelte, sagte dazu allerdings nichts. Doch plötzlich schlug sie sich die Hand vor den Mund und rief: »Jetzt habe ich glatt dein Geschenk vergessen. Ich habe dir natürlich etwas für deine neue Wohnung besorgt. Ich kann doch nicht beim ersten Besuch hier ohne Geschenk dastehen. Ich hole es schnell aus dem Auto.«

Gitte schaute ihr nach und freute sich auf eine Überraschung. Bis sie einen spitzen, angstvollen Schrei hörte. Sie rannte nach draußen, konnte ihre Tante aber zunächst nicht sehen. Stattdessen sah sie den Rottweiler ihrer holländischen Nachbarn, der schnüffelnd um den Wagen von Tante Stine lief. Gitte entdeckte ihre Tante schließlich im Auto, wohin sie sich offenbar mit einem schnellen Sprung gerettet hatte.

Erbost brüllte Gitte in Richtung ihrer Nachbarn, wobei sie sich sicherheitshalber nicht von der Tür entfernte: »Wenn ihr nicht sofort euren Hund wegnehmt, rufe ich die Polizei.« Sie schrie es in ihrem Eifer erst auf Dänisch und wiederholte es dann auf Englisch.

Wie erwartet tauchte einer der Holländer in Gittes Garten auf, und zwar mit einer Miene, die so überheblich war, als gelte es, einen Maserati wegzufahren. »Brutus, hierher.« Der Hund gehorchte prompt. Zu Gitte gewandt, sagte der Mann mit den kurz geschorenen Haaren: »Bleib mal cool. Es ist doch nichts passiert.«

»Nichts passiert? Meine Tante musste sich in ihr Auto retten, sonst wäre sie angefallen worden.«

»Wahrscheinlich ist sie einfach zu schnell gegangen oder sogar gerannt. Das hat Brutus dann falsch verstanden. Er ist halt ein Wachhund. Aber er beißt nicht gleich zu.«

»Auf meinem Grundstück kann jeder rennen, kriechen oder springen, wie er will. Da hat der Hund verdammt noch mal nichts zu suchen. Wenn das noch einmal vorkommt, werde ich es melden. Wir haben in Dänemark eine Leinenpflicht für Hunde.«

Der Mann musterte sie eher amüsiert. Tante Stine war mittlerweile aus dem Auto gestiegen. An sich war sie keine Frau, die sich schnell fürchtete. Mit böse funkelnden Augen starrte sie auf das Tier. Das wiederum war bei einem so dominanten Hund nicht klug. Der Rottweiler fühlte sich sichtlich provoziert und knurrte sie an. Seine Nackenhaare sträubten sich. Der Besitzer verpasste ihm einen leichten Tritt in die Rippen und verdrehte genervt die Augen. Wortlos wandte der Mann sich dann um und ging davon, wobei er aber einige holländische Sätze vor sich hin murmelte.

»Ich hoffe, du hast einen anständigen Schnaps im Haus. In was für einer Nachbarschaft lebst du denn?« Umständlich holte Tante Stine nun einen großen Karton und eine kleine Tüte aus dem Auto. Beides entpuppte sich als durchaus nützliche Geschenke. Gitte packte einen wunderschönen Brotkasten in einem kräftigen Rotton aus sowie eine Salz- und eine Pfeffermühle aus Holz. Sie bedankte sich herzlich bei ihrer Tante.

Zum Abschied meinte Stine dann mit ernstem Unterton: »Du solltest dem Kommissar davon erzählen. Er soll ab und an Streife fahren und deinen Garten beobachten. Wenn dann der Hund frei herumläuft und ihn angreift, bekommen diese Holländer ein Problem.«

»Ole als Köder für einen Rottweiler, warum nicht?« Gitte

musste grinsen, als sie daran dachte, wie sie mit Ole und ihrem Chef Paul mal beim Einfangen eines entlaufenen Krokodils geholfen hatte. Da sollte ihn so ein holländischer Kampfhund kaum schocken. In der Umgebung von Marielyst gab es einen Krokodilzoo, der einen Besuch auf jeden Fall lohnte. Bei nächster Gelegenheit könnte sie den Holländern mal einen Besuch dort empfehlen. Vielleicht wurden sie demütiger, wenn sie dem größten Krokodil Europas unter die Augen traten. Das gab es dort nämlich. Einen Rottweiler verspeiste ein derart großes Krokodil als Snack.

Am nächsten Tag betrat eine interessante Kundin das Beerdigungsinstitut, die sich als Tilda Knutsen vorstellte. Sie war recht groß und ganz in Schwarz gekleidet, trug aber korallenrote Ohrringe und dazu passend eine wuchtige Kette, die an ihrem schmalen Hals wie ein Schraubstock wirkte. Ihre Haare waren rot gefärbt, und sie trug sie zu kurz, aber sehr modisch geschnitten. Ihr Gesicht war nicht direkt hübsch, jedoch einnehmend und aristokratisch. Gitte schätzte ihr Alter auf Mitte fünfzig. Tilda Knutsen setzte sich auf das kleine Ledersofa im Wartebereich und hielt demonstrativ ein Taschentuch an die Augen. Sie war also offensichtlich in Trauer.

Paul übernahm die Frau, begrüßte sie freundlich und führte sie in das Nebenzimmer, als sie ihr Anliegen vorbrachte. Es ging um die Urnenbestattung ihres Lebensgefährten. Paul ließ die Tür einen Spalt offen stehen, und so konnte Gitte jedes Wort verstehen. Sie traute ihren Ohren kaum, als sie die Bitte der Kundin vernahm.

»Du machst Bestattungen auch an ungewöhnlichen Orten?«, fragte sie.

»Ja, wir richten Ballonbestattungen und Seebestattungen aus, kein Problem.«

»Gut. Ich möchte eine Bestattung im Tierpark buchen. Genauer gesagt, ich will die Asche meines Mannes dort verstreuen, nicht verbuddeln.«

»Im Tierpark? Nun, wenn die Zooverwaltung nichts dagegen einzuwenden hat, dürfte das kein Problem sein.«

»Die Parkverwaltung wollte ich eigentlich gar nicht fragen. Ich rede vom Knuthenborg Park, den kennst du?«

Natürlich kannte Paul, ebenso wie Gitte, den großen Safaripark zwischen Bandholm und Maribo. Er lag über eine Autostunde von Marielyst entfernt und bot einer Menge Tiere ein Revier in natürlicher Umgebung. Man fuhr dort mit dem eigenen Auto durch die großen Gehege.

»Es ist der letzte Wunsch meines Lebensgefährten. Ich stelle mir das so vor: Wir fahren mit einigen wenigen Gästen in das besagte Gehege, dort steigen wir aus, also nur, wer will, wir können ja keinen zwingen. Du überreichst mir feierlich die Urne und sprichst ein paar Worte dazu. Dann streue ich die Asche meines lieben Uwe in die Prärie, und meine Schwägerin möchte ein paar Blüten dazugeben, natürlich nichts Giftiges, was den Tieren schaden könnte«, erklärte die Frau laut und deutlich. »Das ist doch kein Problem für dich, oder? Dafür müssen wir doch nicht die Parkverwaltung fragen, schließlich bringen wir ja keine Kapelle oder Priesterschaft mit?«, fügte sie fragend hinzu.

Spannend, dachte Gitte, dass die kreative Dame noch

nicht erwähnt hatte, in welchem Gehege man denn nun aussteigen musste. Immerhin gab es dort auch Tiger, Nashörner und Wölfe. Eines wusste Gitte allerdings nach diesen wenigen Informationen ganz genau. Sie wollte mit!

Paul machte sich ähnliche Gedanken, denn sie hörte ihn fragen: »Und bei welchen Tieren möchte Ihr Lebensgefährte die letzte Reise beenden?«

»Bei den amerikanischen Bisons.«

Gitte war sich sicher, dass man sich dort keineswegs frei im Gehege bewegen durfte. Bei den Kamelen und Kängurus und vielen anderen Tieren war es erlaubt, aus dem Auto auszusteigen, nicht jedoch bei den mächtigen Bisons.

»Und da darf man aussteigen?«, hörte sie ihren Chef fragen.

»Natürlich nicht, aber die Tiere tun nichts. Arne und ich steigen dort immer aus und machen Fotos von den Bisons. Er ist, er war ein absoluter Western- und Indianerfan. Was glaubst du, wie viele Bücher wir über diese Zeit haben, die meisten auf Englisch, weil es keine dänische Übersetzung gibt. Wenn Uwe im Knuthenborg Park bei den Bisons stand, dann fühlte er sich in die Zeit der Cowboys und Indianer versetzt und war für einen Moment lang richtig glücklich. Das war er sonst nämlich nicht, er litt an Parkinson. Wenn man sich bei den Tieren langsam bewegt, kümmern die sich überhaupt nicht um einen. Jede Ballonbestattung ist gefährlicher. Entschuldigung, darf ich hier rauchen?«

»Nein, bitte nicht. Tut mir leid. Wann soll denn die Zeremonie stattfinden?«

»An einem Montag oder Dienstag, würde ich vorschlagen, vorzugsweise bei schlechtem Wetter, dann ist es im Zoo garantiert wie leer gefegt.«

»Wann ist Uwe verstorben?«

»Gestern Abend. Er liegt noch in Nykøbing im Krankenhaus. Die warten natürlich, dass ich nun zügig einen Bestatter zu ihnen schicke.«

Es entstand eine Pause. Gitte wäre am liebsten ins Zimmer gestürmt und hätte der Frau eine Zusage gegeben. Worauf wartete Paul denn noch? Er konnte doch nicht wirklich Angst davor haben, von einigen amerikanischen Bisons, die seit langer Zeit in einem öffentlichen Zoo in Dänemark lebten, auf die Hörner genommen zu werden.

Kurz entschlossen marschierte Gitte ins Zimmer, als die Stille dort drin allmählich peinlich wurde.

»Möchtet ihr einen Kaffee?«, fragte sie möglichst unschuldig, gab Paul aber ein Handzeichen, das eine klare Aufforderung enthielt.

»Sehr gerne«, stimmte die Besucherin zu, und auch Paul räusperte sich und bestellte zwei Kaffee bei Gitte.

An der Tür blieb sie kurz stehen und hörte Paul schließlich sagen: »Gut, wenn du mir den Auftrag erteilen willst, holen wir den Leichnam heute noch ab und bemühen uns um einen zügigen Termin im Krematorium. Möchtest du ihn noch mal aufgebahrt sehen?«

»Nein«, sagte Tilda und klang jetzt sehr leise. »Ich war bei ihm, als er starb, und ich habe mich schon verabschiedet.«

Später, als die Frau gegangen war, teilte Gitte ihrem Chef mit: »Lass mich bloß dabei sein. Wann bekommt man schon mal die Gelegenheit, beruflich, also ohne zu bezahlen, in diesen tollen Park zu kommen?«

Paul grinste. »Das ist ein ganz schön skurriler Auftrag. Wir sollten dafür dein Auto nehmen, aber die Dame war nicht davon abzubringen, mit unserem stattlichen Leichenwagen durch den Zoo zu rauschen. Damit sind wir so auffällig wie ein Cabriolet vorm Tigerkäfig.«

»Ach was, da achtet kaum einer drauf. Und wenn schon. Dann denken die Leute höchstens, wir holen einen Gast ab, der einen Herzanfall nicht überlebt hat.«

»Oder von einem Tier getötet wurde. Die meisten lassen sich lieber spektakuläre Begründungen einfallen. Du darfst nur mit, wenn du im Auto bleibst oder zumindest direkt in der Nähe. Ich möchte nicht wieder einen Mitarbeiter bei einer Bestattung verlieren. In der Hinsicht bin ich ein gebranntes Kind.«

Gittes Vorgänger war bei einer tragisch verlaufenen Ballonbestattung ums Leben gekommen. Er hatte ein Foto der Zeremonie machen wollen, war dafür auf eine Kiste gestiegen und hatte sich dann zu weit nach hinten gelehnt. Als ein Luftloch kam und der Ballon einen Satz machte, fiel er hintüber und stürzte in die Tiefe. Paul hatte diesen Mitarbeiter sehr gerne gehabt, regte sich aber immer noch darüber auf, dass der Mann die Kamera festgehalten hatte, als er stolperte, statt sie fallen zu lassen und nach einem der Seile zu greifen.

Gitte brannte darauf, jemandem von der Bestattung im Zoo zu erzählen, ob nun aber der Kommissar dafür die richtige

Adresse war, dessen war sie sich nicht sicher. Jedenfalls war er der Erste, auf den sie traf, denn Ole Ansgaard betrat am frühen Nachmittag das Institut von Paul Larstsen. Die Polizeistation lag nur wenige Schritte entfernt. Eigentlich saß Ole meist in seinem Büro in Nykøbing, außer es gab ein Verbrechen in Marielyst, um das er sich kümmern musste.

»Hej, Gitte. Ich komme wegen des Fotos.«

»Hej, Ole. Um was für ein Foto geht es?« Er sah gut aus, fand Gitte. Seine Haut war vom Sommer gebräunt, und die blonden Haare gaben einen schönen natürlichen Kontrast. Er könnte allenfalls etwas mehr lächeln, wenn er sie besuchen kam, fand sie. Ole sah sie streng an, und sie ahnte, um welches Foto es ging.

»Ich meine das Foto, das du impertinenterweise von einem Trauergast geschossen hast. Ich denke nicht, dass du für die Angehörigen Fotos für ein Album machen solltest, oder? Das ist auch bei uns in Dänemark eher auf Hochzeiten üblich.«

»Ist doch gut, dass ich es gemacht habe. Du scheinst es ja jetzt zu brauchen.« Sie lächelte schnippisch, als sie es ihm auf dem Handy zeigte.

»Kannst du es mir schicken?«

»Ja, sicher. Du solltest es unbedingt durch eure Datenbank laufen lassen. Der Mann muss in irgendeinen Konflikt mit der Familie verwickelt gewesen sein. Oder er ist der Geliebte von Karla Andresen. Sonst hätte Bente ihn doch nicht einfach weggeschickt.«

Ole schaute konzentriert auf sein Handy, als er die Nachricht empfing. Dann fragte er misstrauisch: »Wie kommst du darauf, dass die Witwe ein Verhältnis hatte? Ihre Trauer schien mir nicht gespielt, sondern echt zu sein.«

»Ich glaube auch, dass sie um ihren Mann trauert. Aber dieses Gerücht habe ich sogar von zwei Seiten gehört. Ein Gast auf der Beerdigung, ein alter Bekannter von Paul, hat es ihm erzählt. Und Tante Stine hat wieder einmal den Friseur gewechselt und den neuesten Dorfklatsch aufgeschnappt.«

Letztere Information hätte sie besser weglassen sollen, denn Ole regte sich schon wieder über ihre schnüffelnden Alleingänge auf. »Du bringst dich noch mal in Teufels Küche, und andere auch. Ich kann nicht immer auf dich aufpassen.«

Gitte musste angesichts seines ehrlich verzweifelten Gesichtsausdruckes lachen. »Es gibt da tatsächlich eine Sache, bei der ich deinen Schutz brauchen könnte«, erklärte sie munter. Sie erzählte Ole von dem Rottweiler in ihrer direkten Nachbarschaft und vergaß auch nicht, ihn von Erik, dem Schweden, zu grüßen. Vielleicht konnte sie ihn zu einem Besuch bewegen.

Paul kam gerade aus dem hinteren Raum und begrüßte Ole ebenfalls. Die letzten Worte musste er gehört haben, denn er mischte sich sofort ein: »Bist du wieder von dem Hund angefallen worden, Gitte?«

Sie schüttelte den Kopf. »Diesmal hätte der Hund beinahe meine Tante erwischt.«

»Wann ist die Wahrscheinlichkeit denn am größten, von dem Tier angefallen zu werden?«, fragte Ole.

»Keine Ahnung. Bislang bin ich ihm zweimal begegnet, und es war jedes Mal unangenehm. Ich glaube fast, der läuft die meiste Zeit einfach frei herum. Die Grundstücke sind nicht eingezäunt. Nicht auszudenken, wenn dann gerade mal ein paar Kinder die Straße entlanglaufen.«

Ole schaute auf die Uhr und dann zu Paul. »Hat Gitte nicht gleich Feierabend?« Und zu Gitte sagte er in einem Ton, der keinen Widerspruch duldete: »Ich bringe dich nach Hause.«

Es war Paul, der Ole schließlich von der bevorstehenden Zoobestattung erzählte. Er bot dem Kommissar höflich einen Aquavit an und trank nach mehreren Tagen auch wieder ein Gläschen mit. Anscheinend ging es seinem Magen besser.

Ole grinste, kippte seinen Schnaps und erwiderte: »So ein Auftrag passt prima zu der Krokodilnummer. Ich werde nie vergessen, wie du das Vieh in einem deiner Särge transportiert hast. Du musst mittlerweile einen sehr speziellen Ruf haben. Aber seid vorsichtig. Selbst harmlos wirkende Kühe greifen mitunter Eindringlinge auf der Weide an. Frag mal die Jäger. Die Kühe kommen langsam näher, spielen die Neugierigen und umzingeln dich dann. Also haltet bloß Abstand von den Bisons. Die sind verdammt groß und manchmal schlecht gelaunt. Da steht nicht umsonst ein Schild, dass das Aussteigen in dem Areal verboten ist.«

Eine halbe Stunde später schob Gitte ihr Rad, und Ole begleitete sie mit langen Schritten. »Ich soll dich schön von meiner Schwester Ann grüßen«, sagte er. »Wenn du sie nicht bald besuchen kommst, begeht sie selbst ein Verbrechen, um dich zu sich zu locken, sagt sie.«

»Und? Hast du herausgefunden, ob sie und Karl noch viel miteinander zu tun haben?«

»Nein, sie weicht mir aus.« Sie überquerten den großen Platz mit den zahlreichen Liegen, die jetzt aber kaum genutzt wurden. Es war heute bedeckt und relativ kühl. Nur ein tapferer Mann saß mit seinem Sohn auf einer Liege und beobachtete ein paar Möwen, die sich um die Krümel vor den Mülleimern stritten.

Gitte fror trotz der dicken Fleecejacke, während Ole nur mit einem sportlichen Sweatshirt bekleidet neben ihr herschritt. Die Dänen froren nicht so schnell. Selbst im September hatten die meisten noch kurze Hosen und Röcke an. Auch Ole. Jetzt war er im Dienst und trug eine Jeans, die ihm ausgesprochen gut stand, dachte sie, als er ein Stück vor ihr herging.

Sie waren sich bei dem letzten Fall nähergekommen, Ole hatte Gitte sogar geküsst, aber da war er betrunken gewesen. Er steckte in einem Dilemma, denn er war noch immer verheiratet, wenngleich seine Frau krank in einem Pflegeheim lebte. Gitte würde den Kommissar gerne besser kennenlernen, doch sie würde ihn nicht drängen. Aber sie würde auch nicht ewig warten.

Am Bøtøvej trafen sie auf eine Mitarbeiterin der Polizei. Gitte hatte diese Frau schon öfter auf der Polizeistation gesehen. Sie hatte eine tadellose Figur, blonde lange Haare und ein Lächeln wie eine Nixe, wenn sie zufrieden ins Wasser gleitet. Zumindest hatte Gitte dieses Bild im Kopf. Die junge Frau grüßte ihren Chef herzlich und erzählte ihm interessante Neuigkeiten, bei denen Gitte die Ohren aufsperrte, den Blick aber betont gleichgültig in die Ferne schweifen ließ.

»Die Angestellte, die Andresen vor wenigen Wochen entlassen hatte, hätte tatsächlich eine Möglichkeit gehabt, sich an seiner Tablettendose zu schaffen zu machen. Sie war am Freitag vor seinem Tod im Büro, weil sie sich noch ein Zeugnis abholen musste. Sie bestreitet natürlich vehement, so ein heimtückisches Attentat auf ihren ehemaligen Chef begangen zu haben. Ihre Aussage liegt auf deinem Schreibtisch. Außerdem gab es Probleme mit einem Gast, der seine außergewöhnlich hohen Stromkosten nicht bezahlen wollte. Er soll Andresen gedroht haben, weil der Stromzähler angeblich nicht geeicht gewesen wäre. Es handelte sich um einen norwegischen Urlauber.«

»Danke.« Ole lächelte seine Mitarbeiterin an. »Ich kann mir aber nicht vorstellen, dass man jemanden wegen einer läppischen Stromrechnung umbringt.«

Strom war in Dänemark teuer, und da auch die Heizung in den meisten Wohnungen mit Strom lief, konnten da ganz schöne Kosten zusammenkommen. Deshalb besaß so gut wie jedes dänische Haus zusätzlich einen Kaminofen. Gitte fürchtete den Winter ein wenig, denn dann würden ihre Ausgaben steigen. Zum Glück hatte auch sie einen Kaminofen in ihrem Wohnzimmer. Diese kleinen dänischen Öfen gaben eine Menge Wärme ab. Und ihr Vermieter stellte ihr sogar einen Holzvorrat zur Verfügung. Dennoch hatte der Kommissar wahrscheinlich recht. Wegen einer unbezahlten Rechnung brachte man niemanden um. Gitte konnte sich kaum vorstellen, dass so ein norwegischer Urlauber heißblütig und unberechenbar einen derartigen Aufwand betrieben hätte.

»Ich finde, Giftmord riecht nach einer Beziehungstat«, meinte Gitte, als sie sich von der Beamtin verabschiedet hatten.

Inzwischen waren sie zu den kleinen Straßen gelangt, in denen sich die Ferienhäuser aneinanderreihten. Sie waren in allen möglichen Farben gestrichen, die meisten hatten eine Veranda, manche auch Fensterläden, und ausnahmslos alle hatten einen großen Garten. Ole ging nicht auf ihren Verdacht ein, sondern hielt fleißig Ausschau nach einem Rottweiler. Zunächst kam ihnen jedoch erst einmal eine Dame mit einem Labrador entgegen. Der braune Kerl war an der Leine und wedelte freundlich mit dem Schwanz, als sie vorbeigingen. Labradore gehörten zu den sanftesten Hunderassen, die Gitte kannte. Ole neckte sie: »Du hast aber nicht diesen freundlichen Labrador mit einem Rottweiler verwechselt, oder?«

»Sicher nicht. Was willst du denn machen, wenn der Hund uns gleich an die Gurgel springt?«

»So schlimm wird es schon nicht werden. Ich vertraue ja immer darauf, dass die Leute ihre Hunde nicht völlig gedankenlos frei herumlaufen lassen. Wachhunde stellen gerne ihre Opfer, aber sie beißen nur zu, wenn die Person vor ihnen die Flucht ergreift. Hoffentlich. Eine Dienstwaffe habe ich nämlich nicht dabei.«

Doch der Einzige, der ihnen schließlich im Garten entgegengelaufen kam, war Erik, der Schwede. Er freute sich, den Kommissar zu sehen. Innerhalb kürzester Zeit waren die beiden Männer wieder in das Thema Angeln vertieft, und Gitte stellte ihr Fahrrad weg.

Als sie zurückkam, saßen Ole und Erik bereits mit je einem Tuborg auf der Veranda von Eriks Sommerhaus. Die Dosen zischten, als die Männer sie fast gleichzeitig öffneten. Eindeutig zu kalt, sowohl das Bier als auch die Witterung, entschied Gitte und sagte Bescheid, dass sie ins Haus gehen würde. Wer mochte, könnte gleich bei ihr einen Nachmittagskaffee bekommen. »Ohne direkte Sonneneinstrahlung finde ich es schon im August zu kalt, um draußen zu sitzen. Jetzt haben wir Mitte September. Es sind gerade mal vierzehn Grad heute«, beschwerte sie sich noch bei den Männern. Ole grinste sie jungenhaft an. Diesen Blick hatte sie schon lange nicht mehr an ihm gesehen.

»Wir sind hier deine Lockvögel für den Höllenhund. In der Wohnung wird er uns kaum finden.«

Lachend ging sie ins Haus. Sie richtete süße Kekse, herzhaftes Gebäck und Nüsse auf dem Tisch an und stellte drei große Kaffeebecher dazu. Während der Kaffee kochte, klappte sie ihren Laptop auf und schloss ihr Handy an.

Als sie Ole das Foto des Mannes von der Beerdigung gezeigt hatte, war ihr eine Idee gekommen. Sie besaß zwar nicht dieselben Möglichkeiten wie Ole als Polizeibeamter, aber sie könnte das Foto durch das weltweite Web jagen und schauen, ob die Gesichtserkennung etwas zutage förderte. Wenn der Mann sein Konterfei schon mal ins Netz gestellt hatte, standen die Chancen gut, einen Namen zu finden. Das Bild war für ein Handyfoto recht scharf.

Gitte konnte ihr Glück kaum fassen, als sich eine Seite

öffnete und ihr genau dieser Mann entgegenlächelte. Er stellte sich mit dem Namen Lasse Hartmann vor und war Filialleiter einer dänischen Bank in Nykøbing. Sieh mal an, dachte Gitte, ein recht hoher Posten. Was für einen Groll hegte Bente Andresen gegen diesen Mann? Hatte er ihr einen wichtigen Kredit verwehrt? Es war nicht unüblich, dass ein Bankangestellter zur Beerdigung eines guten Kunden ging. Ungewöhnlich war jedoch, dass er davongejagt wurde.

Eventuell konnte Tante Stine bei dem Herrn mal nach einer Geldanlage fragen. Sie könnte behaupten, dass die Familie Andresen ihn empfohlen hätte. Diese Lüge würde dann sicher Bewegung in das Gespräch bringen. Denn entweder wusste Lasse Hartmann, dass die Familie ihn hasste, oder er ging auf das Spiel ein. Gitte überlegte kurz, ob sie ihre Tante damit in Gefahr bringen würde. Besser wäre es wohl zu behaupten, sein Name sei auf der Beerdigung gefallen. Das klang unverfänglicher.

Plötzlich hörte sie Gepolter auf der Veranda. Erik und Ole klopften an die Scheibe. Oles Augen glänzten, und Erik haute ihm mit den Worten auf die Schulter: »Das ist der erste Däne, den ich treffe, der von einem Bier und zwei Schnäpsen beschwipst ist.«

»Bin ich gar nicht. Ich habe lediglich gesagt, dass ich besser nicht mehr Auto fahre.«

»Musstet ihr euch so viel Mut wegen des Rottweilers antrinken?«

»Nein, nicht wegen des Hundes«, sagte Erik und grinste. »Sondern wegen der drei Typen, die zu dem Hund gehören. Hast du dir die mal genauer angesehen? Kurz geschorene

Haare, mehr Tattoos als gute Manieren und beängstigende Muskelpakete an Armen und Brust. In Filmen spielen solche Jungs die Bösewichter.«

»Aber Ole ist doch im Boxverein.« Gitte bat die beiden, Platz zu nehmen, und schenkte Kaffee ein. Eventuell konnte Ole nach einem starken Kaffee dann doch noch sein Auto von der Polizeistation holen und selbst nach Hause fahren. Sie hatte ihn schon einmal in angetrunkenem Zustand nach Gedesby gebracht. Als sie an den Kuss dachte, den sie zum Schluss erhalten hatte, war sie plötzlich nicht mehr so abgeneigt, ihn auch heute zu fahren. Forsch fragte sie, ob jemand noch ein Bier zum Kaffee wollte. Doch beide Männer verneinten.

Ole griff ihre Bemerkung zum Boxverein auf und prahlte: »Ja, ich bin gerade wieder fleißig am Trainieren, und meine Muskeln sind echt und keine holländischen Eiweißimitate. Du befindest dich momentan in keiner guten Nachbarschaft, Gitte. Das gefällt mir gar nicht.«

Gitte war so gerührt von seiner Besorgnis, dass sie ihm beinahe von Lasse Hartmann erzählt hätte. Aber an Informationen zu diesem Mann würde er ohnehin leicht kommen. Da hielt sie sich besser zurück.

»Habt ihr den Hund gesehen?«

»Ja, und er war artig an der Leine und ging brav neben den Männern her. Ich glaube, sie wollten zum Strand runter.«

Sie tranken Kaffee zusammen, und Erik gab die Geschichte seiner Frau zum Besten. Er schmückte die Vorkommnisse aus und stellte sie als Femme fatale dar, bis sie alle Tränen lachten. Ole meinte schließlich trocken: »Lass sie bloß nicht nach Marielyst kommen. Stell dir vor, Gitte und deine Frau lernen sich kennen. Sie werden alle Spitzbuben der Umgebung anlocken und sich anschließend in der Dramatik zahlreicher Verbrechen suhlen.«

»Was du für Sätze formulieren kannst.« Gitte staunte nicht schlecht.

Erik saß neben ihnen und starrte in seinen leeren Kaffeebecher. »Ich glaube, ich schreibe ein Buch. Ich verknüpfe Reales mit Fiktivem, und ihr kommt alle darin vor.« Er schien es ernst zu meinen.

»Dann kann Kate dir ein tolles Cover dazu malen, Erik.« Gitte stand auf, als der Schwede sich nun verabschieden wollte, um mit seiner Frau zu telefonieren. Sie hatte heute einen Anwaltstermin. »Grüße sie unbekannterweise von mir«, bat Gitte an der Tür.

Der Kommissar war ebenfalls in Aufbruchsstimmung. Er stand bereits im Wohnzimmer, als Gitte zurückkehrte. »Ich laufe zum Büro und hole mein Auto ab. Denk daran, mal bei Ann vorbeizuschauen. Vielleicht bekommst du eher heraus, was zwischen Karl und ihr läuft. Das ist eine Rechercheaufgabe, die ich dir nur zu gerne und ohne Murren überlasse.«

Ole ging durch die Terrassentür nach draußen, und Gitte trat ebenfalls auf die Veranda. Der herbstliche Geruch der Nadelhölzer lockte in den Garten. Vom Nachbargrundstück waren Stimmen zu hören, aber es kam kein Hund angerannt, um ihnen die Zähne zu zeigen.

Ohne jede Vorwarnung nahm Ole sie plötzlich in den

Arm und küsste sie auf den Mund. Fest und kühl waren seine Lippen. Er hielt Gitte ein paar Sekunden fest, und sie fühlte sich überraschend wohl in diesen Armen. Er roch nach einem würzigen Rasierwasser. Dann nahm er ihre Hand und lief ein paar Schritte mit ihr über die Wiese. Er blickte sie nicht an, als er erklärte: »Entschuldige bitte den Überfall. Aber einer dieser Typen beobachtet uns, und ich hielt es für besser, dass er uns für ein Paar hält. Er soll denken, dass du mit einem überaus stark aussehenden Typen zusammen bist, der keine Dummheiten von ihrer Seite dulden wird.«

Gitte war noch immer recht verwirrt von der unverhofften Nähe zwischen ihnen beiden, auch wenn diese nur gespielt sein sollte. «Schade, dass du nicht noch gut sichtbar eine Dienstwaffe trägst. Dein Einsatz war jedenfalls sehr überzeugend«, sagte sie ein wenig verlegen.

Jetzt wurde Ole doch rot und ließ ihre Hand los. »Ich hätte es mit dir absprechen sollen, aber es war ein ganz spontaner Einfall, der mir durchaus noch mal kommen könnte. Ach übrigens, ich habe deine streitlustigen deutschen Nachbarn mal unter die Lupe genommen. Jan hat seinen Führerschein wegen Cannabiskonsum am Steuer verloren. Außerdem hatte er so viel Zeugs bei sich, dass eine Anzeige wegen illegalen Drogenbesitzes läuft. Pass auf dich auf.« Er winkte und ging zügig über die Wiese zur Straße.

Man sollte dem Kerl ständig Alkohol geben, dachte Gitte, er küsste dann verdammt gut. Nüchtern war Ole einer der launischsten Menschen, die sie kannte.

Gitte verbrachte den Rest des Abends einigermaßen aufgewühlt. Ständig sprangen ihre Gedanken zwischen dem gut aussehenden Kommissar, der Ehefrau von Erik und dem armen Björn, der nach dem Mörder seines Vaters suchte, hin und her. Da die ersten beiden Gedankenstränge wenig hilfreiche Ergebnisse brachten, konzentrierte sich Gitte auf Björn. Wie sollte sie ihm nur helfen? Sie hatte nicht einmal eine Handynummer von ihm, nur die Festnetznummer, die in den Unterlagen bei Paul Larstsen stand. Morgen würde sie sich die Daten abschreiben und Kontakt aufnehmen. Bestimmt konnte sie mit Björn mal den Arbeitsplatz von Lars Andresen aufsuchen und Nachforschungen anstellen. Dann fiel ihr ein, dass morgen Samstag war und sie freihatte.

Natürlich hatte Larstsen als Bestatter vor Ort niemals wirklich Feierabend, gestorben wurde schließlich zu jeder Zeit. Aber außerhalb der Bürozeiten trug er ein Handy mit sich herum, auf dem man ihn erreichen konnte, falls ein verstorbener Angehöriger abgeholt werden musste. Beerdigungen fanden meistens unter der Woche statt. Gitte war schon mal an einem Sonntag eingesprungen, um einer Familie bei einem plötzlichen Todesfall beizustehen, aber abgesehen von diesen Ausnahmen hatte sie geregelte Arbeitszeiten.

Der Samstag stand vor der Tür, ohne dass Gitte einen konkreten Plan für den Tag oder den Abend hatte, was ihr einen gewissen Druck bereitete, denn sie wollte auf keinen Fall allein zu Hause bleiben. In Münster, ihrer alten Heimatstadt, gab es unzählige Möglichkeiten, den Abend zu verbringen. Klubs, Cafés, Restaurants und Theaterbühnen boten sich an. Und man traf immer irgendein bekanntes Gesicht – in der Hinsicht war Münster ein Dorf. In Marielyst konnte man bowlen, Gokart fahren, minigolfen und Strandaktivitäten unternehmen, aber um den Abend zu füllen, musste eine alleinstehende Frau wie sie ein gewisses Maß an Kreativität und Engagement mitbringen. Es gab hier zwar eine Diskothek, die den gruseligen Namen *Emils Laboratorium* trug, doch Gitte wäre nie auf die Idee gekommen, allein dorthin zu gehen. Sie hatte keine Ahnung, was sie im Laboratorium erwarten würde. Junge Leute? Ältere? Freaks? Sie würde morgen zunächst an den Strand gehen und danach die Glasbläserei besuchen, entschied sie.

In der Nacht hörte sie einige Male Hundegebell, das sie leider zu einem düsteren, bedrohlichen Traum zusammenfügte. Ziemlich gerädert und mit steifem Nacken wurde sie von einer strahlenden Sonne geweckt. In ihrem Schlafzimmer gab es nur einen blauen Vorhang, der viel Licht durchließ.

Es sollte heute noch einmal ein wunderbarer Spätsommertag werden, und sie freute sich auf den Besuch am Strand. So spazierte sie am späten Vormittag, als die Sonne schon recht hoch am Himmel stand, durch das Dorf, stellte ihre Schuhe ins Dünengras und marschierte durch den warmen feinen Sand zum Wasser. Es lagen nur wenige Besucher auf ihren bunten Badetüchern am Strand, denn das Wasser war im September bereits kühl. Gitte watete durchs Wasser und ließ ihre Füße von den anrollenden Wellen umspülen. Als das Wasser bis zu ihren Oberschenkeln reichte, schnappte Gitte nach Luft. Sie ging am Ufer entlang, das Gesicht der Sonne zugewandt, und fühlte sich wohl.

Julia und Michael, Freunde aus den Sommerferien, hatten ihr geschrieben, dass sie im Herbst für eine Woche nach Marielyst kämen. Michael war geradezu ein Wiederholungstäter. Er fuhr seit seiner Kindheit nach Marielyst und meist sogar ins selbe Haus. Seine Frau Julia betrachtete diese Dänemark-Sucht mit liebevoller Nachsicht. Die gemütlichen Holzhäuser mit den großen Gärten waren einfach der perfekte Erholungsort für einen Urlaub mit Kindern. Die Ostsee war wesentlich sanfter als die Nordsee. Ganz flach führte der Strand ins Wasser und war für Kinder jeden Alters ein herrlicher Spielplatz.

Entspannt drehte Gitte nach einer Weile wieder um und wanderte zurück. Auf der Höhe der Stelle, an der sie ihre Schuhe abgestellt hatte, lagen ihre drei Nachbarn am Strand und stellten Muskeln zur Schau, die nach beharrlichem Hanteltraining und dem Konsum von Anabolika aussahen. Eine Kühltasche mit Dosenbier stand neben ihnen im Sand. Der Hund fehlte. Hoffentlich befand er sich im Haus und lief nicht frei im Garten herum. Dann wäre nicht einmal sein Herrchen anwesend, um ihn in Schach zu halten.

Ein wenig besorgt spazierte sie also zu ihrem Haus zurück, den Schlüssel griffbereit in der Hand, falls es schnell gehen musste. Musste es nicht. Von einem zornigen Rottweiler war weit und breit weder etwas zu sehen noch zu hören. Und so schob sie schließlich ihr Fahrrad aus dem Schuppen, um zur Glasbläserei von Ann Brixen zu fahren. Sie hatte Oles Schwester schon seit Wochen nicht mehr gesehen.

Als Gitte Ann kennengelernt hatte, lag diese mit ihrem

Bruder, dem Kommissar, in einem jahrelangen Streit. Gitte war nicht ganz unbeteiligt daran, dass die beiden nun wieder gut miteinander auskamen.

Der Weg zur Glasbläserei führte Gitte durch den Kreisverkehr am Ortseingang vorbei in Richtung Væggerløse. Sie musste etwa fünf Kilometer mit dem Rad fahren und kam dann zu einer wunderschönen alten Mühle, neben der sich die Werkstatt der Glasbläserin befand. Gegenüber gab es noch ein weiteres einfaches Gebäude, in dem der Landschaftsmaler Karl Werkstatt und Wohnung hatte. Er wohnte bei Ann zur Miete.

Als Gitte mit ihrem Fahrrad auf der Anhöhe anlangte, war sie einigermaßen aus der Puste. Den Wind hier unterschätzte sie noch immer. Auf der schlichten roten Bank an der Windmühle saß Karl und rauchte eine Zigarette. Seine langen Haare trug er zu einem Zopf gebunden, und seine strahlend blauen Augen musterten sie. Er grüßte Gitte freundlich mit einem kurzen Nicken, aber sie hatte keine Ahnung, ob er sie erkannte. So oft hatten sie sich noch nicht gesehen, und immer war es in Gesellschaft mehrerer Personen gewesen.

Gitte betrat den Verkaufsraum, in dem Ann auch ihre Glaskunst herstellte. Sie war drei Jahre älter als Ole. Seit beinahe zwanzig Jahren betrieb sie ihre kleine Werkstatt und hatte sich mit ihrer Kunst und ihrem Design einen Namen gemacht. Ann suchte sich jedes Jahr die Unterstützung einer Praktikantin oder eines Praktikanten, denn Glas konnte man nur zu zweit bearbeiten. Jemand musste die Stange halten, an deren Ende das Glasobjekt saß, das von Ann in Form gebracht wurde. Im Winter ruhte das Handwerk, und die Waren standen zum Verkauf.

Die Glasbläserin strahlte sie aus dunklen Augen an, als Gitte den Laden betrat. Ihre dunklen Haare hatte sie heute hochgesteckt. Sie schloss in einer halben Stunde ihren Verkauf, und es war gerade nur noch eine ältere Dame im Laden. Sie guckte sich eine Lampe an, die in verschiedenen Grüntönen schimmerte.

»Hej, Gitte! Schön, dass du kommst. Ole hat mir erzählt, dass du wieder mit beiden Ohren in einem Mordfall steckst und ihm die Schau stiehlst. Du musst mir unbedingt mehr erzählen.«

Die Besucherin drehte sich zu den beiden Frauen um und hörte offensichtlich interessiert zu. Daher sagte Gitte: »Bedien erst deine Kundin, ich habe Zeit mitgebracht.«

Die Kundin entpuppte sich als forsche Person. Sie zahlte und sagte dann beim Hinausgehen: »Wenn ihr den Mord an Lars Andresen meint, das war die Ehefrau! Da bin ich mir sicher. In solchen Fällen ist es immer die Ehefrau. Ich sage nur: Gift.«

Mit diesen Worten und einem wichtigen Gesicht schloss die Dame die Tür hinter sich.

Gitte musste lachen. »Ich habe die Ehefrau kennengelernt, und ich glaube nicht, dass es Karla war.«

Ann schloss die Kasse. »Ich kenne Karla auch. Sie sammelt meine gläsernen Weihnachtsmänner und -engel. Ich verändere sie jedes Jahr ein wenig, und Karla kauft sie voller Begeisterung. Ich nehme an, sie stellt mindestens zwei Weihnachtsbäume auf, einer allein kann die Sachen gar nicht mehr tragen, die Karla besitzt. Möchtest du einen Kaffee? Kommt aber aus der Thermoskanne.«

»Macht nichts, sehr gerne.« Als die beiden Frauen schließlich draußen auf der Bank saßen, die Karl inzwischen verlassen hatte, und das gute Wetter genossen, fragte Gitte: »Kannst du dir vorstellen, dass Karla ihren Mann betrogen hat?«

Ein Schatten ging über Anns Gesicht mit den hohen Wangenknochen und dem schönen Mund. Es war die Gesichtsform, die Ann mit ihrem Bruder gemeinsam hatte, denn Ole war ja im Gegensatz zu seiner Schwester blond und blauäugig. Ann überlegte. »Was das angeht, traue ich mich nicht mehr, Aussagen zu machen. Ich hätte von meiner Schwägerin auch nie erwartet, dass sie Ole betrügt. Du kennst die Leute immer nur bis zu ihrer Schlafzimmertür. Dahinter ist ein schwarzes Loch, in dem jeder seine Geheimnisse hat.«

»Und Ole? Ist er seiner Frau treu? Einer Frau, die ihn an schlechten Tagen weder erkennt noch mit ihm spricht?«

Ann zuckte mit den Schultern und seufzte tief. »Er sollte es mit der Treue nicht übertreiben. Wer hat was davon, wenn er seine besten Jahre verschwendet und in Abstinenz lebt? ›In guten wie in schlechten Tagen‹, heißt es bei einer Eheschließung immer so schön, aber sind damit auch die aussichtslosen Tage und Jahre gemeint? Vielleicht hast du diesbezüglich ja einen guten Einfluss auf ihn.«

»Er hat mich gestern geküsst, ziemlich lange sogar, aber nur, damit meine ruppigen Nachbarn denken, ich hätte einen ernst zu nehmenden Beschützer an meiner Seite.«

Darüber musste Ann laut lachen, sodass sie sich an ihrem Kaffee verschluckte. Ein Hustenanfall trieb ihr Tränen in die Augen. »So viel Subtilität hätte ich ihm gar nicht zugetraut. Glaub mir, Gitte, der wollte dich küssen. Ich hoffe nur, er ist auch so ehrlich zu sich selbst und wiederholt die Aktion«, meinte sie.

Gitte blieb skeptisch. »Das sind wirklich recht unangenehme Nachbarn, die ich da habe, einschließlich ihres Hundes.« Sie erzählte Ann von den Holländern und dem Rottweiler.

Zu Gittes Erstaunen meinte Ann daraufhin: »Den sollte Karl sich mal anschauen, er war in seinem früheren Leben so etwas wie ein Hundeflüsterer. Im Ernst, er besitzt ein unglaubliches Wissen über Hunde und ihre Kommunikation.«

»Ich kann Karl ja nun wohl kaum als meinen Wachhund mitnehmen. Du brauchst ihn ja sicher hier, oder?« Und mit einem Augenzwinkern knuffte sie die Glasbläserin in die Seite. Sie hoffte, dass Ann erzählen würde, wie sie zu dem Landschaftsmaler stand. Nahm sie ihm seine wenig heldenhafte Rolle im Sommer krumm? Gitte hatte Glück.

Ann lehnte sich zurück. »Eine Beziehung mit Karl ist schwierig. Es steht so viel Ungesagtes zwischen uns. Manchmal haben wir einen schönen Abend und landen dann sogar in seinem Ytonbett, das nebenbei bemerkt nicht in meine Komfortzone passt. Aber es gibt auch Tage, da reden wir gar nicht miteinander und gehen uns aus dem Weg.«

»Wenn du meine Tante fragen würdest, klingt das nach einer perfekten Beziehung.« Abrupt wechselte Gitte das Thema, denn noch viel mehr interessierte sie der Mordfall.

»Was kannst du mir noch über die Familie Andresen erzählen?«

»Sie haben einen behinderten Sohn, Björn oder Bjarne heißt er. Er hat damals mit einer meiner Praktikantinnen angebändelt, kurz vor seinem Unfall, obwohl diese ein paar Jahre älter war als er. Doch nach dem Unfall hatte das Mädel kein Interesse mehr. Für sie war es halt nur eine Art Urlaubsflirt, nicht die große Liebe, insofern kann man ihr keinen Vorwurf machen. Aber der Junge war, glaube ich, schon sehr enttäuscht.«

»Ja, ich kenne Björn. Er bat mich, mit ihm den Mörder seines Vaters zu suchen. Sag das deinem Bruder lieber nicht. Björn wirkt auf mich auf den ersten Blick recht selbstbewusst, aber auch ganz schön sarkastisch.«

Ann beugte sich vor und hob die Stimme: »Wenn du mich fragst, hat damals jemand den Fallschirm manipuliert. Der zerreißt doch nicht von alleine in der Luft. Aber man konnte niemandem etwas nachweisen. Das hat mir Karla erzählt. Vielleicht war das alles zu viel für die Frau, und sie flüchtete tatsächlich mal in die Arme eines anderen Mannes, der ihr Ablenkung abseits der Familientragödie bot.«

»Dieser Mann könnte jedenfalls ein Motiv gehabt haben, ihren Ehemann Lars umzubringen. Eventuell wollte er die Frau für sich alleine haben.«

»Tja, da hat mein Bruder noch einiges an Arbeit vor sich, wenn er den Fall vor dir lösen möchte.«

Die Sonne verabschiedete sich im September früh, und so machte Gitte sich auf den Weg nach Hause. Noch immer hatte sie keine Idee, was sie am Abend unternehmen sollte. Als sie zu Hause angekommen war, setzte sie ihre Schildkröte nach draußen, ein paar Strahlen Abendsonne erreichten den Auslauf noch. Ohne Aufsicht ließ sie das Tier nicht mehr im Gehege, solange in der Umgebung ein Rottweiler herumlief. Hieronymus war so alt wie sie selbst. Ihr Vater hatte ihr die Schildkröte zum siebten Geburtstag geschenkt. »Ihr beide könnt zusammen alt werden«, hatte er gesagt. Damals hatte er noch nicht gewusst, dass er selbst beim Altwerden nicht mitmachen würde. Auch ihre Mutter hatte sich mit einer Krebserkrankung zu früh verabschiedet. Außer ihren beiden Tanten, einer Buchhändlerin im westfälischen Hamm und einer dänischen Matrone in Nykøbing, sowie deren Kindern besaß Gitte keine näheren Verwandten mehr. Als Einzelkind war man schlecht aufgestellt, wenn die Eltern verstarben.

Kurz entschlossen rief sie Sofie Eriksdatter an, die Bäckerin, mit der ihre Tante befreundet war und die seit Anfang des Sommers versuchte, ihren Angestellten an die partnerschaftliche Leine zu bekommen. »Hej, Sofie! Hast du Lust, heute Abend mit mir nach Sakskøbing zu fahren und nach einem Haus zu suchen, in dem ein Russe wohnt?«

»Hej, Gitte, schön, dass du anrufst. Was ist so schlecht an einem dänischen Mann?«

Gitte lachte und erklärte Sofie, warum sie sich gerne mal in Sakskøbing, der lächelnden Stadt, wie sie genannt wurde, umsehen würde. »Es ist sehr unwahrscheinlich, dass wir eine Spur von diesen Wolkows finden, aber ich muss mir einfach mal die Villen dort anschauen. Vielleicht finden wir eine russische Flagge vor der Tür oder ein Auto mit russischem Kennzeichen. So groß ist Sakskøbing ja nicht. Und wenn wir einen Russen finden, finden wir auch die Wolkows, wenn sie noch dort leben. Die kennen sich doch bestimmt alle untereinander.«

»Springt dabei ein nettes Abendessen raus? Ich habe heute außer einer Pølser noch nicht viel gegessen. Liam ist krank, und ich hatte eine Menge zu tun.«

Kaum zu glauben, in einer Bäckerei hatte man doch reichlich Gelegenheit, etwas zu essen, wunderte sich Gitte im Stillen. »Liam ist krank? Was hat er denn?«, fragte sie. »Ich hoffe, schlimmen Liebeskummer.«

Sofie lachte. »Der fühlt sich so elend, der will sterben, hat er heute Morgen gesagt. Aber nicht wegen mir, sondern wegen seines Neffen, der ihn mit einer Magen-Darm-Grippe angesteckt hat. So liebeskrank bin nicht einmal ich, dass ich ihm Zwieback ans infizierte Bett bringe. Also, ich habe Zeit. Holst du mich ab?«

5

Gitte zog sich wärmere Sachen an und setzte Hieronymus wieder in sein Terrarium im Haus.

Ihr Nachbar Erik zündete gerade seinen Kohlegrill an und strahlte sie unter seinem buschigen Schnäuzer an. »Ist das herrlich heute, nicht? Ich werde meine Veranda bis zum späten Abend nicht verlassen und deinen Garten bewachen. Wenn der Hund auftaucht, mache ich ein Foto von ihm.« Er zeigte auf sein Handy.

»Klasse, Erik. Aber pass auf, die Abende sind bereits sehr kühl.«

»Davor kannst du einen Italiener warnen, aber keinen Schweden, meine Liebe.« Er blickte an seiner kurzen Hose herunter bis zu den riesigen Füßen. »Zur Not hole ich mir eine Decke und trinke ein Bier mehr.«

Gitte erzählte Erik von ihrem Besuch bei Ann und erwähnte auch Karl dabei. Den hatte der Schwede bei seinem letzten Aufenthalt ebenfalls kennengelernt. Dann fragte sie ihn nach seiner Frau. »Gibt es etwas Neues? Kann sie bald nachkommen?«

Erik kratzte sich verlegen am Hinterkopf und schob seinen Zeh in einen Spalt zwischen den Holzplanken der Veranda. »Die haben eine Hausdurchsuchung bei uns durchgeführt, heute Morgen. Kate tobt und wirft mit Farbeimern. Behauptet sie zumindest. Sie will jetzt erst im Haus alles wieder in Ordnung bringen. Aber man beginnt wohl, ihr zu glauben, dass sie keine Einbrecherin ist. Der Verlag hat die Sache mit dem Cover bestätigt und auf ihren bizarren Künstleraktionismus hingewiesen. Ich hoffe, sie kommt übermorgen. Sonst lohnt es ja kaum noch.«

Gitte winkte ihm herzlich zu und stieg in ihr Auto.

Von Marielyst nach Sakskøbing waren es etwa dreißig Kilometer. Man verließ die Insel Falster über Nykøbing und gelangte zur Insel Lolland.

Sofie hatte eine kleine Wohnung nah am Ortskern von Sakskøbing und nah an ihrer Bäckerei. So konnte sie ihren Laden zu Fuß erreichen, was bei dem frühen Arbeitsbeginn durchaus angenehm war. Die Wohnung besaß einen Balkon, den sie mit so vielen Grünpflanzen vollgestellt hatte, dass gerade noch Platz für zwei Stühle und einen kleinen Tisch war. Die Küche schien aus einem Puppenhaus zu stammen, so klein und bunt war sie. »Ich habe ja in der Bäckerei einen großen Arbeitsplatz, hier mache ich eh nicht viel.«

Sofie war groß und schlank, und mit ihren blauen Augen und den blonden kurzen Haaren, die keck in alle Richtungen abstanden, sah sie unglaublich dänisch aus. Liam war ein Idiot, dass er so ein Theater veranstaltete und sich nicht einfach auf eine Beziehung mit solch einer tollen Frau einließ.

»Liam macht drei Schritte vor und zweieinhalb zurück«,

erzählte Sofie, als sie im Auto über ihren Angestellten sprachen. »Bei der Geschwindigkeit schieben wir einen Rollator zum Standesamt.«

Sakskøbing lag an einem Fjord, gerade fuhren sie an Saxine, dem lächelnden Wasserturm der Stadt, vorbei. Die schwarze Kuppel war wie ein Hut, denn unter ihr prangte ein Gesicht. Die Häuser in Gelb und Rot und Weiß sahen ebenfalls freundlich und gemütlich aus. Sakskøbing war eine alte Handelsstadt, und Handel betrieb man hier noch immer. Es gab verschiedene Märkte, und in der Innenstadt lockten zahlreiche kleine Geschäfte.

Eine Zeit lang fuhren sie etwas orientierungslos durch die Straßen, wobei sie auf besonders majestätische Häuser achteten, denn so ein Haus hatte den Russen Wolkow laut Maggy Petersen interessiert. Dabei bestaunten sie einige sehr herrschaftliche Häuser, aber eine russische Flagge fiel ihnen nirgends auf. Dafür wehten jede Menge dänische Flaggen. Gitte sah niemanden, den man mal hätte fragen können. Die Häuser lagen weit zurück, waren von parkähnlichen Anlagen umgeben, und oft musste man durch ein Tor eingelassen werden.

»Du könntest im Telefonbuch von Sakskøbing nachschauen.«

»Wer hat denn heute noch einen Festanschluss?« Gitte starrte weiter auf die Anwesen, während sie im Schritttempo durch die Straße fuhr. Aber auch sie musste einsehen, dass man eine Nadel im Heuhaufen nicht auf diese Art fand. Sie würde die Privatdetektei von Kevin Dunkel wieder in Anspruch nehmen müssen.

»Langsam bekomme ich Hunger«, klagte Sofie. »Lass uns in das bekannte Hotel am Hafen gehen und dort nachforschen. Ein Russe in Dänemark erhält doch bestimmt mal Besuch aus der Heimat. Und wo muss er den dann unterbringen? In einem Hotel!« Sofie fand ihren Einfall offenbar so gut, dass sie triumphierend lächelte.

Und so parkten sie das Auto wenig später am Hafen. In dem Becken lagen zahlreiche bunte Schiffe vor Anker. Vor allem die Hausboote boten einen malerischen Anblick. Kleine, schmucke fahrende Behausungen mit gewölbtem Dach und in vielen Farben und Ausführungen. Einige von ihnen wurden auch vermietet, wie man den Schildern entnehmen konnte. Sakskøbing war ein Anglerparadies, lud aber genauso zum Radfahren und Wandern ein. Da in der Umgebung reichlich Obst wuchs, gab es jetzt im September auch ein Obstfestival.

Gitte blickte von den Booten zum Hotel Saxkjøbing, das groß und majestätisch in seinem gelben Anstrich mit der Abendsonne um die Wette strahlte. Es war bereits halb sieben, die richtige Zeit, um zu Abend zu essen. Zum Glück war keine Feriensaison, sonst hätten sie im Restaurant wohl keinen Platz mehr bekommen. Die Preise für ein Menü waren nicht gerade günstig, das waren sie in Dänemark selten, doch Gitte wollte Sofie auf jeden Fall einladen. Sie wählten beide den frittierten Blumenkohl mit einer Haselnussbrühe und als Hauptgericht gegrilltes Schwein mit neuen Zwiebeln und Knoblauchpüree.

Für ihren Tisch war eine jung gebliebene Mittfünfzigerin zuständig. Ihre schwarzen Haare hatte sie zu einem hoch sitzenden Pferdeschwanz gebunden, und ihre Fingernägel waren schwarz lackiert. Dazu passte das sorgfältig geschminkte Gesicht. Sie strahlte die beiden Frauen jedes Mal munter an, wenn sie an den Tisch kam.

»Was feiert ihr beiden denn heute?«, fragte sie beim Auftragen des herrlich duftenden Schweinefleisches. Gitte nutzte die Gelegenheit und erzählte, dass sie einen alten Freund ihres Vaters suche, einen russischen Freund. Leider hätte man sich schon seit vielen Jahren nicht gesehen, und sie wolle ihren Vater mit dem Kontakt überraschen. »Kennst du einen Russen namens Wladimir Wolkow oder Artjom Wolkow?«

Die Kellnerin schüttelte ihren Pferdeschwanz. »Nie gehört. Aber es gibt hier eine Frau in Sakskøbing, die nennt man überall ›die Russin‹. Sie tut sehr elitär und herrschaftlich, aber wenn du mich fragst, ist sie ebenso Dänin wie ich. Sie spricht akzentfrei. Bei einem Russen hörst du das einfach, wenn er dänisch spricht. Genauso ist es bei den Deutschen. Das klingt ganz anders als unser Dänisch.« Sie lachte und räumte die leere Wasserkaraffe weg. Als sie mit einer neuen zurückkehrte, fragte Gitte sie:

»Warum nennt man die Frau denn ›die Russin‹?«

»Ich weiß es nicht. Vielleicht hat sie mal in Russland gelebt.«

»Habt ihr hier im Hotel öfter Russen als Gäste?«

»Ja klar. Auch Russen machen in Dänemark Urlaub. Wir hatten auch schon Amerikaner und Kanadier hier. Nach Jahren einen bestimmten Russen in Sakskøbing wiederzufinden, wenn man nicht weiß, wo er wohnt, und keine Telefonnummer besitzt, ist nicht einfach. Versucht es mal bei der Kirchengemeinde. Die Russen sind doch meist recht fromm, auch wenn sie orthodox sind, soweit ich weiß. Wir haben ja nur eine protestantische Kirche, aber das ist für einen frommen Menschen vielleicht besser als nichts.«

»Danke, das ist ein guter Tipp. Weißt du ungefähr, wo die Russin wohnt?«

»In einem großen Haus in der Nähe des Jachthafens. Sie hat mir mal erzählt, dass ihr Mann eine wunderschöne Jacht besessen hat.«

Als sie nach einem wirklich delikaten Essen auf dem Rückweg waren, sagte Gitte: »Morgen fahre ich noch mal nach Sakskøbing und gehe zum Pastor. Sonntags muss der doch anzutreffen sein. Und dann suche ich nach dem Haus, in dem die Russin wohnt. Davon verspreche ich mir allerdings nicht so viel. Es könnte zig Gründe geben, warum man sie ›die Russin‹ nennt.«

Sofie hatte zwei Gläser Weißwein und zwei Aquavit getrunken und machte einen sehr zufriedenen und leicht beschwipsten Eindruck. Sie reagierte anders als erwartet auf das Gesagte. »Morgen, nein, besser übermorgen werde ich Liam nach der Arbeit mit nach Hause schleppen, Gitte. Während du den Russen suchst, entführe ich einen Dänen. Und dann werde ich ihn verführen.«

»Nach der Arbeit? Wenn ihr müde und erschöpft seid?« Gitte blickte skeptisch drein angesichts der geplanten Verzweiflungstat.

»Genau, dann wehrt er sich weniger und denkt auch nicht so viel nach. Das ist ja Liams Problem. Er denkt zu viel. Ich weiß gar nicht, warum der Bäcker und nicht Mathematiker oder so was Ähnliches geworden ist. Neulich hat er sich Gedanken gemacht, ob wir einen Lieferservice für den Campingplatz einrichten sollten. Er will einen Transporter einsetzen, der dann herumfährt und klingelt, um die Waren anzubieten. Er hat die Spritkosten ausgerechnet und alles Mögliche berücksichtigt. Dabei sollte er an mich denken. Wenn wir verheiratet sind, dann kann er ab und an mal an die Bäckerei denken.«

»Hast du je daran gedacht, dass er über die Bäckerei dir nahe zu sein versucht? Männer können sehr umständlich sein.« Dabei dachte Gitte an Ole, der offenbar immer einen Mordfall brauchte, um mit ihr in Kontakt zu treten. Das war ja wohl noch bizarrer, als eine Bäckerei auf Erfolgskurs zu bringen.

»Deine Tante meinte auch, ich soll ihn verführen und in eine sexuelle Abhängigkeit bringen.« Sofie hatte Schwierigkeiten, die letzten Worte flüssig auszusprechen.

»Hoffentlich war Tante Stine ebenfalls angetrunken, als sie dir dazu geraten hat.« Gitte schüttelte in gespielter Entrüstung den Kopf und setzte Sofie schließlich vor ihrer Haustür ab. Die Freundin musste am frühen Morgen wieder frische Brötchen liefern. Gitte konnte ausschlafen.

Es war kurz vor zehn Uhr, und so wunderte sie sich auch nicht, dass Erik noch draußen saß.

»Alles ruhig nebenan«, sagte er, »die drei sind unterwegs, ohne Hund. Der muss im Haus sein.« Gitte setzte sich noch eine Weile mit einer dicken Strickjacke und einer Decke zu Erik, aber ihr war dennoch kalt.

»Giftmorde«, griff Erik das Thema »Mordfall« auf, »Giftmorde werden häufiger von Frauen begangen. Zumindest in der Geschichte. Natürlich denkt jeder zuerst an die Ehefrau. Aber du meinst, sie war es nicht, oder?«

»Nein, mein Instinkt sagt mir, dass sie es nicht war, und der Sohn Björn war es meiner Meinung nach auch nicht. Ich tippe eher auf Kollegen oder alte Feinde.«

Den Rest des Abends verbrachte sie in eine Decke gekuschelt vor dem Fernseher. In der Nacht wachte sie durch ein Geräusch vor ihrem Fenster auf. Es raschelte, jemand lief um ihr Haus herum. Dann vernahm sie das Schnüffeln eines Hundes, das musste der Rottweiler sein.

Gitte traute sich nicht, aus dem Fenster zu schauen, denn da wäre sie in ihrem kurzen Top auch für die Nachbarn gut zu sehen. Stattdessen schlich sie ins Badezimmer und guckte von dort aus vorsichtig durch das kleine Fenster in den Garten. Sie musste nicht lange warten, da schlich der Hund um die Ecke. Er knurrte leise. Gitte kam sich vor wie in einem schlechten Werwolffilm. Gleich würde dieses 60-Kilo-Paket Anlauf nehmen und durch ihre Terrassentür eindringen. Doch dann hörte sie einen lauten Pfiff, und der Hund verschwand. Himmel, wie wurde sie nur diese Nachbarn wieder los?

Als sie am nächsten Morgen tatsächlich bei Sonnenschein und knapp zwanzig Grad draußen frühstücken wollte, sah sie einen Riesenhaufen Hundescheiße direkt vor der Veranda auf ihrer Wiese. Damit war das Maß endgültig voll.

Wutschnaubend schrieb Gitte ihren Nachbarn einen

Brief, in dem sie ihnen untersagte, den Hund auch nur mit einer Pfote auf ihr Grundstück zu lassen. Und selbstverständlich musste der Hundehaufen unverzüglich entfernt werden. Das Schreiben ließ keinen Zweifel daran, dass dies die letzte Mahnung sein würde.

Mit zügigen Schritten marschierte sie zum Nachbargrundstück und schob den Zettel unter der Tür durch. Dabei wurde sie von lautem Bellen begleitet. Umso besser, dann fanden die Männer den Schrieb, den sie auf Englisch verfasst hatte, schnell. Sie hoffte allerdings, dass Erik bald auf seiner Terrasse erscheinen würde, falls einer der Holländer gleich mit einer Schippe bewaffnet bei ihr auftauchen sollte. Doch sein Haus wirkte verlassen, er war wahrscheinlich mit dem Fahrrad weggefahren.

Entspannt frühstücken konnte sie nicht mehr so richtig. Ständig wanderte ihr Blick zu den Büschen, die das Nachbargrundstück von ihrem trennten. Nachdem sie lustlos die eine Hälfte ihres Brötchens gegessen hatte, das sie mit ihrem Lieblingskäse, dem dänischen Havati, belegt hatte, rief sie Ole auf seinem Handy an. Es dauerte eine Weile, bis er sich meldete.

»Gitte, ich hoffe, es hat Zeit. Ich sitze hier mit einer grünen Badehose auf einer Liege und erhole mich von meinem zweiten Saunagang.«

»Wenn in Deutschland jemand mit Badehose die Sauna betreten würde, gäbe es Buhrufe, doch in Dänemark sollte man es wohl besser nicht ohne machen, oder?«

Gitte wusste, dass hier andere Sitten und Regeln herrschten. Dass Ole auf einer Liege lag und sich ausruhte, war schon ungewöhnlich. Die Dänen gingen nach der Sauna meist ein Bier trinken. Wenn Gitte früher hingegen mit ihrem Ex-Freund in Münster in die Sauna gegangen war, dann hatten sie einen halben Tag dort verbracht.

Gitte erzählte dem Kommissar von dem nächtlichen Besuch des Hundes, dem Hundehaufen und von dem Brief, den sie soeben geschrieben hatte.

Er fasste das Gehörte zusammen: »Du hast drei Holländern, die aussehen wie die Schurken aus dem Schlägermilieu und die außerdem noch einen bissigen, unfreundlichen Hund besitzen, einen Brief geschrieben, in dem du ihnen drohst? Und jetzt sitzt du alleine auf deiner Terrasse und erwartest, dass die drei mit einer kleinen Schippe und einer Entschuldigung auf den Lippen bei dir erscheinen? Stimmt etwas mit deinem Ego oder mit deiner Wahrnehmung nicht? Ich hätte mich das nicht getraut.«

Gitte hoffte, dass er sich nur über sie lustig machen wollte, war aber sehr froh, als er fragte: »Soll ich vorbeikommen und Amtshilfe leisten?«

»Ja, warum nicht? Dann können wir beide zuschauen, wie sie meine Wiese reinigen. Ich koche noch Kaffee.«

Braun gebrannt, in kurzer dunkelblauer Hose, weißem Shirt und modernen hellblauen Slippern sah Ole so gar nicht aus wie jemand, der Amtshilfe leisten wollte. Gitte hatte ein weiteres Gedeck auf den Tisch gestellt und noch zwei Brötchen in den Ofen geschoben.

»Dann warten wir mal ab, bis die Herren wach genug sind, um sich zu streiten.«

Allerdings wollten Gitte und Ole ihren Augen nicht trauen, als wenige Minuten später zwei blonde Schönheiten in viel zu kurzen Röcken auftauchten. Die eine hatte eine Schippe in der Hand, die andere trug eine Tüte. Sie kicherten beide, als sie näher kamen. »Entschuldigung, wo bitte hat der Hund hingemacht?«, fragte die eine auf Englisch und grinste dabei frech.

Die andere musterte derweil Ole und schob ihr Dekolleté in seine Richtung. »Wir machen das natürlich weg«, sagte sie. Ihre weißen Zähne glitzerten schon fast aufdringlich in der Sonne, fand Gitte. Dieses Zähnezeigen musste sie sich bei dem Rottweiler abgeguckt haben.

Gitte deutete mit dem Finger auf die Wiese und kümmerte sich demonstrativ darum, dass genügend Milch in ihre Tasse Kaffee kam. Natürlich entfernten die beiden den Hundehaufen dann so, dass ihre perfekten Hinterteile in Kleidergröße sechsunddreißig in Oles Richtung wiesen.

Der Kommissar sagte zunächst einmal gar nichts, erst als die beiden Damen sich, Tüte und Schippe weit von sich haltend, in Richtung Nachbargarten in Bewegung setzten, rief er: »Einen Moment, bitte.« Er zückte aus seinem Portemonnaie eine Visitenkarte und hielt sie ihnen hin. »Bestellt euren Auftraggebern bitte beste Grüße. Beim nächsten Vergehen gibt es eine Anzeige von mir höchstpersönlich. Guten Tag.« Zu Gitte gewandt, sagte er: »Ich bin mir nicht sicher, ob diese Runde an dich oder die Herren ging, aber es beruhigt mich, dass sie offenbar nicht auf Ärger aus sind. Der Einsatz gerade war nicht ohne Humor, oder?«

»Kann mir vorstellen, dass dir der Anblick gefallen hat. Isst du das Brötchen noch, oder bist du jetzt satt geworden?«

»Ich habe jetzt erst richtig Appetit bekommen«, ärgerte er sie und schmierte sich Leberpastete auf eine Hälfte. Die war sicher nicht so berühmt und exquisit wie die französische Pâté de foie gras, aber dennoch sehr schmackhaft, fand Gitte und griff ebenfalls nach der Aluschale. Und während sie nun so gemütlich zusammensaßen, fasste Gitte sich ein Herz und fragte Ole nach seiner Frau.

»Wie geht es Anita?«

»Ah, du hast dir den Namen gemerkt. Schwer zu sagen. Körperlich ist sie stabil, aber seelisch geht es ihr sehr schlecht. Sie verweigert immer öfter die Nahrung und spricht vom Sterben. Sie will nicht mehr. Letzte Woche wollte sie mich nicht einmal sehen.« Er starrte in seine Kaffeetasse, als wenn dort neue Erkenntnisse lägen.

»Ich hätte auf ein Leben als Pflegefall in einem Heim auch keine Lust.« Gitte bereute den Satz sofort, kaum dass er ausgesprochen war. Das klang ja so, als müsste man Anita nun beim Sterben behilflich sein.

Ole erzählte mit Resignation in der Stimme weiter. »Seit ihrem Unfall bestimmt sie unsere Beziehung. Sie bestimmt, ob sie Besuch empfängt, wie lange ich bleiben darf und über welche Themen wir reden. Passt ihr etwas nicht, dann schüttelt sie den Kopf, presst die Lippen aufeinander und sagt nichts mehr. Also wechsle ich das Thema. Vor einiger Zeit habe ich ihr erzählt, dass ich jemanden kennengelernt habe, mit dem ich gerne zusammen bin.« Ole richtete den

Blick auf Gitte und lächelte ungewohnt schüchtern. Gitte hielt den Atem an und war erstaunt über Oles Offenheit.

»Sie hat daraufhin nur noch hektisch auf ihren Notfallknopf gedrückt, immer wieder. Sie hat kein Wort mehr gesagt, und ich musste gehen wie ein Fremder. Beim nächsten Mal sagte man mir, sie wolle keinen Besuch haben. Sie fühle sich zu krank.« Er lächelte traurig, als er fortfuhr. »Ann hat immer schon gesagt, meine Frau würde mich manipulieren, doch früher hat sie es mit deutlich mehr Charme getan.«

»Dieser Mann, mit dem Anita dich betrogen hat, hat er sich danach noch mal gemeldet? Hat er sie besucht?«

Ole stellte seine Tasse in gespielter Empörung auf den Tisch. »Du hast wirklich eine unglaublich direkte Art, mich nach dem Mann zu fragen, der mir Hörner aufgesetzt hat. Ich habe den Typen nie kennengelernt, aber ich weiß, dass er im Krankenhaus war. Ann hat ihn dort getroffen. Und ich glaube, er besucht Anita auch jetzt noch manchmal. Scheint kein so übler Kerl zu sein, wenn er nach all den Jahren noch immer nach ihr sieht. Es handelt sich um einen verheirateten Mann, der sicherlich aus verschiedenen Gründen ein schlechtes Gewissen mit sich herumträgt. Anita hat jedenfalls in regelmäßigen Abständen den gleichen Strauß Blumen in ihrem Zimmer, sagt mir aber nicht, von wem sie sind.«

In dem Moment hörten sie laute Stimmen, und wenig später zog eine ausgelassene Gruppe von drei Holländern, den zwei Blondinen und einem Rottweiler mit großen Taschen Richtung Strand. In den Händen trug jeder der Männer eine Dose Bier, der Hund befand sich an der Leine.

»Das ist auch für einen Rottweiler ein ganz schön großes, wenn auch sehr gepflegtes Tier«, meinte Ole. »Vielleicht steckt ja noch ein Dobermann mit drin.«

»Gott bewahre, noch so ein Höllenhund. Du willst mich nur ärgern.«

»Was hast du heute vor? Gehst du auch zum Strand?«

Gitte überlegte kurz, ob sie Ole von ihren Plänen erzählen sollte, und entschloss sich dann, die Wahrheit zu sagen. »Ich fahre heute Nachmittag nach Sakskøbing und besuche den dortigen Pfarrer. Ich habe gestern mit Sofie nach einem der Russen geforscht, der mit meinem Vater zusammen im Schou's essen war. Jemand gab uns den Hinweis, dort nachzufragen. Der Mann heißt Wladimir Wolkow. Du kannst ihn mal durch eure Datenbank laufen lassen. Vielleicht war er hier schon einmal straffällig, und ihr habt eine Adresse von ihm.«

»Das ist Amtsmissbrauch, Gitte Madsen. Und ganz sicher darf ich dir die Ergebnisse nicht mitteilen«, empörte sich Ole.

»Schade, aber du könntest Andeutungen machen und mich auf die richtige Fährte führen.« Sie lächelte ihn verschmitzt an und fuhr fort: »In Sakskøbing gibt es eine Frau, die man ›die Russin‹ nennt. Eventuell kann sie mir ebenfalls weiterhelfen. Die Russen, die dort leben, kennen sich doch bestimmt alle untereinander.«

Ole zog ein skeptisches Gesicht. »Sakskøbing hat gut viereinhalbtausend Einwohner. Viel Spaß beim Suchen. Vielleicht sollte ich dir besser keinen Erfolg wünschen, denn wenn du einen Russen ausfindig machst, der tatsächlich beim Verschwinden deines Vaters die Hände im Spiel hatte, bringst du dich in erhebliche Gefahr.«

»Also glaubst du mir nun endlich, dass es sich damals um ein Verbrechen gehandelt hat?«, unterbrach ihn Gitte.

»Nein, ich spiele nur Möglichkeiten durch. Sven Træborg glaubt ja sogar an die Russenmafia. Sollte er recht haben, kann deine Suche sehr gefährlich werden. Ich sollte besser mitfahren, aber ich habe Bereitschaft und muss in der Nähe bleiben.«

Sosehr Gitte die Gesellschaft des Kommissars genoss, sie wollte nicht, dass Ole die Kontrolle über ihre Recherche übernahm. »Ich will mit einem Pfarrer sprechen. Wie traurig wäre unsere Welt, wenn so ein Gespräch gefährlich wäre?«

Ole verabschiedete sich mit einem langen Händedruck und nahm ihr das Versprechen ab, ihn abends anzurufen. Das versprach Gitte ihm gern.

Und so fuhr Gitte gegen Mittag wieder zur lächelnden Stadt und hielt an der Kirche, die, wie sie wusste, um 1250 errichtet worden war. Dieses altehrwürdige Datum sah man ihr an, fand Gitte. Die Kirche bestand aus roten Ziegelsteinen und hatte die typischen gotischen Fenster. Das Innere war wie in den meisten dänischen Kirchen schlicht. Gitte musste an die zahlreichen pompösen katholischen Kirchen ihrer alten Heimatstadt denken. Sie strotzten nur so von majestätischen Kunstwerken, goldenen Verzierungen und wertvollen Gemälden. Hier in Sakskøbing gab es allerdings eine sehr schöne hohe Kanzel, deren Schnitzwerk die vier Evangelisten zeigte.

Es war natürlich naiv zu glauben, dass der Pfarrer den ganzen Sonntag in der Kirche verbrachte. Nach mehreren Befragungen und einem kleinen Spaziergang stand sie eine Stunde später vor dem Haus, in dem Anders Michelsen, der zuständige Geistliche, wohnte. Sie fand ihn im Garten, wo er gerade einige Rosen für einen Strauß schnitt. Das Wetter war nicht mehr ganz so sonnig wie am Vortag, aber trocken und mild.

Michelsen war groß und hager und zeigte sich erst etwas ungehalten über den unverhofften Besuch. Gitte hatte sich eine Geschichte zurechtgelegt, dass sie nach dem Tod ihrer Eltern einen alten Bekannten aufsuchen müsse, denn sie hätte ein wertvolles antiquarisches Buch unter deren Sachen gefunden, das einem Russen namens Wladimir Wolkow gehörte und das sie ihm zurückgeben wolle. Er würde vermutlich in Sakskøbing wohnen, wie sie dem Pfarrer mitteilte. Darüber hinaus würde sie sich sehr freuen, mit einem alten Bekannten Erinnerungen auszutauschen. Gitte fand selbst, dass es ein starkes Stück war, einen Geistlichen anzulügen, wusste aber keine bessere Lösung.

Anders Michelsen hörte sich ihren Vortrag an und runzelte dann die dichten Brauen. »Das ist eine sehr interessante Vorgehensweise, den Pfarrer vor Ort aufzusuchen. Das hat vielleicht mal vor zweihundert Jahren funktioniert, als noch alle Schafe der Gemeinde artig zur Kirche gingen, meine Liebe. Ich habe keine Ahnung, wer Wladimir – wie war der Name? – ist. Ich bin aber auch erst seit zwei Jahren in dieser Gemeinde.«

»Aber in deiner Gemeinde gibt es eventuell ein paar russische Bürger, die mir weiterhelfen könnten. Ich habe von einer Frau gehört, die man ›die Russin‹ nennt und …«

Gitte wurde plötzlich durch lautes Lachen unterbrochen. Die roten Rosen in der Hand des Pfarrers wippten hin und her. Schließlich winkte er ab und meinte: »Ich stelle eben schnell die Blumen ins Wasser, dann erzähle ich dir von der Russin.« Noch immer lächelnd und den Kopf schüttelnd, verschwand er im Haus.

Gitte ließ sich durch das Lachen nicht beirren, das klang doch gerade nach einer ersten echten Spur. Sie blickte sich um und fühlte sich hier im Garten an die Bilder der englischen Fernsehserie *Inspector Barnaby* erinnert. Bunte Blumenbeete, teilweise als Hochbeet angelegt, geschnittene Hecken und eine niedliche Sitzecke mit verschnörkelten Stühlen und Blütenkissen. Die Rosen waren des Pfarrers Steckenpferd, das sah man gleich. Sorgfältig geschnitten und arrangiert, bestimmten sie die Farbe des Gartens. Es dauerte etwas länger, bis Michelsen zurückkam. Er trug ein Tablett mit zwei Gläsern und einer Karaffe mit rotem Saft in den Händen und stellte es auf einen Tisch, der offenbar zum Bepflanzen neuer Blumenkübel gedacht war. Zum Sitzen lud er Gitte nicht ein, aber immerhin auf eine Erfrischung.

»Die Russin«, begann er, und seine blauen Augen zeigten noch immer ein amüsiertes Funkeln, »ist eine Dame in den Sechzigern, die alles Mögliche sein mag, aber keine Russin. Als ich sie zum ersten Mal bei uns auf einem Picknick der Gemeinde traf, das war letztes Jahr, da trug sie eine russische Pelzmütze und einen echten Pelzmantel. Wohlgemerkt, das Thermometer zeigte Temperaturen von achtzehn

Grad an, wenngleich der Himmel bedeckt war.« Kurze-Hosen-Wetter für einen Dänen, keine Frage, dachte Gitte und verkniff sich ein Grinsen.

»Sie hatte für das Picknick lauter russische Spezialitäten gebacken und gekocht und zeigte sich überaus großzügig mit Spenden für unsere Wohltätigkeitsprojekte. Ihr Dänisch war ausgezeichnet, akzentfrei und sicherlich ihre Muttersprache, doch ihre Flüche klangen russisch. Und diese Dame fluchte häufig, das kann ich dir sagen. Über das Wetter, über den überzuckerten Kuchen, über unfreundliche Besucher oder über die Toilette. Und sie tut es wohl immer noch, wie man sich erzählt. Man nennt sie überall Mathilda die Russin. Ich glaube, kaum einer kennt ihren richtigen Namen. Gut, bis auf unseren Hausarzt und den Postboten. Sie geht gerne aus, man trifft sie auf Basaren, dem Markt oder im Restaurant, aber keiner wagt sich auf ihr Grundstück.« Er machte eine Pause und guckte Gitte gespannt an.

Das war nicht das, was sie an Informationen erwartet hatte. Aber es klang nach einer Frau, die sie dennoch gerne kennenlernen würde. Wenn sie russisch schimpfen konnte, kannte sie einige Russen, so viel stand ja wohl fest. Wer sollte ihr das sonst beigebracht haben? Ebenso das Kochen von russischen Gerichten und die Kleidung.

»Danke für deine Offenheit. Ich würde die Dame gerne besuchen. Wo wohnt sie denn?«

»Du hast mich nicht richtig verstanden. Diese Frau besucht man nicht einfach so. Sie besitzt zwei Dobermänner, und das Grundstück ist nur durch eine löchrige Hecke geschützt. An ihrem Haus wechselt jeder die Straßenseite und bleibt nicht lange stehen, aus Angst, einer der Hunde könnte das missverstehen.«

Schon wieder begegneten ihr aggressive Hunde. Gitte musste beinahe lächeln über so viel Pech. »Kann ich sie irgendwie anders erreichen? Über das Telefon?«

»Bestimmt«, nickte ihr Gastgeber, »aber ich habe keine Nummer, und im Internet zu recherchieren wird ohne einen Nachnamen auch schwierig sein.«

»Dann fahre ich jetzt hin und verlasse mich darauf, dass Mathilda nicht zusieht, wie ihre Hunde mich zerfleischen. Wo wohnt sie?«

Der Pfarrer erklärte ihr den Weg, der sie über einen Kreisverkehr führte und in einer ruhigen Wohngegend nicht weit vom Jachthafen entfernt endete. »Es muss ein herrschaftliches Haus sein, erzählt man sich«, sagte er. »Ich selbst war noch nicht da, ich mag Hunde nicht besonders. Sie sind mir zu aufdringlich.« Er lächelte entschuldigend und amüsiert zugleich. »Du wirst das Haus leicht erkennen. Sie warnt mit einem Schild vor ihren Hunden. Pass also auf.«

Gittes Mut und Enthusiasmus hielten so lange an, bis sie am Straßenrand gegenüber einer gelben Villa parkte. Eine Hecke lief um das Grundstück herum, und die Lücke zwischen Gartentor und Hecke war groß genug, um einen Bernhardiner durchzulassen. Sie schluckte, als sie das gelbe Schild mit der Warnung vor den Hunden las. Am Tor stand ein weiteres Schild und wies darauf hin, dass man das Grundstück auf eigene Gefahr betrat.

Als sie sich dennoch näherte, hörte sie erst einmal nur ein kurzes Bellen. Klang beinahe freundlich, fand Gitte und öffnete todesmutig die Gartenpforte. Sie ging gerade den kurzen Weg zur Haustür auf den Sandsteinplatten entlang, da rannten auch schon zwei Hunde in rasantem Tempo auf sie zu. Schwanzwedelnd und lammfromm, denn es handelte sich um zwei Labradore, der eine gelb, der andere schwarz. Der Schwarze hatte sogar ein Spielzeug im Maul und warf es ihr begeistert vor die Füße. Sie schlichen um ihre Beine herum und drückten die Schnauzen in ihre Handflächen. Keine Dobermänner, keine Höllenhunde, nur zwei total verschmuste Tiere. Entweder war sie im falschen Garten, oder die Russin besaß eine Menge Humor. Gitte knuddelte die Hunde ordentlich durch und sah sich dabei um.

Der Garten war nicht ganz so gepflegt wie beim Pfarrer, es gab viele wuchernde Sträucher und alte Bäume. Ein paar verwelkte Blumentöpfe standen auf der Terrasse, zwischen deren Granitplatten ebenfalls eine Menge Unkraut wuchs. Die Leidenschaft fürs Gärtnern hielt sich bei Mathilda offenbar in Grenzen. Doch der Garten besaß trotzdem – oder gerade deshalb – einen gewissen Charme. Es gab Vogeltränken, ein paar verwitterte Skulpturen, einen wuchtigen Teakholztisch, und zwischen zwei Bäumen war eine Hängematte gespannt. Das Spielzeug der Hunde lag herum, und ein paar bunte Vogelhäuschen hingen in den Bäumen.

Die Haustür machte einen alten, majestätischen Eindruck, grünes Eichenholz, teilweise mit Gold abgesetzt, und es gab nur einen Schlagbolzen, um an die Tür zu klopfen. Eine Klingel konnte Gitte nirgends finden. Gitte betätigte den alten Türklopfer und hörte Schritte sowie ein paar dänische Worte.

»Du wolltest doch erst um sechs Uhr kommen, was treibt dich denn jetzt schon her?«

Und schon wurde die Tür aufgerissen. Eine große Frau in einer grünen weiten Hose und einem langen, ebenfalls zu weiten T-Shirt öffnete ihr und starrte sie mit aufgerissenen Augen an. Sie sagte etwas in einer fremden Sprache, das vorwurfsvoll klang. Dann sprach sie dänisch weiter: »Was willst du denn hier? Hast du die Schilder nicht gelesen?«

»Doch, aber ich habe keine Dobermänner gesehen.«

Jetzt grinste die Dame und entblößte eine Menge weiße Zähne, an deren Echtheit Gitte Zweifel hegte. Die beiden Labradore standen noch immer aufgeregt hinter Gitte. Sie stellte sich kurz mit ihrem Namen vor und erklärte: »Ich suche meinen Vater, und ich hoffe, dass du mir dabei helfen kannst.«

Mathilda hatte schwarze Haare, etwa kinnlang geschnitten, und blaue Augen. Das Alter sah man ihr an, dennoch war sie eine aparte Frau mit zahlreichen Lachfalten. Sie reagierte kokett. »Die Zeiten, in denen ich Männer in mein Haus gelockt habe, sind lange vorbei, Schätzchen.«

»Mein Vater ist vor langer Zeit verschwunden, achtzehn Jahre ist es her.«

Mathilda trat einen Schritt zurück und bat sie herein. »Das klingt nach einem interessanten Gespräch.« Die Frau führte sie durch eine große Halle mit einem Kamin, einem pompösen roten Teppich und mehreren Jagdtrophäen an den Wänden. Ausgestopfte Vögel, verschiedene Hirschgeweihe und ein Fuchs, der ihr vorwurfsvoll hinterherschaute, wie Gitte fand. Von diesem Raum gingen drei Türen ab, und

Mathilda führte sie in eine überaus gemütliche große Küche und wies ihr einen Platz auf einer alten Holzbank zu. Eine Tür ging nach draußen in den Garten, sie stand weit offen, und die beiden Hunde kamen nun freudig zu dieser Seite des Hauses gerannt. In der Küche gab es tatsächlich noch einen alten Gasherd, aber auch einen modernen Backofen.

»Setz dich, ich koche uns einen Tee, einen russischen Tee aus dem Samowar. So etwas hast du bestimmt noch nicht getrunken. Und dann erzählst du mir von deinem Vater.«

Der Tee schmeckte ausgezeichnet, würzig, mit einem Hauch von Vanille. Die alten Damen, mit denen Gitte sich gerade traf, konnten alle recht gut Tee kochen. Während Gitte mit der einen Hand das Ohr des hellen Labradors kraulte, hielt sie mit der anderen Hand eine zarte gemusterte Teetasse fest. Sie begann ihren Bericht mit ihrer Rückkehr nach Marielyst nach dem Tod ihrer deutschen Mutter und erzählte, dass ihr Vater Mads in dem Ort eine Immobilienfirma betrieben hatte.

»Einen Tag vor seinem Verschwinden hat er sich mit drei russischen Männern zum Essen verabredet. In einem bekannten Restaurant in Marielyst. Und seine Sekretärin erzählte mir, dass einer seiner Kunden ein Russe namens Wladimir Wolkow war. Er hatte einen kranken Sohn, dem die Ostseeluft guttat. Und er wollte ein Haus in der Nähe kaufen.«

Gitte schaute auf, als Mathilda fluchte. Ihr war heißer Tee über den Arm geflossen, als sie ihre Tasse zum Mund geführt hatte.

»Knut hat mich unter dem Tisch angestoßen, Mist«, meinte sie und holte ein Tuch. »Und nun glaubst du, weil man mich die Russin nennt, dass ich alle Russen kenne, die jemals in Dänemark waren?«, fragte sie.

Ihr Lächeln war kein bisschen spöttisch, eher traurig, fand Gitte, und sie nickte. »Warum nennt man dich so?«

Mathildas Antwort überraschte Gitte wenig, dabei hatte sie sich so etwas schon gedacht. »Weil ich mit einem Russen verheiratet war, oder genauer gesagt, es noch bin. Ich selbst war nur zweimal zu irgendwelchen Familienfesten in Moskau. Wir haben all die Jahre hier gelebt, trotzdem bin ich überall die Russin. Ich kann nur ein paar russische Schimpfwörter, die ich aber gerne benutze, und ich kenne mich mit der Küche und der Mentalität leidlich aus. Weißt du, Kindchen, manche Russen sind davon besessen, ein Haus im idyllischen Dänemark zu kaufen, dem Land mit den glücklichsten Einwohnern der Welt. In puncto Glück sind die Russen große Träumer, denn in ihrer Heimat sind viele kreuzunglücklich und verbittert.«

Gitte stimmte zu, Mads Sekretärin Maggy hatte davon gesprochen, dass einige Russen wegen eines Hauskaufs in Kontakt mit ihrem Vater gestanden haben. Mathilda fuhr fort. »Ausländer durften und dürfen hier keine Häuser kaufen, da kann ein Mann noch so eifrig mit seinem Geld winken. Aber, wenn er eine Dänin heiratet, ist sein Problem gelöst.« Sie klatschte in die Hände, und unter dem Tisch ertönte ein empörtes »Wuff«.

»Du hast also einen Russen geheiratet, und ihr habt ein Haus gekauft. Wo ist dein Mann jetzt?«

Mathilda ließ sich mit der Antwort Zeit. Sie goss sich noch eine weitere Tasse Tee ein und stand schließlich auf, um aus einem Schrank eine Packung mit Ingwerkeksen zu holen. Sie riss die Packung auf, schnappte sich einen der runden, mit Schokolade überzogenen Kekse und biss hinein. Dann schob sie Gitte die Kekse zu. Mathilda brauchte Zeit zum Nachdenken, das sah man ihr an. Also nahm auch Gitte sich erst einmal ein Plätzchen – selten hatten ihr Ingwerkekse so gut geschmeckt. Gitte hoffte, dass die Russin sich nicht gerade irgendwelche Lügengeschichten ausdachte und deshalb so lange überlegte. Die Antwort überraschte sie dann so sehr, dass sie sich beinahe verschluckt hätte.

»Mein Mann befindet sich im Gefängnis. Seit ein paar Jahren schon. Er sitzt seine Strafe aber nicht hier in Dänemark ab, sondern in der Heimat, in Moskau. Kontakt zu ihm zu halten ist nicht ganz leicht. Ab und an schreiben wir uns mal. Viele, die mich kennen, denken, er sei tot, oder wir wären geschieden. Ich möchte auch, dass das so bleibt. Du warst ehrlich zu mir, glaube ich zumindest, daher will ich auch ehrlich zu dir sein. Einen Menschen loszulassen, der verschwunden ist, wie dein Vater, ist deutlich schwerer, als dies bei einem Verstorbenen der Fall ist. Es bleiben zu viele Fragen.«

Gitte nickte traurig. »Wie heißt dein Mann? Und warum ist er im Gefängnis?«

Mathilda kaute und schüttelte den Kopf. »Das sind Fragen, die ich dir nicht beantworten werde. Er glaubte damals, es sei seine Bestimmung, ein Haus in Dänemark zu haben.

Die Russen glauben an die innere Stimme oder an Gottes Willen, und so lassen sie sich gerne von ihrer Intuition leiten. Sie können sehr leidenschaftlich und großzügig sein. Aber ich rate dir dringend ab, nach irgendwelchen Russen zu forschen, die nicht gefunden werden wollen. Viele Russen reden gerne von Ehre und Loyalität, doch Fremden gegenüber können sie skrupellos sein. Falls das Verschwinden deines Vaters tatsächlich mit bestimmten Geschäften in Verbindung steht, die nicht ganz seriös waren, kann deine Suche gefährlich werden. Russische Geschäftsleute lassen sich bestimmt nicht von einer liebenden Tochter in die Enge treiben.«

Mathilda nahm einen weiteren Keks aus der Packung und rollte ihn ein wenig auf der Tischplatte hin und her. »Wenn ich dir einen Rat geben darf, dann lass die Geschichte los. Achtzehn Jahre sind eine zu lange Zeit, um auf ein gutes Ende zu hoffen, meinst du nicht auch? Solltest du wirklich berechtigte Verdachtsmomente haben, dann geh lieber zur Polizei.«

Gitte war von der Offenheit der fremden Frau beeindruckt, wusste aber nicht, was sie darauf erwidern sollte. Sie hätte gerne gefragt, ob Mathilda ihren Mann vermisste oder ob sie ihn verachtete, weil er im Gefängnis war. Es konnte sich kaum um eine Lappalie handeln, immerhin befand er sich dort schon seit Jahren. Womöglich saß er wegen eines Kapitalverbrechens ein. Ein paar Fragen musste sie aber noch loswerden. »Hast du Kinder?«

Mathilda starrte sie an, als müsse sie im Geiste nachzählen. Schließlich antwortete sie: »Ich habe eine Tochter.

Sie studiert in Stockholm.« Und Gitte ahnte, dass die Russin dieses Mal nicht die ganze Wahrheit sagte. Ihre letzte Frage sparte sie sich dann für den Abschied auf. Mathilda geleitete sie zur Tür und wünschte ihr alles Gute. »Wenn du in der Nähe bist, schau mal wieder herein, aber sag niemandem etwas von den Hunden. Ich bin hier sonst schutzlos.« Das klang, als hätte Mathilda vor irgendwem Angst.

Gitte drehte sich an der Außentreppe noch einmal um. »Du hast mir gar nicht gesagt, ob du einen Wladimir Wolkow kennst.«

»Nein. Kenne ich nicht.«

Die schwere alte Holztür fiel ins Schloss. Das war eventuell auch gelogen. Nachdenklich ging Gitte zur Gartenpforte. Die beiden Hunde ließen sich nicht mehr blicken. Es war spürbar kühler geworden, und Gitte fror in ihrer dünnen Bluse.

Im Auto zog sie sich eine Strickjacke an und warf einen Blick auf die Uhr. Es war halb sechs. Hatte Mathilda nicht um sechs Uhr einen Besucher erwartet? Gitte trommelte einen kleinen Takt auf ihr Lenkrad und entschied, noch zu bleiben. Sie fuhr ihren Wagen ein paar Meter weiter weg, aus dem Blickfeld von Mathildas Fenstern, und schob sich tief in ihren Sitz.

Zehn Minuten vor sechs fuhr ein eleganter, teuer aussehender Wagen vor. Aus dem Auto stieg ein groß gewachsener, schlanker und sehr hübscher Mann. Er hatte schwarze wellige Haare und ein markantes, aber recht blasses Gesicht. Wie die Starbesetzung eines Vampirfilms, dachte Gitte und staunte, als der Mann eine einzelne weiße Rose von der Rückbank holte und schnellen Schrittes auf das Haus zulief. Für eine Affäre mit Mathilda war der Mann zu jung. Gitte schätzte ihn auf höchstens dreißig Jahre. Er könnte Mathildas Sohn sein, aber die hatte ja nach reiflicher Überlegung behauptet, sie habe nur eine Tochter.

Bevor Gitte nach Hause fuhr, googelte sie auf ihrem Handy nach der Bedeutung weißer Rosen. Bewunderung oder eine unstillbare Sehnsucht wurden demnach mit weißen Rosen zum Ausdruck gebracht. Sie galten aber auch als Symbol für Treue und Unschuld. Am ehesten passte hier wahrscheinlich die Bewunderung. Mathilda war eine interessante Frau, bestimmt nicht einfach, aber eben auch nicht langweilig. Allein die Tatsache, dass man ihr im Ort einen so gewichtigen Spitznamen verpasst hatte, sprach für sich.

Als sie schließlich am frühen Abend zu Hause ankam, winkte Erik ihr zu. Er saß auf seiner Veranda, und der Duft von gegrilltem Fleisch stieg Gitte in die Nase, als sie ihren Wagen parkte.

»Hej, Gitte, da war eben Besuch für dich da, ein junger Mann im Rollstuhl, Björn hieß er. Er hat seine Handynummer für dich hiergelassen, damit du ihn zurückrufst, wenn du wieder da bist. Er musste zu seiner Mutter.«

Erik reichte ihr einen Zettel. »Er hat mit mir ein Steak gegessen«, fügte er strahlend hinzu. »Das ist ein richtig netter Kerl. Mit seiner Traurigkeit erinnerte er mich allerdings an Timon, so hieß doch der Cousin des ermordeten Griechen, oder?«

»Ja, Timon Papadakis. Björn hat gerade seinen Vater verloren und vor einigen Jahren seine Schwester. Die Familie hat viel Pech. Hat er gesagt, was er wollte?«

Erik lächelte breit und zeigte seine nicht mehr ganz weißen, aber kräftigen Zähne. »Er will mit dir den Mord an seinem Vater aufklären, hat er gesagt. Er ist vor etwa zehn Minuten weg.«

»Wie ist er denn hergekommen, nur mit dem Rollstuhl?«

»Nein, mit dem Auto. Es gibt Spezialanfertigungen, bei denen du mit der Hand Gas gibst, bremst oder den Blinker setzt. Das Lenken muss die andere Hand alleine übernehmen. Ich habe mal bei uns in Schweden jemanden kennengelernt, der hat mir sein Auto gezeigt. Du machst mit so einem Wagen ganz normal den Führerschein.«

Björn war in der Tat ein recht unabhängiger junger Mann. Gitte bedauerte, dass sie ihn verpasst hatte. Doch bevor sie ihn zurückrief, erzählte sie Erik von ihrem Treffen mit der Russin. Er strich sich über den imposanten Schnurrbart. »Das scheint mir eine Sache zu sein, die du nun wirklich besser an Ole abgibst, Gitte«, sagte er dann.

»Ach, die Polizei kümmert sich nicht mehr um den alten Fall. Ich werde vielleicht diese Detektei aus Schleswig beauftragen, nach Wladimir Wolkow zu suchen. Die haben mir schon einmal geholfen, und sie arbeiten ganz diskret.«

Erik verzog das Gesicht. »Das kann aber ziemlich teuer werden. Stell dir vor, der Detektiv macht mal eben eine Dienstreise nach Russland. Hast du eine Ahnung, wie groß das Land ist? Wenn es eine Chance gibt, diesen Mann zu finden, dann nur, wenn er eine Spur in Dänemark hinterlassen hat. Willst du diesen knackig gebratenen Burger?« Er zeigte auf ein rundes Stück Gehacktes. »Du musst ihn mit Remoulade und getrockneten Zwiebeln essen. Köstlich!«

Gitte sog den Duft ein und nickte begeistert. Erik holte einen Teller und Besteck sowie eine Dose Tuborg für sie. Die dänische Remoulade war süßlich, mit vielen Gurkenstücken darin und schmeckte nicht so schwer wie die deutsche Mayonnaise. Als Erik ihre Gänsehaut an den Armen sah, holte er ihr auch noch eine Decke.

Gitte kuschelte sich ein und fragte zwischen zwei Bissen: »Hast du den Hund noch mal gesehen?«

»Ja, habe ich. Ein schönes Tier. Aber er befand sich artig an der Leine. Die drei Typen, die den Hund mit sich führten, sahen alles andere als artig aus. Zum Glück bekommt man von den Nachbarn nicht so viel mit.«

Die nächste halbe Stunde tauschten sie Neuigkeiten aus. Leider durfte Eriks Ehefrau noch immer nicht nachkommen. Sie sei etwas renitent im Umgang mit den Behörden, verkündete Erik, was die Erlaubnis zur Ausreise deutlich erschwere. »Das wird wohl wieder nichts.«

Die Dame wurde allmählich zum Phantom, dachte Gitte. Sie musste zugeben, dass sie Kate immer interessanter fand.

6

Sobald Gitte in ihrem Haus war, rief sie Björn zurück. Er ging sofort dran, so als hätte er auf ihren Anruf gewartet. Und begann gleich mit Vorwürfen: »Himmel, Gitte, wie soll man mit dir einen Mord aufklären, wenn du nie da bist.«

»Waren wir denn für heute Abend verabredet?«

Zu ihrem Erstaunen antwortete der Junge: »Ja sicher, ich habe dir am Samstag – da warst du auch schon nicht da – eine Notiz in den Briefkasten geschmissen.«

Gitte schaute rasch in ihrem Briefkasten nach. Tatsächlich, da lag ein zusammengefalteter Zettel: *Ich komme am Sonntagabend gegen sechs Uhr bei dir vorbei. Habe neue Informationen. Bis dann. Björn.* Das war nicht gerade die höflichste Mitteilung, aber sie war eindeutig.

»Entschuldige, Björn, ich habe nicht in den Briefkasten geschaut. Aber so eine Verabredung muss man doch erst bestätigen. Du hättest mich anrufen können.«

»Ja sicher, wenn ich deine Handynummer gehabt hätte. Außerdem hatte ich mein Handy beim Sport vergessen und habe es erst heute wiederbekommen. Ich fand die Idee mit dem Zettel super. Kann ja keiner ahnen, dass dich deine Post nicht interessiert.« Er klang wütend, aber Gitte ahnte, dass er vielmehr enttäuscht war.

»Es tut mir leid, Björn. Willst du mir am Telefon erzählen, was du weißt?«

»Bestimmt nicht. Ich sitze auf einem Krankenhausflur. Das ist wohl kaum der richtige Ort für Ermittlungsgespräche.«

Jetzt machte er sich ein wenig wichtig. Gitte fragte ihn bei der Gelegenheit nach dem Befinden seiner Mutter. Anscheinend ging es ihr besser, das Fieber war nicht weg, aber gesunken.

Sie verabredeten sich für Montagmittag bei Larsens Plads auf einen Imbiss. So lange musste Gitte sich gedulden. Sie hatte kaum aufgelegt, da vibrierte ihr Smartphone erneut.

Es war Ole, der wissen wollte, wie viele Russen sie in Sakskøbing mit ihren Fragen bedrängt hatte.

»Nur eine, und das war eigentlich eine Dänin, aber mit einer sehr russischen Aura.«

»Und du glaubst, die Dame hat bei einigen Angaben gelogen?«, fragte Ole, nachdem sie ihm von dem Nachmittag erzählt hatte.

»Ich bitte dich, wer muss denn überlegen, wie viele Kinder er hat?«

»Nun, manch ein Mann muss da sicher kurz in Gedanken nachzählen.«

Gitte verdrehte die Augen, was der Kommissar natürlich nicht sah. Plötzlich wurde Ole jedoch ernst.

»An einer Stelle hat die Russin bestimmt nicht gelogen.

Sie wird wissen, in welche Gefahr du dich mit deinen Nachforschungen bringen kannst. Lass es bitte. Ich werde mich mal nach den Wolkows erkundigen, aber du unternimmst bitte in deinem eigenen Interesse nichts mehr.«

Gitte schwieg. Sie hatte bereits beschlossen, die Detektei von Kevin Dunkel zu beauftragen. Das hielt sie für nicht sonderlich gefährlich.

»Wir wollten auch Kinder haben, Anita und ich«, sagte Ole dann überraschend offen. »Anita hatte eine Fehlgeburt. Das war ein paar Monate vor dem Seitensprung. Ich habe keine Ahnung, wie Frauen so etwas verarbeiten, aber ich habe ihr Verhältnis damit entschuldigt. Oder nein, besser, erklärt. Entschuldigen kann ich so etwas nicht. Glaubst du, sie hat mich betrogen, weil sie irgendeine Form von Bestätigung brauchte oder Trost?«

Gitte überlegte, konnte so ein Verhalten aber nicht nachvollziehen. »Nein, Ole, ich glaube nicht, dass die Fehlgeburt und der Seitensprung direkt miteinander zu tun haben. Aber eventuell hat eure Ehe unter der Fehlgeburt gelitten, und sie hat etwas vermisst. Du solltest aufhören, ständig Erklärungen für Anitas Verhalten zu suchen, nur weil das Schicksal ihr so übel mitgespielt hat. Es bringt nichts, immer nur in der Vergangenheit zu leben.« Kaum war der Satz heraus, schwante ihr auch schon, dass sie sich zu weit aus dem Fenster gelehnt hatte.

Ole lachte. »Du marschierst gerade sogar achtzehn Jahre zurück, meine Liebe«, erinnerte er sie.

Der weitere Abend verlief ruhig und leidlich entspannt. Gitte telefonierte mit einer Freundin in Münster und mit ihrer Tante in Hamm. Sie besaß einen Buchladen und ließ nicht ein Telefonat verstreichen, ohne Gitte Vorwürfe zu machen.

»Du hättest in Deutschland bleiben und meinen Laden weiterführen sollen. Du hast mich einfach hängen lassen«, klagte sie.

Dabei stimmte das gar nicht, ihre Tante hatte eine überaus fleißige Stieftochter aus der ersten Ehe ihres Mannes, die im Laden mithalf und diesen einmal übernehmen würde. Buchhändlerin in Hamm wäre Gitte in keiner Lebenslage geworden. Das passte einfach nicht zu ihr. Und Hamm war definitiv nicht ihre Wahlheimat.

Am nächsten Tag war der Sommer vorbei. Es nieselte leicht bei vierzehn Grad, die Bäume wiegten sich im Wind, und am Himmel hingen schwere graue Regenwolken. Missmutig fuhr Gitte zur Arbeit, wo sie auf einen bestens gelaunten Chef traf.

»Hej, Gitte, ich habe gute Nachrichten. Wir fahren übermorgen in den Safaripark.«

»Schon? Ich dachte, es sollte ein Montag oder Dienstag werden.«

Larstsen rieb sich die Hände; er war sicher einer der wenigen, die eine Schlechtwetter-Prognose mit einem so fröhlichen Gesicht verkündeten. »Mittwoch soll es regnen und stürmen, und kalt wird es auch. Da ist kaum ein Mensch im Park. Ab Donnerstag soll das Wetter dann wieder besser werden. Außerdem haben wir September, ab nächste Woche ist der Park nur noch am Wochenende geöffnet. Ich habe für heute Nachmittag noch einen Termin im Krematorium bekommen. Tilda Knutsen meint auch, je früher, desto besser. Das ist eine Frau von Format, finde ich.« Dann hob er den Zeigefinger und meinte: »Jetzt wäre eine gute Gelegenheit für einen Aquavit, aber heute werde ich mir stattdessen einen Latte macchiato genehmigen. Ich habe mir einen Milchaufschäumer gekauft. Willst du auch einen Latte?«

Gitte nickte begeistert. »Wir nehmen doch sicher eine Kamera mit, oder?« Sie kicherte. »Ich weiß allerdings nicht, ob wir das Verstreuen der Asche in einem Bisongehege als Referenz verwenden können. Aber ich freue mich trotz des miesen Wetters darauf, ehrlich. Können wir uns dann auch noch die anderen Tiere anschauen?«

»Nun, da die Kundin zahlt, müssen wir sehen, was sie so vorhat. Wir können sie ja schlecht auf einem Picknickplatz absetzen und einen Betriebsausflug daraus machen. Wir brechen jedenfalls um zehn hier auf, holen Tilda und ihre Verwandten ab und fahren weiter zum Park. Er öffnet um zehn Uhr, aber mit unserem Leichenwagen sollten wir nicht die Ersten sein.« Larstsen grinste und schüttete Milch in seinen elektrischen Aufschäumer.

Als Gitte wenige Stunden später zu Larsens Plads hinüberging, um sich mit Björn zu treffen, war sie ein wenig aufgeregt, welche Neuigkeiten er ihr mitzuteilen hatte. Sie betrat das Lokal und fröstelte, kalt war es hier. Björn saß bereits an einem Tisch, und das leere Glas vor ihm zeigte ihr, dass er schon länger wartete. Im Inneren wirkte das Lokal ein wenig wie ein amerikanischer Saloon, fand Gitte, aber streng genommen vereinte es verschiedene Stile. Es gab Ecken, die muteten mit ihrem Mobiliar beinahe südländisch an, andere waren mit der Tuborgwerbung eindeutig dänisch.

»Du kommst spät«, begann Björn das Gespräch mit einem Vorwurf.

»Hey, Björn, ich bin pünktlich, schau mal auf die Uhr.« Der Junge war ganz schön quengelig, wenn es um Verabredungen ging. Gitte sah trotz ihrer Neugier erst in die Karte und bestellte dann ein Smørrebrød mit Thunfisch und Ei. Björn wollte einen Burger. Nach der Bestellung legte Björn ohne Vorwarnung los. »Meine Ma hatte eine Affäre, und mein Vater wusste angeblich davon.«

Gitte war klug genug, nicht herauszuposaunen, dass sie das schon selbst in Erfahrung gebracht hatte, sondern fragte nur: »Woher weißt du das?«

Björn nahm eine weitere Cola in Empfang. »Sie hat es mir selbst gesagt. Ma meinte, wenn ihr etwas geschehen würde, dann gäbe es da jemanden, der sich um mich kümmern würde. Nur den Namen hat sie mir nicht genannt, den würde ich noch früh genug erfahren. Was soll ich mit einer so vagen Information? Womöglich hat dieser Typ meinen Vater umgebracht.«

Gitte fand, dass das eher nach einem väterlichen Freund klang. Welcher Mann kümmerte sich schon nach dem Tod der Frau, mit der er ein Verhältnis hatte, um deren Kinder? Oder war Björn ein Kuckuckskind, und Lars Andresen war gar nicht der Vater?

»Hat deine Mutter klar gesagt, dass sie deinen Vater betrogen hat?«

»Ja, sie sei nicht stolz darauf, aber sie würde es auch nicht rückgängig machen wollen, so hat sie sich ausgedrückt. Mit meinem Vater hatte sie sich angeblich ausgesprochen.« Björns Gesichtsausdruck sah man nicht an, wie er dazu stand. Er war offenbar nur wütend, weil er den Namen des Mannes nicht erfahren hatte.

»Und du hast keine Ahnung, nicht den geringsten Verdacht, wer es sein könnte?«, fragte sie ihn.

Er machte ein empörtes Gesicht. »Meine Ma ist Physiotherapeutin, zu uns kommen viele Leute ins Haus. Sie hat eigens einen Raum dafür eingerichtet. Da gibt es wohl genug Möglichkeiten, jemanden kennenzulernen.«

Gitte hörte erstaunt zu. Sie hatte sich keine Gedanken gemacht, ob Karla auch einen Beruf hatte. Sie selbst wüsste, was sie nun tun würde. Die Kundenkartei aller Patienten durchsehen und nach männlichen Namen mit passendem Alter suchen. Leider sprach sie diesen Gedanken dann laut aus, und Björn grinste bis über beide Ohren.

»Super, das mache ich gleich heute, solange meine Mutter noch im Krankenhaus ist, und dann jage ich die Typen durchs Netz oder besuche sie zu Hause.«

»Halt, das ist keine gute Idee, Björn. Immerhin könnte darunter ein Mörder sein.«

»Das hoffe ich doch, dann haben wir ihn schnell. Aber meine Mutter ist sich zu hundert Prozent sicher, dass ihre Affäre nicht der Mörder ist. Und sie hat eine echt gute Menschenkenntnis. Aber es könnte doch sein, dass dieser Mann eine Ahnung hat, wer meinen Vater tatsächlich auf dem Gewissen hat. Vielleicht war es ein Freund meines Vaters. Das kommt doch oft genug vor, dass Leute aus der nahen Verwandtschaft oder aus dem Freundeskreis miteinander eine Affäre haben.«

In dem Moment wurde das Essen gebracht, und Björn redete erst weiter, als er genussvoll den ersten Bissen hinuntergeschluckt hatte. Gitte blickte neidvoll auf seine dicken, knusprig gelben Pommes. Es war merkwürdig, dass Pommes am besten schmeckten, wenn man sie von einem anderen Teller klaute. Beinahe hätte sie die Hand ausgestreckt.

Björn hatte noch weitere Neuigkeiten. »Im Büro von meinem Vater herrschte in den vergangenen Wochen schlechte Stimmung. Er hätte noch mehr Leute entlassen müssen. Seine Häuser standen in der letzten Zeit oft leer, jetzt kommen die Wintermonate, da ist meist auch Flaute. Dabei hat Dad wirklich schöne Häuser, aber sie sind geräumig und teuer. Eine größere Ferienhauskette hat ihm ein Angebot gemacht, doch er hat abgelehnt. Nun, nach seinem Tod, wird meine Mutter verkaufen müssen. Da die Angestellten ihren Job behalten sollen, ist der Verkauf natürlich die bessere Option.«

Gitte nickte. Hier ließe sich ein Motiv finden. Der unblutige heimliche Giftmord passte dazu. Jemand musste aus dem Weg geräumt werden. Es ging nicht um eine persönliche Rache, bei der man jemandem im Zorn den Schädel einschlägt oder ihn durch einen Kopfschuss bestraft. Giftmorde waren anders, wohlüberlegt und in Ruhe geplant. Womöglich von einem Angestellten, dessen Existenz auf dem Spiel stand, wenn Lars Andresen seine Firma gegen die Wand fuhr oder Kündigungen verteilte. Gitte konnte und wollte sich allerdings nicht vorstellen, dass jemand aus Angst vor der Zukunft und einem potenziellen Jobverlust einen anderen Menschen tötete. In Dänemark war es durchaus üblich, öfter mal den Job zu wechseln, hier gab es keinen eng gefassten Kündigungsschutz. Das war nicht unbedingt von Nachteil, fand sie, denn sowohl Arbeitnehmer als auch Arbeitgeber konnten viel flexibler handeln.

»Wie viele Angestellte hatte dein Vater denn?«

»Ein paar Putzfrauen, einen Hausmeister, eine Sekretärin und einen Mann für alles, Kundenbetreuung und Pflege des Internetauftritts und so.«

»Könntest du dir vorstellen, dass dein Vater ebenfalls eine Affäre gehabt hat? Hier wäre ja auch ein Motiv denkbar.«

Sie beugte sich über ihr Smørrebrød. Bislang hatte sie es kaum angerührt. Es war gar nicht so einfach, diese dick belegten Kunstwerke zu essen. Das meiste der Füllung und des Aufstrichs fiel beim Schneiden heraus, helle Soße floss an den Seiten runter, aber das Smørrebrød schmeckte hervorragend.

Björn blickte sie in gespielter Entrüstung an. »Du hast ja eine hohe Meinung von meinen Eltern.«

Gitte zuckte mit den Schultern. »Laut einer Studie gehen mehr als dreißig Prozent der Männer und über dreiundzwanzig Prozent der Frauen fremd. In Großstädten öfter als auf dem Land. Die Umfrage betraf deutsche Frauen und Männer, aber ich denke, das lässt sich übertragen.«

Björn legte sein Besteck zur Seite und lehnte sich zurück. »Wow, du machst einem echt Mut für eine Beziehung. Ich weiß es nicht wirklich. Mein Dad war ja kein schlecht aussehender Kerl, und er kam mit vielen gut gelaunten Urlauberinnen in Kontakt. Schon möglich. Ich werde meine Ma fragen.«

Gitte war sich nicht sicher, ob es eine gute Idee war, eine kranke Frau, die gerade Witwe geworden war, nach einer außerehelichen Liebesbeziehung ihres Mannes zu fragen. Aber Björn kannte seine Mutter besser. Ihr kam noch eine weitere Idee. »Kennst du die Mitarbeiter deines Vaters? Du könntest dich auch bei denen mal umhören.«

»Ich kenne die Sekretärin ganz gut, sie ist schon sehr lange bei uns beschäftigt, und sie hat mir als Kind immer Lakritzstangen geschenkt. Ich fahre gleich von hier aus ins Büro meines Vaters, und heute Abend bin ich wieder bei meiner Mutter. Sie kommt übrigens morgen aus dem Krankenhaus. Meine Großmutter meint, sie kann sich zu Hause besser erholen.«

Bei der Erwähnung von Bente Andresen holte Gitte ihr Handy hervor und zeigte Björn das Foto des Mannes, den seine Großmutter beim Begräbnis davongejagt hatte. »Kennst du den Mann? Er heißt Lasse Hartmann und arbeitet bei der Bank in Nykøbing.«

Björn schob seinen leeren Teller zur Seite und griff nach ihrem Handy, um sich das Bild besser ansehen zu können. »Sieht nicht gerade wie ein Sympathieträger aus. Wieso hast du ein Foto von ihm gemacht?«

»Deine Oma hat diesem Mann bei der Beerdigung deutlich erklärt, dass er unerwünscht sei. Daraufhin ist der

Mann gegangen. Nun frage ich mich, warum deine Oma ihn nicht dabeihaben wollte.«

Björn betrachtete das Foto noch mal genauer und schüttelte dann den Kopf. Eine Strähne seines kastanienbraunen Haares fiel ihm ins Gesicht, und er strich sie mit einer langsamen Bewegung aus der Stirn. »Er kommt mir bekannt vor, aber ich kenne ihn nicht wirklich. Du glaubst doch nicht etwa, dass dies der Mann ist, mit dem meine Mutter ein Verhältnis hatte, oder?«

»Ich weiß es nicht. Eventuell hatte deine Großmutter Streit mit ihm wegen einer Geldgeschichte. Kannst du das in Erfahrung bringen?«

Björns hübsches Gesicht verzog sich zu einer Grimasse. »Mit meiner Oma kann man nicht so einfach über solche Dinge plaudern. Die sagt dir nur das, was sie will, und bei indiskreten Fragen kann sie recht streng werden. Wobei sie natürlich entscheidet, wann eine Frage indiskret ist. Ich frage erst mal meine Mutter nach dem Mann. Schick mir mal das Foto rüber.«

Gitte wollte wenig später zahlen und zückte ihr Portemonnaie, doch Björn winkte ab. »Das übernehme ganz sicher ich. Immerhin habe ich dich einfach zu meiner Assistentin bei einer Mordaufklärung ernannt.«

»Ich mache da gerne mit, aber vielen Dank, Björn.«

Gitte lief schnell die wenigen Schritte bis zum Bestattungsinstitut, denn noch immer nieselte es leicht und war es unangenehm windig. Die mit Holz ausgelegte Plattform um den Aussichtsturm war wie leer gefegt. Alle Touristen saßen bestimmt vor ihren Kaminöfen und spielten Karten.

Ihr Chef machte ein leidendes Gesicht, als sie einen Schwung kalter Luft mit in den Raum brachte. »Ist dir so kalt?«, fragte Gitte ihn erstaunt, doch Larstsen schüttelte den Kopf und hielt sich den Bauch. »Magenschmerzen. Einer der drei Latte war wohl zu viel.«

»Wahrscheinlich waren alle drei zu viel. Am besten hilft Haferschleim, aber ich kann dir auch ein trockenes Brötchen holen, das saugt die Magensäure auf.«

Er nickte gequält, und Gitte machte auf dem Absatz kehrt, um bei Larsens Plads eines zu besorgen, wo man ihr bereitwillig und umsonst ein Burgerbrötchen mitgab. Als sie aus dem Verkaufsraum trat, stand Ole vor ihr.

»Na, hast du etwas vergessen? Du warst doch eben schon hier und hast dich mit potenziellen Verdächtigen eines Mordfalls getroffen.«

»Hej, Ole, lässt du mich beschatten? Björn ist doch wohl kaum ein Verdächtiger, er ist der Sohn des Mordopfers! Und er möchte mit mir zusammen den Mord an seinem Vater aufklären!«

Ole baute sich wichtig vor ihr auf, seine breiten Schultern füllten den Türrahmen aus. Es fehlte nicht viel, und er ließe seine Muskeln spielen, dachte Gitte amüsiert.

»In einem Mordfall sind vor allem die Angehörigen verdächtig. Auch jemand im Rollstuhl kann eine Tablette mit Zyankali versetzen.«

Gitte nickte genervt und prahlte dafür mit ihrem Wissen. »Wusstest du, dass es in Andresens Firma schlecht lief und das Verhältnis zwischen Chef und Angestellten extrem angespannt war?«

»Natürlich, ich sitze ja nicht nur im Büro herum und schau den Urlaubern beim Müßiggang zu. Meine Quellen sind allerdings seriöser als deine. Übrigens habe ich mal den Namen *Wolkow* recherchiert. Es gibt ziemlich viele Männer mit diesem Namen. Scheint das russische Synonym für Olsen oder Hansen zu sein. Ich kann dir da noch nichts Konkretes sagen.«

»Trotzdem danke. Ich muss Larstsen jetzt das Leben retten und ihm ein Brötchen bringen, er leidet unter seiner Gastritis.«

Ole nickte ernst. »Er sieht in letzter Zeit ein wenig krank aus. Er muss sich mehr an seine Diät halten. Kein Kaffee und kein Aquavit. Grüß ihn schön.« Zum Abschied bekam Gitte einen Klaps auf die Schulter, dann betrat der Kommissar das Bistro.

Als Gitte auf dem Weg zum Institut die blonde attraktive Kollegin von Ole entgegenkam, die ganz offensichtlich mit dem Kommissar ihre Mittagspause verbringen wollte, verspürte sie einen Anflug von Eifersucht. Ole würde sich doch wohl nicht in diese Frau mit dem allzu aufdringlichen Lächeln verlieben?

Sie riss die Tür zum Bestattungsinstitut ein wenig zu energisch auf. Paul Larstsen stand mit Tilda Knutsen ins Gespräch vertieft mitten im Raum, und beide zuckten sichtlich zusammen.

»Entschuldigung, hej, schön, dich zu sehen«, begrüßte Gitte die Frau freundlich. Immerhin sorgte diese Dame für einen erquickenden Auftrag im Safaripark. Ihr Chef besprach gerade die Einzelheiten mit ihr.

»Auf laute Musik sollten wir verzichten, um die Tiere nicht nervös zu machen«, erklärte Tilda Knutsen, »aber ich würde gerne ein paar Worte sagen. Anschließend verstreue ich die Asche auf der Wiese, und deine Mitarbeiterin macht bitte Fotos davon. Meine Schwägerin, Arnes Tochter aus erster Ehe und sein bester Freund werden auch dabei sein. Sie fahren mit ihrem eigenen Auto. Sollte sich ein Aufseher in der Nähe befinden, drehen wir einfach eine Extrarunde.«

»Ich freue mich schon darauf«, rutschte es Gitte heraus, und sie beeilte sich zu versichern: »Also, es ist natürlich ein trauriger Anlass, aber ich finde die Idee so schön. An einem Ort zu liegen, an dem man gute Momente hatte.«

Tilda Knutsen nickte zustimmend. »Ich weiß schon, was du meinst. Wir machen natürlich eine komplette Tour durch den Park. Pernille, seine Tochter, war erst einmal dort, und da war sie noch sehr klein. Zum Glück verstehe ich mich recht gut mit ihr, sie ist ein tolles Mädchen und hat mich nie als böse Stiefmutter betrachtet, eher als Verbündete. Ihre Mutter, Uwes Ex-Frau, taugt nichts. Sie kann Pernille nicht einmal eine neue Hose kaufen. Der größte Teil des Erbes geht nun an Pernille, das macht sie unabhängig.«

Gitte beobachtete, wie ihr Chef an den Lippen seiner Kundin hing, offenbar fand er sie toll. Sein Mund stand leicht offen, und seine Augen strahlten. Der gequälte Ausdruck wegen der Magenschmerzen war komplett verschwunden. Da Larstsen schon seit einiger Zeit Witwer war, wünschte sie ihm von Herzen eine neue Beziehung, aber diese Dame hatte gerade erst ihren Mann verloren, und da stand ihr sicher nicht der Sinn danach, mit dessen Bestatter zu flirten.

Als Tilda Knutsen den Verkaufsraum wieder verließ, blickte Paul Larstsen ihr noch eine Weile hinterher. Auf der Straße zündete sie sich eine Zigarette an und inhalierte tief. »Ich sollte ihr von meiner Frau erzählen. An Lungenkrebs zu sterben ist ziemlich uncool«, sagte Paul.

Gitte stellte sich zu ihm. »Du kannst nicht jeden Raucher retten.«

»Nein, aber diese Dame würde ich sehr gerne retten. Vielleicht ergibt sich ja bei den wilden Bisons eine Gelegenheit.« Er grinste sie schelmisch an und griff dankbar nach dem Brötchen.

Zwischen zwei Bissen verkündete er: »Malthe hat eben angerufen und wollte dich sprechen. Er hat mir aber nicht gesagt, worum es ging. Du musst ihn halt zurückrufen. Und kontrolliere bitte die Batterien und die Speicherkarte der Kamera, damit wir übermorgen auch alles dabeihaben.«

Gitte erledigte außerdem noch einige Schreibarbeiten und vergaß darüber, bei Malthe anzurufen.

Es fiel ihr erst wieder ein, als sie am Abend im Fernsehen einen Bericht über Odinanhänger und Wikinger sah, da Malthe ja auch ein Mitglied der sogenannten Alten Sitte war. Sie warf einen skeptischen Blick auf die Uhr – es war noch nicht zu spät, einen Freund anzurufen.

»Hey, Gitte, ich dachte schon, Paul hätte vergessen, dir Bescheid zu geben.«

»Nein, sorry, ich habe es ganz vergessen. Geht es deinen Eltern gut?«

»Ja, danke. Das Pilzgericht hat Vater von der Karte genommen, ansonsten scheinen die Leute seiner Küche wieder zu trauen. Ich habe gestern dort ausgeholfen, und ein Gast hat mir erzählt, dass Lars Andresen sich seit einiger Zeit bedroht gefühlt hätte. Seiner Meinung nach ist auch der Fallschirm von Andresens Sohn manipuliert gewesen. Ich nenne dir den Namen des Mannes, dann kannst du ihn an Ole weitergeben. Du hast den besseren Draht zum Kommissar, und ich weiß doch, wie gerne du involviert bist.«

Gittes Interesse war geweckt. »Hat der Mann erzählt, von wem Andresen bedroht wurde? Und hatte es etwas mit seiner Firma zu tun?«

»Das kann ich dir nicht sagen, ich weiß auch nicht, woher unser Gast die Informationen hatte. Er hat es beiläufig beim Bezahlen erzählt, als wir kurz über den Vorfall geredet haben. Beinahe jeder Gast spricht uns ja auf den Todesfall an. Aber das kann unser pfiffiger Kommissar alles herausfinden. Wenn an der Geschichte etwas dran ist, haben wir eine Spur. Schreib dir mal eben den Namen und die Telefonnummer des Gastes auf.«

Gitte nickte, obwohl Malthe diese Geste natürlich nicht sehen konnte, und griff nach einem Stück Zeitung. Sie notierte alles und sagte: »Das passt zu dem, was seine Frau mir im Krankenhaus erzählt hat. Ihr Mann hätte einen Feind gehabt, so hat sie sich jedenfalls ausgedrückt. Ole sollte mit ihr darüber reden. Sie weiß sicher mehr.«

Sie hörte Malthe lachen. »Du steckst wieder mittendrin

in einer Mordermittlung, Gitte.« Zögerlich sprach er weiter. »Da ist noch etwas, ich weiß nicht, ob es wichtig ist. Es gehört in den Bereich Klatsch und Tratsch.«

»Alles kann bei einer Mordermittlung wichtig sein, Malthe.« Gitte rechnete damit, nun von dem Verhältnis zu hören, das Karla Andresen angeblich gehabt hatte, doch zu ihrer Überraschung erfuhr sie etwas ganz anderes.

»Ein Freund von mir hat einen jüngeren Bruder, der eine echte Katastrophe auf dem Arbeitsmarkt ist. Er kann sich für keine Ausbildung entscheiden und jobbt oder macht hier und da mal ein Praktikum. So ist er vor einigen Monaten auch bei Andresen in der Firma gelandet und sollte den Hausmeisterdienst für die Objekte übernehmen. Jedenfalls meinte dieser Bruder, dass Andresen extrem herrschsüchtig und nachtragend gewesen wäre, pedantisch bis ins kleinste unwichtige Detail, zumindest, wenn er schlechte Laune hatte. Bei guter Laune brachte er schon mal Eis für alle mit, erwartete dann aber auch ein hohes Maß an Dankbarkeit und Zufriedenheit seitens der Mitarbeiter. Klingt nicht nach einem angenehmen Chef, wenn du mich fragst.« Gitte überlegte, wie die Leidenschaft für Indiana Jones dazu passte.

Malthe sprach weiter: »Ich wollte damit auch nur sagen, dass solche Leute durchaus Feinde haben können. Du schuldest mir noch ein Essen, Gitte. Ich finde, ein Date, bei dem am Ende ein Toter zu unseren Füßen liegt und ein Kommissar die Kontrolle übernimmt, zählt nicht. Schlaf gut.«

Den Kommissar wollte Gitte um diese Zeit nicht mehr anrufen, zumal Ole als echter Däne seinen Feierabend sehr ernst nahm. Da wurde nicht vierundzwanzig Stunden lang ermittelt. Im Fernsehen brauchten die Kommissare weder Schlaf noch Dusche, nur ab und an eine labberige Pizza oder Kannen voller Kaffee. Dank einer Visagistin sahen sie natürlich dennoch top aus, dachte Gitte amüsiert. Eventuell konnte sie morgen zwischendurch schnell zur Polizeistation hinüberlaufen und Ole die Neuigkeiten mitteilen.

Als sie ins Bett gehen wollte, hörte sie den Rottweiler mal wieder aggressiv bellen. Eine Stimme – sie meinte, einen ihrer holländischen Nachbarn zu erkennen – rief in gebrochenem Englisch: »Hey, du da. Was machst du da?« Das Hundegebell kam näher, dann hörte sie eine Autotür zuschlagen und einen Motor aufheulen. Schließlich rief ihr Nachbar nach dem Hund. Wen hatte er so vehement verjagt? Das Motorengeräusch und das Schlagen der Autotür hatten ziemlich nah geklungen.

Am nächsten Morgen erfuhr sie mehr. Mit dem Hund im Schlepptau, allerdings artig an der Leine, joggten zwei ihrer holländischen Nachbarn an Gitte vorbei, als sie ihr Fahrrad aus dem Schuppen schob. Sie hielten kurz an. Einer der beiden sagte: »Hej, schöne Nachbarin. Gestern spät am Abend ist ein Mann in der Nähe deines Hauses gewesen. Unser Brutus hat ihn aufgeschreckt. Dachte, du solltest das wissen.«

Gitte war mulmig zumute. »Wie hat er ausgesehen, und was hat er gemacht?«

»Weißt du, wie dunkel es hier in Skandinavien spätabends ist? Wir haben nur einen Schatten gesehen, groß, sah wie ein Mann aus. Hast du einen heimlichen Verehrer oder einen Stalker?«

Sie schüttelte stirnrunzelnd den Kopf.

»Als wir den Hund losgelassen haben, ist er schnell in sein Auto gesprungen und davongefahren. Der hatte ein schlechtes Gewissen, ganz sicher.«

»Der hatte Angst vor eurem Hund. Ihr habt ihn doch auf ihn gehetzt!« Gitte wusste nicht einmal, ob sie empört darüber sein sollte. Immerhin spazierte man nicht nachts in fremden Gärten herum.

Plötzlich schoss die Hand des Holländers vor. »Ich bin Luuk, und das hier ist Nick. Wir haben uns noch gar nicht vorgestellt. Brutus hätte ihn nur gestellt, nicht totgebissen. Wir müssen doch auf unsere hübsche Nachbarin aufpassen. Also, wenn du schon einen Freund bei der Polizei hast, dann sollte der vielleicht mal nachts bei dir bleiben.«

Ja, das war eine nette Vorstellung, fand Gitte, dankte den beiden, ohne zu wissen, wofür, und fuhr los. Sollte sie die Geschichte mit dem nächtlichen Besucher ernst nehmen?

Sie nahm sie schließlich so ernst, dass sie den Mann später Ole gegenüber erwähnte, als sie ihn in der Polizeistation aufsuchte. Zunächst hatte sie dem Kommissar aber von Malthes Neuigkeiten berichtet. Ole fand es zwar merkwürdig, dass Malthe nicht direkt zu ihm gekommen war, schließlich ist »der alte Hippie mal mit mir zur Schule gegangen«, aber er schrieb alles auf und wollte telefonisch nachhaken. Zu ihrer Begegnung am Morgen mit den holländischen Nachbarn meinte er: »So, die ändern also ihre Taktik und spielen sich nun als große Beschützer auf. Demnächst bringt dir der süße Rottweiler abends noch deine Pantoffeln an die Couch.«

»Sehr witzig. Soll ich mal zu Ende zitieren? Da kommst du schlecht bei weg.« Sie lächelte ihn keck an. Einen Kaffee hatte sie heute abgelehnt, sonst ginge es ihrem Magen bald so wie dem von Paul. Ole hielt dagegen seine grüne Tasse nebst Unterteller in der Hand und schlürfte genüsslich seinen völlig überzuckerten Kaffee. Draußen schlenderten ein paar Touristen die Straße entlang, gelangweilt und in dicken Strickjacken fröstelnd. Das Wetter war grau und windig, und morgen sollte noch Regen dazukommen.

«Was haben deine überraschend zutraulichen Nachbarn denn noch gesagt?«, hakte Ole natürlich nach.

Jetzt fand es Gitte doch ein wenig blöd, dem Kommissar von der empfohlenen Übernachtung zu erzählen, das klang hinterher noch nach einer Einladung. Aber nun hatte sie damit angefangen. »Der Typ, der Luuk heißt, meinte, wenn mein Freund schon bei der Polizei wäre, sollte er besser auch mal nachts auf mich aufpassen.« Sie spürte, wie sie ein heißes Gesicht bekam.

»Ja, auf dich aufpassen kann man sicherlich gar nicht genug, Gitte Madsen. Was wollte der Sohn der Andresen gestern von dir?«

Einfach so wechselte er das Thema. Sie war überrascht, aber sie beantwortete seine Frage. »Er wollte mit mir über die Affäre seiner Mutter sprechen. Sie hatte es ihm gegenüber kurz zuvor zugegeben. Die Person, mit der sie ein Verhältnis hat oder hatte, soll angeblich ein Mann sein, der im Falle ihres eigenen Todes für Björn sorgen würde. Das Ganze klang sehr merkwürdig.«

Ole rollte mit seinem Bürostuhl näher zu ihr hin und sah

sie an. »Gitte, warum erzählen die Leute dir immer solche Sachen?«

»Björn hat einfach Vertrauen zu mir und möchte mit mir den Mord an seinem Vater aufklären. Ist doch klar, dass Jungen in seinem Alter das selbst machen wollen.«

»Und dir ist nie in den Sinn gekommen, dass Björn seinen Vater ermordet hat und dich nur ablenken will?«

»Warum sollte er mich ablenken wollen? Dann müsste er doch die Polizei ablenken.«

Ole verdrehte genervt die Augen. »Ich kann dir nur so viel zum Stand der Ermittlungen sagen: Björn Andresen gehört zum Kreis der Verdächtigen, und dafür haben wir verdammt gute Gründe.«

Gitte war erstaunt, das zu hören. »Und die Gründe willst du mir nicht nennen.«

»Die Gründe kann ich dir nicht nennen. Das sind laufende Ermittlungen. Ich erzähle dir schon immer mehr, als erlaubt ist.«

Irgendwo klingelte ein Telefon, und wenig später steckte Oles blonde Kollegin den Kopf durch die Tür. Sie zeigte schon wieder ihre weißen Zähne, stellte Gitte genervt fest. Die Beamtin wandte sich an Gitte. »Dein Chef hat angerufen, du sollst dringend rüberkommen. Er sei überfordert.«

»Womit sollte Larstsen überfordert sein? Er ist Bestatter.«

Mit einer langsamen Bewegung hob die Polizistin ihre Schultern. »Das hat er nicht gesagt, aber im Hintergrund war ein ziemliches Geheul zu hören.« Überfreundlich hielt sie Gitte die Tür auf, als diese aufsprang und sich schnell von Ole verabschiedete.

Der fragte sofort: »Soll ich nicht besser mitkommen? Vielleicht wird er von zornigen Angehörigen überfallen.«

»Quatsch, wir machen keine Angehörigen zornig. Ein Kunstfehler kann uns nicht mehr unterlaufen, und den Preis für eine Bestattung nennen wir den Kunden vorher.« Gitte ahnte, warum Larstsen sie rief. Bestimmt war er mit trauernden Angehörigen überfordert, die aus dem Weinen nicht mehr herausfanden.

Und so war es. Als sie wenige Minuten später im Geschäft auftauchte, saß dort eine kleine Familie. Die Eltern und ein Mädchen im Teenageralter. Es handelte sich um Deutsche, und in ihrer Trauer brachten sie kaum ein englisches Wort heraus. Gitte sprach deutsch und stellte sich vor. Sie erfuhr, dass die Großmutter völlig überraschend hier im Urlaub verstorben war. Ihre Angehörigen konnten es nicht fassen. Bei Urlaubsantritt sei sie gesund und munter gewesen, und heute Morgen sei sie nach einem Spaziergang einfach tot umgefallen. Herzinfarkt. Nun müsse man die Überführung des Leichnams nach Deutschland, genauer nach Wiesbaden, organisieren. Denn selbstverständlich müsse Mutti, wie Hans, der Sohn der Verstorbenen, verkündete, neben ihrem geliebten Gatten auf dem wunderschönen Friedhof Wiesbaden-Biebrich begraben werden.

Gitte versicherte ihnen, dass dies kein Problem sein würde. Die Frage, ob die liebe Mutter und Oma verbrannt werden sollte, sparte Gitte sich. Die beiden Eltern des Mädchens wirkten doch sehr konservativ, was eine Bestattung anging. Dabei wäre es viel einfacher, die Urne auf der Heimfahrt selbst mitzunehmen. Eine schräge Vorstellung, dass Oma auf dem Hinweg nach Marielyst erst hinten im Auto saß und dann auf dem Rückweg als kleiner Aschehaufen in einer Urne mitreiste, womöglich noch selbst bemalt von der Enkeltochter. Denn das gab es in Dänemark tatsächlich. Angehörige bemalten häufig die Urne ihrer Verstorbenen.

Gitte regelte nun alles mit dem Vater der Toten, während die beiden Frauen schluchzend danebensaßen. Der Leichnam musste aus dem Krankenhaus in Nykøbing abgeholt werden. Und man wollte auch eine ordentliche Aufbahrung haben, um sich mit einem Foto zu verabschieden. Bei der Vorstellung, die Oma tot im Sarg fotografieren zu müssen, rannte das junge Mädchen nach draußen. Gitte sah, wie sie sich ein paar Schritte entfernte, die Tränen abwischte und sich verstohlen eine Zigarette anzündete. Das durfte der liebe Vater offenbar nicht wissen.

Sie besprachen den Termin, morgen würden sie ja zum Knuthenborg Park fahren, und so stand nur der Donnerstagnachmittag oder der Freitag zur Aufbahrung zur Verfügung. Den Transport nach Deutschland würde dann ein Fahrer übernehmen, den Larstsen engagierte. Auch den Wagen lieh er sich, denn er konnte ja schlecht ohne sein Auto hier zurückbleiben. Larstsen besaß halt nur ein kleines Unternehmen.

Den Rest des Nachmittags hatten sie gut zu tun. Sie holten erst den Leichnam der deutschen Frau aus Nykøbing ab, dann die Urne mit den sterblichen Überresten von Uwe Knutsen aus dem Krematorium. Außerdem musste Gitte sich mit den deutschen Behörden in Verbindung setzen, um den Transport des Leichnams zu organisieren.

Müde, aber voller Vorfreude auf den Besuch im Safaripark Knuthenborg ging Gitte am Abend früh zu Bett. Zuvor schaute sie jedoch noch durch die Terrassentür nach draußen, ob nicht etwa ein fremdes Auto dort parkte, und sie beobachtet wurde, aber alles war dunkel und ruhig. Durch die Nadelbäume auf dem Nachbargrundstück konnte sie Licht bei ihren holländischen Nachbarn sehen. Merkwürdig, sobald der Beschützerinstinkt bei den Kerlen geweckt war, verhielten sie sich geradezu höflich. Es war an sich nett gewesen, ihr von dem Mann zu erzählen, der anscheinend ihr Haus beobachtet hatte. Wenn die Russenmafia sie also demnächst aus ihrem Haus entführte, würde der Hund bestimmt anschlagen, und man würde sie retten. Mit diesem allzu zuversichtlichen Gedanken schlief sie ein.

7

Am nächsten Tag lockte das Wetter sicher kaum einen Urlauber in den Knuthenborg Park. Ein zarter Sprühregen färbte den Himmel grau, und der Wind blies heftig. Ihren eleganten schwarzen Hosenanzug würde sie im Schrank lassen. Stattdessen entschied Gitte sich für einen schwarzen Rollkragenpullover und eine dunkle Jeans. Sie setzte eine schwarze Mütze auf und nahm eine wasserabweisende Windjacke aus dem Schrank. Es wurde Zeit für die Übergangskleidung. Sie brauchte dringend ein paar neue Sachen, um durch die kalte Jahreszeit zu kommen. Bei ihrem Umzug nach Dänemark hatte sie nur einige wenige Lieblingsstücke mitgenommen. Sie schnappte sich einen Schirm und ging zu Fuß zur Arbeit. Dort fand sie ihren Chef bei einer großen Tasse Tee vor und beglückwünschte ihn zu dieser magenschonenden Wahl.

»Ich will doch fit sein. Gitte, ich habe mich selten so auf die Arbeit gefreut wie heute. Es fühlt sich an, als würden wir gleich mit einer interessanten Frau zu einem Abenteuer aufbrechen.«

»Nun, ich denke, ein Abenteuer wird es definitiv. Hoffen

wir, dass die Bisons uns wohlgesonnen sind. Ob zwei oder sechs Personen mit Kamera und Radau aussteigen, dürfte für die Tiere schon ein Unterschied sein.«

Larstsen machte ein betroffenes Gesicht: »Meinst du etwa, wir riskieren zu viel?«

»Nein, wahrscheinlich sind wir den Tieren egal, und wir müssen ja nicht direkt neben der Herde anhalten.«

Um zehn Uhr setzten Gitte und Larstsen sich in den schwarzen Leichenwagen und holten Tilda Knutsen sowie die anderen drei Gäste in Nykøbing ab. Tilda sah nicht unbedingt wie eine Witwe aus, die zu einer Beerdigung wollte. Sie trug eine enge blaue Jeans, braune Stiefel und eine Lederjacke mit Applikationen. Um den Hals hatte sie aber ein tiefschwarzes Tuch gebunden. Statt mit einem Schirm schützte sie den Kopf mit einem stilechten Cowboyhut vor dem Nieselregen. Ein paar Tränen glitzerten in den dunkel geschminkten Augen, aber sie lächelte Larstsen und Gitte unternehmungslustig an.

Tilda wollte bei Larstsen und Gitte mitfahren, die Tochter von Uwe Knutsen sowie die Schwester und der beste Freund folgten ihnen in einem zweiten Wagen. Auch diese drei Dänen hatten sich relativ sportlich gekleidet, trugen aber alle ein schwarzes Halstuch zum Zeichen ihrer gemeinsamen Trauer. Die Tochter Pernille war eine blasse, sehr schlanke Frau mit roten Haaren. Der Freund hieß Knut und war ein Mann in den Sechzigern mit deutlichem Bauchansatz und vielen Lachfalten um die Augen. Die Schwester von Uwe, Wibke, weckte mit ihren braunen Rehaugen und der sehr zierlichen Figur sicher den Beschützerinstinkt eines jeden Mannes, dachte Gitte, als sie sich nun auf die beiden Wagen verteilten.

Um Viertel vor zwölf fuhren sie durch eines der vier Tore des Knuthenborg Parks, von denen zwei als Eingänge dienten.

Gitte staunte: »Ich hatte ganz vergessen, dass die Zufahrt hier immer an den Weg zu einer Burg oder zu einem Schloss erinnert. Es sind so schöne Torbögen. Hier gibt es doch auch ein Schloss, oder?«

Tilda nickte. »Ja, das Schloss befindet sich seit 1681 im Besitz der Familie Knuth, und den großen Park drum herum gibt es seit 1861. Ein späterer Nachfahre hat hier den Safaripark gegründet. Zum Hauptgebäude selbst ist der Zutritt leider nicht erlaubt.«

Von den Kassen, die sich vor dem Tor befanden, war heute nur eine geöffnet. Dennoch kamen sie zügig voran. Zur Hauptsaison konnte man hier schon mal im Stau stehen, so groß war dann der Andrang. Außer ihnen schoben sich noch vier weitere Autos langsam durch den Eingangsbereich.

Sie mussten zunächst durch Afrika fahren und die Savanne durchqueren. Viele Tiere dort dösten bei dem Wetter unter Bäumen vor sich hin. Eine Giraffe kam jedoch neugierig zum schwarzen Kombi von Larstsen. Majestätisch ging sie im Wiegeschritt mit dem typisch blasierten Gesichtsausdruck vorbei, der diesen Tieren eigen war. Gitte beobachtete sie fasziniert.

»Die Giraffen besitzen im Vergleich zu ihrer Körpergröße ein sehr kleines Gehirn und gelten als ziemlich dumm. Aber sie machen eine gute Figur dabei, finde ich«, sagte Larstsen schmunzelnd.

Je näher sie dem großen Areal der nordamerikanischen Bisons kamen, desto nervöser wurde Gitte. Sie machte schon mal die Kamera startklar und guckte sich nach dem anderen Wagen um. Der kam zurzeit nicht weiter, da die Giraffe nun mitten auf dem Weg stand.

Zwanzig Minuten später trafen sie endlich im Bisongehege ein. Ein fremdes Auto verließ soeben das Gelände, und nun befuhren nur noch ihre zwei Autos die Straße, die zwischen den Bisons hindurchführte. Die Herde befand sich zehn Meter vom Weg entfernt, und sie rollten zunächst langsam an den Tieren vorbei.

»Was für ein gewaltiger Kopf«, staunte Gitte und bewunderte die prächtigen Kraftpakete. Ein paar Tiere lagen im Gras, nur zwei Bullen standen auf der Wiese und präsentierten ihre imposante Brust mit dem zotteligen Fell.

Tilda drehte die Scheibe herunter, und kühle Luft strömte ins Auto. Sie saß vorne neben Larstsen. Die Urne mit den sterblichen Überresten ihres Mannes hielt sie den ganzen Weg über auf ihren Knien. Nur bei den Kassenhäuschen am Eingang, als sie für alle den Eintritt bezahlt hatte, hatte sie das Gefäß dezent im Fußraum versteckt.

»Wir fahren ein Stück weiter, dort ist der perfekte Platz«, sagte sie und löste schon mal den Sicherheitsgurt.

Larstsen hielt den Wagen an und guckte sich zu den Tieren um. »Die sind schon sehr groß«, meinte er. »Und habt ihr die Hörner gesehen?«

Tilda stieg aus. »Das sind friedliche Weidetiere.«

Der zweite Wagen mit den Angehörigen hielt nun hinter ihnen, und langsam stiegen Pernille, Knut und Wibke aus. Sie stellten sich im Halbkreis auf, sodass sie den Bisons den Rücken zudrehten und Gitte das erste Foto mit den Tieren im Hintergrund schießen konnte. Larstsen stand neben Tilda Knutsen, aber so, dass er aus den Augenwinkeln die Bisons im Blick hatte. Er schien den Tieren nicht so recht zu trauen. Die kleine Gruppe der Trauergäste war etwa vier Meter vom sicheren Auto entfernt. Gitte sah, dass der eine Bison ein paar Schritte in ihre Richtung machte und herüberguckte. Doch es lief alles glatt.

Tilda sprach ein paar Worte über ihren Mann Uwe, betonte seine Naturverbundenheit und die Leidenschaft für Nordamerika. Die Tochter spielte auf ihrem Handy leise einen Song ab, es war eine Westernballade. Dann nahm Tilda den Deckel von der Urne und streute die Asche auf die Weide. Dabei drehte sie sich um ihre eigene Achse. Gitte nahm alles mit der Kamera auf und bemerkte erst danach, dass zwei weitere Autos über das große Gelände fuhren.

Diese Wagen hielten ein paar Meter vor der Herde, und Gitte hörte eine deutsche Stimme mit sächsischem Akzent: »Na schaut, hier kann man ja doch aussteigen.« Und schon drängten sich aus den beiden Autos jeweils vier Leute. Dabei veranstalteten sie einen Lärm, als müssten sie eine Fußballmannschaft anfeuern.

Beunruhigt stellte Gitte fest, dass mehrere Bisons nun aufstanden und unruhig wurden. Sie schüttelten die schweren Köpfe. Tilda stand mit Pernille im Arm und tröstete das weinende Mädchen, während Knut sich leise mit Larstsen unterhielt. Wibke hörte zu. Der Bison, der in ihre Richtung schaute, drehte sich einmal um die eigene Achse und senkte den Kopf. Noch blieb er aber stehen.

Dafür beobachtete Gitte, wie zwei andere Tiere ebenfalls den Kopf senkten und schnellen Schrittes auf die Urlauber zutrotteten. Der plötzliche Menschenandrang bereitete den Bisons ganz offensichtlich Stress. Natürlich bekamen die Deutschen den Stimmungsumschwung mit, doch bis so viele Leute in Panik in zwei Polos eingestiegen waren, verging einige Zeit.

»In die Autos, aber schnell«, befahl auch Larstsen, als er den Tumult bemerkte.

»Nein«, sagte Tilda, »nicht hastig, bewegt euch bitte ganz langsam. Die Tiere können erstaunlich schnell werden, und der Bulle da vorn hat uns bereits im Visier. Ganz ruhig.«

Während alle mit klopfenden Herzen, aber ruhigen Bewegungen einstiegen, schoss Gitte noch ein Foto von dem prächtigen Bison, der da in gespannter und imposanter Pose vor ihnen stand. Dabei sah sie, dass ein Bulle nun einen der Polos erreicht hatte und sich auf einen jungen Mann stürzte, der noch nicht hatte einsteigen können. Mit gesenkten Hörnern schmiss er seinen gewaltigen Kopf herum und rammte die Seite des Autos in dem Moment, als der junge Mann ins Innere schlüpfte. Die Tür konnte er erst schließen, als der Bison seinen Kopf zur Seite nahm, um wieder Schwung zu holen.

Gitte knipste schnell hintereinander und beachtete die Gesten ihrer Begleiter, dass sie nun ebenfalls einsteigen sollte, nicht.

Panische Schreie waren zu hören. Der Fahrer des beschädigten Autos hatte den Motor bereits gestartet; nun schoss der Wagen knapp an dem Tier vorbei los und raste an ihnen vorbei, sodass Gitte die erschrockenen Gesichter der Insassen sehen konnte. So schnell stiegen die bestimmt in keinem Gehege mehr aus.

»Was für Deppen, so einen Lärm zu veranstalten«, sagte Tilda mit ruhiger Stimme und stellte die leere Urne auf den Boden des Autos. »Die hätten beinahe unsere Zeremonie zerstört.«

Larstsen ließ den Motor an. Er hatte deutliche Schweißtropfen auf der glatten Stirn, und auch Gitte fühlte, wie ihre Beine im Nachhinein weich wurden.

»Können wir jetzt erst mal eine Pause machen? Ich brauche einen Kaffee«, sagte Larstsen und sprach Gitte damit aus der Seele. Als sie daran dachte, was Ole wohl zu dieser Aktion sagen würde, musste sie nervös lachen. Der wurde bestimmt neidisch, weil er bei dem Abenteuer nicht dabei gewesen war. Wenn es um wilde Tiere ging, verzieh er Gitte ihre Risikobereitschaft merkwürdigerweise deutlich eher, wie sie bei einem Abenteuer in dem Krokodilzoo nicht weit von Marielyst schon beobachtet hatte.

In dem Moment fuhr Tilda das Beifahrerfenster herunter und winkte Knut zu, der am Steuer des anderen Autos saß. Es schien ein verabredetes Zeichen zu sein, denn der Wagen scherte aus und überholte sie. »Fahr ihnen nach, sie bringen uns zu einem schönen Picknickplatz. Ich habe mit Pernille zusammen ein paar Kleinigkeiten gezaubert und lade euch jetzt zum Leichenschmaus ein.«

Gitte kannte die Begeisterung der Dänen fürs Picknicken, aber bei dem Wetter reizte es sie wenig, auch wenn der Regen aufgehört hatte. Doch sie sollte sich wundern.

Wenig später hielten sie in der Nähe eines Spielplatzes. Da gab es Holztische mit Bänken und einen Grillplatz.

Hier packten sie aus, und Gitte musste zugeben, dass Tilda wirklich an alles gedacht hatte. Der ganze Kofferraum von Knuts Wagen war vollgepackt mit Decken, Kissen, Thermoskannen und leckerem Essen. Da gab es selbst gebackenes Brot, eine Käseplatte, Frikadellen, einen Schichtsalat und Krabbencocktail. Teller und Becher mit heißem Kaffee wurden verteilt, und als Gitte eine dicke Decke um sich gewickelt hatte, fror sie kein bisschen mehr. Die beiden Männer verzichteten auf diesen Luxus; sie warfen ein paar mitgebrachte Holzbriketts auf den Grill, zündeten sie an und stellten sich händereibend davor. Die zarte Wibke schien allerdings trotz Decke noch zu frieren und klammerte sich mit roter Nase an den warmen Kaffeebecher.

Tilda lächelte vor sich hin, in der Hand hielt sie eine Scheibe Brot. »Wenn ich es recht bedenke, muss ich den Touristen dankbar sein. Das war ein fulminanter und spannender Abgang für meinen Uwe. Dem wurde doch immer so schnell langweilig.« Sie kicherte und nahm sich mit gutem Appetit einen Berg Schichtsalat. »Der hat sich bestimmt köstlich amüsiert, wie die Deutschen panisch in die Autos stürzten und wir herumschlichen wie die Einbrecher, um keine neue Angriffswelle auszulösen. Zeig mal die Fotos, Gitte.«

Gitte holte die Kamera hervor und schaltete in den entsprechenden Modus, um die Bilder anzeigen zu lassen. Alle schauten der Reihe nach die Fotos auf der Kamera an, und es war Knut, der schließlich bemerkte: »Das sind ja auch Beweisfotos. Du hast den Angriff des Bullen gut drauf, und man sieht deutlich, dass alle Touristen ausgestiegen waren. Es könnte ja sein, dass diese Deutschen den Park verklagen wollen, weil ein Tier ihnen das Auto demoliert hat.«

Tilda schüttelte den Kopf. »Das Befahren des Parks und der Tiergehege geschieht auf eigene Gefahr. Ich kann mich noch gut daran erinnern, als man früher mit dem Privatauto in den Affenwald fahren konnte. Die kleinen Biester haben reihenweise Scheibenwischer abgebrochen und den Lack zerkratzt. Jetzt fahren nur noch alte Busse in das Gehege.«

»Ich könnte ihnen ein paar Fotos als besondere Urlaubserinnerung verkaufen«, schlug Gitte grinsend vor. »Wenn man vom Teufel spricht. Seht nur, da vorn stehen die beiden deutschen Wagen. Der grüne Polo hat ganz schön Schaden genommen. Der braucht eine neue Tür.«

Alle Blicke wanderten in die Richtung, in die Gitte gezeigt hatte. Die beiden Kleinwagen standen am Rand, neben einem Schild mit dem Hinweis, dass es hier Toiletten gab. Und sicher wollten sie auch den Schaden genauer unter die Lupe nehmen. Ein untersetzter Mann fuhr immer wieder mit der Hand über die Beulen, als könne er sie wegwischen. Jetzt lehnte er sich erschöpft an den Wagen, wobei er recht verdrießlich dreinschaute. In dem Moment fiel sein Blick auf den schwarzen Kombi von Larstsen, dann auf die Gruppe, die da am Tisch saß und ihn beobachtete. Wutschnaubend stampfte er wie ein wildes Tier auf sie zu.

»Oha, das gibt Ärger«, verkündete Tilda beinahe vergnügt.

Der Mann baute sich mit seinen kurzen Beinen vor ihnen auf und legte sofort auf Sächsisch los: »Sie haben die Bisons auf uns gehetzt. Beinahe hätte dieser Bulle meinen Sohn erwischt. Dafür werden Sie geradestehen müssen.« Die meisten Dänen sprachen ein wenig Deutsch, vor allem an einem Urlaubsort wie Marielyst, sodass auch die anderen verstanden, was er ihnen vorwarf.

Larstsen bat Gitte, seine Antwort zu übersetzen: »Das ist doch Blödsinn. Man kann einen abgerichteten Hund auf jemanden hetzen, aber ganz bestimmt keinen halbwilden amerikanischen Bison. Daran seid ihr mit eurer lauten Art und der Größe eurer Gruppe selber schuld.«

Wenn Gitte etwas ganz und gar nicht haben konnte, dann waren das ungerechtfertigte Schuldzuweisungen. Sie stemmte die Hände in die Seiten und fügte zu Larstsens Antwort noch hinzu: »Wir haben Fotos von eurem Tumult aufgenommen, und man sieht darauf ganz klar, wie unruhig ihr euch im Beisein der Tiere verhalten habt.«

»Ihr seid doch auch einfach ausgestiegen und habt die Tiere aufgeschreckt. Ihr habt sogar damit angefangen, sonst wären wir gar nicht auf die Idee gekommen.« Trotz des kühlen Wetters schwitzte der Mann stark, Schweißperlen glänzten in seinem roten Gesicht.

»Wir haben uns ruhig verhalten und bloß eine Zeremonie abgehalten. Wir hatten im Übrigen die Erlaubnis dazu. Also viel Spaß, wenn ihr uns bei der Parkdirektion anzeigen wollt. Sie werden euch bestimmt Hausverbot erteilen.« Gitte sah, wie Tilda amüsiert die Augenbrauen hob. Die Behauptung über die Erlaubnis gefiel ihr offensichtlich, auch wenn dies schlichtweg gelogen war. Gitte hatte einfach kühn improvisiert.

Ein paar Schritte hinter dem Mann kam nun eine sehr füllige Dame anmarschiert, und Gitte fürchtete schon den nächsten Angriff. Die Frau fragte ihren Mann, wobei sie sich um eine hochdeutsche Aussprache bemühte: »Ernst August, was tust du hier?« Und zu Gitte gewandt sagte sie: »Guten Tag.«

Ihr Mann ließ Gitte nicht aus den Augen. »Ich ziehe die Schuldigen zur Rechenschaft.«

»Red keinen Blödsinn. Dann musst du dich vor den Spiegel stellen, du Idiot. Wir haben die Schilder gesehen und wussten, dass wir nicht aussteigen durften. Es hätte noch viel schlimmer kommen können. Unserem Sohn ist nix passiert, und wir haben zu Hause eine spannende Geschichte zu erzählen. Den Wagen bringst du zu Horst, der repariert den schon. Nun komm schon.« Sie hakte ihren Mann einfach unter und ging mit ihm davon.

»Kluge Frau«, meinte Knut und lächelte Wibke an.

Tilda klopfte Gitte auf die Schulter. »Du hast es faustdick hinter den Ohren, und du sprichst verdammt gut Deutsch.«

Larstsen grinste stolz, als gelte das Kompliment ihm. »Gitte hat eine deutsche Mutter und lebt erst seit diesem Sommer wieder bei uns in Dänemark. Du musst dich in der Tat vor ihr in Acht nehmen. Jedes Mal, wenn sie in Deutschland war, hat sie bei ihrer Rückkehr einen Toten im Schlepptau.«

Tilda verstand ihn falsch. »Ja klar tut sie das. Sie arbeitet bei dir im Bestattungsinstitut, oder bringt sie jemanden von der Fähre mit?«

Larstsen kaute mit Genuss an seinem Krabbencocktail und erklärte: »Gitte sammelt Mordopfer ein.«

Jetzt blickte sogar Wibke auf, und Pernille fragte begeistert: »Echt? Wo denn?«

Gitte erzählte von dem toten Mann im Schou's. Alle hatten natürlich in der Zeitung von dem Fall gelesen. Die Schwester von Uwe hatte den ganzen Tag lang noch nicht viel gesagt, doch nun meinte sie sehr überzeugt: »Das war bestimmt die Ehefrau oder sonst ein naher Verwandter.«

»Wie kommst du darauf? Kanntest du den Toten?« Gitte witterte Neuigkeiten.

Wibke schüttelte den Kopf. »Nein, aber Frauen ermorden auch den, den sie lieben. Ich weiß nicht, es ist mehr so ein Gefühl. Und bei Giftmorden ist es doch häufig ein Nahestehender, oder?«

Tilda und Wibke sammelten schließlich ihre Schälchen und Utensilien wieder ein, und sie fuhren weiter. Die Fahrt durch das Tigergehege stellte immer einen besonderen Höhepunkt dar und war mit einigen Sicherheitsvorkehrungen verbunden. Man durchquerte eine Schleuse mit zwei mächtigen Gittertoren und konnte dann eine Rundfahrt durch das große Gelände unternehmen. Natürlich durfte man hier nicht mal die Fenster öffnen. Sie hatten Glück, ein paar Tiger trotteten durch das Gehege und zeigten sich. Wenn viele Besucher da waren, zogen sie sich schon mal tiefer ins Dickicht zurück, doch heute schien sie nichts und niemand zu stören.

Zwei Stunden blieb die Gruppe noch im Knuthenborg Park. Als sie Tilda am frühen Abend zu Hause absetzten, umarmte die Witwe Larstsen und Gitte herzlich. »Danke, das war eine wirklich gelungene Veranstaltung. Ich bin so beeindruckt und zufrieden damit, und mein Uwe wäre es sicher auch.«

8

Ihr Chef trug auf dem ganzen Rückweg ein dümmliches Grinsen zur Schau und blieb geistesabwesend. Der würde sich doch hoffentlich nicht in Tilda Knutsen verlieben? Es war nicht so, dass Gitte ihm kein Glück in der Liebe gönnen würde, ganz im Gegenteil, doch sie fürchtete, dass Paul den falschen Zeitpunkt gewählt hatte.

Als sie in Marielyst angekommen waren und sich voneinander verabschiedeten, sagte Larstsen schmunzelnd: »Das hat heute riesigen Spaß gemacht. Ist beinahe ein Frevel, dafür eine Rechnung zu stellen.«

»Paul, also bitte. Arbeit darf Spaß machen, muss aber deshalb nicht kostenlos sein. Ich schreibe morgen die Rechnung, dass du es nur weißt. *Godnat!*«

Auf dem Weg nach Hause erstand sie schnell eine Tomatensuppe aus der Tiefkühltruhe im Rema 1000. Auch jetzt im September und außerhalb der Urlaubszeit hörte sie im Supermarkt einige deutsche Stimmen. Und viele Urlauber konnten es nicht lassen: Sie kauften auch bei fünfzehn Grad und regnerischer Wetterlage Grillsachen ein.

Gitte freute sich auf einen ruhigen Abend vor dem Fernseher. Mittlerweile war sie ganz schön durchgefroren und müde. So ein Tag an der frischen Luft tat sicher gut, zehrte aber auch an den Kräften. An ihrem Grundstück angekommen, blickte sie sich, wie immer in den letzten Tagen, um, ob der Rottweiler frei herumlief.

Doch der Hund war gerade nicht ihr größtes Problem. Ihre Terrassentür stand weit offen, und der Wind zerrte an ihrem blauen Vorhang. Gitte wusste, dass sie nichts offen gelassen hatte. Nicht bei einem solchen Wetter wie heute.

Sie betrat ihr Häuschen eilig und beunruhigt über die Terrasse. Auf den ersten Blick sah es im Wohnzimmer bloß ein wenig unordentlich aus, doch Gitte wusste sofort, dass jemand hier drin gewesen war. Die Schubläden waren halb herausgezogen, das Bücherregal war durcheinander, und auf dem Fußboden lagen ein paar Dreckklumpen, die der Einbrecher unter den Schuhen gehabt haben musste. Gittes Blick fiel auf das Terrarium von Hieronymus, aber die Schildkröte drehte zum Glück in aller Ruhe ihre Runden durch den Sand auf der Suche nach etwas Essbarem.

Gitte schaute sich weiter im Raum um und stieß einen spitzen Schrei aus. Jemand hatte mit Filzstift einen Abschiedsgruß auf die Glasplatte ihres Esstisches geschrieben: *Do swidanja!* Sie verstand nur wenig Russisch, aber diese Worte kannte sie: Auf Wiedersehen! Die freundlichen Abschiedsworte wurden hier zu einer massiven Bedrohung. Es ging also bei dem Einbruch nicht um den Mord an Lars Andresen, sondern um ihre Recherche zu einem Russen namens Wladimir Wolkow. Hatte die Russin sie an jemanden verpfiffen?

Anscheinend war Gitte auf eine heiße Spur gestoßen und hatte schlafende Hunde geweckt. Sie sollte sich dringend Hilfe holen. Hektisch suchte sie in ihrem Handy nach den Kontaktdaten von der Detektei Kevin Dunkel in Schleswig und hoffte, dass er um diese Zeit noch an sein Telefon ging. Hatten Detektive überhaupt feste Arbeitszeiten? Bereits nach dem zweiten Klingelton hatte sie ihn am Apparat.

Er freute sich. »Gitte Madsen, wie schön, von Ihnen zu hören. Ich habe gelesen, dass es in Ihrem beschaulichen Urlaubsort schon wieder einen Mord gegeben hat. Einen Giftmord in einem Restaurant. Das nenne ich mal einen Auftritt. Sind Sie involviert? Was kann ich für Sie tun?«

»Ja, ich saß neben dem Toten, aber das ist eine neue Geschichte. Ich rufe wegen einer anderen Angelegenheit an, bei der ich Ihre Hilfe gebrauchen könnte«, erklärte sie ihm. »Ich habe Ihnen bei unserem ersten Kontakt nicht erzählt, dass ich nach meinem Vater suche. Er ist vor etwa achtzehn Jahren in Marielyst verschwunden und hat sich kurz zuvor mit drei Russen in einem Restaurant zum Abendessen getroffen. Übrigens in dem Restaurant, in dem nun der Mord geschehen ist, im Schou's. Mein Vater war in der Immobilienbranche tätig, und ich weiß nicht, ob es bei den Geschäften mit den Russen immer legal zuging. Nun habe ich herausgefunden, dass einer dieser russischen Herren Wladimir Wolkow hieß. Er hatte einen asthmakranken Jungen namens Artjom, und er wollte in Dänemark ein Haus kaufen. Auf die Suche nach diesem Mann möchte ich Sie gerne ansetzen. Aber bitte reisen Sie nicht nach Russland, dafür reicht mein Budget nicht.«

Kevin klang betont souverän: »Die meisten Personen findet man heute im Netz. Jeder hinterlässt hier Spuren. Ich habe zudem einen russischen Kollegen vor Ort. Wissen Sie, Kontakte sind das A und O meines Jobs. Wolkow ist allerdings ein Allerweltsname. Wird schwer.«

Gitte atmete auf. Das klang nicht ganz hoffnungslos. »Da ist noch etwas. Der Auftrag ist eventuell gefährlich.« Sie erzählte ihm von dem Einbruch in ihrer Wohnung, doch dann schrie sie plötzlich auf, denn auf ihrer Terrasse stand eine große Gestalt.

»Alles okay bei Ihnen?« Die Stimme des Detektivs klang beunruhigt.

In der Terrassentür, die Gitte in der Aufregung noch einen Spaltweit offen gelassen hatte, stand Ole, und er blickte wenig amüsiert auf ihr Zimmer und dann auf Gitte, die das Handy am Ohr hatte.

»Ja, alles in Ordnung, ich habe mich nur erschreckt. Die Polizei ist jetzt da. Ich muss Schluss machen. Überlegen Sie es sich, und geben Sie mir bitte morgen Bescheid, Herr Dunkel. Schönen Abend.«

Sie schmiss ihr Handy auf das Sofa und wandte sich Ole zu, froh, ihn zu sehen. »Hat dich schon jemand informiert?«

Er ignorierte ihre Frage. »Was ist hier los? Es sieht so wüst aus. Suchst du etwas?«

»Nein, bei mir ist eingebrochen worden, sieh nur.« Sie zeigte auf die Schubläden und auf den Tisch.

»Und wann wolltest du mich beziehungsweise die Polizei informieren?«

»Jetzt.« Sie strahlte ihn an. »Ich bin gerade aus dem Knuthenborg Park zurückgekommen.«

Irgendwie schien Ole schlechte Laune zu haben. »Und wem galt dann dein erstes Telefonat?«, hakte er, die Stirn noch immer gerunzelt, nach.

Sie wollte nicht lügen. »Das war der Detektiv aus Schleswig, Kevin Dunkel, er soll für mich etwas recherchieren. Möchtest du etwas trinken?«

Er sah sie an und schüttelte den Kopf. »Gitte, die meisten Leute, die ich kenne, regen sich furchtbar auf, wenn bei ihnen eingebrochen wurde, sie haben Angst und rufen sofort die Polizei, hörst du? Sofort! Hier muss doch jetzt die Spurensicherung kommen. Das kann schließlich mit unserem aktuellen Fall zusammenhängen.«

»Kann das nicht bis morgen warten? Ich bin hundemüde. Ich kann ja versuchen, nichts anzufassen. Und mit dem Mord an Andresen hat es sicher nichts zu tun. Das da ist Russisch.« Sie zeigte auf den Glastisch.

Gitte war natürlich über den Einbruch beunruhigt. Aber auf das geschäftige Treiben der Polizei hatte sie überhaupt keine Lust. Wenn der Einbrecher ihr etwas hätte antun wollen, hätte er ihr im Haus aufgelauert. Direkt in Gefahr war sie bestimmt nicht.

Doch Oles schlechte Laune hielt an. Er beugte sich schweigend über die geschriebenen Worte und fragte nur: »Was heißt das?«

»Das ist Russisch und heißt ›Auf Wiedersehen‹.«

Er rieb sich die Schläfen und überlegte. Dann wurde er geschäftig. Er holte sein Handy heraus. »Pack mal ein paar

Sachen zusammen, du schläfst heute bei mir«, sagte er, während er eine Nummer eintippte. »Ich schicke morgen früh die Spurensicherung her. So scharf sind die nämlich nicht darauf, abends und im Dunkeln alles zu sichern. Und du bist erst einmal aus der Gefahrenzone. Wilde Hunde und jetzt auch noch ein Einbrecher mit Russischkenntnissen! Haben deine Nachbarn nicht neulich einen Mann mit einem Auto vor deinem Haus in die Flucht geschlagen? Da hat dich jemand im Visier.« Er drehte sich um und gab seiner Dienststelle telefonisch ein paar Anweisungen.

Gitte trottete langsam in ihr Schlafzimmer. Sie hatte sich tatsächlich schon mal ausgemalt, bei Ole oder besser mit Ole die Nacht zu verbringen, aber in ihrer Fantasie hatten sie zuvor einen romantischen Abend miteinander verlebt. Romantische Gefühle schienen den Kommissar gerade nicht zu bewegen. Nun gut, da diese Übernachtung anscheinend rein praktischer Natur war, ließ sie das Negligé hängen und griff nur nach einem frischen Schlafanzug.

Während Gitte alles zusammengepackt hatte, was sie für eine Nacht brauchte, war Ole zu Erik gegangen. Sie sah die beiden Männer auf der Veranda von Eriks Haus stehen. Gitte nahm ein Tuch und schloss damit die Terrassentür zu, damit sie eventuelle Fingerabdrücke nicht zerstörte.

Dann trat sie durch die Haustür nach draußen und folgte Ole. Der fragte den Schweden gerade, ob er etwas gesehen oder gehört hatte. Doch Erik war schon früh am Morgen nach Kopenhagen zum Bummeln gefahren und erst jetzt zurückgekehrt. Er lächelte Gitte aufmunternd an.

»Wenn ich das meiner Frau erzähle, macht sie sich sofort auf den Weg.«

Ole verdrehte die Augen, bedankte sich aber bei dem Schweden und führte Gitte behutsam zu seinem Wagen. Die Tasche nahm er ihr ab und stellte sie in den Kofferraum. Dann hielt er Gitte die Beifahrertür auf.

»Deine Hundenachbarn befrage ich auch morgen, es ist aber eher unwahrscheinlich, dass sie etwas gesehen haben. Ihr Haus steht zu weit hinten«, erklärte er.

Der Weg nach Gedesby, wo Ole wohnte, war nicht weit. Dennoch, als sie vor seinem blau gestrichenen Haus mit den weißen Fensterläden anhielten, war Gitte beinahe eingeschlafen. Sie stieg aus, roch den wohltuenden Duft der Tannen auf seinem Grundstück und rieb sich die Augen. Als sie vor seiner schönen weißen Haustür standen, fiel Gitte auf, dass Ole sie noch nie hineingebeten hatte. Es war das Haus, das er mit Anita bewohnt hatte.

Ole schloss auf und ließ sie vorgehen. Ein kleiner Flur führte in ein schönes, gemütliches Wohnzimmer mit Kamin und einem schwarzen Ledersofa. Direkt vor der Feuerstelle stand ein schwarzer Sessel mit einem passenden Hocker für die Füße. Darauf lag ein Roman von Sebastian Fitzek, den Ole anscheinend gerade las. Auf dem hellen Couchtisch befanden sich ein Glas und eine Flasche Wasser sowie eine Tageszeitung.

Ole ging vor und führte sie in ein Gästezimmer, das er auch als Büro benutzte. Es war schlicht eingerichtet, mit einem ausziehbaren Sofa, einem Stuhl und einem kleinen Schreibtisch, der von einem Computer mit großem Bildschirm beherrscht wurde. Es gab ein Bücherregal mit zahlreichen Romanen und eine altmodische Stehlampe.

»Hier hat oft die Schwester von Anita geschlafen, wenn sie uns besucht hat«, erklärte er ihr. »Sie wohnt auf Bornholm. Seit dem Unfall kommt sie leider kaum noch zu ihr, aber ich glaube, das liegt an Anita selbst. Sie macht den Leuten Besuche nicht leicht.«

Er stellte ihre Tasche auf den Fußboden, der mit einem grünen Teppich ausgelegt war. »Ich hole eben das Bettzeug.«

Ausgezogen war das Sofa so groß, dass sogar zwei Leute darauf schlafen konnten. Das Fenster in dem Zimmer ging nach vorne raus, und Gitte konnte die Tannen und Oles Auto sehen, wenn sie hinausschaute. Danach zeigte er ihr das Badezimmer, aus dem er vorher aber noch schnell ein paar Sachen geholt hatte, damit es »damentauglich« war. Gitte stellte ihren Kulturbeutel auf die Fensterbank und bewunderte das schöne, relativ große Bad, das ganz in Blau gehalten war. Es gab sogar ein *badekar*, wie die Dänen die Wanne nannten.

»Hast du etwas dagegen, wenn ich kurz ein Bad nehme? Ich fühle mich, als wären der Staub der Savanne und die Kälte von Kanada mir bis in die Knochen gegangen.«

»Tu das, ich hole dir ein Handtuch und mache uns dann etwas zu essen. Magst du Burger mit Zwiebeln und Remoulade?«

»Gerne.«

Er brachte ihr zwei Handtücher, eines davon war so groß, dass sie sich komplett einwickeln konnte. Und wenige Minuten später lief die Wanne voll. Gitte konnte kein

Schaumbad finden, deshalb schüttete sie ordentlich Shampoo hinein. Es tat wahnsinnig gut, in das warme Nass einzutauchen, den Kopf unter Wasser zu halten und alle Geräusche nur noch wie durch eine Taucherglocke wahrzunehmen. Bis sie ein leises Klopfen hörte. Schnaubend tauchte sie wieder auf. »Ja?«

»Brauchst du noch etwas?«

»Willst du etwa ins Bad kommen, während ich hier in der Wanne liege?«, fragte sie keck.

»Ich habe eine schwarze Augenbinde um.«

Sie lachte. »Nein danke, es ist herrlich, aber ich komme gleich.«

Ole unter einem Vorwand hereinzubitten erschien ihr denn doch zu plump. Sie zog sich eine leichte Hose und einen Nickipullover an und föhnte kurz die Haare. Mit einem prüfenden Blick in den Spiegel trug sie auch noch dezent Kajal und Puder auf. Nach dem Bad sah sie etwas rötlich im Gesicht aus, fand sie.

Ole hatte einen kleinen Holztisch in der Küche gedeckt und briet vier Scheiben Burgerfleisch. Auf dem Tisch standen ein Gurkensalat, geröstete Zwiebeln, dänische Remoulade, frische Tomaten und Ketchup sowie die typischen Burgerbrötchen. Er hatte für sie beide auch je eine Dose Tuborg hingestellt, wofür sie dankbar war. Im Kamin brannte derweil ein gemütliches Feuer, das Knistern hörte sie bis in die Küche.

»Wenn ich so verwöhnt werde, bin ich dem Einbrecher fast dankbar, dass er dir so viel Sorge bereitet.«

»Du bist so was von verrückt. Das kauf ich dir sogar ab.

Setz dich. Und dann erzählst du mir alles, was du in Saksøbing getrieben und mit wem du über deinen Vater gesprochen hast.«

Er verteilte jeweils eine Scheibe Fleisch auf die Teller und setzte sich ihr gegenüber. Mit einem Zischen öffnete er seine Dose Bier und prostete ihr zu.

»Deine Muskelmänner von nebenan wären begeistert. Jetzt kümmere ich mich sogar nachts um dich.« Dazu grinste er schief, allmählich besserte sich seine Laune.

Während sie aßen, erzählte Gitte ihm, wen sie in Saksøbing wegen ihrem Vater gesprochen hatte. Einiges wusste Ole ja bereits.

»Es ist natürlich gut möglich, dass diese Russin oder besser Mathilda, so heißt sie, mit einigen Leuten über meinen Besuch geredet hat. Der muss ihr ja recht merkwürdig vorgekommen sein«, schloss Gitte ihren Bericht und fügte noch hinzu: »Es schmeckt übrigens köstlich.«

Ole verzog skeptisch das Gesicht. »Das halte ich für sehr weit hergeholt. Als wenn irgendwelche Russen mit dir Spiele spielen würden. Ich glaube, da will dir jemand ganz anderes Angst einjagen. Denn dass du deinen Vater suchst und er sich damals mit einigen Russen getroffen hat, wissen mittlerweile so einige.«

Im Laufe des Abends redeten sie über die schräge Bestattung im Safaripark, über den aktuellen Mordfall und sogar kurz über Anita. Gitte trank zu viel Bier und merkte schließlich, wie ihr die Augen zufielen. Sie dankte Ole für den schönen Abend und begab sich ins Gästezimmer.

Ole hatte ihr Bett hergerichtet, während sie im Bad gewesen war, und er hatte sogar eine Flasche Wasser und ein Glas neben das Sofa gestellt.

In der Nacht schlief sie schlecht, sie träumte wirres Zeug, wurde von Tigern gejagt und spürte gar den Atem der Raubkatze an ihrer Kehle. Sie schrie immer wieder und wollte wegrennen, war aber stets wie gelähmt.

Am Morgen wachte sie wenige Minuten vor dem Weckruf ihres Handys auf und musste sich erst einmal orientieren. Etwas drückte auf ihre Brust, ein muskulöser Arm hielt sie umschlungen, Haare kitzelten an ihrer Wange. Ole lag neben ihr, sein gebräunter Oberkörper war nur halb von seiner Decke bedeckt, und er trug Boxershorts mit kleinen Pinguinen darauf.

Sie guckte an sich herunter, ihr Schlafanzug saß perfekt. Sie hatte auch nicht so viel Alkohol getrunken, dass sie sich an nichts mehr erinnern konnte. Sie hatte absolut keine Ahnung, wie und wann Ole in ihr Zimmer gekommen war.

Als sie sich bewegte, wachte er auf und lächelte sie verlegen an. Langsam zog er seinen Arm zurück. »Entschuldige, Gitte. Aber du hast in der Nacht so laut geschrien, da habe ich mich neben dich gelegt. Und ab dann hast du tatsächlich friedlich weitergeschlafen.«

»Ich wurde von wilden Tigern angegriffen.«

Nun tat es ihr leid, dass sie nicht doch das schöne schwarze Negligé angezogen hatte.

»Na, siehst du, gut, dass ich dich gerettet habe. Ich koche uns schnell einen Kaffee, du kannst gerne als Erste ins Bad. Ich brauche nicht lange.« Er richtete sich zu seiner vollen Größe auf, nahm sein Federbett und marschierte aus dem Zimmer wie ein Mann, der soeben die Welt gerettet hatte.

Himmel, was war denn so schlimm daran, sie auch mal zu küssen, wenn man schon fast nackt nebeneinander die Nacht verbracht hatte? Glaubte Ole wirklich, er müsste wegen seiner Frau in Askese leben, nachdem diese ihn vor ihrem Unfall skrupellos betrogen hatte?

Als Gitte aus dem Bad kam und in die Küche ging, duftete es herrlich nach frischem Kaffee. Ole hatte auch zwei Brötchen in den Ofen geschoben und den Tisch gedeckt. Meist aß Gitte vor der Arbeit nur einen Apfel oder eine Banane, doch heute hatte sie richtig Appetit. Ole beendete gerade ein Telefonat. Er trug einen weißen japanischen Kimono und verschwand mit den Worten »Nimm dir schon mal einen Kaffee« im Bad.

Frisch geduscht und mit nassen Haaren setzte er sich wenig später zu ihr an den Tisch und wurde dienstlich. »Wir treffen uns gleich mit der Spurensicherung an deinem Haus. Ich werde dann auch die anderen Nachbarn befragen. Du kannst aber ruhig zur Arbeit gehen, ich bringe dir den Schlüssel später vorbei. Ich habe allerdings wenig Hoffnung, dass wir brauchbare Fingerabdrücke finden. So blöd wird der Einbrecher kaum gewesen sein. Der Abschiedsgruß auf deinem Tisch war zwar russisch, aber er war nicht in kyrillischer Schrift geschrieben. Ich habe noch mal nachgedacht. Würde ein echter Russe nicht in seiner eigenen Schrift schreiben?«

Gitte setzte ihre Kaffeetasse ab. »Er wollte sicher, dass

ich es gut lesen und verstehen kann.« Sie zählte an den Fingern auf: »Er bricht bei mir ein und durchsucht meine Sachen, ohne sich Mühe zu geben, unauffällig zu bleiben. Er schreibt einen Abschiedsgruß, der so viel bedeutet wie: Wir sehen uns wieder. Und er gibt sich als Russe zu erkennen. Was will er mir sagen?« Sie biss in ihr Käsebrötchen.

»Irgendwem bist du auf die Füße getreten. Ob es den Fall deines Vaters oder den aktuellen Mord betrifft, kann ich nicht sagen.«

Gitte guckte skeptisch. »Es könnte doch auch heißen: Du bist auf der richtigen Spur, mach weiter. Auf Wiedersehen. Stell dir vor, er meint damit ein Wiedersehen mit meinem Vater.«

»Nun mach aus einem Einbruch mal keine gute Tat. Wir sind doch nicht auf einer freundschaftlichen Schnitzeljagd, bei der man Hinweise zugesteckt bekommt.«

Ole trank nur Kaffee und rührte sein Brötchen nicht an. Unterzuckern würde er dennoch nicht, denn er schaufelte wieder reichlich Zucker in den Becher und goss ihn bis zum Rand mit Milch voll.

»Ja, wahrscheinlich hast du recht. Isst du nichts?«

»Eine Kollegin im Büro gibt heute Frühstück aus. Sie hat Geburtstag.«

Gitte konnte es sich nicht verkneifen nachzufragen. »Ah, diese hübsche Blonde, die dich immer so anstrahlt, als wärt ihr beide in einer Zahnpastawerbung?«

»Nein, diese Kollegin ist grauhaarig und wird heute zweiundsechzig Jahre alt, aber sie lächelt mich auch oft an.«

Er grinste jungenhaft und trank seinen Kaffee aus. »Wir müssen los.«

Zwanzig Minuten später betrat Gitte das Beerdigungsinstitut von Larstsen und fand ihren Chef pfeifend vor dem Kaffeeautomaten vor. Sie wollte ihm gerade erzählen, was sie seit dem Zoobesuch erlebt hatte – und damit meinte sie den Einbruch und nicht die Nacht mit Ole –, da drehte er sich um und sagte: »Guten Morgen, Gitte. Ich bin gleich mal für ein Stündchen weg. Ich bringe Tilda die Rechnung vorbei.«

»Guten Morgen, Paul. Ist denn die Post über Nacht abgeschafft worden?«

»Sehr witzig. Wir haben das halt so ausgemacht, und heute liegt nicht viel an. Um elf kommen die Angehörigen von dem alten Herrn aus dem Seniorenheim vorbei. Er soll auf See bestattet werden. Falls ich bis dahin noch nicht wieder da bin, übernimm du doch bitte das Gespräch. Der alte Herr hat allerdings noch keinen Termin für das Krematorium. Das musst du berücksichtigen, falls ihr heute schon einen Termin für die Bestattung festlegt.«

Es war kurz nach neun Uhr, und für die Fahrt bis Nykøbing brauchte Larstsen nur zehn Minuten. Warum glaubte er wohl, dass er um elf Uhr noch nicht zurück war? War er zum Sektfrühstück eingeladen? Gitte verkniff sich jeglichen Kommentar und nickte nur. Dann erzählte sie ihrem Chef von ihrem Abenteuer und schloss mit den Worten: »Jetzt ist die Spurensicherung gerade bei mir. Krass, oder?«

Larstsen setzte sich hin und deutete wortkarg in Richtung Kühlschrank.

»Nein, auf gar keinen Fall trinke ich jetzt Alkohol. Der Schreck ist ja auch schon etwas älter. Und der Einbruch zeigt mir, dass ich auf der richtigen Spur bin, auch wenn Ole mir etwas anderes einreden will. Mein Vater und die Russen – da ist irgendetwas schiefgegangen. Ich habe nun die Detektei von Kevin Dunkel auf den Namen Wladimir Wolkow angesetzt.« Kevin Dunkel hatte sich bei ihr noch am späten Abend per SMS gemeldet und den Job bestätigt, hatte ihr aber mitgeteilt, dass sie sich ein paar Tage gedulden müsse, da er beruflich noch nach Köln reise.

Paul setzte seinen Milchkaffee ab; er hatte weißen Schaum auf der Oberlippe, als er fragte: »Wer war das noch gleich?«

»Einer von den Russen, mit denen mein Vater vor seinem Verschwinden im Schou's essen war.«

»Mit der Russenmafia ist nicht zu spaßen. Ich hoffe, das ist dir bewusst.« Er trank aus und machte sich danach auf den Weg zu Tilda Knutsen. Die Rechnung musste Gitte ihm noch hinterhertragen, sonst hätte er sie auf seinem Schreibtisch liegen lassen.

Dann kümmerte sie sich um diversen Schreibkram. Immer mehr Anfragen kamen aus Deutschland. Viele wollten mit der Asche ihrer Verstorbenen anders verfahren, als sie teuer in ein kleines Grab auf einem Friedhof zu stellen.

Ole kam gegen halb zehn vorbei und brachte ihr den Wohnungsschlüssel zurück. Einen Kaffee wollte er nicht trinken, er sei ja schon spät dran wegen des Frühstücks mit seiner Kollegin.

Doch er erzählte kurz: »Wenn ich deine Nachbarn mit

den Eiweißmuskeln noch häufiger treffe, werde ich noch so mit ihnen.« Er verhakte seine Zeigefinger ineinander. »Ich habe eben einen der drei beim Joggen getroffen, mit einem wohlerzogenen Hund an der Leine, wohlgemerkt, und der Typ meinte, sein Hund habe gestern gegen Mittag angeschlagen. Der Rottweiler habe so lange Theater gemacht, bis er und sein Freund sich auf dem Grundstück umgeschaut hätten. Und da sei ein Radfahrer von deinem Haus weggefahren. Er war dunkel gekleidet, mittelgroß, aber sie hätten den Mann nur von hinten gesehen. Wegen einer grauen Strickmütze konnte er auch nichts zur Haarfarbe sagen.« Ole schmunzelte, als er fortfuhr. »Aber dein Nachbar meinte recht herzlich zu mir, wenn er gewusst hätte, dass der Typ bei seiner hübschen Nachbarin eingebrochen ist, hätte er ihn natürlich aufgehalten. Sein Hund schaffe auf kurze Distanzen über fünfzig Kilometer in der Stunde, und den Halunken hätte man dann schön brav eingetütet der Polizei übergeben können. Nachbarschaftshilfe sei ja selbstverständlich.«

»Eingetütet. Das klingt, als hätte es den Kerl dann nur noch in mehreren Teilen gegeben. Der Einbrecher muss genau gewusst haben, dass Erik und ich weg waren.«

Ole nickte und blickte auf seine Uhr. »Ich muss los, pass bitte auf dich auf, und lass die Hände von irgendwelchen Russen. Wo wohnt diese Mathilda eigentlich? Ich möchte ihren Nachnamen herausfinden und sie mal durch unser System laufen lassen.«

Gitte beschrieb ihm die Adresse und sah ihm nach, als er schließlich die Straße hinunterging. Er hatte mit keiner

Silbe die gemeinsame Nacht erwähnt, so als hätte er wirklich nur einem Kind zu ruhigem Schlaf verholfen. An Ole war ein echter Westfale verloren gegangen. *Bare rolig*, dachte sie, reg dich nicht auf. Selbst seine Schwester hatte ja so ihre Probleme mit ihm und seiner Sturheit.

Die Suche nach Wladimir Wolkow würde sie nun erst einmal Kevin Dunkel überlassen. Da war ja auch noch der Mord an Lars Andresen, um den sie sich kümmern konnte, und so rief sie später Björn auf seinem Handy an. »Hej, Björn, hast du schon etwas herausgefunden?«

»Hej, Gitte. Ich habe tatsächlich die Akten meiner Mutter durchgesehen, und ich bin auf zwei Männer gestoßen, die ich mir als Nebenbuhler meines Vaters vorstellen könnte. Sie haben beide auch das nötige Kleingeld, um sich im Ernstfall um mich kümmern zu können. Ich finde, ich habe ein Recht darauf, meinen zukünftigen Babysitter kennenzulernen, also falls meiner Mutter etwas zustößt.«

»War ein Banker namens Lasse Hartmann unter den Kunden?«

»Nein. Das ist der Typ, den meine Oma der Beerdigungsfeier verwiesen hat, richtig?«

»Ja, genau.« Gitte setzte sich in einen Besuchersessel.

Björn klang empört. »Traust du meiner Mutter einen so schlechten Geschmack zu? Wenn ich mich recht erinnere, war der Mann etwas korpulent und hatte schütteres Haar. Mein Vater sah hingegen ziemlich gut aus. Beim Fremdgehen sollte das Niveau nicht unbedingt sinken, oder?«

Sie lachte und dachte an Oles Frau Anita. Mit wem hatte sie wohl den gut aussehenden Kommissar betrogen?

»Was hast du jetzt vor?«, fragte sie Björn.

»Ich fahre hin, stelle mich vor und frage beide, ob sie mit meiner Mutter ein Verhältnis gehabt haben.«

»Wenn hinter denen eine Ehefrau steht, kommt diese direkte Art eventuell nicht so gut an«, gab Gitte zu bedenken. »Frag doch erst deine Mutter danach.«

»Das habe ich schon mehrfach getan. Ich glaube sogar, dass sie noch immer Kontakt zu diesem Mann hat und ihn schützt. Gleichzeitig scheint sie aber auch meinen Vater geliebt zu haben. Sein Tod nimmt sie wirklich mit. Einer der beiden Männer ist unverheiratet, das habe ich bereits herausgefunden. Ich kann ja bei diesem Herrn anfangen.«

»Sei bloß vorsichtig. Er könnte auch der Mörder sein. Immerhin hatte er ein Motiv, wenn er der Geliebte deiner Mutter war oder noch immer ist.« Björn hatte schon eine sehr direkte Art. Gitte traute ihm zu, dass er einfach zu einem fremden Mann fuhr, sich samt Rollstuhl vor ihm aufbaute und ihn nach einer Beziehung zu Karla Andresen fragte.

Im Hintergrund hörte Gitte Möwengeschrei. War Björn etwa am Strand? Es regnete heute nicht mehr, und es war ein paar Grad wärmer als gestern, aber der Himmel war bedeckt. Die Urlauber, die Gitte am Geschäft vorbeispazieren sah, trugen alle Strickjacken oder langärmelige Pullover. Die Beine steckten oft noch in kurzen Hosen, da wollte man den Dänen, die erst im Herbst lange Hosen anzogen, anscheinend in nichts nachstehen.

Gitte überlegte, ob sie Björn begleiten sollte, wenn er zu diesem fremden Mann fuhr. Plötzlich kam ihr ein Gedanke.

Wenn Karla so ein Geheimnis daraus machte, wer ihr Liebhaber war, sogar noch nach dem Tod ihres Mannes, dann war das für Björn sicher kein Unbekannter. Wahrscheinlich kam er aus ihrem gemeinsamen Umfeld. Sie sprach den Gedanken aus: »Björn, ich bin mir sicher, du kennst diesen Mann gut, und deshalb möchte deine Mutter auch nicht, dass du von dem Verhältnis erfährst. Weil du wahrscheinlich verärgert oder entsetzt wärst.«

Es blieb einen Moment lang still in der Leitung, dann fragte Björn mit lang gezogener Stimme: »Du meinst, sie hat ein Verhältnis mit jemandem aus der Familie oder dem Freundeskreis?«

»Das ist ja nun nichts Ungewöhnliches. Das würde auch erklären, warum dieser Jemand sich nach dem Tod deiner Mutter noch um dich kümmern würde. Er kennt dich gut.«

Gitte wusste noch aus der Arbeit bei der Opferhilfe, dass bei Gewaltverbrechen die meisten Täter ebenfalls aus dem nahen Umfeld des Opfers stammten. Der ominöse schwarze Mann war es in den seltensten Fällen. »Weiß deine Großmutter etwas?«

»Bente weiß eine ganze Menge, denke ich, aber sie gibt nur das preis, was sie möchte. Krass, soll ich jetzt meine ganzen Verwandten und die Freunde der Familie nach einem Verhältnis mit meiner Mutter befragen? Die Hälfte der Leute ist danach nicht mehr mit uns befreundet.«

Gitte lachte und sah zwei Personen mittleren Alters auf die Eingangstür zukommen. »Das musst du subtiler angehen. Ich muss Schluss machen, wir können später noch reden.«

»Ich bin noch gar nicht fertig und werde ungern einfach weggeschoben«, maulte der junge Mann und legte auf.

Gitte stellte mit einem Blick auf die Uhr fest, dass der Besuch pünktlich war. Ihr Chef ließ sich jedoch noch immer nicht blicken. Es ging um die Seebestattung eines alten Herrn, so viel wusste Gitte. Die beiden Besucher hatten nun die Eingangstür erreicht, und Gitte begrüßte einen recht dicken Mann mit einer ebenfalls korpulenten Ehefrau an seiner Seite. Beide sahen aus, als ginge es in ihrem Leben in erster Linie um Genuss, und so strahlten sie trotz einer gewissen Traurigkeit auch eine angenehme Zufriedenheit aus. Sie ließen sich nach einem kräftigen Handschlag sofort auf den Besuchersesseln nieder und stellten sich als Svend und Inge Jorgensen vor. Sie wollten die Seebestattung von Svends Vater besprechen. Und ja, sie hätten beide sehr gerne einen Latte macchiato mit Zucker.

»Muss man da weit rausfahren mit dem Schiff? Ich werde leider schnell so wackelig auf den Beinen«, fragte Inge besorgt, und Gitte musste unwillkürlich auf die fleischigen Füße ihrer Besucherin in den zu engen Sandalen schauen.

»Nein, in der Regel findet die Beisetzung etwa einen Kilometer vom Ufer entfernt statt.«

Svend strich seiner Gattin zärtlich über die Schulter und fragte Gitte: »Wie muss ich mir eine solche Seebestattung vorstellen? Mein Vater hat so etwas schon mal bei einem verstorbenen Freund mitgemacht und in letzter Zeit immer wieder davon gesprochen. Deshalb denken wir, dass dies sein Wunsch gewesen wäre. Direkt über seine Beerdigung geredet haben wir nämlich nie. Es ging ja dann sehr schnell zu Ende mit ihm.«

Gitte bat um einen Moment Geduld und goss zunächst Kaffee auf. Dann holte sie das Foto eines großen Segelschiffes hervor. Larstsen arbeitete meist mit einem bestimmten Schiffseigner zusammen. Gitte erklärte ihren Kunden den Ablauf:

»Auf dem Schiff haben bis zu dreißig Gäste Platz, die sich dort auch frei bewegen können. Sobald man an der vorgesehenen Position im Meer angekommen ist, hält der Kapitän das Schiff an, und die Schiffsglocke ertönt. Die Seeurne wird dann vom Kapitän ans Heck gebracht und dort aufgestellt. Alle Gäste versammeln sich am Achterdeck, und unser Kapitän oder Larstsen hält eine kleine Rede, bevor die Urne ins Wasser gelassen wird. Anschließend fährt das Schiff eine Runde um diese Stelle, und man kann Blumen oder Steine als letzten Gruß ins Meer werfen. Die Schiffsflagge hängt die Fahrt über auf Halbmast, doch nach dem letzten Umrunden wird sie auf Vollmast gezogen, und das Schiffshorn ertönt dreimal als Signal für eine gute Reise. Wenn ihr nach der Zeremonie die Feier noch in einem Restaurant ausklingen lassen wollt, kümmern wir uns natürlich gern darum. Getränke werden auch an Bord ausgeschenkt. Es ist wirklich eine schöne Alternative und viel freundlicher als das Herumstehen auf einem Friedhof, wo der Sarg oder die Urne in einer Erdgrube verschwinden.«

»Hört sich an, als wäre das etwas für den Schwiegerpapa. Ich dachte nur immer, die Asche wird verstreut?« Inge schlürfte genussvoll ihren Kaffee.

»Nein, bei dem Wind auf See wäre das keine gute Idee. Eine Böe aus der falschen Richtung, und die Gäste stehen inmitten einer Aschewolke. Aber keine Sorge, die Asche bleibt nicht für immer und ewig eingeschlossen in dem Gefäß, denn eine Seeurne wird aus wasserlöslichen Materialien hergestellt und löst sich nach einiger Zeit vollständig auf.«

Svend fragte weiter: »Mein Vater ist ja noch nicht verbrannt worden, kümmert ihr euch auch darum?«

»Ja natürlich. Wenn wir den Termin für die Seebestattung so in zwei Wochen anvisieren, dann müsste das alles rechtzeitig vonstattengehen können.«

Inge guckte sich um. »Herr Larstsen ist wohl zu einer Beerdigung? Er wollte eigentlich hier sein.«

»Nein, er musste zu einer Kundin nach Nykøbing. Ich hoffe, ich konnte euch auch helfen.« Sie lächelte.

Inge leckte sich über ihre Lippe, an der Milchschaum klebte. »Oh ja, du machst das ganz hervorragend«, beeilte sie sich zu sagen. »Es ist nur so ungewohnt, eine Frau als Bestatterin. Fürchtest du dich denn nicht vor den Toten?«

Gitte blickte sie erstaunt an. »Vor den Toten? Es sind doch die Lebenden, die Probleme machen, nicht?« Sie zückte das Kalenderbuch, in dem Larstsen ganz altmodisch die Termine eintrug. »Also, wann passt es euch, oder wollt ihr das noch mit den Verwandten klären?«

»Nein«, sagte Svend. »Wir hätten die Bestattung gerne am 8. Oktober, das wäre Vaters Geburtstag gewesen.«

Gitte trug den Termin ein, und kurz darauf verließen die beiden zufrieden das Institut. Aber ihr Chef Paul Larstsen ließ sich noch immer nicht blicken. Es stand auch noch die Aufbahrung des Leichnams von der deutschen Frau an. Morgen früh würde das Ehepaar samt Tochter hier auftauchen und Abschied nehmen, bevor der Leichnam dann für den Transport nach Wiesbaden abgeholt werden würde. Gitte hatte jetzt Zeit, sich selbst um die Aufbahrung zu kümmern, aber sie wollte auch nicht vorgreifen.

Kurzerhand rief sie ihren Chef auf seinem Handy an. Nach viermaligem Klingeln ging er endlich dran. »Gitte, gibt es etwas Wichtiges?«

»Nun, ich wundere mich, wo du bleibst, der Leichnam von Frau Turm muss hergerichtet werden. Soll ich schon mal anfangen?«

»Ach, schau an, schon so spät. Nein, lass mal, ich komme in einer halben Stunde.«

9

Als Larstsen dann eine knappe Stunde später auftauchte, es war weit nach zwölf Uhr, hob Gitte fragend die Augenbrauen. »Und? Kam Tilda mit der Rechnung zurecht?«

»Ja, sicher. Wir haben uns halt noch ein wenig unterhalten. Sie hatte es die letzte Zeit nicht einfach mit ihrem Mann, der an Parkinson erkrankt war. Da muss man als Bestatter auch mal zuhören können. Ich habe ihr beim Frühstück Gesellschaft geleistet. Plötzlich alles alleine machen zu müssen ist nicht einfach. Ich bin ja auch Witwer und konnte ihr so den einen oder anderen Ratschlag geben.« Er hängte ein wenig umständlich seine Autoschlüssel weg und griff nach der Post.

Gitte erzählte ihm von der geplanten Seebestattung und wechselte dann zu einem ganz anderen Thema: »Kennst du einen Banker namens Lasse Hartmann? Du hast doch dein Konto auch bei einer Bank in Nykøbing, oder?«

»Ja, aber deshalb kennt man ja nicht alle Mitarbeiter dort. Warum fragst du?«

»Weil Lasse Hartmann der Mann ist, den Bente Andresen bei der Beerdigung davongejagt hat. So sieht er aus.« Sie hatte das Foto auf ihrem Handy herausgesucht und hielt es Paul vor die Nase.

»Gut möglich, dass ich ihn schon mal gesehen habe. Keine Ahnung. Er hat ein Allerweltsgesicht und eine schlechte Frisur. Oh, guck mal, meine Tochter Lea schickt mir Fotos von ihrem Baby.« Er hielt zwei Ultraschallaufnahmen in die Höhe. »Dem Bild nach zu urteilen, bekommt sie ein Gummibärchen. Ich freue mich total auf das Enkelkind.« Lächelnd blickte er eine Zeit lang auf die Bilder.

Gitte blieb unbeeindruckt. »Meinst du, es wäre gefährlich, wenn ich meine Tante mal mit einer Kreditanfrage zu diesem Hartmann schicke?«

Paul steckte die Fotos behutsam in seine Brieftasche. »Keine Ahnung. Gefährlich wird es nur, wenn ihre Tarnung auffliegt und er der Mörder ist. Beides unwahrscheinlich, oder?«

»Ich mache jetzt Mittagspause und frage sie mal.«

»Du bekommst Besuch.«

Björn fuhr gerade mit seinem Rollstuhl seitlich an die Tür und öffnete sie so geschickt, dass er mit Schwung hindurchkam.

»Hej zusammen. Gitte, kann ich dich kurz sprechen?«

»Ja, ich wollte eh gerade mittagessen gehen. Kommst du mit in das Café Adriano?«

Sie mussten dafür ein paar Schritte laufen, befand sich schräg gegenüber vom Supermarkt Rema 1000. Gitte liebte das Adriano, diese gemütliche Einrichtung zwischen Bar und Café. Sie setzten sich an einen der Tische im Innenraum. Neben der kreativ gestalteten Theke gab es auch

Hochtische, aber diese waren für einen Rollstuhlfahrer nun wirklich keine Option.

»Die Frauen in meiner Familie spinnen alle.« Björn begann die Unterhaltung etwas theatralisch und fuchtelte dabei mit den Händen in der Luft herum. Er bestellte sich eine Cola und einen Cappuccino sowie eine Portion *Tapas*. Gitte entschied sich für ein Käsebrötchen und zahlte an der Theke. Viel Auswahl an Speisen gab es hier nicht, aber es war ein Wohlfühlort. Die Theke mit den vielen bunten Flaschen sah urig aus, und daneben stand ein Kamin, der mit kleinen Pellets beheizt wurde. Gitte lehnte sich amüsiert zurück und wartete auf eine Erklärung.

»Meine Ma meint, mein Vater hätte einen Feind gehabt, und der hätte ihn nun umgebracht. Klingt für mich nicht ganz unlogisch. Meine Oma tut dies aber als völligen Unsinn ab, das sei die fixe Idee einer kranken und trauernden Witwe. Ihr Sohn hätte ihr schon erzählt, wenn er bedroht worden wäre. Bente geht davon aus, dass ein unzufriedener Tourist durchgedreht ist oder sogar ein eifersüchtiger Ehemann. Für die treuste Seele hielt sie meinen Vater nämlich nicht. In der Ehe meiner Eltern tun sich echt Abgründe auf. Und wer Mas ominöser Geliebter ist, weiß ich noch immer nicht.«

»Mir gegenüber hat deine Mutter auch von einem Feind gesprochen, den dein Vater gehabt haben soll. Sie glaubt wirklich daran. Nur leider hat sie keine Ahnung, wer das sein könnte. Warum hat Bente denn den Banker Lasse Hartmann vertrieben?«

Die Getränke wurden zusammen mit den *Tapas* und dem

Sandwich gebracht. Björn ließ sich mit seiner Antwort Zeit. Er pickte erst ein paar Oliven aus der Schale. »Sie meinte, sie könne diese Banker eh nicht leiden, und Lasse hätte sie mal bei einer Anlage schlecht beraten. Klingt ziemlich einleuchtend, wie ich finde. Das ist sicher keine heiße Spur, Gitte.«

Gitte klaute ihm eine schwarze Olive und sagte: »Ich frage mich, warum er überhaupt auf der Beerdigung aufgetaucht ist. Ich werde meine Geheimwaffe auf ihn ansetzen, meine Tante Stine. Die soll sich von ihm mal beraten lassen. Sag mal, Björn, mit wem hast du damals diese Fallschirmsprünge gemacht? War das dein alleiniges Hobby?«

»Nein, mein Vater ist ab und an ebenfalls gesprungen, wenn es seine Zeit erlaubt hat. Den ersten Kurs haben wir gemeinsam besucht. Das war eine geile Zeit, ich habe mich saugut mit Dad verstanden, war kerngesund, und die Mädchen standen Schlange.«

Gitte kam ein kühner Gedanke. »Bist du nie auf die Idee gekommen, dass die Sache mit deinem Fallschirm ein Anschlag war? Und angesichts des Mordes an deinem Vater galt dieser Anschlag damals vielleicht sogar ihm. Wie lange ist das her?«

»Knapp zwei Jahre. Die Polizei meinte, es sei ein Materialfehler gewesen, etwas, das man vorher nicht hätte sehen können. Mark, mein Fallschirmlehrer, ist total fertig deswegen und macht sich noch heute Vorwürfe, weil er vorher nichts gemerkt hat. Wie denn? Mein Vater und ich hatten einen Fallschirm gemeinsam. Die Dinger sind richtig teuer. Da wirst du locker sechzehn- bis siebzehntausend Kronen los. Und wie jeder Fallschirmspringer haben wir ihn selbst zusammengelegt.«

»Aber Björn, das spricht doch alles dafür, dass der Anschlag deinem Vater galt.« Gitte verschluckte sich beinah. Sie war ganz aufgeregt und klaute eine weitere Olive aus seiner Schale.

Björn reagierte genervt. »Hast du nicht zugehört? Es war ein Materialfehler, kein Anschlag. Ich habe mein schlechtes Karma dafür verantwortlich gemacht, nicht eine bestimmte Person. Und damit geht es mir besser, als wenn ich wüsste, dass irgendein Arschloch, das noch frei herumläuft, mich an diesen Rollstuhl gefesselt hat. Lass die Finger von den schwarzen Oliven, die mag ich besonders gern.«

Die Tür ging auf, und herein kamen zwei junge Männer in Björns Alter, die ihm sofort zuwinkten, als sie ihn sahen. Es waren kräftige, braun gebrannte Jungen, und Gitte konnte sich vorstellen, dass dieser Anblick Björn so manches Mal einen Stich versetzte. Er ließ sich aber nichts anmerken und begrüßte beide mit Handschlag, bevor er sie vorstellte: »Søren, Kai, das ist Gitte, die Bestatterin von Marielyst. Sie wird mit mir den Mord an meinem Vater aufklären. Das garantiere ich euch.«

Kai stupste seinen Kumpel freundschaftlich an. »Da kommen bestimmt so einige Motive zusammen. Ihr habt euch was vorgenommen«, sagte er.

Gitte wurde hellhörig. »Wie meinst du das?«

Jetzt guckte der junge Mann zerknirscht zu Björn. »Sei mir nicht böse, aber dein Vater war kein einfacher Mann. Ich könnte mir vorstellen, dass er in seinem Leben öfter jemandem auf die Füße getreten ist.«

Björn blickte grimmig drein und konterte. »Kai studiert Jura in Kopenhagen und will Anwalt werden. Er verteidigt gedanklich schon mal jeden Täter. Wieso bist du nicht im Hörsaal?«

»Meine Oma hat heute Geburtstag. Wir haben gleich noch ein Familienfest, und da dabei wieder viel gesungen wird, wollte ich mir mit Søren vorab die Stimme ölen.«

Gitte musste grinsen, als sie sich an ihre Familienfeste in Dänemark erinnerte, bei denen tatsächlich viele Volkslieder gesungen wurden. Die Dänen sangen gerne und viel. Gittes westfälische Mutter Bärbel war bei solchen Anlässen häufig auf dem Klo verschwunden. So lange, bis man ihr ein Darmleiden andichtete. Ihre Mutter hatte sich in Dänemark, wo sie zehn Jahre gelebt hatte, stets etwas fremd gefühlt. Gitte fühlte sich in der alten Heimat hingegen überraschend wohl. Die Präsenz ihres Vaters hatte sie vom Tag ihrer Ankunft in Marielyst an gespürt. Aber ob sie jemals die Wahrheit erfahren würde? Und wäre diese Wahrheit angenehm? Vielleicht stellte sich ja heraus, dass ihr Vater auch kein angenehmer Mensch gewesen war oder dass er in Verbrechen verwickelt war und deshalb verschwinden musste.

Björn schien etwas verstimmt. Über die eigenen Eltern durfte nur man selbst etwas Negatives sagen. Sonst keiner. Kai schlug ihm leicht auf die Schulter.

»Auf jeden Fall ist es eine Schweinerei, was da passiert ist. Es tut mir ehrlich leid, und ich kann mich auch noch an Zeiten erinnern, als er uns bei unseren Partys geholfen hat.

Weißt du noch, wie er mit diesem Riesengrill ankam? Und mit der grellen Lichterkette, die ein Tourist in einer seiner Wohnungen zurückgelassen hatte?« Kai wandte sich erklärend an Gitte. »Björns Vater hat uns manchmal in einer der leer stehenden Wohnungen Partys feiern lassen. Wir mussten nur alles wieder so herrichten, wie es vorher war, brauchten aber keine Øre dafür zu bezahlen.«

Björn nickte versöhnt. Die beiden setzten sich zu ihnen an den Tisch, und eine Zeit lang quatschten die drei miteinander über alles Mögliche. Als Gitte sich den letzten Rest ihres Brötchens in den Mund geschoben hatte, erhob sie sich. »Ich lasse dich noch mit deinen Freunden allein und mache mich wieder an die Arbeit. Bis bald, Björn.«

Gitte schlenderte die Straße entlang und ging kurz entschlossen in einen Souvenirshop, der mit dänischen Accessoires, Wein und Delikatessen Werbung machte. Für ihre Tante in Hamm brauchte sie ein Geburtstagsgeschenk. Kurz dachte sie daran, dass ein dänisches Präsent eventuell nicht nur Freude bereiten würde. Ihre Tante, die Schwester ihrer Mutter, war dagegen gewesen, dass Gitte wieder nach Dänemark zog.

In dem Geschäft gab es jede Menge Motivtassen und Gläser sowie dänischen Honig, Dips, Oliven und natürlich Wein und Likör. Der bunte Laden bewies, dass es richtigen Tourismus in dem kleinen Ort Marielyst gab. Fünfzigtausend Menschen machten hier jedes Jahr Urlaub, hatte Gitte mal gehört. Sie entschied sich für einen typisch dänischen Likör und eine bunte Kaffeetasse mit Dänemarkmotiven darauf. Der Inhaber war sehr nett und angenehm zurückhaltend, an der Kasse sprach er sie auf Deutsch an. Sie antwortete ihm auf Dänisch und fragte: »Was an mir verrät mich als Deutsche?«

Er lachte und entschuldigte sich: »Ein Däne kauft bei mir keine dänische Motivtasse. Das machen meist die Deutschen und die Holländer, aber Holländisch kann ich nicht.«

»Die Tasse ist auch nicht für mich. Ich schicke sie aber tatsächlich nach Deutschland. Ich habe eine deutsche Mutter und einen dänischen Vater.« Er wirkte interessiert, und so erzählte Gitte mehr, als es sonst ihre Art war. »Und ich arbeite seit einigen Wochen bei Paul Larstsen, dem Bestatter.«

»Ach, du bist das. Ich habe von dir gehört. Du warst doch dabei, als Lars Andresen ermordet wurde. Neben einer Bestatterin tot umzufallen ist schon etwas übereifrig, oder?« Er schmunzelte, während er die Tasse in Papier einschlug.

»Kanntest du Lars Andresen?

»Nur flüchtig. Nicht gut genug, um zur Beerdigung zu gehen. Ich habe gehört, seine Witwe sei ohnmächtig geworden, direkt neben dem Grab. Das ist schon eine Geschichte wert, und in meinem Laden herrscht ein ständiges Kommen und Gehen. Ich schnappe halt so manches auf. Ich heiße übrigens Fred.«

Gitte reichte ihm das Geld und meinte beiläufig: »Ich heiße Gitte. Und was erzählt man sich sonst noch so?«

»Der Herbst wird mild, die Touristen werden immer freigebiger, die Strompreise steigen, was willst du wissen?« Er lehnte sich zurück, verschränkte die Arme vor der Brust und lächelte sie an. Er war etwa Mitte vierzig, trug die dunkelbraunen Haare kurz geschnitten und hatte braune Augen.

Eigentlich sah er eher wie ein Südländer aus. Der Dreitagebart stand ihm gut.

Gitte nahm ihre Einkäufe entgegen. »Alles, was zur Aufklärung des Mordes beiträgt. Wenn man selbst dabei war, will man wissen, wer der Täter ist. Das war kein schöner Anblick.«

»Er wird wohl jemandem auf die Füße getreten sein, das konnte er nämlich gut. Wenn ich die Polizei wäre, würde ich unter den Menschen suchen, die am meisten von ihm abhängig waren: seinen Angestellten. Bei diesem Giftmord hatten eine Menge Leute Zugang zu seinen Tabletten, soweit ich weiß.«

»Kennst du jemanden von der Familie näher?«

»Nein. Ich wünsche dir noch einen schönen Tag.«

Das Gespräch war beendet. Gitte verließ den Laden und ging zurück zum Beerdigungsinstitut. Das klang alles noch ziemlich nach haltlosem Klatsch und Tratsch aus dem Ort. Sie würde gerne mal mit den Angestellten von Lars Andresen sprechen. Björn hatte das zwar schon gemacht, aber dem Sohn gegenüber erzählte man doch keine schlechten Dinge über den Chef. Sie hatte eine Idee. Sie würde das Maklerbüro einfach mal aufsuchen und sich unverbindlich nach einer Wohnung für eine Freundin erkundigen. Dann könnte sie wie zufällig erzählen, dass sie bei dem Mord im Restaurant anwesend gewesen war.

Gleich nach der Arbeit gegen vier Uhr suchte sie das Büro von Lars Andresen auf, das sich außerhalb des Ortes befand, in der Nähe vom Bøtøcenter. Sie musste also ein paar Kilometer mit dem Fahrrad zurücklegen. Sie genoss die Fahrt die Hauptstraße entlang, von der aus immer wieder schmale Wege zum Strand führten. Sie konnte das Meer quasi riechen, und die Nadelbäume, die überall standen. In der Spielhalle am Bøtø trieben sich ein paar junge Leute herum. Hier hatte sich auch Gitte schon früher mit Gleichaltrigen getroffen. Diesbezüglich hatte sich nichts geändert. Man hörte Musik und hing zusammen herum. Die Eisdiele und der Imbiss daneben waren ebenfalls beliebt. Junge Leute hatten schließlich immer Hunger. Aber auch Radfahrer machten hier gerne Station.

Das Büro von Lars Andresen lag im ersten Stock eines älteren Hauses, das mit Moos bewachsen war. Sie betrat den offenen Raum und schritt zum Tresen. Eine dünne blonde Frau um die vierzig begrüßte sie freundlich. Ihrem Namensschild nach hieß sie Bine Moeller. Gitte trug ihr Anliegen vor.

»Ich suche ein kleines Haus in der Nähe vom Ortskern für eine Freundin von mir, die für vier Tage Anfang Dezember zu mir kommen möchte. Hast du ein günstiges Angebot für mich?«

»Die Zahl der Häuser im Ort ist begrenzt, ich muss erst nachschauen. Wenn jemand das Haus wochenweise mietet, ist er natürlich im Vorteil. Tageweise vermieten wir nur, wenn es eh leer steht. Hast du ein konkretes Datum?«

Gitte nannte ein paar Tage und bekam schließlich drei Häuser zur Auswahl. Das war nicht viel, zumal die drei Objekte auch noch unterschiedlich groß waren und die Preise daher stark variierten. Sie bedankte sich und nahm die Info-

Ausdrucke in Empfang. Sie wolle sie ihrer Freundin vorlegen. Nun musste sie geschickt das Thema auf den Mord an Lars Andresen lenken.

»Gut, dass die Vermietung der Häuser weiterläuft, nachdem dein Chef ermordet worden ist. Es ist doch bestimmt schwer, einfach fortzufahren, als sei nichts geschehen, oder?« Sie lächelte verständnisvoll.

Bine Moeller nickte. »Das war ein ganz schöner Schock, als wir davon erfahren haben.«

Gitte beugte sich vertrauensvoll vor. »Ich bin Bestatterin hier im Ort, und mein Chef und ich haben seine Beerdigung ausgerichtet. Außerdem war ich zufällig dabei, als er am Nachbartisch tot vom Stuhl fiel. Da ist man doch irgendwie auch persönlich involviert.«

Bine Moeller fand das wohl auch, denn sie erzählte nun bereitwillig. »Stell dir vor, wir als Angestellte sind sogar verdächtig. Der Chef ließ doch ständig seine Tablettendose überall herumliegen. Wie oft habe ich sie ihm in den letzten Jahren hinterhergetragen. Und nicht nur ich. Jetzt macht uns das plötzlich zu potenziellen Tätern. Und Lars hatte ja auch oft Besuch in seinem Büro. Er hat häufig mit irgendwem Kaffee getrunken. Sie alle hatten die Möglichkeit, seine Tabletten zu vergiften.«

»Hatte er so viele Freunde?«

Jetzt lachte die Frau, und ein paar lockige Strähnen, die sich aus dem Dutt gelöst hatten, wippten mit. »Nein, aber viele Hausbesitzer haben mit ihm die Konditionen ausgehandelt, oft auch mehrfach. Das ist ein hartes Geschäft, jeder will so viel wie möglich für sich rausholen.«

»Und hat er sich dabei Feinde gemacht?«

»Feinde?«, fragte Bine und zog das Wort so lang, als kenne sie dessen Bedeutung nicht. »Es gab schon mal Streitereien, aber die hatte der Chef mit jedem immer mal wieder: mit seinem Sohn, mit uns, mit dem Nachbarn. Er konnte sehr pedantisch und rechthaberisch sein. Für mich sieht das nach einer Beziehungstat aus. Vor einem Jahr hatte Lars ein Verhältnis mit einer Schriftstellerin. Die kommt etwa drei- bis viermal im Jahr nach Marielyst, weil sie hier angeblich so gut arbeiten kann. Er ist einmal regelrecht durchgedreht, weil wir das Häuschen, in dem sie immer wohnt, zur selben Zeit an jemand anderen vermietet hatten. Dem Mieter mussten wir dann ohne Rücksicht auf ein Verlustgeschäft eine andere Wohnung besorgen.« Bine Moeller blickte sich verstohlen um, weil gerade ein Angestellter den Raum betrat. Doch sie schienen sich gut zu verstehen, Bine lächelte ihm zu und erzählte weiter. »Ich weiß aber nicht, ob die Sache noch aktuell war.«

»War die Dame in der letzten Zeit denn hier?«

»Ich weiß es nicht, da müsste ich nachsehen.«

Gitte lag es schon auf der Zunge, genau das von ihr zu verlangen, aber sie kam nicht von der Polizei, und so schluckte sie die Aufforderung schnell hinunter. Immerhin würde sie Ole mit neuen Informationen füttern können.

»Das klingt spannend. Der Dame würde ich gerne auf den Zahn fühlen. Vielleicht schreibt sie Kriminalromane und hat mal etwas ausprobiert«, sagte sie.

Frau Moeller lachte verhalten. »Sie schreibt Liebesromane, und diesbezüglich hat sie tatsächlich etwas ausprobiert. Ich hielt unseren Chef immer für treu und ehrbar, bis diese Frau hier aufgetaucht ist. Sie nennt sich Olivia Olsen, und sie ist recht attraktiv.«

Gitte nahm sich vor, den Namen durch diverse Suchmaschinen laufen zu lassen. Als Schriftstellerin müsste sie zu finden sein. Eine leidenschaftliche Künstlerin, die ihren Lover nicht mehr an die Ehefrau abgeben mochte oder die zu sehr in ihren Romanen versank, wäre doch eine passende Täterin, dachte sie und lenkte das Gespräch nun vorsichtig auf Björn. »Und der Sohn? Worüber hatte er sich mit seinem Vater gestritten?«

Bine Moeller zuckte sichtlich zurück. Ihre Antwort kam zögerlich. »Über Björn möchte ich nichts Schlechtes sagen. Er ist zwanzig Jahre alt, und da hat man schon mal andere Ansichten als die Eltern. Er sitzt seit einem Unfall im Rollstuhl, und ich hatte manchmal den Eindruck, er ließ seinen Vater dafür büßen.«

»Hatte sein Vater denn Schuld an dem Unfall?«

»Nein, das heißt, ich weiß es nicht. Es passierte bei einem Fallschirmsprung. Björn hat seinem Vater mal vorgeworfen, Billigkram gekauft zu haben. Lars war danach total fertig. Er hat sich diesen Vorwurf echt zu Herzen genommen und tat mir richtig leid.«

Derartige Anschuldigungen hatte Björn Gitte gegenüber noch nicht erwähnt. Sie wunderte sich. Hier kamen interessante Details ans Licht.

Eine Frage hatte sie noch. »Was hältst du von Karla Andresen, der Ehefrau?«

Die Angestellte schüttelte den Kopf. »Tut mir leid, ich

kenne sie kaum. Sie taucht selten hier auf, sie hat ja ihre eigene Arbeit als Physiotherapeutin.«

Gitte bedankte sich für das Gespräch und die Ausdrucke und wandte sich dem Ausgang zu. Ole hatte ihr mitgeteilt, dass Björn ein Verdächtiger war. Weil er öfter Streit mit seinem Vater gehabt hatte? Oder wusste Ole noch mehr? Es ging ihr ein wenig gegen den Strich, dass sie Ole mit Informationen füttern sollte, dafür aber wenig zurückbekam. Ole hatte die Angestellten von Lars Andresen mit Sicherheit intensiv vernommen. Sie sollte ihm besser nicht von ihrem Gespräch mit Bine Moeller erzählen.

Gitte fuhr nach Hause und konnte nicht verhindern, dass ihr ein wenig mulmig war, als sie das Rad auf ihrem Grundstück abstellte. Die Tatsache, dass jemand einfach am helllichten Tag bei ihr eingedrungen war, beunruhigte sie. Doch sie war keine halbe Stunde zu Hause, da fuhr der alte Passat von Ole vor. Durch die Terrassentür sah sie, dass er Werkzeug und Schachteln in der Hand trug. Sie machte ihm auf.

»Hej, Gitte, ruf doch bitte mal deinen Vermieter an und frag ihn, ob ich das Schloss deiner Wohnungstür auswechseln darf. Der Einbrecher hat es mit leichtem Werkzeug knacken können, wie mir die Spurensicherung mitteilte. Ich habe ein Sicherheitsschloss besorgt und würde es jetzt gerne einbauen.«

»Hej, Ole. Du machst dir ja ernsthaft Sorgen um mich.«

»Ja, dein Chef meinte, ich soll auf dich aufpassen. Seitdem sein letzter Angestellter tödlich verunglückt ist, ist er recht gefühlig.« Gitte rief nur allzu gerne ihren Vermieter

Tony Asgersen an. Er ging sofort an sein Handy und war von dem Vorschlag überzeugt. »Ich komme schnell vorbei und helfe.«

Tony hielt Wort, keine sieben Minuten später stieg er von einem betagten Hollandrad ab und baute sich vor ihnen auf. Er trug seine langen, spärlichen Haare zu einem kleinen Zopf geflochten. Das Messer, das rechts an seiner Hüfte baumelte, war echt, seine Wikingerherkunft nahm er ernst. »Gitte, warum hast du mir nicht gleich erzählt, dass bei dir eingebrochen wurde? Hier wurde doch noch nie eingebrochen.« Seine Stimme dröhnte durch den Garten. »Was fehlt denn?«

Er begrüßte Ole, den er flüchtig kannte. Ole erklärte ihm, dass Gitte ihre Nase zu oft in fremde Angelegenheiten stecken würde und dieser Einbrecher sie wohl zunächst nur verwarnen wollte.

»Oje, das klingt aber schon so, als seist du in Gefahr, Gitte. Soll ich dich in einem anderen Haus unterbringen? Nur für eine Weile?« Er machte ein zerknirschtes Gesicht.

»Das würde nichts bringen. Jeder weiß, wo Gitte arbeitet. Und hier hat sie zumindest gerade ein paar wehrhafte Nachbarn.« Ole zwinkerte ihr zu und machte sich an die Arbeit, den Zylinder auszutauschen. Gitte fand es toll, wie die beiden Männer sich um ihre Sicherheit kümmerten, und sie bot ihnen ein Eis an, das Ole dankend annahm. Tony, ihr Vermieter, wollte lieber eine Dose Bier, die er in beeindruckender Geschwindigkeit leerte.

Dann blickte er sich auf ihrer Terrasse um und verkündete: »Den Fensterrahmen repariere ich dir auch schnell. Da sind nur zwei Nägel lose. Ich hole eben einen Hammer aus dem Schuppen.«

Als sie kurz allein waren, fragte Gitte Ole nach dem Fall. »Kommst du weiter bei dem Mord? Ich habe gehört, dass Lars Andresen kein einfacher Mensch war. Und er soll vor einem Jahr ein Verhältnis mit einer Schriftstellerin gehabt haben.«

Ole legte den Löffel zur Seite und runzelte die Stirn. »Dass Lars Andresen mit mehreren Leuten Streit gehabt hat, pfeifen die Spatzen von den Dächern, aber von einer Schriftstellerin weiß ich nichts. Woher hast du die Information?«

»Das erzählen sich die Angestellten, sagt Björn.« Das war immerhin nur zur Hälfte gelogen, fand Gitte, und sie fügte hinzu: »Mach mich zu deiner Informantin, einer Bestatterin erzählen die Leute viel mehr.«

»Halt mich bitte nicht für blöd, du hast also mit den Angestellten geredet. Dem Sohn werden sie so etwas kaum auf die Nase gebunden haben. Wie heißt sie?«

»Olivia Olsen. Sie macht mehrmals im Jahr hier Urlaub und ist dann immer im selben Haus untergebracht. Sie schreibt Liebesromane.«

»Hm«, machte Ole. »Das sind aber meist harmlose Romantikerinnen und keine Mörderinnen.«

»Sind nicht die meisten Morde Beziehungstaten?«

In diesem Moment erschien Tony, bewaffnet mit Hammer und einigen Nägeln, die er in der großen Faust trug. »Da tauchte eben ein bildschöner Rottweiler hinterm Schuppen auf«, meinte er begeistert. »Den musste ich erst begrüßen.«

Gitte starrte ihn an. »Dann hast du das Zähnefletschen wohl übersehen. Harmlos ist der Hund sicher nicht.«

Tony setzte einen Nagel am Fensterrahmen an, die anderen stopfte er in die Hosentasche. »Doch, als ich ihn angesprochen habe, wurde er lammfromm und kam schwanzwedelnd auf mich zu. Ich habe ja keine Ahnung von Hunden, aber sie mögen mich.«

Dann schlug er zu – begleitet von einem kurzen Aufschrei. Tony legte mit schmerzverzerrtem Gesicht den Hammer vorsichtig auf den Tisch und hielt sich dann den Daumen. Gitte holte schnell ein Kühlpad aus ihrem Gefrierfach, doch noch bevor sie zurückkam, war Tonys Fingernagel bereits dunkel verfärbt. Also brachte Gitte ihrem Vermieter auch noch ein Bier gegen die Schmerzen, das er noch schneller als das erste hinunterstürzte.

Auf Tonys Stirn bildeten sich einige Schweißtropfen, sicher pochte der Daumen ganz gehörig. Er setzte sich auf einen Gartenstuhl. »Wir müssen ein Loch in den Fingernagel bohren, mit einer heißen Nadel geht das am besten. Kannst du das?«, fragte er Ole.

Ole nickte.

»Hast du eine Nadel? Und wir brauchen auch eine Kerze«, wandte er sich an Gitte, während er schon mal seine Hemdsärmel hochkrempelte.

Tony legte seine Pranke auf den Tisch und stöhnte. »Macht schnell.«

Gitte starrte die beiden Männer entsetzt an. »Ihr wollt doch wohl nicht hier auf meinem Terrassentisch irgendwelche amateurhaften Operationen durchführen?« Sie stemmte ihre Hände in die Hüften.

»Aber sicher, das ist eine altbewährte Methode, der Schmerz lässt sofort nach, wenn das Blut abfließen kann.« Ole stand auf und ging zur Terrassentür. »Holst du mir bitte eine Nadel und eine Kerze?«

Gitte brachte ihm beides. Ole hielt die Nadel über die Kerze, bis sie rot glühte, und stach behutsam in das verletzte Nagelbett. Dann zog er sie wieder heraus, etwas Qualm stieg auf, und der erste Blutstropfen quoll heraus.

Tony starrte auf seine Hand und wurde blass. »Oh Gott, mir wird schlecht.« Dann sackte er einfach zusammen, sein Kopf fiel seitlich über die Schulter. Er drohte, vom Stuhl zu rutschen.

Gitte rief erbost: »Na toll. Wenn Tony jetzt einen Herzanfall hat, habe ich den nächsten Toten auf meiner Terrasse. Tu was, Ole!«

Ole sprang auf und versuchte, den erschlafften schweren Mann auf dem Stuhl zu halten. Das gelang ihm nur eine Zeit lang. »Wir müssen ihn in eine stabile Seitenlage bringen, vorsichtig, ich halte den Kopf.« Und so ließen sie Tony langsam auf die Bretter der Terrasse gleiten.

»Wir müssen einen Arzt rufen. Mein Vermieter ist schließlich nicht mehr der Jüngste, er könnte wirklich einen Herzinfarkt haben.«

Ole kniete neben Tony und schlug ihm leicht mit der Handfläche an die Wange.

»Quatsch, wie stehe ich denn dann da? Der Kommissar führt eine Operation durch, und der Patient benötigt anschließend einen Notarzt. Der wacht schon wieder auf. Es gibt halt Leute, die können ihr eigenes Blut nicht sehen.«

Als hätte er es gehört, verdrehte Tony Asgersen die Augen und wachte auf. »Bin ich umgekippt?« Er wollte nach seinem Daumen schauen, doch Gitte legte ihm rasch die Hand über die Augen. »Nein, nicht, dann kippst du uns wieder um.« Aus dem Nagel quoll nämlich noch immer etwas Blut heraus.

Sie halfen ihm auf, und Tony setzte sich wieder auf den Stuhl. In sein Gesicht kehrte die Farbe zurück. Gitte holte ein Küchentuch und wickelte es ihm um den Daumen. »Ihr seid mir vielleicht zwei Helden. Pass bloß auf, dass sich die Stelle unter dem Nagel nicht entzündet, wir machen später besser ein Pflaster drauf.« Beide Männer verdrehten die Augen, und Tony fragte sie nach dem dritten Bier.

»Nein. Nach einer Ohnmacht kannst du ein Glas Wasser haben«, sagte Gitte und ging ihm ein Glas besorgen. Sie nahm sich auch eine dicke Strickjacke mit, denn es wurde deutlich kühler. Sollten die Männer ruhig mit ihrem Wikingerblut und den kurzen Hemden angeben. Ihr war kalt.

Als sie wieder auf die Terrasse trat, holte Ole gerade aus, um endlich den Nagel in den Fensterrahmen zu hauen. Tony hielt seinen Daumen aufrecht, wahrscheinlich tat er noch etwas weh.

»Setz dich, Gitte. Da fällt mir nämlich ein, sollte mir wirklich mal etwas zustoßen, so werden meine beiden Häuser an meinen Sohn fallen. Und der wird sie ganz schnell unter den Hammer bringen. Du solltest bis dahin also sparen, oder du musst dir irgendwann ein neues Zuhause suchen.«

»Ich mag das Haus, vielleicht verkaufst du es mir ja vorher schon. Eine Weile wirst du doch sicher noch am Leben bleiben. Zumindest, wenn du dich von unserem Kommissar fernhältst.«

Gitte hatte von ihrer Mutter etwas Geld geerbt. Sie hatten schon Jahre vorher das Familienhaus verkauft, in dem sie mit ihrem Vater Mads gewohnt hatten. Für ein Haus hier in Dänemark reichte das Geld nicht, aber sie könnte bei der Bank einen Kredit aufnehmen. Ein paar Renovierungen würde sie auch noch vornehmen. Plötzlich war diese Idee in ihrem Kopf, und Gitte wurde ganz aufgeregt.

Tony fasste nach seinem dünnen Zopf, als müsse er prüfen, ob er noch da war. »So. Du willst also tatsächlich mein Häuschen kaufen? Ich muss darüber nachdenken. Denk daran, es ist eine Ferienhaussiedlung. Du wirst ständig wechselnde Nachbarn haben.«

»Eventuell gefällt mir genau das. Ich muss das auch erst durchrechnen, aber die Idee hat etwas.«

Als Tony sich wenig später verabschiedete und sein Rad nahm, sagte Ole: »Dieses Haus willst du haben? Gibt es da nicht schönere?«

»Bestimmt, aber sie stehen nicht so nah am Strand oder sind nicht zu verkaufen. Die meisten Vermieter wollen Geld mit ihren Strandhäusern verdienen und vermieten daher lieber an zahlungswillige Touristen. Tony macht mit meiner Miete weniger Gewinn, was ich ihm hoch anrechne.«

»Ja, aber dafür pflegst du das Haus auch mehr als wechselnde Gäste. Und er mag dich, das merkt man.«

Gitte blickte zu dem Haus hinüber, in dem Erik untergebracht war. Der Schwede war weggefahren, sein Wagen stand nicht in der Einfahrt. »Ich hoffe, dass Eriks Frau endlich kommt. Ich finde, die Dame klingt ausgesprochen interessant.«

»Ich finde, die Dame klingt nach Komplikationen. Kein Wunder, dass Erik immer in unser beschauliches Marielyst flüchtet. Hier sind die beiden neuen Haustürschlüssel. Schließ nachts bitte immer ab.«

Sie bedankte sich und fragte auch, ob Ole für das Schloss Geld bekam. Doch der winkte ab. »Betrachte es als Entgelt für deine Arbeit als Informantin.«

Ohne sich noch einmal umzudrehen, fuhr er davon, und Gitte musste den Abend und die Nacht nach dem Einbruch nun alleine überstehen. Er hätte sie wenigstens fragen können, ob sie lieber wieder bei ihm übernachten wollte. Malthe hätte ihre Lage bestimmt für sich genutzt und sie in sein Heim gelockt. Ole tauschte stattdessen lieber das Schloss aus. Pragmatisch, aber wenig romantisch.

Als sie später eine dänische Krimiserie schaute, war ihr ein wenig unbehaglich zumute. Ein Hund als Haustier könnte sie zwar beschützen, letztendlich vertraute sie aber vor allem dem Schloss, das der Kommissar eingebaut hatte. Über die Terrasse konnte man noch immer leicht eindringen, hier wollte Ole noch einen Bewegungsmelder installieren.

Zurzeit machte sie sich aber mehr Sorgen um Erik als um ihre Sicherheit. Ihr Nachbar war noch immer nicht von seinem Ausflug zurückgekehrt, und das sah ihm gar nicht ähnlich. Erik liebte seine Abende auf der Terrasse, den warmen

Grill neben sich. Als sie ihn anrufen wollte, kam er ihr zuvor. Gitte hörte ein Knacken in der Leitung, dann vernahm sie Eriks Stimme. Er saß offensichtlich im Auto.

»Hej. Ist bei dir alles in Ordnung?«, fragte sie ihn.

»Es geht so.« Er klang gehetzt. »Ich hole gerade Kate aus Malmö ab. Die Polizei wollte sie in Untersuchungshaft nehmen.«

»Oh nein, warum das denn?« Eigentlich verstand Gitte auch nicht, warum Kate dann aus Malmö abgeholt werden konnte. Hatte man sie wieder entlassen? Aber warum sollte sie in Malmö inhaftiert sein? Gitte meinte zu wissen, dass Erik zweihundert Kilometer weiter nördlich von dieser Stadt lebte.

»Man hat ihre Fingerabdrücke an der Haustür des Anwesens sichergestellt, aus dem die Gemälde geraubt wurden. Kate ist jetzt einfach schnell verreist. Sie meinte, die Beamten vor Ort wären dilettantischer als ihr Neffe beim Playmobilspielen. Der besitzt nämlich eine Polizeistation. Gitte, ich finde es langsam nicht mehr lustig. Stell dir vor, die leiten eine Fahndung nach meiner Frau ein.«

»Es wird sich schon alles aufklären. Sie war es doch nicht, oder?«

»Nein.« Erik war empört. »Sicher nicht. Aber ich glaube, sie macht ein Spiel daraus, und das kann auch schiefgehen. Jedenfalls wollte ich dich bitten, dass du die Heizung bei mir aufdrehst, im Wohnzimmer und im Bad. Ich friere ja nicht so schnell, aber Kate schon. Wir kommen irgendwann heute Nacht an. Meine Haustür ist nicht abgeschlossen.«

»Ich freue mich auf deine Frau, Erik.«

»Mir ist das alles ein bisschen peinlich, aber natürlich freue ich mich auch, sie endlich mal hier zu haben. Bis morgen.«

Gitte hatte immer gedacht, dass Erik, wie die meisten, mit der Fähre nach Marielyst reiste, doch heute benutzte er die Öresundbrücke, die Kopenhagen und Malmö miteinander verband. Über diese Verbindung gab es sogar eine Krimiserie mit dem treffenden Namen *Die Brücke – Transit in den Tod*. Eine schwedische Kommissarin mit autistischen Zügen und ein dänischer Kommissar ermittelten darin gemeinsam in mehreren Mordfällen. Gitte kannte die Miniserie, die den Zuschauer auf düstere Art in ihren Bann zog.

Für Erik war der Weg nach Marielyst über diese Öresundbrücke gar nicht schlecht.

Kate war also von zu Hause abgehauen, hatte sich wahrscheinlich in den Zug nach Malmö gesetzt und wartete nun wie eine Räuberbraut in irgendeinem Restaurant oder Café auf ihren Mann. Die Frau hatte Mut und wenig Skrupel. Fingerabdrücke waren eine eindeutige Sache. Offenbar hatte Kate auf dem Anwesen mehr getrieben, als nur Fotos geschossen, dachte Gitte und grinste.

Sie schlüpfte schnell wieder in ihre warme Strickjacke, nahm eine Taschenlampe mit und ging rüber zu Eriks Haus, das komplett im Dunkeln lag. Vielleicht sollte sie auch ein kleines Licht anlassen. Hier in Marielyst konnte es abseits des Ortskerns sehr dunkel werden. Es gab in den kleinen Gassen und Wegen keine Straßenlaternen.

Sie war schon öfter in Eriks Wohnzimmer gewesen, aber sein Bad kannte sie nicht. Daher probierte sie erst eine Tür aus, die ins Schlafzimmer führte. Schnell zog sie die Tür wieder hinter sich zu; trotzdem kam sie sich wie ein Eindringling vor.

Als beide Heizkörper aufgedreht waren, blickte Gitte noch auf das Foto, das Erik immer auf seinen Reisen dabeihatte. Es zeigte ihn und seine Frau. Die schwarzen Haare trug sie auf dem Bild hochgesteckt, tiefdunkle Augen mit Lachfalten blickten den Betrachter an, und um den Mund ließ sich ein leicht spöttischer Zug erkennen. Sie war schlank und mittelgroß, wirkte jedoch viel kleiner neben dem Hünen Erik. Gitte stellte das Bild wieder an seinen Platz, schaltete eine kleine Lampe im Flur an und verließ das Haus.

Sie kam nicht weit. In ihrem Garten stand eine dunkle Gestalt in einem Anorak mit Kapuze und starrte zu ihrem Haus hinüber. Durch die Terrassentür konnte man gut ins beleuchtete Wohnzimmer blicken. Allzu große Sorgen, entdeckt zu werden, brauchte er nicht zu haben. Der Garten lag vollständig im Dunkeln. Doch Gitte stand im hellen Lichtschein am Eingang von Eriks Haus. Rasch ging sie zurück ins Innere, schloss die Tür und lugte vorsichtig vom Badezimmerfenster zu ihrem Garten hinüber. Gerade eben holte die Gestalt etwas aus ihrer Tasche. Es war ein Handy oder eine kleine Kamera. Denn die Person hielt das Gerät hoch und marschierte zu ihrem Auto. Der Kerl schoss Fotos von dem alten Volvo! Gitte fand das zutiefst verstörend. Wieso machte jemand spätabends Aufnahmen von ihrem Wagen? Was, wenn derjenige nun ins Haus ging und feststellte, dass sie gar nicht da war? Sie hatte für den kurzen Weg natürlich nicht abgeschlossen. Aber wenn der Eindringling nicht bald verschwand, würde sie sich gleich hier bei Erik einschließen.

Ihr Herz schlug laut und hart gegen die Brust. Immer, wenn man die Männer mal brauchte, waren sie nicht da. Selbst die tapferen Holländer guckten wahrscheinlich bei einem Bier gemütlich in die Fernsehröhre. Ihr Handy hatte sie dummerweise auf ihrem Couchtisch liegen lassen.

Die dunkle Gestalt stand unschlüssig wieder auf der Wiese, blickte sich suchend um, wandte sich dann aber zur Straße und verschwand. Gitte lauschte erneut an der offenen Haustür und hörte ein Motorengeräusch. Erleichtert holte sie tief Luft, sie merkte erst jetzt, wie gepresst sie geatmet hatte.

Schnell huschte sie zu ihrem Haus hinüber und schloss die Haustür zweimal ab. Ole wollte sie nicht anrufen. Das würde so hysterisch wirken. Aber natürlich sollte er erfahren, dass jemand ihr Auto fotografiert hatte. Das fand sie sehr viel bedrohlicher als den beschmierten Glastisch. Würde sie sich nun überhaupt noch unbeschwert hinters Steuer setzen und umherfahren?

Auf ihre Fernsehserie konnte sie sich nicht mehr konzentrieren. Sie rief eine Freundin in Münster an, die ihr allerdings mit ihren Hypothesen wenig Mut machte. »Und wenn der Mann jemandem den Auftrag erteilt, dich von der Straße zu drängen? Oder dein Auto zu manipulieren? Die Bremsen etwa?«, rätselte sie.

»Judith, hör auf, du machst mir Angst.« Doch Judith kam spätabends erst richtig in Fahrt. »Es könnte auch ein Stalker sein, der dir nachstellt. Das wäre ein typisches Verhalten. Heimlich in die Wohnung zu gehen und Nachrichten zu hinterlassen, dein Auto zu verfolgen, immer wissen zu wollen, wo du bist. Ja, ich glaube, es ist ein Stalker.«

Gitte legte kurze Zeit später wenig beruhigt auf und ging ins Bett. Mitten in der Nacht schreckte sie hoch, weil sie vor ihrem Schlafzimmerfenster Geräusche hörte. Der Hund schnüffelte herum, sie hörte ihn auch leise knurren. Doch das störte Gitte nun nicht mehr, beruhigt schlief sie wieder ein. Solange der Hund nicht laut bellte und lospreschte, war niemand Fremdes in der Nähe ihres Hauses. Plötzlich gefiel ihr der Gedanke, dass der Rottweiler sich auf jemanden stürzte. Es war doch alles eine Frage der Perspektive. Vielleicht sollte sie ihm einen Knochen vorbeibringen, damit er wusste, wen er beschützen musste.

Am nächsten Morgen wachte sie ziemlich verspannt auf. Ihr Nacken schmerzte, und der Kopf pochte unangenehm. Ihr Spiegelbild gefiel ihr heute überhaupt nicht, blass und mit Ringen unter den Augen sah sie älter aus als sonst. Oder sie hatte bislang nicht darauf geachtet. Vierunddreißig Jahre waren noch lange kein Grund, sich über das Alter zu beklagen. Doch ohne Partner und ohne eigene Kinder spürte sie einen gewissen Druck. Außerdem wurde sie in wenigen Tagen fünfunddreißig. Am Sonntag schon. Die vierzig rückte näher.

Sie hatte sich bislang keine Gedanken gemacht, wie sie ihren Geburtstag feiern wollte. Ob sie ihn überhaupt feiern wollte. Doch nun war Erik mit seiner Frau da, und sie kannte

Ole und seine Schwester Ann gut genug, um sie einzuladen. Malthe, Tante Stine und die Bäckerin Sofie, sie alle würden bestimmt kommen. Zum Feiern im Garten war es ihr zu kalt, aber Erik würde sich sicher gerne an den Grill stellen. Ja, der Gedanke gefiel ihr, sie würde ein kleines Fest geben.

Als sie aus dem Fenster blickte, sah sie Eriks Wagen vor der Tür stehen, aber nebenan war noch alles still. Sie würde Kate wohl erst nach der Arbeit kennenlernen. Gitte schminkte sich heute sorgfältiger als üblich, um sich zu gefallen, und radelte zum Institut. Bei einem Kaffee erzählte sie Paul Larstsen von dem merkwürdigen Typen, der ihr Auto fotografiert hatte. Paul reagierte verärgert.

»Mensch, Gitte, du hättest sofort die Polizei informieren sollen. Die hätten eine Fahndung einleiten können.«

»Quatsch, bis ich aus Eriks Haus raus und an meinem Handy war, war der doch schon über alle Berge. Ich muss Ole eh heute sprechen. Ich gebe am Sonntag eine kleine Geburtstagsparty. Kommst du auch?«

Er lächelte erfreut. »Ja, gerne, ich wusste übrigens, dass du am Sonntag Geburtstag hast, das steht ja in deinen Papieren. Ich habe sogar schon ein Geschenk.« Dann wurde sein Gesicht wieder ernst. »Du gehst jetzt am besten sofort zu Ole und erzählst ihm alles. Lass eine Anzeige wegen Hausfriedensbruch oder Stalking aufnehmen.«

»Nein, lieber nicht. Ole bringt es fertig und nimmt mich in Schutzhaft. Was wird dann aus unserer Party? Ich werde es ihm schon erzählen, aber nicht so förmlich auf der Wache.«

»Du musst wissen, was du tust. Doch allmählich mache

ich mir Sorgen um dich. Jetzt habe ich einen Termin mit der deutschen Familie. Gegen elf Uhr wird die Leiche der Frau abgeholt und nach Wiesbaden überführt.«

In dem Moment sah sie auch schon das deutsche Ehepaar mit der Tochter die Straße hochkommen, alle dunkel gekleidet, am Kragen der Bluse, die das Mädchen trug, hing noch ein Preisschild. Gitte sah es, als die drei das Institut mit ernsten Gesichtern betraten. Sie holte eine Schere und half dem Mädchen, das Schild zu entfernen. Dankbar lächelte Renate Turm, die Ehefrau und Mutter, Gitte an.

»Wir sind alle total überfordert. Ich weiß gar nicht, ob Tina sich ihre tote Oma anschauen sollte. Vielleicht bleibt sie besser so lange bei Ihnen?«

Doch das hatte sich Tina ganz anders vorgestellt. »Ich werde mir Oma auf jeden Fall anschauen. Ich bin achtzehn.«

Gitte beruhigte die Mutter. »Ihre Schwiegermutter sieht friedlich aus, beinahe so, als würde sie schlafen. Lassen Sie Ihre Tochter Abschied nehmen.«

Larstsen begleitete die Familie in den nächsten Raum.

Der weitere Vormittag verging recht langsam. Gitte konnte es kaum abwarten, in ihrer Mittagspause ein paar Leute anzurufen und sie zu ihrem Geburtstag einzuladen. Als Larstsen endlich nach Hause fuhr, um ein kleines Nickerchen zu machen, wie er genussvoll kundtat, hängte Gitte sich ans Telefon. Zuerst rief sie Malthe an.

Er freute sich riesig über die Einladung. »Das finde ich toll, dass du eine Party gibst. Ich könnte nämlich mal wieder etwas Abwechslung vertragen. Apropos Abwechslung, ich trete mit meiner Band im Konzerthaus auf, Mitte Oktober. Kommst du?«

»Mal sehen«, wich Gitte aus. Sie überlegte, ob sie Lust hatte, Malthe in diesem Rahmen zu treffen. Zuletzt hatte sie ihn im Sommer auf einem Straßenfest auftreten sehen. Er wirkte auf seinen Konzerten oft aufgesetzt cool und ließ sich gerne von den Frauen umwerben – beides fand sie eher anstrengend. Aber seine Band spielte recht gut. Sie interpretierten bekannte alte Lieder neu und übertrafen mit ihren Coverversionen manchmal sogar die Originale.

»Ich weiß schon, was ich dir schenke, Gitte. Also bis Sonntag.« Für seine Verhältnisse war Malthe freundlich, doch überraschend kurz angebunden. Wahrscheinlich war er im Büro; er arbeitete für eine Photovoltaik-Firma.

Gitte atmete tief durch, bevor sie als Nächstes Ole anrief. Eine Frauenstimme meldete sich. Bestimmt diese blonde Vorzeigepolizistin, dachte Gitte und war sofort verstimmt. »Kann ich Ole Ansgaard sprechen?«

»Er telefoniert gerade. Kann ich etwas ausrichten?«

»Ja, er möchte mich bitte zurückrufen.«

»In welcher Angelegenheit?« Jetzt überschritt die Frau ihre Kompetenzen, und Gitte verkündete in einem Ton, der keine weitere Nachfrage duldete: »In meiner Angelegenheit.«

»Klingt komisch, aber ich werde es so weitergeben. Hej, hej.«

Gitte war nun überzeugt, diese Kollegin von Ole nicht ausstehen zu können. Und das war sicher kein blödes Konkurrenzdenken. Ganz bestimmt nicht.

Missmutig aß sie ihre mitgebrachten Brote und wartete auf den Rückruf. Der kam erst nach einer Stunde. Gitte war so sauer, dass sie nun doch mit den Ereignissen des Vorabends begann. Sie schmückte ihre Erzählung sogar noch ein wenig aus und erwähnte, dass der Mann erst in ihr Haus hatte eindringen wollen, dann aber abgedreht habe und abgehauen sei. Sie beendete ihren Bericht mit den Worten: »Und wenn der Typ bis Sonntag nicht meine Bude ausgeräumt oder mein Auto in die Luft gejagt hat, würde ich gerne meinen Geburtstag feiern. Du bist eingeladen. Eriks Frau ist jetzt übrigens auch da. Sie ist vor der Polizei in Schweden geflohen.«

Nach Gittes minutenlangen Ausführungen blieb es am anderen Ende der Leitung zunächst still. »Und das alles ist dir erst heute Mittag wieder eingefallen?«, fragte Ole schließlich besorgniserregend ruhig.

»So ungefähr. Ist doch egal, wann ich es erzähle, oder? Ich würde die Sache nicht überbewerten. Meine Freundin aus Münster glaubt, es sei ein Stalker. Die sind doch meist harmlos, oder?«

»Ich nehme die Sache aber so ernst, dass es mir sogar lieber wäre, du würdest zu dieser Freundin nach Münster fahren. Du irrst dich, wenn du glaubst, dass Stalker nicht gefährlich werden können. Könnte es von der Gestalt her dein Ex-Freund gewesen sein?«

»Nein. Hm, Größe und Figur stimmen vielleicht, aber Tim taucht doch hier nach so langer Zeit nicht wieder auf. Das glaube ich nicht.« Sie dachte daran, wie er ihr noch im Juli zugesetzt hatte. Sogar ein totes Tier hatte er ihr vor die

Terrassentür gehängt, damit sie Angst bekam und wieder nach Münster zog.

Gitte hatte kurz vor ihrem Umzug nach Marielyst einsehen müssen, dass ihr damaliger Freund, mit dem sie seit ein paar Jahren zusammen gewesen war, nicht Dänemark-tauglich war. Sie wollte ihn in ihrem neuen Leben nicht mehr dabeihaben und hatte Schluss gemacht. Für Tim war diese Trennung aus heiterem Himmel gekommen. Ganz abwegig war der Gedanke von Ole also nicht. Und deutlich weniger bedrohlich, als wenn die Russenmafia sie beobachten würde. Der Gedanke, dass Tim dahinterstecken könnte, machte sie allenfalls wütend.

Ole meldete sich wieder zu Wort. »Ruf mal deine Freunde in Münster an, und versuch herauszufinden, wo sich dein Ex-Freund gerade aufhält. Er weiß doch auch, dass du nach deinem Vater forschst, oder? Und dass Mads sich damals mit ein paar Russen getroffen hat, pfeifen die Spatzen von den Dächern. Wenn es wirklich Tim ist, dann leih ich mir den Rottweiler aus. Ich schulde ihm mindestens noch eine gebrochene Rippe.«

Im Sommer war es in Gittes Haus zu Handgreiflichkeiten zwischen Ole und Tim gekommen, und Tim hatte Ole eine Rippe gebrochen, was dem Kommissar eine schwere Lungenentzündung eingebracht hatte.

»Der Gedanke, dass ihr euch wegen mir prügelt, gefällt mir«, meinte Gitte schmunzelnd.

»Das kann ich mir denken«, grummelte Ole und fuhr fort: »Allein kannst du ja offenbar weniger gut auf dich aufpassen. Da sind wir gleich bei den nächsten Verdächtigen.

Du bist umgeben von skurrilen Personen. Ich habe mal diese Mathilda unter die Lupe genommen. Ihr Mann sitzt tatsächlich im Gefängnis. Und zwar nicht, weil er ein paar Briefmarken geklaut hat. Von der hältst du dich bitte auch fern. Wer weiß, zu welch zwielichtigen Gestalten sie noch Kontakt hat. Die nennt man doch nicht umsonst ›die Russin‹.«

»Weißt du, weshalb ihr Mann schon so lange im Gefängnis sitzt?« Gitte bekam ganz heiße Wangen vor Aufregung.

»Mehr darf ich dir nicht sagen, aber solltest du diesen Schnüffler aus Schleswig hinzugezogen haben, dann pfeif ihn besser zurück. Der weckt noch die falschen Leute auf.«

»Dann klär du doch das Verschwinden meines Vaters auf«, maulte Gitte enttäuscht. Sie war so stolz auf ihre Spur gewesen. Allerdings wusste sie noch immer nicht mehr über Wladimir Wolkow. Denn Mathilda war sicher nicht die einzige Frau in Dänemark, die einen Russen geheiratet hatte, damit dieser sich hier ein Haus kaufen konnte.

Ole ging auf ihren Vorwurf nicht ein, sondern zählte weiter auf. »Und dann dieser Björn Andresen. Gitte, er wird verdächtigt, seinen Vater vergiftet zu haben! Und du gehst mit ihm essen.«

»Björn war es nicht.« Den nächsten Satz, dass sie Björn nämlich eigentlich auch zum Geburtstag einladen wollte, schluckte sie lieber herunter. Schade. Selbst sie sah ein, dass es für Ole unzumutbar war, mit einem Verdächtigen zusammen am Grill zu sitzen. Das würde sie also doch besser lassen.

In diesem Moment sah sie ein Pärchen auf das Institut zukommen. Ein großer breitschultriger Mann hielt eine zierliche Frau an der Hand. Ihre schlanken Beine steckten in einer modernen, sportlichen Hose, und dazu trug sie einen knallroten asymmetrisch geschnittenen Pullover. Die Sandalen waren schlicht, aber goldfarben. Lässige Freizeitkleidung, in der sie jedoch im Augenblick die bestgekleidete Frau weit und breit war, fand Gitte. Es war Erik mit seiner Frau Kate. Der Schwede strahlte mit der Sonne um die Wette. Die Luft war nun Ende September zwar kühl, aber die Sonne besaß noch Kraft.

»Ich muss Schluss machen, Erik kommt gerade mit Kate herein.«

»Ich ahne es. Noch so eine skurrile Person, die sich am Rande der Legalität bewegt.« Er beendete murrend das Gespräch.

Gitte riss die Tür auf und lachte den beiden entgegen. »Erik, wie schön, dass ihr vorbeikommt.«

Kate und Gitte stellten einander vor und begrüßten sich beinahe wie alte Bekannte. Gitte führte die beiden in das Angehörigenzimmer. Dann holte sie für jeden einen Cappuccino und borgte sich die Süßigkeitenschale ihres Chefs aus, in der sich buntes Lakritzkonfekt befand.

Verstohlen musterte sie Kate. Die nippte genussvoll an ihrem Cappuccino und schaute sich neugierig um. Nur ihre Augenringe verrieten, dass sie etwas Stress hinter sich hatte. Kate besaß einen unnachahmlich lässigen Charme. Sie hielt ihre Tasse in der einen Hand, den Unterteller in der anderen, und saß dabei so entspannt da, als wäre sie in einem Straßencafé und nicht in einem Beerdigungsinstitut. Ihre dunklen, mit Kajal ummalten Augen waren für eine Frau ihres Alters ungewöhnlich stark geschminkt, gaben ihr aber auch etwas Verwegenes.

Gitte wollte Kate nicht sofort mit Fragen bedrängen und erzählte stattdessen von ihrem Geburtstag. »Kommt ihr am Sonntagnachmittag zu mir? Ich wollte zwar grillen, aber wir essen lieber drinnen, oder?«

»Quatsch, Gitte, wir kriegen das schon warm. Wir machen ein paar Feuerkörbe an, und jeder bringt eine Decke mit. Das wird urgemütlich. Das trockene Wetter hält sich noch ein paar Tage, habe ich gehört. Das sind jetzt die letzten schönen Tage.« Erik strich sich über seinen beeindruckenden Schnurrbart und freute sich sichtlich. »Wir nehmen meinen Grill dazu, und meinen Terrassentisch samt den Stühlen kannst du auch haben. Ich helfe dir.«

Kate nickte. »Ich helfe dir beim Essen und dem Wein.«

Gitte dachte an Ole, der nur in angetrunkenem Zustand etwas anhänglicher wurde, sie nickte begeistert.

Eine Weile plauderten sie noch über den Ort und natürlich über den Mordfall. Bis Kate plötzlich mit dem Wunsch herausplatzte: »Darf ich mir eine Leiche ansehen? Habt ihr jemanden da?«

Erik verdrehte die Augen, und Gitte musste lachen. »Wir haben zurzeit die Leiche eines älteren Herrn hier, bei dem wir auf einen Termin im Krematorium warten. Kommt mit.«

»Ich nicht. Oh nein, danke.« Erik blieb sitzen und steckte sich ein Lakritzkonfekt in den Mund.

Gitte führte Kate in den Kühlraum und zog eine Schublade so weit heraus, dass der hagere Oberkörper eines alten Mannes zu sehen war. Es war der Tote, für den sie die Seebestattung arrangiert hatte. Die Leiche war nicht hergerichtet, denn sie sollte ohne Aufbahrung ins Krematorium. So blickten die Augen starr, die Gesichtszüge waren erschlafft, und der Mund stand einen kleinen Spalt offen – als wäre der Tote leicht erstaunt. Der Anblick war befremdlich, denn ein Gesicht ohne jede Muskelspannung ist ungewohnt. Das Gesicht eines Lebenden bewegt sich selbst in Ruhephasen kaum merklich, und natürlich flattern die Lider. Wenn all das wegfällt, wird das Gesicht zur Maske.

Kate betrachtete den Mann ohne Scheu oder Ekel. »Als Illustratorin lese ich ja viele Fantasy- und Gruselgeschichten, und deshalb habe ich eine Frage. Stimmt es eigentlich, dass sich ein gewaltsamer Tod ins Gesicht des Opfers eingräbt, das Erlebnis quasi widerspiegelt?«, fragte sie und erkundigte sie sich neugierig.

»Nein.« Gitte schüttelte den Kopf. »Wenn jemand stirbt, erschlaffen alle Muskeln, egal, wie entsetzt oder gequält jemand vor seinem Tod dreingeschaut hat. Natürlich können Tote, die im Wasser gestorben sind oder durch einen Unfall, bei dem ihr Gesicht verletzt wurde, etwas anders aussehen. Aber ansonsten sind bei einer Leiche Augen und Mund offen und ist die Gesichtshaut erschlafft. Unsere Aufgabe bei einer öffentlichen Aufbahrung ist es, dem Gesicht etwas Schlafendes zu geben. Das gelingt mit ein paar Tricks. Die Augen werden zum Beispiel mittels Kontaktlinsen zugeklebt.«

»Da haben viele Autoren aber zugunsten der Dramatik mit der Recherche geschludert«, meinte Kate und grinste. »Danke, Gitte.«

Gitte schloss die Schublade wieder. »Du hast gerade ein

wenig Ärger zu Hause, nicht? Erik hat mir davon erzählt«, sagte sie.

Kate prustete laut heraus. »Wie kann man auch nur so viel Pech haben. Da besuche ich ein schönes altes Anwesen mit einer düsteren Atmosphäre, wie gemacht für ein Buchcover, und dann wird genau in der Nacht dort eingebrochen. Ich war abends vor Ort, ich wollte das Mondlicht einfangen und habe mehrere Fotos geschossen. Und ja, ich habe geschaut, ob eine Tür offen war. Die Versuchung war zu groß, mal eben hineinzuschauen. Und nach mir muss dann ein Einbrecher gekommen sein. Nun sieht es so aus, als wäre ich mindestens seine Komplizin. So ein Unsinn.«

»Wie sind sie überhaupt auf deine Spur gekommen?«

»Oh, ich habe ziemlich freundlich in die Überwachungskamera gelächelt. So naiv und blind ist doch kein Mensch, der einbrechen möchte. Den Besitzer habe ich nun so weit, dass er mir glaubt, aber die Polizei kann mich nicht leiden. Ich habe dem Eigentümer einige Bilder von mir gezeigt und angeboten, ihm sein Haus zu malen, kostenlos. So ein Angebot konnte er nicht ausschlagen.«

Einer Frau wie Kate konnte man wahrscheinlich eh wenig ausschlagen, dachte Gitte. »Aber du wirst nun nicht international gesucht, oder? Dänemark müsste dich ja sonst ausliefern.«

»Ich glaube nicht. Sie haben mir zwar mit U-Haft gedroht und meinen Pass einbehalten, aber ich hoffe, sie ermitteln nun mal ein wenig erfolgreicher und lassen mich dann in Ruhe.«

»Du bist also ohne Pass hier«, stellte Gitte fest. »Das

klingt nach einem Reiseverbot. Hoffentlich geht das gut. Hast du den Behörden gesagt, dass du zu deinem Mann nach Marielyst fährst?«

»Nein, natürlich nicht. Ich bin einfach in den nächsten Zug gestiegen. Ich habe im Augenblick gute Angebote für meine Bilder, das alles ist eine tolle Werbung für mich.« Kate beguckte sich die vielen Töpfe mit Cremes und Shampoo. »Ein bisschen wie in einem Friseursalon.«

Gitte hoffte, dass es nicht so weit kam und Ole Eriks Frau verhaften und nach Schweden bringen müsste. Das wäre dann wohl das Ende ihrer friedlichen Geburtstagsparty. Sie kehrten wieder zu Erik zurück.

Paul Larstsen war soeben auch aus seiner Mittagspause zurückgekommen, frisch erholt und gut gelaunt. Bis das Telefon klingelte. Larstsen nahm das Gespräch an. Sofort verdunkelte sich sein Gesichtsausdruck, und er wurde überraschend umständlich. »Ich muss erst in meinen Kalender schauen. Wir haben gerade sehr viele Termine.« Gitte wusste, dass sie durchaus noch weitere Bestattungen annehmen konnten. Paul diskutierte eine Weile – man spürte seinen Widerwillen –, doch schließlich sagte er zu, noch am Nachmittag einen Leichnam abzuholen. Aber die Beerdigung könne erst nächste Woche stattfinden, äußerte Paul in einem Ton, der wirklich keine Widerrede duldete.

Dann legte er auf und erklärte seufzend auf Englisch an Kate und Erik gerichtet: »Entschuldigt, normalerweise bin ich ein höflicher und motivierter Bestatter. Aber das war ein alter Schulkamerad von mir, den ich nicht leiden kann. Er hat so getan, als würde er mir einen großen Gefallen erweisen, weil ich seinen Vater nun beerdigen darf. So, als müsste der reiche unabhängige Anwalt – das ist Arne nämlich – den kleinen Bestatter unterstützen. Wegen mir kann der gerne jemand anderes beauftragen, um seinen einfältigen Vater beerdigen zu lassen.«

»Den Vater konntest du also auch nicht leiden?«, fragte Gitte amüsiert. Kate und Erik hörten gespannt zu, während Paul sich in Rage redete und dabei seinen Terminkalender mit spitzen Symbolen vollkritzelte.

»Ach, der hat damals auch schon nur mit seinem Geld geprahlt und seine Frau mit Pelzen und dicken Ringen behängt. Bei jeder Schulaufführung spendete Arnes Vater großzügig Geld und erzählte es jedem. Den Fall würde ich gerne an dich abgeben, Gitte, aber Arne besteht natürlich darauf, dass ich die Bestattung vornehme. Sein Vater soll auf dem Friedhof in Nykøbing beerdigt werden.«

Kate fühlte sich sichtlich wohl in dieser Umgebung und mit ihren neuen Bekannten. »Paul, du musst mir unbedingt von eurem Einsatz im Krokodilzoo erzählen. Erik war ja nicht dabei und kennt die Einzelheiten nicht«, sagte sie.

Jetzt strahlte Paul erfreut und lehnte sich lässig an seinen Schreibtisch. »Die Geschichte vom Krokodil ist doch schon alt. Gitte und ich waren die Tage im Knuthenborg Park und haben eine Urne gegen angreifende amerikanische Büffel verteidigt. Davon sollten wir dir erzählen.«

»Halt, stopp«, unterbrach Gitte seinen Eifer. »Das machen wir alles schön auf meiner Geburtstagsparty. Jetzt wird gearbeitet. Wir müssen schließlich noch eine Leiche aus Nykøbing abholen, und ich möchte pünktlich Feierabend machen.«

Kate und Erik verabschiedeten sich, und Erik legte glücklich seinen Arm um Kate, während sie auf der Suche nach einem gemütlichen Café die Straße entlangschlenderten.

10

Um kurz nach vier radelte Gitte nach Hause. Der Auftrag bei Arne Hansen, dem ehemaligen Schulkameraden ihres Chefs, war nicht so unangenehm verlaufen, wie Paul prophezeit hatte. Arne wirkte zwar ein wenig überheblich und gönnerhaft, aber er hatte durchaus Charme und sah mit Anfang fünfzig nicht schlecht aus. Groß, sportlich, mit ergrauten Schläfen und in schicken Designerklamotten, konnte er schon beeindrucken. Er habe gerade die dritte Scheidung hinter sich – was das alles kostete, jede seiner Damen wollte ja einen Sportwagen zum Abschied –, und er würde sich nach der Beerdigung eine kleine Kreuzfahrt gönnen. »Nur ich und das Meer«, meinte er mit einem Funkeln in den Augen, das eher einen Eroberungszug ahnen ließ. Doch er zeigte sich trotz all der Sprüche auch traurig, dass er nun als Einzelkind allein auf der Welt sei. Sein Vater wäre Vorbild und Freund gewesen.

Als sie den Leichnam seines Vaters dann in den Transportsarg gepackt hatten, waren Arne die Tränen gekommen, und er hatte sich kurz zurückgezogen. Als er wieder aus dem Bad zurückkehrte, bot er ihnen noch einen Eistee an. Bevor

Paul ablehnen konnte, sagte Gitte schnell zu. Dieser Mann hatte auf der Beerdigung ihres Mordopfers immerhin über die Witwe gelästert. Eventuell wusste er mehr. Als Paul zur Toilette verschwand, nutzte sie die Gunst der Stunde.

»Paul erzählte mir, dass du Karla Andresen kennst.«

»Ja, flüchtig, sie ist Physiotherapeutin und sehr apart, wie ich finde.«

»Ja, das sehen andere Männer offenbar ähnlich. Weißt du, mit wem Karla ein Verhältnis gehabt hat? Ich weiß von ihrem Sohn nämlich, dass sie eine Affäre hatte.«

Zu ihrer Begeisterung nickte Arne und schenkte ihr Tee nach. Er schmeckte nach Erdbeere und Vanille und machte Gitte noch durstiger. Man sah Arne an, dass er Freude an Klatsch und Tratsch hatte. Er leckte sich über die Lippen und lehnte sich entspannt zurück.

»Ja, das weiß ich in der Tat, denn ich kenne den Mann ziemlich gut, er ist ein Cousin meiner Ex-Frau.«

»Und was macht er so? Woher kennt Karla ihn?«

»Vom Sport, glaube ich. Seltsamerweise vom Sport ihres Mannes. Lars ist Fallschirm gesprungen, und Karla hat schon mal zugeschaut. Mark, so heißt der Cousin, ist Profi und Fallschirmlehrer.«

Gitte hätte sich beinahe am Eistee verschluckt. Sie hatte also recht gehabt. Es war jemand, den Björn gut kannte. Und sicher wollte seine Mutter nicht, dass er erfuhr, mit wem sie ein Verhältnis hatte. Damit war Mark ein Verdächtiger. Aber warum hatte dieser Mark versprochen, sich nach Karlas Tod um den Jungen zu kümmern? Gitte wurde ganz unruhig, als sie sich eine Theorie zusammenbastelte. Sie musste dringend mit dem Kommissar sprechen. Paul war hocherfreut, als sie endlich zum Aufbruch mahnte.

Auf der Rückfahrt schmollte ihr Chef ein wenig, weil sie sich so gut mit Arne unterhalten hatte. »Für Klatsch und Tratsch war der schon immer zu haben, und für schöne Frauen auch«, maulte Paul.

Zu Hause angekommen, schob Gitte ihr Rad in den Schuppen und überlegte bereits zum zigsten Male, ob sie Björn sagen sollte, mit wem seine Mutter eine Affäre gehabt hatte. Würde er wütend werden und diesen Mark zur Rede stellen? Und würde er den gleichen Gedanken haben wie Gitte? Den Gedanken, dass es Mark war, der damals den Fallschirm manipuliert hatte, weil er dachte, Björns Vater würde damit springen? Das würde erklären, warum Mark für Björn heimlich die Verantwortung übernehmen wollte. Was für Vorwürfe mussten den Lehrer plagen, falls er seinen eigenen Schüler in den Rollstuhl gebracht hatte? Wie perfide das Schicksal sein konnte. Oder gab Mark sich die Schuld, weil er nichts bemerkt hatte? Weil er den Fallschirm nicht kontrolliert hatte? Sie musste diesen Mann kennenlernen. Und dafür brauchte sie Björn.

Kurz entschlossen rief sie ihn an. Er meldete sich sofort. »Hej, Gitte, schön, dass du anrufst. Wie geht es dir? Meiner Mutter geht es inzwischen besser, sie behandelt wieder die ersten Patienten.«

»Hej, Björn, das freut mich. Ich wollte dich etwas fragen. Wenn du wüsstest, mit wem deine Mutter ein Verhältnis hat oder hatte, würdest du demjenigen etwas antun, ihm Ärger machen?«

»Klar, ich würde ihn mit meinem Rollstuhl so lange hetzen, bis er tot umfällt. Was ist denn das für eine blöde Frage?«

»Ich weiß, wer es war.«

Am anderen Ende der Leitung herrschte ein unangenehmes Schweigen.

»Björn?«

»Sag es mir. Bitte.« Seine Stimme klang leise, weit weg.

»Björn, ich möchte mit dir gemeinsam zu diesem Mann fahren, ich möchte ihn kennenlernen. Jetzt gleich. Aber es wäre besser, er erfährt nicht, dass wir von der Affäre mit deiner Mutter wissen. Wir ermitteln immerhin in einem Mordfall. Ich sage es dir, wenn wir uns sehen.«

»Ich bin dabei. Ich habe mich unter Kontrolle. Bis gleich.«

Zehn Minuten später fuhr ein orangefarbener VW Caddy vor und parkte hinter ihrem Auto. Björn stellte den Motor ab, blieb aber im Wagen sitzen.

Gitte schnappte sich ihre Jacke, schloss die Haustür ab und sprang auf den Beifahrersitz. Während sie sich anschnallte, sagte sie: »Es ist Mark, dein Lehrer vom Fallschirmspringen. Treffen wir ihn um diese Zeit am Flughafen Lolland Falster an?«

Björn trommelte mit den Fingern auf sein Lenkrad. Sein Mund stand eine Zeit lang offen, und er dachte nach. Er schien nicht sonderlich verwundert zu sein. »Meine Mutter hatte schon immer eine Schwäche für Sportler. Aber auf Mark wäre ich nicht gekommen. Er hat einen deutschen Vater und heißt Mark Mühlbauer. Ich rufe ihn an. Wenn er am Flughafen ist, müssen wir bis Rødby fahren, aber vielleicht ist er daheim. Er wohnt in Nykøbing.«

Das war viel näher, Gitte hoffte daher, dass der Mann zu Hause anzutreffen war. Björn erreichte ihn und erzählte, dass Gitte sich für einen Tandemsprung interessierte, aber eine Menge Angst hätte. »Können wir kurz bei dir vorbeikommen, und du erzählst ihr, wie das läuft? Sie ist eine halbe Deutsche, so wie du. Sie heißt Gitte.« Man sah Björn keinerlei Gefühlsregung an, aber er sprach locker und freundlich. »Gut, wir sind in zehn Minuten bei dir und stören auch nicht lange. Ich freue mich, dich mal wiederzusehen, Mark.« Björn legte auf und startete den Motor.

Gitte blickte ihn bewundernd an. »Also, wenn du mich fragst, hast du Talent zum Schauspielern. Man hat dir absolut nichts angemerkt.«

Björn grinste schief. »Mark hatte eine schlimme Grippe, wie meine Mutter. Er ist heute noch krank zu Hause, morgen geht er wieder arbeiten«, erklärte er.

Gitte nickte. »Man kann sich im Herbst überall eine Grippe holen, aber ich glaube, die beiden hatten Kontakt. Eventuell läuft die Affäre noch.«

»Mark ist nicht der schlechteste Kerl, einen Mord traue ich ihm jedenfalls nicht zu.«

»Eine Affäre mit einer verheirateten Frau zu haben, deren Ehemann er gut kennt, ist nicht unbedingt das, was ich unter ehrlichem Verhalten verstehe.«

»In die Versuchung bist du noch nie geraten?«

Björn musterte sie, nach wie vor ohne jede Regung im Gesicht. Gitte dachte an den Kuss zwischen Ole und ihr und an das Gefühl, mehr zu wollen. Aber bei Ole lagen die Dinge deutlich anders, fand sie. Sie fuhren eine Weile schweigend die Straße nach Nykøbing entlang, vorbei an den großen Tierskulpturen, die an der Landstraße aufgestellt waren. Dann kamen sie an einer Schafherde vorbei, und Gitte sah auch ein paar voll bepackte Autos mit Touristen. Ihr fiel ein, dass am kommenden Montag die Herbstferien begannen. Zum Wochenende würde es deutlich voller werden in Marielyst.

Björn hielt schließlich vor einem bescheidenen Einfamilienhaus mit einem relativ kleinen Garten, in dem die lebensgroße Figur einer Gans stand. Offenbar gefielen Mark Tierskulpturen. Eine Klingel gab es nicht, nur einen Klopfer, den Gitte betätigte.

Mark Mühlbauer war groß und drahtig, und er sah gut aus. Graue Schläfen, ein blonder Dreitagebart und humorvolle blaue Augen blickten ihnen aus der geöffneten Haustür entgegen. Gitte erkannte in ihm einen Trauergast von Lars Andresens Beerdigung wieder. Doch trotz Marks herzlichen Lächelns zog ein Schatten über sein Gesicht, als er Björn begrüßte. Er schien sichtlich unter der Behinderung des jungen Mannes zu leiden. Weil er schuld daran war?, fragte sich Gitte.

»Kommt rein.« Wenn Mark es ungewöhnlich fand, dass Björn potenzielle Kunden zu ihm nach Hause schleppte, ließ er sich das nicht anmerken. Sie setzten sich in ein gemütliches Wohnzimmer, das komplett mit Naturholzmöbeln eingerichtet war und an dessen Wänden Fotos aus der Luft hingen. Meist Fallschirmspringer in unterschiedlichen Posen und Farben. »Inga, meine Ex-Frau, springt auch, sie ist in der Luft tollkühn und elegant wie ein Albatros.« Mark zeigte auf die Fotos.

Gitte dachte, dass Björn ruhig hätte erwähnen können, dass Mark mal verheiratet gewesen war. Mark holte ein Taschentuch heraus und schnäuzte sich laut.

»Unser Jüngster hat mich angesteckt. Der schleppt alles Mögliche aus der Schule mit nach Hause«, erklärte er.

Die nächsten zwanzig Minuten sprachen sie über das Fallschimspringen. Mark vermittelte ihr viel Know-how und Sicherheit. Er war kein Draufgänger, der riskante Manöver anpries. Im Gegenteil. Ruhig und sachlich erklärte er Gitte, wie ein Tandemsprung ablief. Der Ruck, wenn der Fallschirm ausgelöst werde, sei enorm, aber ein gesunder, sportlicher Rücken halte das aus. Gitte war danach um einiges klüger. Sie würde auf gar keinen Fall so einen Sprung wagen, gab aber vor, darüber nachzudenken.

Außerdem ahnte sie, was Björns Mutter Karla an diesem Mann so anziehend gefunden haben könnte. Er strahlte so viel Zuverlässigkeit und Wärme aus und war dennoch ein sportlicher Draufgänger mit jugendlichem Charme.

»Meine Ma lässt dich schön grüßen«, platzte Björn aus heiterem Himmel heraus. Gitte hatte Sorge, dass er Mark nun mit der Affäre konfrontieren würde. Doch mehr sagte Björn nicht.

»Danke, wie geht es ihr?«

»Sie hatte eine schwere Grippe, so wie du, sie musste sogar ins Krankenhaus, aber jetzt geht es ihr besser. Sie arbeitet stundenweise schon wieder. Komm uns mal besuchen, sie freut sich.«

»So, meinst du? Bestell ihr liebe Grüße zurück.«

Gitte hatte nun genug von den Höflichkeitsfloskeln und fragte den Mann ganz direkt: »Mark, Björn hat mir von seinem Unfall erzählt. Kann es sein, dass der Anschlag damals seinem Vater galt?«

Mark blickte sie erschrocken an. Offenbar war der Unfall ein Tabuthema. »Der Unfall. Hm, ich weiß nicht. Die Polizei war da und hat den Schirm untersucht. Verschleiß, Materialschaden, er ist in der Luft an mehreren Stellen gerissen. Es war nicht die beste Qualität, aber so etwas darf natürlich nicht passieren. Den Schirm haben beide benutzt, Björn und Lars, und sie bewahrten ihn zu Hause auf. Das machen die meisten so.« Er guckte Björn an. »Glaubst du, es war ein Anschlag, der deinem Vater gegolten hat?«

»Ich kann nicht sagen, dass ich mich mit diesem Gedanken besser fühle.« Björn machte wieder seine Vor- und Rückwärtsbewegung mit dem Rollstuhl. »Meine Ma meint, mein Vater habe einen Feind gehabt, schon länger. Es ist also nicht ausgeschlossen, dass der Mörder es schon einmal probiert hat. Ich werde den Kerl danach fragen, wenn wir ihn geschnappt haben.«

Mark nickte. »Ich habe damals nicht verstanden, warum die Polizei nicht intensiver nach einem Täter gesucht hat. Sie gingen relativ schnell zur Tagesordnung über und einigten sich darauf, dass es ein tragischer Unfall war.«

»Das hätten sie vielleicht nicht gemacht, wenn ich dabei umgekommen wäre. Ein junger sportlicher Mann im Rollstuhl ist tragisch, aber beim Springen geht man immer ein gewisses Risiko ein. Bei einem Anschlag hätte man wohl eher einen bestimmten Gurt durchgeschnitten, dann kann man sicher sein, dass sich der Fallschirm nicht öffnet und das Opfer liegen bleibt. Es gibt tatsächlich Tage, an denen denke ich so. Besser, ich wäre liegen geblieben.« Als er die betroffenen Gesichter von Gitte und Mark sah, lächelte er altklug. »Keine Sorge, ich bringe mich nicht um. Aber wenn es jemanden gibt, der hierfür verantwortlich ist, dann bringe ich den um.«

Als Gitte eine Stunde später nach Hause kam, war sie hundemüde und hungrig. Der Tag kam ihr im Rückblick betrachtet ewig lang vor. Am Ende hatte sie noch von Mark erfahren, dass er Karla schon sein ganzes Leben lang kannte, sie waren zusammen zur Schule gegangen. Daher hatte sie ihren Sohn auch damals in Marks Verein angemeldet. Keine Mutter war begeistert, wenn es den Sohn ständig in die Lüfte zog. Umso wichtiger, dass er einen guten Lehrer hatte. Das sogenannte Base-Jumping, das Springen von hohen Gebäuden, erfreute sich ja einiger Beliebtheit und war nicht ungefährlich. Mark lehnte solche Sprünge kategorisch ab, wie er ihnen erzählt hatte. Das habe nichts mit Sport zu tun, sondern mit einem fehlenden Kick im Leben und mit einem Leistungsstreben und Sich-beweisen-Müssen, das krankhafte Züge annehmen würde. Gitte fand, dass Karla durchaus Geschmack bewiesen hatte bei der Wahl ihres Liebhabers. Und sie war sich fast sicher, dass Mark und Karla schon vor ihren Ehen mal ein Paar gewesen waren.

Mit der Dunkelheit kehrte das mulmige Gefühl zurück. Immer wieder starrte sie nach draußen, ob sie beobachtet wurde, und zog irgendwann die Gardine zu. Das machte sie sonst nie. Sie rief sogar in Münster bei ihrer Freundin an und fragte, ob ihr Ex-Freund Tim gerade verreist wäre. »Ich hoffe nicht, dass der hier wieder eine Nummer abzieht«, fügte sie erklärend hinzu.

Doch die Freundin hatte Tim schon seit Wochen nicht gesehen oder gesprochen. Sie versprach, sich umzuhören und Bescheid zu geben. »Lass dich am Sonntag schön feiern, meine Liebe. Ich wünsche dir jetzt schon einen schönen Geburtstag.«

Und dann war er da, ihr fünfunddreißigster Geburtstag. Verstohlen schielte sie aus dem Fenster. Es würden so viele Gäste kommen, dass sie im Garten feiern musste! Noch lag ein leichter Dunst in der Luft, und etliche Wolken hingen am Himmel. Doch der Wetterbericht hatte Sonnenschein versprochen. Jeder Gast hatte Order, sich eine dicke Decke mitzubringen, denn die Temperaturen kletterten nicht mehr über zwanzig Grad. Die Dänen waren begeisterte Picknicker, und man konnte davon ausgehen, dass es am Abend an nichts mangeln würde. Gitte hatte bereits am Samstag mit der Organisation begonnen. Sie hatte reichlich eingekauft, hatte Salate und Grillfleisch besorgt, während Erik ein paar Feuerkörbe gebaut hatte. Er hatte sich einfach drei Ölfässer organisiert und diese abgeschnitten. Ein paar Löcher im unteren Bereich sicherten die Sauerstoffzufuhr. Kate hatte darauf bestanden, sich um die Dips und den Wein zu kümmern, und Sofie brachte leckeres Brot aus ihrer Backstube mit.

Malthe hatte abgesagt, er fühle sich angeschlagen, meinte er, und er klang so, als hätte er bereits einen ordentlichen Schnupfen. Er tat sich leid, aber Gitte wusste, dass Malthe und Ole eh nicht gerne zusammentrafen. Ole erschien mit seiner Schwester Ann, die Gitte ebenfalls eingeladen hatte. Sie kam mit einer wunderbaren tiefblauen Glasschale als Geschenk, die sie natürlich selbst gefertigt hatte. Gitte fiel ihr um den Hals und bedankte sich überschwänglich. Ole überraschte sie mit einem schönen Bildband über alle Arten von Schildkröten. Auch darüber freute sie sich aufrichtig.

Als sie alle da waren und der Grill bereits ordentlich einheizte, kam ein etwa vierzehnjähriger Junge angeradelt. Er trug eine einzelne rote Rose mit einer schwarzen Schleife in der Hand und fragte auf Deutsch nach Gitte Madsen.

»Ich soll dir diese Rose geben. Hier.« Er drückte die Blume Gitte in die Hand und griff bereits wieder nach seinem Rad, das er achtlos auf die Wiese hatte fallen lassen.

»Halt, warte. Wer hat dir die Blume gegeben?«

»Ein Mann.«

»Wie sah er aus? Welche Sprache sprach er?«

»Ich kann kein Dänisch, er sprach englisch. Ich weiß nicht, wie er aussah, normal halt. Er trug eine Kappe tief ins Gesicht gezogen und saß in einem Auto. Er hat mir hundert Kronen dafür gegeben.«

Gitte runzelte die Stirn. »Was für ein Auto?«

»Ich will keinen Ärger haben, ich sollte nur die Blume abgeben. Keine Ahnung, ich habe nicht darauf geachtet.« Der Junge setzte sich jetzt auf sein Rad und fuhr davon, als sei der Teufel hinter ihm her.

Ob Björn dahintersteckte, der erfahren hatte, dass sie heute Geburtstag hatte, und traurig war, weil sie ihn nicht eingeladen hatte? Doch eine so subtile Vorgehensweise passte nicht zu dem direkten Björn. Also doch Tim, ihr Ex-Freund?

Kate merkte als Erste, wie verstört Gitte auf die Rose in ihrer Hand schaute, und trat zu ihr. »Das ist eine sehr schöne Blume, aber was soll die schwarze Schleife?« Sie schmunzelte. »Hast du jemandem das Herz gebrochen?«

»Das ist aber schon etwas länger her.« Gitte nahm das schwarze Samtband ab und stopfte es in die Hosentasche. »So, jetzt ist es eine schöne rote Rose, die ich in die Vase stelle.«

Offenbar hatte auch Ole den merkwürdigen Kurierdienst mitbekommen. Als sie ins Haus ging, um die Vase zu holen, folgte er ihr. »Von wem ist die Blume?«

»Ich habe keine Ahnung, es war ein schwarzes Band darum. Merkwürdiges Geschenk.«

»Vielleicht wollte Malthe dir zu verstehen geben, dass er im Sterben liegt. Er ist doch krank, wie ich gehört habe.« Er grinste. Doch dann wurde er ernst. »Es würde aber auch zu deinem Ex-Freund passen. Hast du herausfinden können, ob er verreist ist?«, fragte er.

»Nein, meine Freundin in Münster hat ihn schon länger nicht gesehen. Ich kann einfach nicht glauben, dass er so bescheuert ist und ein zweites Mal hier auftaucht. Das wäre dann wirklich das krankhafte Agieren eines Stalkers.«

»Das war schon beim ersten Besuch krankhaft, was der Typ hier abgezogen hat. Dir ein totes Kaninchen vor die Tür zu hängen ist wohl kaum eine nette Art, zu sagen, hallo, ich liebe dich noch, komm zu mir zurück.«

Tim hatte vor einiger Zeit tatsächlich eine miese Schau abgezogen, als er Gitte hatte Angst machen wollen. Versuchte er das gleiche Spiel wieder? Die andere Erklärung, dass es der Einbrecher war, der neulich die Nachricht auf ihrem Glastisch hinterlassen hatte, klang auch nicht logisch. Eine rote Rose stand für Beziehung. Gitte schluckte ihre Wut hinunter, immerhin hatte sie Geburtstag.

Sofie setzte sich mit Tante Stine ihr gegenüber und strahlte, als sie sich ein Stück von dem saftigen Steak mit Pfefferrand abschnitt. »Du, Gitte, beinahe wäre Liam mitgekommen. Das hätte unserer Beziehung einen schönen privaten Touch gegeben, aber seine Mutter ist krank geworden, und er musste sie heute ins Krankenhaus fahren. Trotzdem bin ich ganz schön glücklich über seine Zusage.« Sie steckte sich das Stück Fleisch in den Mund.

Tante Stine, die in einer schwarzen Hose und einem wallenden, grün karierten Wollponcho erschienen war, verdrehte die Augen. »Du bist außerordentlich bescheiden, meine Liebe. Es geht nichts über die Liebe eines Sohnes zu seiner Mutter, aber er könnte ja nachkommen, oder liegt die Frau Mama im Sterben?«

»Für mich hörte es sich nach einer Gallenkolik an, aber Liam befürchtet immer gleich das Schlimmste. Innere Blutungen aufgrund eines Magengeschwürs, ein Tumor oder Ähnliches. Er sieht so süß aus, wenn seine braunen Augen vor Sorge ganz schwarz werden und seine Stirn sich in Falten legt. Ich kann ihm dann doch kein schlechtes Gewissen machen, weil er sich um seine Ma kümmert.« Sofie hatte noch einen Trumpf im Ärmel. »Er kommt morgen zum Frühstück zu mir. Ich habe mir freigenommen, und Liam kommt nach der Arbeit mit frischen Brötchen vorbei. Na, was sagt ihr?«

Das war auf jeden Fall ein Schritt in die richtige Richtung.

Gitte hatte zwar auch schon mit Ole gefrühstückt, aber das war bloß ein kurzes Intermezzo vor der Arbeit gewesen, kein Date.

Sie blickte zu Ole und sah, dass er gerade mit Erik anstieß. Sie fragte sich, wer von ihm und seiner Schwester fahren würde, denn Ann trank Weißwein. In Dänemark angetrunken Auto zu fahren kam einem riskanten Glücksspiel gleich. Die Regierung griff hart durch. Es konnte sein, dass man sein Auto abgeben musste. Dieses wurde dann verkauft, und das Geld floss in die Staatskasse. Aber Gitte traute es weder Ole noch Ann zu, dass sie leichtfertig angetrunken Auto fuhren. Ann amüsierte sich gerade mit Kate und lachte herzlich. Es war schon interessant, wie schnell sich die beiden Künstlerinnen gefunden hatten. Alle Gäste wirkten zufrieden, auch wenn die Ersten sich bereits in ihre mitgebrachten Decken gehüllt hatten. Es war erst halb sieben, doch es wurde anscheinend Zeit, die Feuerkörbe, die Erik so wunderbar mit Holzscheiten vorbereitet hatte, anzuzünden.

Gitte stand neugierig auf, als an der Straße ein Paar auftauchte und wild zu ihr herüberwinkte.

Sie erkannte eine schlanke blonde Frau und einen schlaksigen Mann mit dunkelbraunen Haaren. Die Frau rief nun in deutscher Sprache: »Hallo, Gitte, wie schön, dich zu sehen. Wir sind es, Julia und Michael aus Dortmund.« Beide kamen näher und beäugten neugierig Gittes Garten mit den vielen Leuten. Der Dannebrog war zur Feier des Tages natürlich gehisst.

»Hej, was für eine schöne Überraschung. Kommt rein und feiert mit.« Gitte trat zu den beiden und nahm sie kurz in den Arm. Sie kannte das Ehepaar und deren zwei Kinder von ihrem Sommerurlaub, der ja noch gar nicht lang zurücklag.

Michael freute sich. »Sehr gerne. Was feierst du denn?«

»Meinen Geburtstag.«

Julia kramte ihre geringen Dänischkenntnisse heraus: »*Tillykke med fødselsdagen*, liebe Gitte«, gratulierte sie. »Wir sind gestern angekommen. Unsere Kinder sind beide in den Ferien auf einem Ponyhof.«

»Dann begebt euch mal zu Erik, dem Schweden, der ist nämlich auch wieder hier, und lasst euch ein Stück Fleisch geben. Es ist genug da, alles andere steht in der Küche. Bedient euch.«

Gitte freute sich aufrichtig. Nun waren bis auf Malthe alle Personen da, die sie bei ihrem Neustart in Marielyst begleitet hatten. Was für ein schöner Tag.

Michael nahm sie auf dem Weg zum Grill kurz zur Seite. »Gitte, ich will dich nicht beunruhigen, aber wir haben eben jemanden gesehen, der ziemlich lange dein Haus beobachtet hat. Es war ein Mann mit einer dunklen Strickjacke und einem Käppi. Als wir näher kamen, ging er schnell davon. Steckst du etwa wieder in einem Abenteuer?«

»Ja, tief drin in mehreren. Ich erzähle es euch später.«

Gitte hatte üppig eingekauft: Wein, Bier, Cola, Likör und Wasser, doch mittlerweile war kaum noch etwas übrig. Nach dem dritten Glas Weißwein und einem Aquavit, den natürlich Paul mitgebracht hatte, fand Gitte ihr Leben perfekt. Sie verspürte Leichtigkeit und Dankbarkeit und umarmte jeden, der ihr etwas Nettes sagte. Auch ihren Chef, weil der nämlich um zehn Uhr verkündete, dass sie morgen gerne erst später kommen dürfe.

Zum Abschluss wurde noch kräftig gesungen, die dänische Nationalhymne: *Der er et yndigt land.* Es folgten einige Geburtstagslieder und zwei aktuelle Popsongs. Tante Stine hörte man, egal, wo man stand, laut heraus. Sie sang tief und oft falsch, aber mit einer Inbrunst, die Spaß machte. Kurz darauf verabschiedeten sich ihre Gäste, denn die meisten mussten am nächsten Morgen wieder früh raus.

Tante Stine ging zu Kate und Erik und sagte zu Gittes Empörung: »Passt mir bitte auf Gitte auf, damit sie ordentlich ins Bett kommt. Sie ist weit davon entfernt, alles noch allein zu schaffen.«

Kate lachte vergnügt und nickte, doch Ole mischte sich ein. »*Bare rolig*, keine Sorge, Stine. Ich kümmere mich schon.«

Das meiste an Geschirr und Gläsern war bereits in der Spülmaschine verschwunden, der Rest stapelte sich in der

Küche. Die Essensreste verteilte Kate auf ihren und Gittes Kühlschrank. Die Feuerkörbe waren heruntergebrannt, und erst, als Stine mit Sofie davonfuhr, erkannte Gitte, dass sie mit Ole plötzlich allein war. Sie hatte keine Ahnung, wie er nach Hause kommen wollte.

Sie fühlte sich schwindelig, und plötzlich wusste sie nicht, was sie sagen sollte. Da fiel ihr Blick auf die Schale mit den weich gewordenen Resten von Speiseeis. Kate hatte zu Gittes Überraschung noch eine Eisbombe als Nachtisch herbeigezaubert. Aus purer Verlegenheit sagte Gitte: »Ich glaube, ich esse noch ein wenig, ich habe zu viel Alkohol im Magen.« Sie nahm die Schüssel und aß mit dem großen Löffel die Reste. Ole blickte skeptisch drein und räumte weiter auf. Nach dem dritten Löffel erkannte Gitte, dass in dem Eis Schwarzwälder Kirschwasser war, nach dem fünften Löffel wurde ihr speiübel. Sie stand in ihrer Küche und schluckte. Dann lief sie los, zur Toilette, rammte dabei schmerzhaft den Türpfosten und beugte sich stöhnend über das Klo. Mit einer Hand versuchte sie, sich irgendwo festzuhalten, während sie schon mit dem Spucken begann.

Da stand mit einem Mal Ole hinter ihr, hielt sie fest und sorgte dafür, dass ihr die Haare nicht ins Gesicht fielen. Sie war leider klar genug, um sich für ihr Verhalten schrecklich zu schämen. »Entschuldigung, Ole, das Kirschwasser im Eis habe ich unterschätzt.«

»Ab ins Bett mit dir. Ich bleibe heute Nacht hier. In dem Zustand gehst du noch mit Tim zusammen nach Deutschland zurück, wenn er dich holt.«

Gitte richtete sich auf und wankte ein wenig, aber die

Übelkeit war vergangen, der Schwindel allerdings nicht. Ole half ihr, die Zahnpasta auf die Bürste zu bekommen und den Pullover auszuziehen. Dann ließ er sie im Bad allein. »Bettzeug ist im Schlafzimmerschrank oben rechts«, rief sie ihm hinterher, ohne die geringste Ahnung, wo Ole sich hinlegen wollte. Auf die Couch? Die war für seine langen Beine eigentlich zu kurz. Gitte zog sich ein Nachthemd an, presste ihre Klamotten an die Brust und ging ins Schlafzimmer, wo Ole gerade eine Decke bezog.

»Die Couch ist zu klein für dich.«

»Ja. Ich weiß.«

»Du kannst bei mir schlafen.«

»Ich möchte nicht, dass du denkst, ich nutze deinen angetrunkenen Zustand aus.«

Sie gab sich Mühe, klar zu sprechen, was sich dann aber recht gestelzt anhörte. »Ich möchte sehr gerne, dass du meine Lage ausnutzt.« Sie ließ sich auf die Bettkante fallen und hielt sich den Kopf. Sie war betrunken und sollte besser nichts mehr sagen. »Im Badezimmerschrank ist auch eine neue Zahnbürste, die schenke ich dir.«

»Das ist großartig, danke.« Er trat zu ihr und drückte sie sanft in die Kissen, hob ihre Beine an und legte sie hin. Dann beugte er sich über sie und küsste sie leicht auf den Mund. »Schlaf gut, Gitte.« Sie wollte unbedingt noch mitbekommen, ob er sich zu ihr ins Bett legte. Schließlich hatte er das schon einmal getan. Doch sie schlief ein, während sie dem fließenden Wasser im Badezimmer lauschte.

Als sie erwachte, hörte sie draußen bereits ein paar Vögel zwitschern, aber es war erst kurz vor der Dämmerung, wie sie mit einem Blick auf ihren Wecker feststellte. Die Schlafzimmertür stand offen, und sie hörte Schritte. Ole kam zurück ins Zimmer, schloss leise die Tür und legte sich ins Bett.

»Was ist los?«, fragte Gitte.

»Ich bin von einem Geräusch aufgewacht und habe nachgeschaut, ob alles in Ordnung ist. Geht es dir gut?«

»Mein Kopf brummt.« Sie stützte sich auf einen Arm und suchte Oles Blick in dem fahlen Licht. Plötzlich beugte er sich vor und küsste sie, erst zögernd, dann zog er sie an sich. Er trug nur seine Boxershorts, und sie spürte seine warme feste Haut, die schöne Wölbung der Brust und die knubbelige Vertiefung seines Bauchnarbels. Dabei stiegen ihr ein würziges Aftershave und ein Hauch Knoblauch in die Nase. Gitte war nun hellwach und aufgeregt, und sie genoss seine Hände, die ihr entschlossen das Nachthemd abstreiften und sie zu ihm zogen. Liebevoll umfasste er mit der rechten Hand ihre Wange, schaute sie an und fragte leise: »Gitte Madsen, bist du dir sicher?«

»Ja, ganz sicher.«

Es war halb zehn, als Gitte pfeifend die kurze Strecke zum Bestattungsinstitut zurücklegte. Ole hatte sie schon um acht Uhr verlassen und war nach Hause gefahren, um zu duschen, sich umzuziehen und zur Arbeit zu gehen. Leise hatte er sich mit einem Kuss aus der Umarmung gelöst und war verschwunden.

Gitte schwankte zwischen Freude und Zweifel hin und her. Ole war ihr auch jetzt noch ein Rätsel. Konnte sie nun von einer Beziehung sprechen, oder hatte Ole sich von seiner Stimmung treiben lassen und blieb weiter seiner Ehefrau verbunden?

Sie war froh, als ihre Tante sich früh am Morgen gemeldet hatte und sie sich nun mit einem anderen Thema beschäftigen konnte. Tante Stine wollte heute zur Bank in Nykøbing gehen und sich bei einem gewissen Lasse Hartmann nach geeigneten Wertanlagen erkundigen. Ein Bekannter ihres Mannes hatte ebenfalls bei der Bank gearbeitet, war nun aber in Rente. Diesen Mann wollte Stine vorab befragen. »Der ist so eitel, der freut sich, wenn ich anrufe und ihn um seine Einschätzung bitte. Wart's nur ab.« Ihre Tante hatte Gitte aber ermahnt, Ole nichts davon zu erzählen. »Dein Kommissar ist ein wenig zu gesetzeskonform und eigensinnig, wenn man ihm helfen will.«

Noch immer pfeifend, stellte Gitte ihr Rad ab und betrat das Beerdigungsinstitut. Paul rief ihr vom Schreibtisch aus entgegen: »Guten Morgen, so fröhlich betritt man aber eigentlich kein Bestattungsunternehmen. Hast du immer noch Alkohol im Blut? War schön bei dir, danke für die Einladung.«

»Danke, gerne. Ich habe meinen Geburtstag mit euch allen sehr genossen.«

»Deine gute Laune kommt mir sehr gelegen«, fuhr Paul fort. »Kannst du die Aufbahrung von Arnes Vater übernehmen?« Er knabberte an einem Keksriegel. »Ich ärgere mich dabei nur über meinen alten Schulkameraden, und dann bekomme ich wieder Bauchschmerzen.« Paul machte ein bittendes Gesicht, und sie erklärte sich lachend dazu bereit.

»Ich finde, der alte Herr sieht als Leiche recht sympathisch aus. Sein Gesicht ist voller Lachfalten, und seine Künstlermähne stand ihm bestimmt prächtig. Eventuell solltest du mal deine Schulzeit aufarbeiten.«

Gitte machte sich direkt an die Arbeit, den Leichnam von Arnes Vater für die Aufbahrung herzurichten. Gegen halb vier wollte die Familie in kleinem Kreis Abschied nehmen. Am Mittwoch war dann die Beerdigung, die Larstsen durchführen musste. Ob er wollte oder nicht.

Gitte arbeitete an diesem Tag ausnahmsweise bis halb fünf, denn die Familie von Arne kam erst gegen vier, und sie wollte Paul nicht allein lassen. Sie konnte seine Abneigung gegen Arne jedoch nicht teilen, denn bis auf eine gewisse Großspurigkeit verhielt der Anwalt sich freundlich und zuvorkommend. Doch alte Muster und Emotionen ließen sich nicht so einfach aufbrechen, und so blieb Paul reserviert.

Die Familie erschien zu fünft. Sichtlich berührt nahmen sie Abschied von dem Familienoberhaupt. Arne verkündete abschließend, wie froh sie waren, dass dem alten Herrn ein langes Leiden erspart geblieben war, und darüber, dass ein alter Bekannter ihn unter die Erde brachte.

»Das hat er doch nett gesagt«, meinte Gitte zu Paul, als sie später zusammen das Institut verließen. Paul brummte nur etwas von »Augenwischerei« und »gönnerhafter Krösus« und marschierte zu seinem Auto.

In dem Moment rief Tante Stine an. Sie klang leicht beschwipst. »Gitte, gehst du heute mit mir essen? Ich bin so stolz auf mich, ich frage jetzt im Theater nach, ob sie eine neue Hauptdarstellerin brauchen. Wirklich. Gitte, du hättest mich in der Bank erleben sollen. Allerdings darf ich mich bei der Bank nie wieder blicken lassen. Zum Glück habe ich meine Konten bei der Jyske Bank.«

»Hoffentlich hast du es nicht übertrieben. Was hast du herausgefunden?«

»Oh nein, nicht am Telefon. Lass uns heute Abend zum Ausgangspunkt des Verbrechens zurückkehren und etwas essen.«

»Du willst ins Schou's?«

»Ja, da war ich schon ewig nicht mehr. Ich muss nur noch etwas Alkohol abbauen, dann komme ich. Um sechs Uhr?«

Wieso ihre Tante um diese Zeit Alkohol abbauen musste, verstand Gitte nicht. Ihre Tante hatte ja auch gestern auf der Party schon das eine oder andere Glas gekippt. Sie hatte sich von Sofie fahren lassen.

Nachdenklich radelte Gitte zu ihrem Häuschen zurück. Eigentlich hatte sie ja noch genug Reste von gestern übrig, aber sie wollte ihrer Tante den Wunsch nicht abschlagen. Immerhin hatte sie in ihrem Auftrag recherchiert. Und obendrein offenbar mit einigem Erfolg. So konnte Gitte es kaum erwarten, die Neuigkeiten zu erfahren.

Nicht weniger aufgeregt blickte sie immer wieder auf ihr Handy, um nach Nachrichten von Ole zu schauen. Ein verliebter SMS-Schreiber war er offenbar nicht. Kurz vor sechs rief er an und fragte ein wenig schüchtern, ob es ihr gut gehe. »Ich bin heute Abend in der Sauna verabredet«, teilte er ihr mit.

»Ich gehe gleich mit Tante Stine essen.«

»Man sollte meinen, ihr hättet gestern genug Gelegenheit zum Quatschen gehabt. Oder muss sie wieder von einem Friseurbesuch erzählen?« Es war schon erschreckend, wie schnell Ole hinter ihre heimlichen Aktionen kam.

»Tante Stine hat einen erfolgreichen Geschäftsabschluss getätigt, und den möchte sie mit mir feiern. Wie weit bist du denn mit den Mordermittlungen?«

»Kein Kommentar, aber im Fall der roten Rose bin ich weitergekommen. Es sieht so aus, als sei es dein Ex-Freund gewesen. Es gibt eine Zeugin, die beobachtet hat, wie der Junge die Rose erhielt, und sie sagt, es sei ein deutsches Auto gewesen. Den Typen darin hat sie leider kaum gesehen.« Er machte eine Pause und fügte dann hinzu: »Ich bin schon erleichtert, dass du offenbar nicht die Russenmafia in deine Wohnung gelockt hast, sondern nur einen durchgeknallten Ex-Freund. Auch wenn wir ihm das natürlich nicht durchgehen lassen können.«

Als das Gespräch beendet war, verspürte Gitte außer der Wut auf ihren Ex-Freund auch ein bisschen Enttäuschung. Sie hatte trotz aller Gefahren gehofft, dass sie jemandem zu nahe gekommen war, der etwas mit dem Verschwinden ihres Vaters zu tun hatte. Die Russin war für sie eine heiße Spur gewesen, und wenn es darauf eine wie auch immer geartete Reaktion gegeben hätte, wäre sie dem Verschwinden ihres Vaters näher gekommen.

Sie hoffte sehr, dass Kevin Dunkel sich allmählich melden würde. Dabei glaubte Gitte nicht wirklich an eine Verbindung zur Russenmafia. Wahrscheinlich war ihr Vater bloß mit bestimmten Russen ins Geschäft gekommen, die eben auch kriminell agierten. In was war ihr Vater da nur hineingeraten, fragte Gitte sich auch nach achtzehn Jahren noch.

Bei ihrer Mutter war die Angst zu groß gewesen, dass Mads sich mit einer anderen Frau abgesetzt hatte. Das sei Nonsens, hielten alle anderen, die Mads gekannt hatten, dagegen.

Also gingen all die merkwürdigen Aktivitäten rund um ihr Haus auf Tims Konto? Die Rose mit der schwarzen Schleife passte zu ihm, okay. Aber wieso sollte Tim ihr Auto fotografieren? Kurz entschlossen rief sie ihn an, doch sie erreichte nur die Mailbox. Just in dem Moment, in dem sie ihr Handy zurück in die Hosentasche gleiten ließ und nach ihrem Portemonnaie suchte, bekam sie eine SMS von ihrer Freundin aus Münster. *Tim hat seit einer Woche Urlaub, er ist verreist. Dachte, das solltest du wissen. LG!*

Gitte seufzte und verließ das Haus, um zu Fuß zum Restaurant zu gehen. Sie kam allerdings keine zwei Meter weit, da stand der Rottweiler vor ihr auf der Wiese. Er knurrte nicht, aber er wedelte auch nicht mit dem Schwanz, sondern er stand einfach wie eine Statue da. Hatte sie ihn im Geiste auch schon zu ihrem Aufpasser gemacht, so fürchtete sie nun doch um ihre Unversehrtheit. Weit und breit war niemand zu sehen. Gitte versuchte es mit einem vorsichtigen »Hallo?«.

Der Hund machte einen Schritt auf sie zu und senkte den Kopf. Kein Knurren, kein Schwanzwedeln. Offenbar wusste er auch nicht, was zu tun war. Aber er würde sehr bald ihre Angst spüren. Gitte machte zwei Schritte zurück und tastete nach ihrer Haustür. Der Rottweiler machte wieder einen Schritt nach vorn und setzte sich dann hin. Das sah erst einmal harmlos aus. Unschlüssig blieb sie mit dem Schlüssel in der Hand vor ihrer Tür stehen. Tante Stine hasste es, wenn jemand zu spät kam. Verflucht, ihr Vermieter hatte dem Hund doch sogar den Nacken gekrault, als er ihm am Schuppen begegnet war.

Entschlossen ging sie auf ihn zu. Brutus guckte sie an, während Gitte lieber an ihm vorbeischaute. Sie näherte sich dem Hund von der Seite, und er blieb tatsächlich artig sitzen. Vorsichtig streckte sie die Hand aus und streichelte das weiche Fell im Nacken. Alles gut. »Okay, braver Hund, dann werde ich jetzt weitergehen.«

Sie richtete sich auf und machte wieder einen Schritt. Und schrie auf, denn der Rottweiler hatte schnell nach ihrer Hand geschnappt. Es blutete zwar nicht, aber man sah deutlich die Zahnspuren. Nun traute sie sich weder vor noch zurück. Nach einer gefühlten Ewigkeit, in der sie starr neben dem Hund stehen geblieben war, erschien Luuk oder Nick, sie wusste es nicht genau. »Dein Hund hat mich gebissen und lässt mich nicht weg.«

Der Holländer fuhr sich durch die kurzen Haare und lächelte verschämt. »Sorry, ein Rottweiler lässt alle ins Haus, aber keinen mehr heraus, dafür ist die Rasse bekannt. Er ist mir eben abgehauen. Es tut mir wirklich leid, aber er bewacht hier halt das ganze Areal. Mit Grundstücksgrenzen hat er es nicht so.« Damit nahm er Brutus an die mitgebrachte Leine. Der wedelte stolz mit dem Schwanz.

»Hör zu, ich habe nichts dagegen, wenn euer Hund einem Einbrecher in die Wade beißt, aber ich wohne hier und möchte mich frei bewegen können.« Weniger zornig, als sie gedacht hatte, schritt sie an ihm vorbei.

Der Typ lief ihr mit dem Hund hinterher. »Lass mich dich ein Stück begleiten, dann weiß Brutus, dass du zur Familie gehörst. Das wirkt besser als jedes Schimpfen und Aufpassen.«

Sie nickte nur. Dann wurde sie eben jetzt in die Familie von drei tätowierten, flegelhaften Holländern mit einem Kampfhund aufgenommen. Was für eine schräge Adoption. Bis zur Hauptstraße, dem Bøtøvej, begleitete Luuk sie, dann wünschte er ihr einen schönen Abend.

Zum Abschied streichelte Gitte den Hund noch mal. Mit einem Kampfhund befreundet zu sein konnte in ihrer Situation nicht schaden.

11

Tante Stine trug eine wallende Bluse in Dunkelrosa und saß, nein, thronte mitten im Raum an einem Zweiertisch. Vor ihr stand ein Glas alkoholfreies Bier, und in den Händen hielt sie die Speisekarte. Auf der Nase saß ihre grün gefasste Lesebrille.

Sie war so vertieft, dass sie aufschrak, als Gitte sich über sie beugte und ihr einen Kuss auf die getönte Wange gab. »Entschuldige, dass ich zu spät bin, aber ich musste noch mit dem Rottweiler von nebenan Beziehungspflege betreiben.«

Sie erzählte Stine von ihrem Zusammentreffen, und die schüttelte den Kopf. »Hauptsache, der Hund weiß, wen er von dir fernhalten soll. Nicht, dass er Ole erwischt. Ich nehme das Lamm mit Knoblauch und Thymian.«

Eine junge Frau, die Gitte hier noch nie gesehen hatte, trat an den Tisch, brachte ihr ebenfalls eine Karte und fragte, was sie trinken wollte. Gitte bestellte ein Wasser und erkundigte sich nach Sven und Malthe.

»Malthe ist krank, und Sven isst selbst gerade oben mit seiner Frau. Er kommt bestimmt noch.«

Gitte nahm das Wildgulasch mit Kräuterkartoffelpüree. Dann blickte sie ihre Tante erwartungsvoll an. Die setzte sich in Pose und schilderte zunächst das Telefonat mit dem verrenteten Banker, dem Freund ihres Mannes.

»Er erzählte mir, dass Lasse Hartmann in den letzten Jahren eine Menge Pech gehabt habe. Es begann damit, dass seine Tochter sehr krank wurde. Sie hat sich nur sehr langsam davon erholt. Dann starb seine Frau ein halbes Jahr später bei einem Autounfall mit Fahrerflucht. Und er selbst entging bei einem Brandanschlag auf sein Haus nur knapp einer Katastrophe. Das geschah erst vor wenigen Monaten. Der Kerl tat den meisten Mitarbeitern leid, obgleich er nicht sehr beliebt ist. Er sei jähzornig, nachtragend und pedantisch, meinte der ehemalige Mitarbeiter. Zu der Frage, warum Lasse von einer Beerdigung weggeschickt wurde, konnte er mir nichts sagen. Ein schlechter Berater sei er nicht, sehr tüchtig und immer auf dem aktuellen Stand.«

Gitte überlegte. »Das ist doch merkwürdig, dass dieser Lasse Hartmann ein ähnliches Pech hatte wie der Mann, auf dessen Beerdigung er war. Weißt du, was für eine Krankheit die Tochter gehabt hat und wie alt sie war?«

»Warte, er hat es mir gesagt, ich habe nur nicht darauf geachtet. Leukämie? Nein.«

»Hirnhautentzündung, also Meningitis?«, warf Gitte ein.

Stine nickte heftig. »Genau, das war es, Meningitis. Kann man daran sterben?«

»Ja. Björns Schwester ist daran gestorben. Und damals war ein weiteres Kind in der Schule daran erkrankt und hatte Björns Schwester angesteckt. Eventuell war das die Tochter von Lasse Hartmann. Dann wären beide Familien tatsächlich auf tragische Weise miteinander verbunden, denn Björn macht die Eltern des anderen Kindes dafür verantwortlich, dass seine Schwester sich angesteckt hat und gestorben ist.«

Gitte wunderte sich, dass Björn im Gespräch mit ihr bei dem Namen Lasse Hartmann so ahnungslos reagiert hatte.

Stine nahm einen tiefen Schluck von ihrem Bier und tupfte sich die Lippen ab. »Merkwürdig. Lasse verliert seine Frau durch einen Unfall mit Fahrerflucht und Karla ihren Mann durch einen heimtückischen Mord. Wer hat denn die beiden Familien nur so übel auf dem Kieker?«

»Du meinst, es gibt noch eine weitere Verbindung zwischen den beiden Familien?« Gitte musste dringend wieder mit Björn sprechen. Hatte der denn nicht gewusst, dass Lasse Hartmann der Vater von dem Kind gewesen war, das seine Schwester angesteckt hatte?

Tante Stine erzählte nun von ihrem Besuch bei dem Banker Lasse. »Er ist auf seinem Gebiet zweifelsohne gut. Obgleich mein Interesse ja nur vorgespielt war, hatte er mich an der Angel, und ich habe mich tatsächlich über eine Anlage informiert. Ich sagte ihm, dass ich seinen Namen von der Familie Andresen gehört hätte, und die Reaktion war verblüffend. Er ging sofort auf Distanz, wurde misstrauisch und aufmerksam wie eine Maus beim Anblick eines Köders in der Falle. Auf meine Frage, wie er zu der Familie stand, wand er sich regelrecht. Eine Empfehlung hätte diese Familie ganz sicher nicht für ihn ausgesprochen, es hätte Differenzen gegeben. Aber natürlich, so einen Schicksalsschlag wie den Mord an Lars Andresen wünscht man ja niemandem. Oh, sagte ich, ihr habt euch also nicht gut verstanden. Nun ja, man könne ja auch als Banker nicht alles richtig machen. Nein, nein, meinte Lasse daraufhin, sein Job hätte damit nichts zu tun gehabt, es sei etwas Persönliches, und er glaube kaum, dass diese Angelegenheit nun Thema unseres Gespräches sein müsste.« Stine blickte sie triumphierend an. »Nun wissen wir, dass der Tote und dieser Lasse Streit miteinander hatten. Und ähnliche Schicksalsschläge erlitten. Ich denke, das sollte Ole wissen. Vielleicht hatte Lasse Hartmann ein Motiv. An die Tabletten wäre doch laut deiner Erzählung nach jeder gekommen, der Lars im Büro besucht hat.«

Sie wurden von der Kellnerin unterbrochen, die das Essen brachte – duftend, appetitlich arrangiert und saulecker. Als die Teller halb leer waren, tauchte auch Sven noch auf und begrüßte Gitte mit einer Umarmung, während er Stine artig die Hand gab. Auf seine Frage hin, wie es ihnen schmeckte, geriet Stine ins Schwärmen: »Köstlich. Ich habe selten so lecker gegessen, und ich wohne in Nykøbing, wo wir wirklich viele gute Restaurants haben.«

»Stine ist die Schwester meines Vaters«, erklärte Gitte. »Sie ist meine rechte Hand bei der Recherche nach Übeltätern.«

Sven lachte herzlich. »Ich komme ja nun auch in Gittes Krimiwelt vor. Hier bei mir geschah der Mord an Lars Andresen. Das hat mich mein Pfifferlingsrezept gekostet. Obgleich dieser Mann an einer Zyanidvergiftung gestorben ist, wollte keiner mehr Pilze bei mir essen.«

»Ach so, ich hatte mich schon gewundert, dass es hier

während der Pilzsaison nicht ein einziges derartiges Gericht gibt. Du hast meinen Bruder gekannt, nicht wahr? Er schwärmte schon damals von deinem Schweinebauch.«

Ein Schatten ging über das bärtige Gesicht von Sven. »Ja, bei mir verbrachte er seinen letzten Abend vor seinem Verschwinden. Es ist schon so lange her. Ich bewundere Gittes Hartnäckigkeit, noch immer nach Mads zu suchen.«

»Sie sucht vielmehr nach der Wahrheit. Ich persönlich glaube nicht daran, dass mein Bruder noch lebt.« Stine blickte Gitte nicht an, als sie das sagte, sondern steckte sich schnell ein Stück Fleisch in den Mund.

Sven verstand und wünschte beiden einen schönen Abend.

Um zehn Uhr war Gitte wieder zu Hause und sah auf ihrem Handydisplay, dass Kevin Dunkel sie bereits mehrfach zu erreichen versucht hatte. Mist. Trotz leichter Skrupel rief sie ihn so spät noch zurück.

Er ging sofort an den Apparat. »Privatdetektei Kevin Dunkel.«

»Hier ist Gitte Madsen. Es tut mir leid, dass ich Sie so spät noch zurückrufe, aber ich bin sehr neugierig. Sie wollten mich sprechen.«

»Ah, hallo und guten Abend. Ist schon etwas spät, stimmt. Moment, meine Freundin schickt mich raus. Sie schaut ihre Lieblingsserie.« Gitte hörte, wie eine Tür mit einem Rums zugezogen wurde. Dann sprach der Detektiv wieder. »Also, ich konnte einiges über einen Wladimir Wolkow herausfinden, bin mir aber nicht zu hundert Prozent sicher, dass es unser Mann ist. Denn, wie ich schon sagte, den Namen gibt es unter den Russen häufig. Was dafür spricht, ist die Tatsache, dass der Wladimir Wolkow, über den ich hier berichte, mit einer Dänin verheiratet ist. Er hat ein Kind, aber ich habe keinen Namen, sorry. Wladimir hat in den Neunzigerjahren ein gehöriges Vermögen angehäuft. Wahrscheinlich durch illegale Privatisierung von Volksvermögen. Damit sind so einige Russen reich geworden. Ursprünglich war Wladimir in der Lebensmittelbranche tätig. Er ist heute Anfang sechzig.« Kevin Dunkel machte eine Pause und raschelte mit Papier. Doch für die nächste Information brauchte er bestimmt keinen Notizzettel. »Und jetzt kommt der Knaller. Dieser Russe sitzt zurzeit im Knast.«

Gitte entfuhr ein kleiner Schrei des Erstaunens. »Wissen Sie, warum?« Dabei dachte sie an Mathilda, die erzählt hatte, dass ihr Mann in Russland im Gefängnis saß. Und Ole hatte dies ebenfalls bestätigt.

»Ja, er sitzt wegen Mordes ein.« Kevin machte eine Kunstpause, räusperte sich und fuhr dann ein wenig altväterlich fort. »Hören Sie, Gitte, mein Freund sagte mir, dass Leute wie Wolkow mehr Ohren haben als wir Finger. Es wäre daher ratsam, nicht weiter nach ihm zu forschen. Irgendwann bekommt das jemand mit, der es dann Wolkow zuträgt. Und Sie können sich sicher denken, dass der Einfluss eines solchen Mannes erheblich ist.«

»Wen hat er umgebracht?«

»Einen russischen Politiker. Alles andere hätte Wolkow bestimmt mit Geld regeln können. Doch nun sitzt er seit zehn Jahren schon in einem Lager in Haft.«

»Und seine Frau hockt hier in Dänemark, in Sakskøbing. Ich bin mir sicher, dass es unser Mann ist, denn bei meinen Nachforschungen bin ich auf eine Mathilda gestoßen, die mir erzählt hat, ihr Mann wäre im Gefängnis. Und er hätte sie geheiratet, um in Dänemark ein Haus kaufen zu können. Also, eventuell gab es auch noch andere Gründe. Mathilda ist etwa Ende fünfzig, Anfang sechzig. Das kann doch alles kein Zufall sein, oder? Und es zeigt, dass Wladimir Wolkow zu einem Mord fähig ist.«

Hier unterbrach Kevin Dunkel sie. »Ja, eben das macht mir Sorgen. Ich glaube nicht, dass wir einem russischen Mörder auf die Pelle rücken sollten, um ihm noch weitere Verbrechen anzuhängen. Es ist sehr gut möglich, dass Ihr Vater umgebracht wurde, wenn er mit diesem Wolkow Geschäfte gemacht hat. Sorry, dass ich das so offen sage.«

In dieser Nacht fand Gitte kaum Schlaf. Sie musste Ole um Hilfe bitten. Jetzt war sie mit ihren Nachforschungen so weit gekommen, und nun sollte sie aufgeben? Vielleicht konnte er sich als Kommissar die Akte Wolkow schicken lassen. Er brauchte doch nur zu sagen, dass er in einem alten Fall ermitteln würde, als Wolkow noch hier in Dänemark gewohnt hat. Und plötzlich wusste sie, wie sie vorgehen würde …

Am nächsten Morgen war das Thermometer ziemlich stark gefallen, und Gitte wachte frierend auf. Es wurde Zeit, die Heizkörper anzustellen. Sie würde nun nach Feierabend stets den Kamin anzünden müssen. Im Schuppen lagerte noch eine Menge Brennholz, das sie aufbrauchen durfte.

Danach musste sie selbst welches besorgen. Doch *brænde*, wie hier das Kaminholz hieß, gab es an vielen Straßenständen zu kaufen.

Ihr Vermieter Tony hatte sich noch nicht bei ihr wegen eines möglichen Verkaufs des Hauses gemeldet. Für ihn war es von Vorteil, regelmäßig Miete zu kassieren. Allerdings hatte er auch schon mal den Wunsch geäußert, auf eine große Reise zu gehen.

Afrika und Neuseeland reizten ihn schon lange. Sie wusste nicht, wie alt Tony Asgersen war, aber sie schätzte ihn auf Anfang siebzig. Er war verwitwet, leidenschaftlicher Angler und hatte einen Sohn, den er aber nur selten sah, da dieser in der IT-Branche tätig war und viel von unterwegs arbeitete. »Anstatt sich darum zu kümmern, dass ich noch Enkel bekomme«, hatte Tony mal geklagt.

Gitte stand vor ihrem Kleiderschrank. Für die leichten Sommersachen war es ihr zu kalt. Sie entschied sich für eine langärmelige weiße Bluse und eine Weste. Bevor sie das Haus verließ, schaute sie sich nach ihrem neuen Freund, dem Rottweiler Brutus, um. Doch die Straße lag verlassen vor ihr.

Sie stieg auf ihr altes Fahrrad und machte sich auf den kurzen Weg. Im Institut angekommen, erzählte sie Paul von den Dingen, die Tante Stine herausgefunden hatte, und fragte ihn, ob sie gleich kurz bei Ole vorbeischauen könnte. Sie staunte, dass Paul heute Morgen nicht schon eine Tasse Kaffee und eine Schale Süßigkeiten vor sich stehen hatte. Offenbar hatte er eine bessere Alternative.

»Mach es sofort, denn in einer Stunde muss ich in Nykøbing bei Tilda Knutsen sein. Sie hat Probleme mit einigen Papieren, und ich kann ihr helfen.« Sein Gesichtsausdruck war so unschuldig, dass es schon wieder verdächtig wirkte.

Gitte musste grinsen. »Sie ist eine aparte Witwe, macht sicher Spaß, ihr zu helfen.«

»Nun lauf schon rüber zum Kommissar, und lass mich in Ruhe«, knurrte ihr Chef.

Das ließ Gitte sich nicht zweimal sagen und begab sich zum nahe gelegenen Strandvej. Mittlerweile kannten die Beamten die Bestatterin und zeigten ihr, wo Ole sich befand. Er saß in seinem Büro und starrte weit vorgebeugt auf den Bildschirm.

»Hej, Ole, bist du kurzsichtig? Deine Nase klebt ja schier am Monitor.«

Er drehte sich zu ihr um. »Hej, Gitte. Wann ist man schon kurzsichtig? Ich komme gut zurecht, egal, was der Augenarzt sagt. Du kommst bestimmt, um mir von Tante Stines Schnüffeleien zu erzählen, stimmt's?« Er streckte die langen Beine aus und machte keine Anstalten, sie zärtlich zu begrüßen.

Wie sollte sie ihm nach der Nacht denn nun begegnen? Gitte zog sich einen Stuhl heran und setzte sich ihm gegenüber. Doch während sie begann, ihm die wichtigsten Neuigkeiten über den Banker Lasse Hartmann und seine merkwürdigen Schicksalsschläge zu berichten, nahm Ole wie zufällig ihre rechte Hand und spielte mit ihren Fingern.

Sie bemerkte es wohlwollend und schloss ihren Bericht mit den Worten: »Ihr solltet euch diesen Mann unbedingt mal anschauen. Das kommt mir alles sehr merkwürdig vor.

Vielleicht hat dieser Lasse eine Idee, wer Lars ermordet haben könnte. Wenn Lasses Tochter der Grund war, dass Björns kleine Schwester sich mit Meningitis angesteckt hat, hätte Bente allen Grund, ihn bei der Beerdigung wegzujagen. Sein Kind hat überlebt, und das eigene Kind beziehungsweise Enkelkind ist gestorben. Da bleibt man selten tolerant. Auch wenn solche Dinge nicht absichtlich passieren. Aber verantwortungslos war es schon. Björn hat mir erzählt, dass die Eltern ihr krankes Kind trotz Fieber zur Schule geschickt hätten.«

Ole ließ ihre Hand plötzlich los und unterbrach sie. »Und ein halbes Jahr später starb seine Frau bei einem Autounfall mit Fahrerflucht?«

»Ja, so ungefähr. Man hat den Fahrer nie ausfindig machen können.«

»Wenn Lars noch leben würde, würde ich ihn nach seinem Alibi für jenen Abend fragen. Zumindest mit dem Wissen von heute. Damals habe ich den Fall zu den Akten gelegt, wir hatten keinerlei Anhaltspunkte, soweit ich mich erinnere.«

»Du hast den Fall bearbeitet?« Gitte riss die Augen auf.

»Ja, aber ich habe natürlich nicht alle Namen der alten Fälle im Kopf. Wir hielten das damals für einen tragischen Unfall, ein Betrunkener, der die Frau am Straßenrand nicht gesehen hat oder Schlangenlinien fuhr. Der einzige Zeuge, den wir hatten, war ein Golden Retriever von zwölf Jahren. Die Frau lief ihre gewohnte Abendrunde mit dem Hund. Ich werde Frau Andresen noch mal danach befragen. Wahrscheinlich wird sie mir an die Gurgel gehen, wenn ich nun versuche, aus einem Mordopfer einen Mörder zu machen. Wohl ist mir dabei nicht.«

»Karla Andresen spricht doch immer von einem Feind, den ihr Mann gehabt haben soll. Eventuell traf das auch auf Lasse Hartmann zu. Mit dem würde ich an deiner Stelle auch reden.«

Er schaute säuerlich drein. »Ja, bevor du mir zuvorkommst, sollte ich das tun.«

Gitte zählte auf: »Es gibt hier drei merkwürdige Unglücksfälle, den tödlichen Unfall mit Lasses Frau, den tragischen Unfall von Björn und den ungeklärten Mord an Lars. Eventuell steckt ein und derselbe Täter hinter alldem. Hast du auch den Unfall von Björn untersucht?«

»Nein, das haben die Kollegen in Rødby übernommen, dort auf dem Flughafen ist es ja passiert.«

»Ja, aber wenn sich jemand an dem Fallschirm zu schaffen gemacht hat, dann wohl eher hier in Marielyst, wo er aufbewahrt wurde.«

Ole guckte zweifelnd. »Man ging von einem Materialverschleiß aus, die Versicherung der Firma zahlte Björn sogar eine kleine Entschädigung, freiwillig, denn nachgewiesen werden konnte ihnen nichts. Aber es deutete alles auf einen tragischen Unfall hin. Zwei Tage vor Björn war sein Vater gesprungen, er war leichter als Björn. Der Junge ist größer, muskulöser als sein Vater. *Sometimes shit happens.* Und der Autounfall kommt mir auch eher wie ein tragischer Zufall vor. Wenn es ein Täter ist, der seine Taten gerne als Unfälle tarnt, warum wird er bei Lars dann so deutlich? Alles wies auf Mord hin.«

»Sag du es mir. Ich habe den Eindruck, ihr tappt völlig im Dunkeln, mein Lieber. Was hat denn die Befragung dieser Schriftstellerin ergeben?«

Ole schüttelte in gespielter Verzweiflung den Kopf, erhob sich und zog Gitte von ihrem Stuhl. Dann gab er ihr einen Kuss auf den Mund und sagte: »Du gehst jetzt mal schön zu deiner Arbeit zurück und hältst die Füße still. Und den Mund besser auch. Wenn du schon etwas untersuchen willst, dann liefere mir Fakten zu deinem Ex-Freund, damit ich ihn dingfest machen kann. Ich habe schon überlegt, eine Fahndung rauszugeben, aber das anonyme Überreichen einer Rose mit schwarzem Band reicht als Grund nicht aus. Leider.«

Beschwingt kehrte Gitte ins Institut zurück und winkte ihrem Chef hinterher, der nun nach Nykøbing fahren wollte. Dabei bemerkte sie, dass der Ort sich deutlich gefüllt hatte. Man sah wieder Schulkinder draußen herumtollen und Eltern, die Eis kauften. In Deutschland hatten die Herbstferien begonnen. Die dänischen Schüler mussten sich allerdings noch zehn Tage gedulden, bis sie Ferien bekamen.

Mit ihrem Chef rechnete sie erst in zwei oder drei Stunden. Er schien ernsthaft verliebt zu sein, doch für Tilda Knutsen war es sicher nicht einfach, sich so kurz nach dem Tode ihres Mannes auf jemanden einzulassen. Hoffentlich besaß Paul genug Verstand, um sie nicht zu drängen und zunächst nur seine Freundschaft anzubieten.

Gitte ging in den Raum, in dem die Leichen gewaschen und hergerichtet wurden, um zu kontrollieren, ob alle kosmetischen Produkte noch in ausreichender Menge vorhanden waren. Gitte schloss gerade die Fenster, da ihr kalt war, als sie hörte, wie die Eingangstür des Instituts ins Schloss fiel. Sie erwartete niemanden, aber vielleicht war es ein Kunde oder der Postbote. Schnell schloss sie die Schränke und wandte sich zur Tür.

Weit kam sie allerdings nicht, denn jemand umschloss plötzlich ihre Arme und hielt sie so fest, dass sie in Panik geriet.

»Gitte, endlich. Gitte.«

Sie erkannte Tim, der sein Gesicht in ihre Haare presste und ihre Wange streifte. Gitte machte sich steif, bis er sie losließ. Also doch. Er stellte ihr noch immer nach. Sie war so wütend, dass sie kaum sprechen konnte. Sie wich einen Schritt zurück. Tim hob besänftigend die Hände. Sein Gesicht mit der geraden Nase, dem markanten Kinn und den braunen Augen zeigte einen bittenden Ausdruck. Die Haare trug er kürzer als vor einigen Wochen.

»Gitte, lass uns heiraten und neu anfangen. Ich habe inzwischen erkannt, dass du mehr Stabilität brauchst. Ich kann dir das alles geben. Ich habe eine neue, größere Wohnung gemietet, da ist auch Platz für ein Baby. Bitte komm mit mir zurück.«

Fast hätte er Gitte leidgetan, wie er so flehte und Versprechungen machte. Wäre da nicht der harte Blick in seinen Augen gewesen. Wie hatte sie nur jemals mit diesem Psychopathen zusammen sein können? Vehement schüttelte sie den Kopf.

»Ich möchte, dass du mich ein für alle Mal in Ruhe lässt.

Ich bleibe in Dänemark, und ich möchte dich nicht mehr sehen. Begreif das endlich!« Sie war zu wütend, um auf die Veränderung in seinem Gesicht zu achten. »Bist du in mein Haus eingebrochen? Das warst doch du, oder? Ich werde dich anzeigen. Was geht nur in deinem kranken Hirn vor?«

»Ich bin nicht krank, und ich kann es beweisen. Du weißt nicht, was du sagst. Warte.« Er nestelte an seiner Jacke herum, und sie hatte schon Sorge, er würde eine Waffe herausholen. Zum Vorschein kam jedoch ein Schmuckkästchen. Er öffnete es und hielt ihr einen silberfarbenen Ring mit einem schön gefassten Stein vor die Nase. »Hier, ich meine es ernst. Ich will dich heiraten. Von mir aus können wir in Dänemark heiraten, du verabschiedest dich, und wir reisen als Ehepaar nach Hause.«

Gitte wich einen weiteren Schritt zurück und stieß mit dem Rücken an den Metalltisch. »Tim, ich werde dich nicht heiraten. Niemals. Ich liebe dich nicht.« Und beinahe trotzig fügte sie hinzu: »Ich habe einen neuen Freund.«

Sie war einige Jahre mit Tim zusammen gewesen, hatte mit ihm gelacht, gestritten und war gemeinsam mit ihm in den Urlaub gefahren. Offenbar reichte all das nicht, um jemanden wirklich zu kennen. Sonst hätte sie die plötzliche Aggressivität ihres Ex-Freundes nicht so überrascht.

Er stürzte auf sie zu, griff nach ihren Schultern und schüttelte sie wie ein Kissen. Der Rahmen des Metalltisches bohrte sich schmerzhaft in ihren Rücken. Dann ließ er sie abrupt los und fegte mit der Hand sämtliche Gegenstände aus den umstehenden Regalen, riss Schranktüren auf und trat gegen einen Mülleimer, sodass er durch den Raum flog.

Gitte schrie und wollte an ihm vorbei zur Tür hinaus. Doch Tim packte sie erneut am Arm und riss sie zurück. »Ich gebe dich nicht frei, wann wirst du das endlich einsehen?«

Gitte erkannte den Wahnsinn in seinen Augen, Tim war nicht mehr Herr seiner Sinne, er hatte sich offenbar in etwas hineingesteigert. Mit aller Kraft holte sie aus und verpasste ihm eine Ohrfeige. Bei hysterischen Menschen wirkte das immerhin Wunder. Bei Tim nicht. Denn nun packte er sie an der Kehle und drückte zu. Ihre Augen tränten, und sie bekam nur schwer Luft. Panisch rammte Gitte ihm ein Knie in den Schritt, doch Tim schien nicht mehr viel zu spüren. Da waren nur noch Wut und Verzweiflung.

Sie sah sich nach einer Waffe um, aber keiner der Gegenstände in der Nähe befand sich in ihrer Reichweite. Sie nahm ihre Hände, legte sie Tim um den Hals und drückte gleichermaßen zu, bis er losließ und sich an den Hals fasste. Schnell duckte sie sich seitlich weg und rannte in den nächsten Raum und dann zur Tür nach draußen. Tim holte sie jedoch rechtzeitig ein und riss sie von der Tür weg. Sie fiel und rutschte quer durch den Raum. Doch hier gab es große Fenster. Sie rappelte sich auf und klopfte panisch an die Scheibe.

Draußen ging gerade ein junges Paar vorbei und blickte nun erstaunt auf Gitte. Der Mann war etwas pummelig und langsam, aber er verstand sofort die Situation, als er Tim auf Gitte zurennen sah. Schnell eilte er zur Tür, riss sie auf und schrie: »Lassen Sie die Frau los. Hilfe, hier findet ein Überfall statt, Hilfe!«

Die Wirkung war durchschlagend. Tim blieb stehen,

drehte sich um und rannte dann zur Tür, wobei er den Mann heftig zur Seite stieß. Der hatte leider nicht die Statur und die Fitness, um den Deutschen aufzuhalten oder ihm nachzurennen. Dafür lief er besorgt zu Gitte, fasste sie behutsam am Arm und setzte sie auf einen Stuhl. Seine Freundin hatte mittlerweile ebenfalls das Institut erreicht. Einige Passanten schauten neugierig und tuschelnd in die Schaufenster.

Gitte atmete schnell und war noch ganz benommen von den Ereignissen. Niemals hätte sie geglaubt, dass Tim sie tätlich angreifen würde. Dabei hatte sie in ihrem alten Beruf durchaus gelernt, dass verzweifelte Menschen auch gefährlich werden konnten. Sie war sich nun sicher, dass Tim professionelle Hilfe brauchte. Allerdings waren die meisten Stalker interessanterweise keineswegs psychisch krank. Vielmehr lagen Verlustängste und Machtgefühle dem Stalking zugrunde. Noch heute oder morgen Abend würde sie Tims Mutter anrufen und ihr alles erzählen. Frau Hintze war eine kompetente Frau, mit der man über alles reden konnte. Sie würde ihrem Sohn beistehen. Doch zunächst einmal würde er mächtig Ärger bekommen.

Mit noch immer zittrigen Händen rief Gitte Ole an und erzählte ihm von Tims Überfall. Ihr Herz schlug schnell und hämmernd, und sie war sich sicher, dass man es überall hören konnte.

Ole sagte nur: »Ich komme.«

Gitte bedankte sich bei dem jungen Paar für seine Hilfe und beteuerte, dass es ihr gut ginge und die Polizei nun übernehmen würde.

Die Frau lächelte und sagte: »Wir kommen aus Kopenhagen, aber so etwas haben wir dort noch nicht erlebt. Wer war der Mann?«

»Das war ein Stalker, der mir schon seit längerer Zeit Ärger bereitet. Ich werde ihn nun anzeigen. Keine Sorge, mir geht es gut. Hej, hej.«

Draußen auf der Straße waren die meisten Passanten mittlerweile weitergegangen. Gitte war der Rummel peinlich. In einem so kleinen Ort würde die Geschichte rasch die Runde machen.

Keine zehn Minuten vergingen, da kam Ole bereits durch die Tür. Er erschrak sichtlich, als er die roten Striemen an ihrem Hals sah, und nahm sie erst mal in die Arme. »Geht es dir gut? Tut dir etwas weh?«

Gitte schüttelte den Kopf. Sie musste schlucken, bei so viel fürsorglichem Mitgefühl kamen ihr die Tränen. Schnell sagte sie: »Du kannst ihn jetzt verhaften, ihm die Rippen brechen und ihn bei Wasser und Brot einsperren. Ich bin echt fertig mit Tim. Der ist total ausgerastet. Er hat mir einen Heiratsantrag gemacht, stell dir das mal vor. Und als ich den abgelehnt habe, wurde er handgreiflich.«

»Ich habe meine Beamten schon losgeschickt, der kommt bestimmt nicht weit. Die Hotels werden gerade überprüft. Du solltest ihn wegen Stalking und Körperverletzung anzeigen.«

Gitte nickte. Tim musste ein für alle Mal gestoppt werden. Sie hoffte sehr, dass sie ihn im Ort ergreifen würden. Wenn nicht, würde ihn die Strafanzeige in Münster erreichen.

»Wenn Paul kommt, bringe ich dich zum Arzt, damit

er deine Verletzungen aufnimmt. Das ist wichtig. Himmel, was hattest du früher nur für einen schlechten Männergeschmack.«

Ole wanderte im Institut auf und ab wie ein Löwe im Käfig. Seine Kiefermuskeln mahlten etwas Imaginäres. Man sah ihm an, dass er lieber höchstpersönlich durch Marielyst streifen würde, um Tim zu finden, aber er wollte Gitte auf keinen Fall allein lassen.

Paul kehrte schließlich mit einem versonnenen Lächeln im Gesicht aus Nykøbing zurück und begrüßte Ole fröhlich. Über die Anwesenheit des Kommissars schien er sich nicht zu wundern. »Na, hältst du meine einzige Mitarbeiterin von der Arbeit ab?«

»Ich bin dienstlich hier. Schau mal genauer hin, Gitte wurde gerade in deinem Institut überfallen. Von ihrem Ex-Freund.«

Paul fluchte leise, als er Gittes Hals mit den Striemen betrachtete. Ihr Handgelenk schmerzte von dem Sturz auf den Fußboden.

»Ein Überfall in einem Bestattungsunternehmen? Ist den Kerlen denn nichts mehr heilig? Und warum verstehen manche Männer nicht, dass es vorbei ist? Was ist denn das für ein Spinner? Ole, wir müssen diesem Tim die Leviten lesen, sonst versucht er es wieder.«

Paul schimpfte sich nun richtig in Rage, sodass Gitte ganz gerührt war. Auf seinem Gesicht erschienen ein paar hektische Flecken, und er steckte sich mehrmals Lakritzkonfekt in den Mund.

Als Ole ihn fragte, ob er Gitte eben zum Arzt bringen

könnte, damit die Verletzungen dokumentiert wurden, nickte er schnell.

»Natürlich, fahrt los, ich übernehme jetzt. Ich habe heute Nachmittag noch eine Beerdigung, aber danach kann ich zumachen.«

»Im Behandlungsraum sieht es ziemlich schlimm aus«, warnte Gitte ihn noch vor.

»Wir fahren nach Nykøbing zu meiner Hausärztin«, sagte Ole und ergriff entschlossen Gittes Hand. Sie liefen die paar Meter zu Oles Auto.

Die Strecke nach Nykøbing legten sie nahezu schweigend zurück. Eine tiefe Sorgenfalte grub sich in Oles Stirn.

»Tim wird ebenfalls Spuren am Hals haben, ich habe aus Notwehr mit aller Kraft zugedrückt, und dann erst ließ er meinen Hals los«, gestand Gitte ihm, als sie vor der Praxis eintrafen.

»Ich mag mir gar nicht vorstellen, was gewesen wäre, wenn er dich nachts in deinem Haus allein erwischt hätte.« Ole drehte sich zu ihr. »Gitte, du bedeutest mir viel, und das führt leider dazu, dass ich mir immer mehr Sorgen mache. Seit meine Frau so schlimm mit dem Auto verunglückt ist, bin ich ein Angsthase. Dabei fürchte ich nicht um meine Unversehrtheit, sondern um die der anderen.« Er grinste schief und stieg aus.

Seine Ärztin war eine ältere Frau Ende fünfzig, die sehr souverän ein paar Fragen stellte, Gittes Hals abtastete und die Beweglichkeit ihres Handgelenks prüfte.

»Gebrochen ist nichts, und der Kehlkopf ist unversehrt. Umbringen wollte der Kerl dich nicht. Dann drückt man anders zu, falls das ein Trost ist.« Sie ging zu ihrem Schreibtisch und tippte den Bericht in ihren Computer.

»Er hat mir einen Heiratsantrag gemacht, ich nehme auch nicht an, dass er mich umbringen wollte.«

Da hob die Ärztin den Kopf und meinte lakonisch: »Zu meiner Zeit machten die Männer so etwas mit einem Kniefall und einer roten Rose, und wenn man Nein sagte, verließen sie die Bühne mit gesenktem Kopf. Oder hast du Ja gesagt, und er hat es vor Freude mit der Umarmung übertrieben?«

»Nein, ich hatte mich schon vor längerer Zeit von ihm getrennt. Er hat sich leider zum Stalker entwickelt.«

Dazu sagte die Ärztin nichts mehr, sondern nickte nur verständnisvoll.

Ole hatte derweil draußen gewartet, und Gitte bestand darauf, dass er sie wieder bei Larstsen im Institut absetzte. Sie wollte zwar noch ein paar Stunden arbeiten, aber ihr Chef schickte sie nach Hause. »Ich bin gleich weg und will nicht, dass du noch allein hier bist. Du kannst die Post mitnehmen und sie einwerfen, mehr gibt es für dich heute nicht mehr zu tun.«

Also hatte Gitte nun unverhofft einen Nachmittag gewonnen, und den wollte sie nicht untätig verstreichen lassen. Zu Hause angekommen, rief sie als Erstes Björn an und bat um ein Treffen. »Kannst du zu mir kommen? Ich habe ein paar Neuigkeiten.«

Björn war ein Mann der Tat, er zog die Nase hoch und überlegte nicht lange. »Ich bin in zwanzig Minuten bei dir.

Du darfst mir gerne einen Kaffee kochen. Ich bringe selbst gemachte *Tyttebærkage* mit. Meine Ma backt immer, wenn es ihr nicht gut geht.«

Bei einem *Tyttebærkage* handelte es sich um einen Preiselbeerkuchen, ähnlich einer deutschen Jägertorte, und Gitte lief bereits das Wasser im Mund zusammen.

Eine Viertelstunde später klopfte Björn an die Terrassentür. Vor der Haustür befanden sich zwei Stufen, die für einen Rollstuhlfahrer zum Hindernis wurden. Gitte hatte unter Einsatz zahlreicher Streichhölzer endlich das Holz im Kamin angezündet. So fit war sie in solchen Dingen noch nicht. »Hej, Gitte, deine Wohnung ist nicht gerade behindertengerecht.« Skeptisch blickte er auf den schmalen Eingang, aber mit Gittes Hilfe passte sein sportlicher Rolli so gerade eben durch.

»Du hast einen schwarzen Strich im Gesicht, und Himmel, was hast du denn getrieben?« Nun sah Björn auch die roten Male an ihrem Hals.«

Gitte rieb sich fahrig über das Gesicht, um die Asche abzuwischen, und erzählte ihm kurz von dem Zusammentreffen mit ihrem Ex-Freund.

»Sind alle deutschen Männer so schlechte Verlierer?«, fragte er erstaunt.

»Natürlich nicht, der typische Westfale, wie man die Menschen aus meiner Gegend nennt, ist eher stoisch und stolz und zieht sich zurück, wenn er eine Abfuhr bekommt, und spricht mit seinem Hund oder seiner Kuh über sein Leid.« Sie stellte einen Stuhl zur Seite, damit Björn am Tisch Platz nehmen konnte.

»Dann hatte dein Ex-Freund wohl kein passendes Tier zur Hand«, meinte Björn lakonisch. Auf den Knien balancierte er eine Plastikdose, die er ihr nun reichte. »Schmeckt saulecker. Ich soll dich auch von meiner Mutter grüßen. Sie hat nun zugegeben, dass sie mit meinem Fallschirmlehrer Mark ein Verhältnis hatte. Sie würden sich schon seit langer Zeit kennen. Sie gab auch zu, ihn nach dem Mord an meinem Vater getroffen zu haben, aber sie seien kein Paar mehr. Doch das ist noch nicht alles. Als ich Ma nach diesem Lasse Hartmann, dem Banker, gefragt habe, ist sie in Tränen ausgebrochen. Einfach so, ohne jede Vorwarnung. Das ist für sie wirklich ungewöhnlich.« Er unterbrach sich, als Gitte ihm Kaffee in die Tasse goss und ein Stück Kuchen auf den Teller legte. Er duftete verführerisch nach Preiselbeeren. »Das war dann das Ende der Unterhaltung.«

Björn wollte gerade eine hoch aufgetürmte Gabel in den Mund stecken, besann sich aber und teilte das Stück noch einmal. Der Junge lernte schnell, dachte Gitte und setzte sich zu ihm.

»Björn, ich kann mir ehrlich gesagt nicht vorstellen, dass du den Namen Lasse Hartmann zum ersten Mal gehört hast«, sagte sie vorsichtig. »Er ist der Vater des kranken Mädchens, das deine Schwester angesteckt hat. Und jetzt sag mir die Wahrheit. Du kennst ihn schon länger, nicht?«

Ganz langsam, als wäre er mit Blei gefüllt, schüttelte Björn den Kopf, sein Gesicht verzerrte sich. »Nein, das habe ich nicht gewusst. Die Tochter trug den Namen Mia Jensen wie die Mutter. Mia kannte ich natürlich, denn sie war ja mit meiner Schwester befreundet. Nicht immer tragen alle den gleichen Familiennamen. Ich bin nur erstaunt, dass Bente es offenbar gewusst hat. Immerhin hat sie ihn auf der Beerdigung gebeten zu gehen.«

Nachdenklich schob er seinen Kuchen auf dem Teller hin und her.

Gitte erzählte ihm alles, was sie über Lasses Familie wusste. »Seine Frau starb wenig später bei einem Autounfall mit Fahrerflucht. Hast du davon etwa auch nichts gewusst? Ihr verliert deine Schwester, und Lasse verliert seine Frau. Ungewöhnlich viel Unglück, finde ich. Und die Polizei findet das übrigens auch merkwürdig. Wusstest du, dass du für Kommissar Ansgaard zu den Verdächtigen gehörst?«

Jetzt blickte er sie missmutig an. Gitte merkte selbst, dass sie zu forsch gewesen war.

»Natürlich gehöre ich zu den Verdächtigen, und meine Mutter auch. Wir hatten die besten Gelegenheiten, meinem Vater etwas in die Tabletten zu mischen. Warte mal kurz, verdächtigst du etwa auch meinen Vater? Glaubst du, er hat Lasses Frau aus Rache über den Haufen gefahren? Ich hatte damals auch schon einen Führerschein, dass du es nur weißt. Und ja, ich wusste, dass Mias Mutter gestorben ist, aber nicht, woran. Ich habe ihre Todesanzeige gelesen. Zu Hause hat darüber keiner gesprochen. Das Thema ›tote Schwester‹ ist bis heute tabu. Über meinen Unfall wurde auch nicht lange geredet. Jede Familie hat so ihre eigenen Strategien, mit Unglücksfällen fertigzuwerden.« Er stopfte sich den Rest seines Kuchens in den Mund.

Björn tat Gitte leid. »Ich finde es wichtig, dass man über solche Dinge redet. Wie soll man sonst seine Trauer verarbeiten? Hast du denn niemanden, mit dem du über all das sprechen kannst?«

»Doch, mit Bente. Meine Großmutter musste sich schon zigmal die gleiche Leier anhören, immer wenn mich wieder der Blues überfällt. Einmal hat sie zu mir gesagt, mein Vater würde sich von dem Tod seiner Tochter nicht mehr erholen. Und dass er sich leider nicht helfen lasse. Ich hatte in letzter Zeit viel Streit mit meinem Vater, und das weiß der Kommissar. Deshalb bin ich verdächtig. Außerdem erbe ich eine nicht unerhebliche Summe Geld. Wertpapiere, die meinem Großvater gehört haben und immer auf das älteste Kind vererbt werden. Ich könnte mir nun die Schauspielschule leisten. Ich habe also ein Motiv.«

Gitte schenkte ihm Kaffee nach und sagte mit fester Stimme: »Ich glaube nicht, dass du deinen Vater umgebracht hast. Das hättest du deiner Mutter nicht angetan. Affäre hin oder her, ich denke, sie hat ihn geliebt. Aber was ist mit deinem Vater? Würdest du ihm zutrauen, dass er sich an Lasse Hartmann gerächt hat?«

»Hast du sie noch alle? Der bringt doch nicht einfach eine Frau um.«

Gitte ruderte zurück. »Aber es könnte sein, dass Lasse Hartmann das gedacht hat. Bente muss etwas über ihn wissen, etwas, das sie dazu bewogen hat, ihn bei der Beerdigung wegzuschicken. Ich finde es im Nachhinein interessant, dass Lasse Hartmann das einfach so akzeptiert hat.«

Björn nahm sich ein weiteres Stück Kuchen und sagte aufgeregt: »Gitte, das würde bedeuten, dass Lasse Hartmann ein Motiv hatte, meinen Vater umzubringen.«

Gitte dachte daran, dass es dieser Banker eventuell sogar schon einmal probiert hatte, nämlich bei der Manipulation von Björns Fallschirm. Nur dass diese Manipulation für seinen Vater Lars gedacht war. Aber diesen Gedanken wollte sie lieber nicht mit Björn teilen. Der brachte es fertig und stellte den Mann sofort zur Rede.

»Jetzt müssen wir nur noch herausfinden, ob Lasse Hartmann eine Gelegenheit hatte, an die Tabletten meines Vaters zu kommen. Darum werde ich mich kümmern.« Er hatte sich vor Aufregung wieder einen viel zu großen Bissen in den Mund geschoben. »Ich frage im Büro nach, ob er in letzter Zeit ein Treffen mit meinem Vater hatte. Schick mir mal das Foto von ihm auf mein Handy.«

Gitte ahnte, dass sie Björn gerade auf eine gefährliche Spur setzte. Sie nahm ihm das Versprechen ab, nichts Unüberlegtes zu tun, sondern bei einem begründeten Verdacht die Polizei zu informieren. Aus eigener Erfahrung wusste sie, dass man sich nur selten an solche Empfehlungen hielt, wenn der Jagdinstinkt erst einmal geweckt war. Eventuell hätte sie dem jungen Mann besser nicht erzählen sollen, wer Lasse Hartmann war. Denn Björn hatte ja schon zu einem anderen Zeitpunkt gezeigt, wie zornig er auf die Eltern des kranken Mädchens war. Als ihr einfiel, dass auch Björn damals schon Auto fahren konnte, wurde ihr ganz heiß. Könnte Björn sich an der Frau gerächt haben?

Sie betrachtete ihn beim Kuchenessen. Seine gerade Nase, die grauen Augen mit den schönen Wimpern und die kastanienbraunen Haare, die ihm immer wieder in die Stirn fielen. Er musste damals gerade achtzehn gewesen sein und somit in einem Alter, in dem man häufig impulsiv und unüberlegt handelte.

Er bemerkte, dass sie ihn anstarrte. »Überlegst du, ob ich dein Typ bin?« Björn lachte sie keck an.

»Warum hält der Kommissar dich für verdächtig?«

»Habe ich doch schon gesagt, weil ich Streit mit meinem Vater hatte und nun sogar erbe.«

Gitte schüttelte den Kopf. »In deinem Alter hat beinahe jeder Sohn mal Streit mit seinem Vater. Das reicht nicht.«

Er senkte den Kopf. »In meinem Zimmer hat die Polizei eine Kapsel Zyanid gefunden.«

Sie riss die Augen auf. »Dann wundert es mich allerdings, dass du noch frei herumläufst.«

»Ich habe sie schon vor langer Zeit gekauft, für den Fall der Fälle. Du weißt schon. Es ist nicht immer leicht, diese Räder zu akzeptieren. Anfangs kam ich damit überhaupt nicht klar. Ich habe die Kapsel verschlüsselt und über Umwege im Internet gekauft, und ich konnte nachweisen, dass es schon einige Zeit her ist. Allerdings hätte ich auch noch eine zweite kaufen können. Ich weiß ja, wie es geht. Ich fürchte, wenn der Kommissar keinen anderen Täter findet, der ihm besser gefällt, werde ich doch noch zum Bauernopfer.«

Gitte fühlte sich berufen, Ole in Schutz zu nehmen. »Mit Gefallen hat die Tätersuche kaum etwas zu tun, Ole Ansgaard scheint mir recht erfahren zu sein. Nimm's mir nicht übel, Björn, aber du hattest auch ein Motiv und die Gelegenheit, Lasses Frau zu überfahren. Genau wie deine Mutter. Ich glaube, das eigene Kind zu verlieren ist das Schlimmste, was einem passieren kann. Da kann man schon mal durchdrehen.«

Björn ließ die Gabel sinken, und einen Moment lang sah er richtig wütend aus, doch dann brach er ohne jede Vorwarnung in Tränen aus. Er hielt sich die kräftigen, schwieligen Hände vors Gesicht und weinte nahezu lautlos. Gitte blickte erschrocken auf das Bild vor ihr und machte sich Vorwürfe. Sie hatte ihm offenbar zu viel zugemutet. Kam nach dem Ausbruch nun ein Schuldgeständnis? »Es tut mir leid, Björn, es tut mir alles so leid.«

Abwehrend hob er eine Hand, mit der er sich anschließend über die Augen wischte. »Alle haben Mitgefühl mit den armen Eltern, die ihr Kind verloren haben. Mein Gott, wie schrecklich. Hast du dich mal gefragt, wie es für mich, den großen Bruder, war, sie zu verlieren? Seit sie auf der Welt war, habe ich sie beschützt, mit ihr gespielt und ihr vieles erklärt. Ich war ungefähr zehn Jahre älter als sie. Ich träume noch immer ständig von ihr! Ja, vielleicht hätte ich diese Frau überfahren, wenn sie mir in der entsprechenden Stimmung damals vor das Auto gelaufen wäre, aber ich habe es nicht getan. Und meine Ma auch nicht. Sie hätte niemals einem Kind die Mutter weggenommen. Mia konnte doch nichts für ihre Krankheit und für die Ansteckung.«

Gitte nickte. Doch seit der Tyrannei ihres Ex-Freundes wusste sie, dass man niemals sagen konnte, was in einem Menschen wirklich vor sich ging und was ihn antrieb. Sie glaubte Björn, dass er diesen Mord seiner Mutter nicht zutraute, aber sie selbst schloss das nicht aus. Es wurde Zeit, einigen Leuten auf die Füße zu treten. Denn je mehr sie sich mit Lasse Hartmann beschäftigte, desto überzeugter war sie, dass es da ein ganz und gar düsteres Geheimnis zwischen Lars und Lasse gegeben hatte.

Björn schob seinen Teller zur Seite und sagte: »Ich gehe jetzt, hoffe aber sehr, dass du mir glaubst.«

»Hast du die Giftkapsel noch?«

Er nickte zögernd. »Meine Ma wollte sie haben, aber ich wollte sie ihr nicht geben. Am Ende kommt sie noch auf dumme Gedanken. Da reicht eine Kurzschlussreaktion.«

»Gib sie mir. Ich werde sie entsorgen. Du brauchst sie ganz sicher nicht, du packst das Leben schon.«

Er ließ sich aus der Terrassentür schieben und sagte zum Abschied: »Ich habe sie Bente gegeben. Hej, hej, Gitte.«

Sie blickte ihm nach und beobachtete, wie Björn geschickt Vorder- und Hintertür des Wagens öffnete, in sein Auto einstieg und den Rollstuhl zusammenklappte, der automatisch mit einem herausfahrenden Arm aus der geöffneten Hintertür aufgebockt und eingeholt wurde.

In einiger Entfernung sah sie Kate und Erik, die Hand in Hand den Schotterweg entlangkamen, an ihrem jeweils freien Arm baumelten Einkaufstaschen.

Beide winkten ihr fröhlich zu. »Endlich bist du mal zu Hause, Gitte. Wir wollten dich zum Essen einladen, schön warm am Kamin. Kate kocht Janssons Versuchung. Das ist zwar streng genommen ein typisches Gericht in der Weihnachtszeit, aber wir lieben es, und du musst es probieren.«

Kate nickte vergnügt, der Wind trieb ihr die Tränen in die Augen, und ihr Kajalstrich war etwas verschmiert. Sie sah verwegen aus.

Gitte freute sich. »Ja klar, ich komme total gerne.«

Erik nickte zufrieden. »Es gibt auch etwas zu feiern. Meine Frau ist rehabilitiert. Also, zumindest, was den Einbruch angeht, abgesehen davon halten sie alle für eine forsche Frau, die vor nichts zurückschreckt. Sie muss ein Bußgeld bezahlen, weil sie sich unerlaubt aus dem Staub gemacht hat.«

Gitte lachte. »Ich glaube, gerade die verbotene Reise nach Marielyst hat deiner Frau Spaß gemacht, wer weiß, ob sie uns tatsächlich besucht hätte, wenn sie nicht auf der Flucht gewesen wäre.«

Woraufhin Kate ihr vergnügt zuzwinkerte und sagte: »Komm so gegen sechs, dann bin ich mit dem Kochen fertig.«

Gitte ging wieder ins Haus und schielte auf ihre Küchenuhr. Sie hatte noch eineinhalb Stunden Zeit. Ihr brannten verschiedene Dinge auf den Nägeln. Zum einen ahnte sie, dass sie mal mit Bente sprechen sollte. Je länger sie über das nachdachte, was sie herausgefunden und was Björn ihr erzählt hatte, desto mehr kam sie zu dem Schluss, dass die alte Dame eine Menge wusste. Kannte sie auch den Mörder ihres Sohnes? Gitte traute der alten Lady durchaus zu, dass sie mit einer Waffe in der Hand den Banker einfach über den Haufen schoss, falls sie ihn für den Mörder hielt. Danach würde sie sich wahrscheinlich so ruhig der Polizei stellen, als gelte es, eine Aussage über einen Falschparker zu machen.

Gitte wollte auch noch einmal zu Mathilda, der Russin, und sie einige Dinge fragen. Und zwar zu ihrem Mann. Doch beides würde sie heute nicht schaffen.

Kurz entschlossen rief sie bei Larstsen an und fragte ihn nach der Adresse von Bente. Nach einigen Ermahnungen, die sie sich von ihrem Chef anhören musste, rückte er mit der Adresse heraus. Und er konnte es sich nicht verkneifen zu erwähnen: »Beim letzten Mal, als du allein losgezogen bist, um einen Fall zu lösen, musste Ole Ansgaard dich aus einem alten Kellergewölbe retten. Du wurdest mit Drogen ruhiggestellt.«

»Ich besuche die Oma von Björn. Du kennst sie gut. Was soll daran gefährlich sein? Und später bin ich bei meinem Nachbarn Erik zu einem schwedischen Essen eingeladen. Seine Kate kocht. Da wird mir auch nichts Schlimmeres passieren, als dass ich mich überfresse.«

»Trotzdem«, maulte Larstsen, »das viele Schnüffeln ist nicht gut. Wundere dich nicht, wenn Bente dich rauswirft. Sie lässt sich nicht aushorchen. Himmel noch eins, Gitte, du hattest doch gerade erst schon genug Ärger.«

Gitte traf Bente in ihrem Garten an, wo sie einen Rosenstrauch zurückschnitt. Ihre Hände steckten in Gartenhandschuhen, aber an den bloßen Armen zeigten sich ein paar Kratzer, die die Dornen hinterlassen hatten. Bentes kurze graue Haare wehten im Wind. Sie sah sehr rüstig aus, wie sie da mit der schweren Heckenschere hantierte.

Gitte grüßte freundlich und fragte, ob sie störe, wenn sie kurz reinkommen würde.

»Hej, Gitte Madsen, komm herein. Es ist gut, dass du kommst.« Sie ließ die Schere sinken und wischte sich über das Gesicht. Ihre blauen Augen blickten sie durchdringend an. Gitte schloss das niedrige Gartentor und trat näher.

»Gitte, ich weiß, dass die Polizei nach dem Mörder meines Sohnes suchen muss, aber warum begibst du dich mit Björn auf die Pirsch, ohne daran zu denken, was das in ihm auslöst? Ich mache mir große Sorgen um den Jungen und möchte dich bitten, ihn in Ruhe trauern zu lassen.«

Gitte war einen Augenblick lang wie vor den Kopf geschlagen. Diese Zurechtweisung hatte sie nicht erwartet. Sie ging zur Verteidigung über. »Björn ist erwachsen, und er hat das Recht, nach der Wahrheit zu suchen. Er war es, der mich gebeten hat, ihm zu helfen.«

Bente lächelte sanft. »Ja, ich weiß, und ich wollte dir auch keine Vorwürfe machen. Aber es wäre besser, wenn du ihn nun in Ruhe lassen würdest.«

Gitte verschränkte die Arme vor der Brust. »Dafür ist es eigentlich zu spät, es sind eine Menge Fragen aufgetaucht, die Björn nicht einfach ignorieren kann. Willst du ihn schützen, weil er die Frau von Lasse Hartmann überfahren hat?«

Kaum war die Frage raus, biss sie sich auf die Zunge. Sie hatte nicht mit der Tür ins Haus fallen wollen.

Bente geriet etwas ins Straucheln, sie wankte, fing sich aber wieder und legte die Schere auf den Boden. »Das ist Blödsinn, das war damals ein tragischer Unfall, wie er leider nun mal passiert.« Ihre Augenlider flatterten.

Doch Gitte glaubte ihr nicht. »War es Lars? Aus Rache, weil seine Tochter gestorben ist und Lasse nicht aufgepasst hat, als sein Kind krank war? Und hat Lasse deshalb den Fallschirm manipuliert, mit dem Björn abgestürzt ist? War es nicht so, dass die beiden zu schrecklichen Feinden geworden sind? Deshalb hast du Lasse auch bei der Beerdigung weggeschickt. Du hältst ihn doch auch für den Mörder deines Sohnes, oder?« Gitte hatte sich in Rage geredet.

Bentes Gesicht hatte sich im Laufe ihrer Worte versteinert. Der Mund war zu einem schmalen Strich zusammengepresst, und eine steile Falte stand zwischen ihren Augen.

»Es bringt keinem etwas, wenn wir den Unfall von Björn wieder ans Licht zerren. Man hat sich darauf geeinigt, dass es Materialverschleiß war, und Björn hat sogar Geld bekommen. Was glaubst du, wie schlimm die Vorstellung für ihn wäre, jemand habe ihm oder seinem Vater nach dem Leben getrachtet? Ich möchte, dass du jetzt gehst, Gitte Madsen. Du sollst die Toten zur Ruhe betten und nicht Zwietracht säen. Wenn du glaubst, du wärst klüger als die Polizei, dann geh zu ihnen, und melde, was immer du mitzuteilen hast. Sie werden dir schon sagen, dass es Lasse nicht gewesen sein kann. Aber der Mann ist dennoch gefährlich. Also, pass auf, was du tust, und halte um Himmels willen Björn von ihm fern.« Dann nahm die alte Frau ihre Schere wieder auf und drehte sich zu ihren Rosen um.

Und Gitte saß wenige Minuten später im Auto und kaute auf ihrer Unterlippe. Sie musste Björn erreichen und ihn davon abhalten, dass er zu Lasse Hartmann fuhr. Doch er ging nicht an sein Handy. Sie schrieb ihm eine Nachricht.

Hej, Björn, habe mit deiner Großmutter geredet,
Lasse kann es ihrer Meinung nach nicht gewesen

sein, aber du sollst dich von ihm fernhalten.
Bitte ruf mich an!

Auf dem Weg nach Hause bog sie, einer spontanen Eingebung folgend, in eine Nebenstraße ab und suchte das Haus von Lars und Karla Andresen. Sie wusste nicht genau, welche Hausnummer es war, doch es gab nur ein Haus mit einem Schild davor. Physiotherapie.

Sie hielt auf der schmalen Straße und ging zur Haustür, die an einer Seite mit einer Rampe zugänglich war. Und erschrak, als die Haustür vor ihr aufgerissen wurde.

Ein schwergewichtiger Mann trat heraus, sein Gesicht war gerötet, und hinter ihm tauchte Karla auf und sagte: »Hej, hej und denk bitte daran, die Übungen regelmäßig zu wiederholen. Oh, hej, Gitte. Willst du zu mir oder zu Björn? Er ist aber nicht da.«

Karla Andresen war noch schmaler geworden seit der Beerdigung. Ihre Wangen waren eingefallen, und unter den Augen saßen dunkle Schatten. Dennoch arbeitete sie offensichtlich.

Gitte ließ den Mann vorbeigehen und grüßte Karla. »Ich wollte zu dir. Ich möchte mit dir über den Feind deines Mannes sprechen.«

Erschrocken schaute Karla sie an. »Ist Björn etwas passiert?«

Gitte schüttelte den Kopf und trat in einen kleinen Flur. Karla führte sie nach links in eine offene Küche und bat sie, auf einer Eckbank Platz zu nehmen. Fahrig fuhr Gitte sich durch das Haar.

»Karla, du hast erzählt, dein Mann habe einen Feind gehabt. Wie kommst du darauf?«

»Lars hat nachts im Schlaf geredet. Erst dachte ich, er träumt schlecht, doch dann wiederholten sich die Worte. Außerdem wurde er ängstlich und nervös, schrak bei jedem Geräusch zusammen, und er hat ein Testament aufgesetzt. Und als Björn diesen Unfall hatte, war Lars sich sicher, dass jemand ihm nach dem Leben trachtete. Seitdem hat er keinen Sprung mehr gemacht, dabei hat er das Springen geliebt.« Sie verschränkte nervös ihre Hände ineinander. Die Knöchel traten weiß hervor.

»Und du hast keine Ahnung, wer deinem Mann nach dem Leben trachtete? Du kennst Lasse Hartmann?«

Karla zuckte sichtlich zusammen. Sie stand auf und setzte Teewasser auf. Gitte war sich sicher, dass sie nicht sehen sollte, wie ihre Augen in Tränen schwammen.

Ohne sich wieder zu Gitte umzudrehen, erzählte Karla: »Lasses Tochter hat unsere Tochter mit einer tödlichen Krankheit angesteckt. Er und seine Frau haben damals ihr krankes Kind in die Schule geschickt. Wenn sie Verantwortungsgefühl gezeigt hätten, dann würde unsere Tochter noch leben. Ich hasse ihn, und ich hasste seine Frau.« Plötzlich lachte sie hart auf. »Ich weiß, man redet nicht so über den Tod eines anderen Menschen, aber Lasses Frau wurde vom Schicksal bestraft, sie starb bei einem Autounfall.«

Gitte unterbrach sie. »Sie wurde überfahren, eventuell war es ein gezieltes Verbrechen. Hat dein Mann sich rächen wollen? Oder Björn?«

Nun drehte Karla sich doch vom Herd weg und starrte

Gitte erschrocken an. Dann schlug sie die Hände vors Gesicht und weinte. Karla bebte am ganzen Körper, und Gitte stand schnell auf und führte die zarte Frau behutsam zur Bank, wo sie sich setzen konnte.

»Ich habe solche Angst, dass man Lars aus Rache umgebracht hat. Wenn er sich etwas hat zuschulden kommen lassen, das wäre doch furchtbar, oder?«, fragte Karla unter Tränen.

»Ja, der Gedanke tut weh. Bente hat Lasse Hartmann bei der Beerdigung weggeschickt. Hält sie ihn für den Mörder von Lars?« Auch wenn Bente das Gegenteil behauptet hatte, glaubte Gitte der alten Dame nicht so recht.

Karla holte ein Taschentuch aus ihrer Hose und schnäuzte sich die Nase. »Bente hat es für mich getan. Ich konnte seinen Anblick nicht ertragen. Es hätte nur noch gefehlt, dass er mit seiner Tochter zusammen bei uns aufgetaucht wäre. Aber für den Tod von Lars kann er nicht verantwortlich sein. Er wäre niemals auch nur in die Nähe der Tabletten gekommen. Völlig ausgeschlossen. Auch unsere Mitarbeiter hätten den Mann nicht ins Büro gelassen.«

Nun, das zumindest überprüfte Björn ja noch. Wenn Lasse Hartmann nicht der sogenannte Feind von Lars gewesen war, wer kam denn dann infrage?

Sollte sie Karla nach Björns Zynanidkapsel fragen? Sie ließ es lieber. Die Frau befand sich in einem wirklich labilen Zustand.

»Weißt du, wo mein Sohn ist? Er wollte heute zu dir«, fragte Karla noch, bevor Gitte sich verabschiedete. Überraschend krallte sie ihre Nägel in Gittes Unterarm, und nur deren Bluse verhinderte, dass es richtig wehtat. »Ich habe manchmal solche Angst, dass er etwas Dummes getan hat. Aber es ist eine irrationale Angst, ich weiß, dass er seinen Vater nicht umgebracht haben kann. Björn könnte jemanden im Affekt mit seinem Rollstuhl über den Haufen fahren, aber einen wohlüberlegten Giftmord traue ich ihm nicht zu.«

Ob Karla ahnte, was sie da über Björns Seelenzustand gesagt hatte? Gitte musste sofort an die überfahrene Frau denken. Sie erzählte Karla, dass Björn am Nachmittag bei ihr gewesen sei und sicher bald nach Hause käme. Er habe noch kurz ins Büro seines Vaters fahren wollen. Dann verabschiedete sie sich und ging zur Haustür, ohne dass Karla aufstand und sie begleitete.

Nun wurde es für Gitte auch Zeit, nach Hause zu kommen. Sie hielt noch kurz am Supermarkt und kaufte für Kate eine Flasche Kirsberry, den süßen dänischen Kirschlikör. Sie schaffte es gerade noch, sich umzuziehen, und stand kurz nach sechs auf Eriks Veranda. Zum Glück nahm Erik auf die Damen Rücksicht, und sie aßen drinnen. Kate begrüßte sie mit geröteten Wangen und tiefschwarz geschminkten Augen.

Bei dem Gericht ›Janssons Versuchung‹ handelte es sich um einen schwedischen Kartoffelauflauf mit Sardellen und viel Sahne, und es roch sehr würzig, als Gitte das gemütliche kleine Wohnzimmer betrat. Zum Auflauf gab es einen Cesar Salat sowie eine Rohkostplatte mit Dip. Kate war eine Köchin, die auf gesunde Zutaten und Speisen Wert legte, wie sie beim Auftragen kundtat. Leider würde ihr Mann zu oft alleine essen. Seine Leidenschaft für das Grillen fettiger Burger sei in ihrer schwedischen Nachbarschaft allseits bekannt. Ihr Blick streifte dabei liebevoll den kräftigen Bauchansatz ihres Mannes.

Der Auflauf schmeckte köstlich. Die Sardinen zergingen auf der Zunge, und aufgrund ihres salzigen Geschmacks erschien das dänische Bier Gitte gleich doppelt so süffig. Sie trank schneller, als gut für sie war.

Kate erzählte beim Essen, warum sie nun vom Verdacht, wertvolle Gemälde gestohlen zu haben, reingewaschen war. »Mich hat jemand gesehen, als ich in dunkler Kleidung, aber nur mit einem Fahrrad vom Haus weggefahren bin. Ich hatte nun einmal kein einziges Gemälde bei mir, nur eine Kamera um den Hals. Die Einbrecher müssen aber mindestens einen Kombi gehabt haben, um die größeren Objekte transportieren zu können. Ich muss gerade weggefahren sein, als die Kunstdiebe gekommen sind. Das wäre riskant gewesen, wenn wir aufeinandergestoßen wären.« Sie schob sich eine dunkle Haarsträhne aus dem erhitzten Gesicht und blickte beinahe bedauernd drein.

»Um Himmels willen, daran mag ich gar nicht denken«, brummte Erik. »Ich bin froh, dass du nicht mehr unter Verdacht stehst. Schließlich hätte nicht viel gefehlt, und die hätten dich verhaftet.« Eine vollgehäufte Gabel verschwand unter dem Schnurrbart im Mund.

Kate grinste. »Für einen Bankangestellten ist das sicher eine Misere, aber für eine Künstlerin wie mich ist eine solche Schlagzeile eine gelungene Werbekampagne. Apropos

Misere, erzähl uns von dem Mordfall, Gitte. Was hast du bislang herausgefunden?«

Gitte legte ihr Besteck zur Seite und berichtete dem schwedischen Ehepaar von Lasse Hartmann und ihrem Verdacht, dass er und Lars Feinde gewesen seien. »Es würde alles so gut zusammenpassen, zum Schluss bringt Lasse Lars um, damit es endlich ein Ende hat. Doch sowohl seine Mutter als auch die Ehefrau bestreiten, dass es Lasse Hartmann gewesen sein kann, der die Tabletten manipuliert hat. Interessanterweise hat Bente, die Mutter des Mordopfers, aber vor Lasse gewarnt. Er wäre in jedem Fall gefährlich.«

Kate nickte und meinte: »Sie weiß etwas. Hast du schon mal daran gedacht, dass Bente den Mörder kennt, ihn aber decken möchte? Und deshalb weiß sie auch, dass es nicht dieser Banker gewesen sein kann. Alte Frauen sind wahre Meisterinnen im Bewahren von Geheimnissen.«

»Ole hält den Sohn für verdächtig, aber ich glaube nicht, dass es Björn war.« In dem Moment klingelte ihr Handy. Als hätte er seinen Namen gehört, rief Ole an. »Hej, Gitte, ich wollte dir nur sagen, dass dein Ex-Freund mit der Fähre heute Nachmittag nach Deutschland gefahren ist. Dieser Feigling. Dabei hatte ich schon alles vorbereitet, die Wahl der Waffen, den Sekundanten und den Ort im Morgengrauen.« Gitte musste lachen und erzählte ihm, dass sie gerade bei Kate und Erik zum Essen eingeladen war.

»Die sollen dich nicht aus den Augen lassen. Ich würde gerne kommen, aber ich habe einen etwas hysterischen Anruf von Karla Andresen erhalten. Ihr Sohn ist nicht nach Hause gekommen. Ich finde das recht normal für einen jungen Mann, aber sie sagt, er würde immer ans Handy gehen, wenn sie anruft. Weißt du, wo er steckt? Dir und Kate würde ich es zutrauen, dass ihr einen Mordverdächtigen adoptiert.«

»Nein, hier ist er nicht. Er wollte zur Firma seines Vaters und sich dort nach Lasse Hartmann erkundigen. Er wollte wissen, ob der in der letzten Zeit mal ein Treffen mit seinem Vater gehabt hat. Ich finde diesen Banker schon sehr dubios.« Gitte bemerkte selbst, dass sie anfing zu nuscheln. Sie hatte kein gutes Gefühl dabei, den Jungen so aufgehetzt zu haben. Mittlerweile machte sie sich große Sorgen, dass Björn doch noch zu Hartmann gefahren war.

»Himmel, könnt ihr denn nicht mir diese Arbeit überlassen! So ein schlechter Kommissar bin ich doch gar nicht. Lasse Hartmann hatte definitiv keine Möglichkeit, an die Tabletten zu kommen. Björn verschwendet seine Zeit.«

»Aber Lasse könnte damals den Fallschirm manipuliert haben.« Gitte ließ nicht locker, und Ole schimpfte: »Und? Hältst du es für eine gute Idee, dass Björn zu Lasse fährt und ihm genau das vorwirft?«

»Ich habe ihn nicht zu Lasse geschickt. Natürlich nicht.« Gitte hatte eine Idee. »Versuch es mal bei Mark Mühlbauer, seinem alten Fallschirmlehrer. Er wohnt in Nykøbing. Vielleicht ist Björn zu ihm gefahren. Seine Mutter hatte ein Verhältnis mit ihm.«

Ole schnaubte ins Telefon. »Ich weiß, wo Mark Mühlbauer wohnt. Gute Nacht.«

Sie starrte auf ihr Handy. Kein nettes Wort, von einem Liebesbeweis ganz zu schweigen. Eine Beziehung mit diesem launischen Kommissar konnte ja lustig werden. Gitte entschuldigte sich kurz bei ihren Gastgebern und versuchte es bei Björn auf dem Handy. Aber er war nicht erreichbar.

Sie blickte auf und sagte: »Björn ist offenbar nicht nach Hause gekommen. Ich frage mich, ob ich ein schlechtes Gewissen haben muss, weil ich doch mit ihm immer den Fall und die neuesten Verdächtigen bespreche. Ole hat schon recht. Das ist kein Spiel, und irgendwo in Björns Umgebung läuft ein Mörder frei herum.«

Kate blickte sie prüfend an. »Glaubst du, dass Björn vielleicht doch zu diesem Lasse gefahren ist? Du hast erzählt, er hat erst von dir erfahren, dass dieser Banker der rücksichtslose Vater war, der sein krankes Kind in die Schule geschickt hat. Was, wenn Björn ihn nun deshalb zur Rede stellen will und dabei auch nach dem Mord an seinem Vater fragt? Könnte er sich in Gefahr bringen?« Plötzlich lächelte Kate unternehmungslustig. »Wenn du weißt, wo dieser Lasse wohnt, könnten wir doch eben nachschauen, ob wir das Auto von Björn dort stehen sehen. Wenn ja, rufen wir natürlich den Kommissar dazu. Ich hätte Lust, noch eine kleine Abenteuerfahrt mit dir zu machen. Erik kann ja derweil die Küche aufräumen.« Sie zwinkerte ihm zu.

Erik kaute noch an seiner zweiten Portion Auflauf und sagte nun mit ernstem Gesicht: »Das ist genau so ein Szenario, vor dem Ole mich dringend gewarnt hat. Euch beide soll ich nicht einmal alleine zur Sonntagsmesse gehen lassen. Hat er gesagt. Wörtlich.« Der große Schwede nickte wichtig.

Gitte googelte bereits nach Lasse Hartmann und bekam wenig später eine Adresse angezeigt. Er wohnte in Væggerløse, also nur wenige Kilometer entfernt, was sie nicht wunderte. Immerhin waren Lasses Tochter und Björns Schwester zusammen zur Schule gegangen. In Marielyst gab es keine Schule, die nächste war in Væggerløse.

»Wir gucken doch nur kurz nach Björns Auto. Das ist nun wirklich nicht gefährlich. Ich zeige Kate bei der Gelegenheit noch ein wenig die Gegend, damit sie hier gar nicht mehr wegwill.« Gitte schob das angefangene Bier zur Seite und sprang auf. »Ich hole meine Autoschlüssel, und dann kann es losgehen.«

Als sie Erik mit einem Spültuch über der Schulter auf seiner geliebten Veranda stehen sah, war sie gerührt. Er blickte seiner Frau mit so viel Sorge und Liebe hinterher. Kate hatte sich einen warmen grünen Pullover übergestreift und die Lippen nachgezogen, wie Gitte amüsiert feststellte.

Sie zeigte Kate auf dem Weg den Hügel, wo es zur alten Mühle und zur Werkstatt der Glasbläserin ging, mit der sie sich auf Gittes Geburtstag so angeregt unterhalten hatte. Sie brauchten nur ein paar Minuten, dann fuhren sie in den Ort hinein. Kurz bevor sie zum zweiten Mal abbogen und die Straße erreicht hatten, in der Lasse wohnte, musste Gitte plötzlich scharf ausweichen, da ihr ein Audi mit Schwung aus genau dieser Richtung entgegenkam. Gitte konnte das angestrengte Gesicht des Fahrers sehen und bremste.

»Na, so was, das war er, Lasse Hartmann.«

»Bist du dir sicher, man konnte doch kaum etwas erkennen.« Kate hatte recht, die Dämmerung hatte bereits eingesetzt, doch Gitte war sich sicher. Fast gleichzeitig entschieden beide Frauen: »Wir fahren ihm nach.« Und Gitte fügte hinzu: »Ich konnte nicht erkennen, ob Björn auch im Wagen gesessen hat. Wenn wir jetzt erst nach seinem Auto schauen, verlieren wir Zeit.« Sie drehte auf der Straße um und setzte dem Audi nach.

»Fahr nicht so dicht auf, Gitte, sonst bemerkt er uns.« Sie fuhren aus dem Ort raus wieder Richtung Marielyst. Auf der Straße war kaum ein Auto zu sehen, die meisten Touristen saßen am Abendbrottisch oder vor dem Fernseher. Die Grillsaison war so gut wie vorbei. Gitte bemerkte, dass der Audifahrer unsicher wurde, er blinkte erst sehr spät, wenn er abbog, und es war schwer, ihm zu folgen, ohne entdeckt zu werden. Sie glaubte, dass er zu Bente wollte, doch dann fuhr er weiter den Bøtøvej entlang.

»Wo will er denn bloß hin? Hier kommt gleich nur noch der Bøtø Skov, der Wald.« Gitte fuhr langsamer, denn mit einem Mal war der Audi verschwunden. Und mittlerweile war es stockfinster. Kate fragte besorgt: »Und wenn er nun ohne Licht weiterfährt? Der hat bestimmt mitgekriegt, dass wir ihm folgen. Fahr mal langsamer.«

Sie kamen zu dem Parkplatz, der für die Wanderfreunde oder die Hundebesitzer angelegt worden war. Denn rechts von ihnen befand sich ein kleines umzäuntes Waldstück mit Wegen, der Hunde Skov, der Hundewald. Hier durften die Hunde ohne Leine herumtollen und miteinander toben. Aber es gab auch ein riesiges Areal zum Wandern, in dem man mit ein wenig Glück Europäische Bisons und Pferde treffen konnte.

Gitte stellte sich so auf den Parkplatz, dass sie auf demselben Weg wieder zurückfahren konnte. Beide Frauen blickten umher, aber in der Dunkelheit konnten sie nur das erkennen, was sich im Kegel ihres Scheinwerferlichts befand. Plötzlich gab es kurz hintereinander zweimal einen entsetzlich lauten Knall. Scharf hallte es durch die Dunkelheit. Jemand schoss auf ihr Auto und traf auch. Gitte spürte, wie ihre Reifen Luft verloren. Kate hatte sich bereits geduckt und zog Gitte nun ebenfalls nach unten. Sie standen hier absolut schutzlos mitten auf dem Parkplatz, während Lasse sich offenbar in der Deckung einiger Bäume aufhielt.

Kate blieb überraschend ruhig. »Du musst den Notruf wählen. Mit den kaputten Reifen kommen wir nicht weit.«

Gitte klopfte das Herz bis zum Anschlag, sie wusste nicht einmal, ob sie reden konnte. Sie mochte gar nicht daran denken, dass dieser durchgeknallte Schütze Björn in seiner Gewalt haben könnte. Für sie war es nun sonnenklar, dass sie sich gerade mit dem Mörder von Lars anlegten. Aufgeregt tastete sie nach ihrem Handy in der Hosentasche und holte es heraus.

Ein erneuter Schuss traf die Kühlerhaube. Gitte und Kate schrien erschrocken auf, und Gitte fiel das Handy aus der Hand. Kate sammelte es in ihrem Fußraum auf. Das alles geschah in gebeugter Haltung, keine von beiden traute sich, den Kopf höher zu halten.

Nach diesem dritten Schuss war ihnen klar, dass er nicht nur auf die Reifen schoss, sondern es billigend in Kauf nahm, eine von ihnen zu treffen. Wieder knallte ein Schuss. Ein metallisches Geräusch am Heck ertönte. »Mist, der versucht noch, deinen Tank zu treffen. Wir müssen hier raus. Schalte die verdammten Scheinwerfer aus.« Kate griff nach dem Zündschlüssel und zog ihn heraus. Nun lag das Auto im Dunkeln.

Gitte griff nach ihrem Handy und wählte endlich den Notruf. Leider war der Empfang mehr als schlecht. Klar, sie befanden sich hier weit vom Ort entfernt am Waldrand. Sie musste es mehrfach probieren.

Endlich hatte Gitte eine müde Stimme am Apparat und teilte mit: »Wir befinden uns am Hunde Skov in Marielyst. Jemand schießt auf uns. Mein Auto wurde bereits mehrfach getroffen, und wir kommen hier nicht mehr weg.«

Am anderen Ende spürte sie pures Erstaunen, wenn nicht sogar Ungläubigkeit. »Auf euch wird geschossen? Womit denn? Spielt ihr etwa Paintball? Soll das ein Scherz sein?«

»Nein, das ist kein Scherz. Hier schießt jemand auf uns, aus einem Auto heraus. Es handelt sich aller Wahrscheinlichkeit nach um Lasse Hartmann, und er hat eventuell auch noch eine Geisel. Bitte informiere schnell Ole Ansgaard, und schick uns Hilfe.«

Wieder ertönte ein Schuss. Jetzt wurde der Beamte hektisch. Und Gitte wurde richtig wütend. Sie machte die Tür einen Spaltweit auf und schrie erbost: »Was zum Teufel willst du von uns? Reicht dir ein Mord nicht? Die Polizei ist jeden Moment hier.«

»Mach um Himmels willen die Tür wieder zu, und nimm den Kopf runter. Bist du denn wahnsinnig?« Kate zerrte an Gittes Arm.

Plötzlich hörte man eine Autotür. Entsetzt starrten die beiden Frauen sich an. Wenn Lasse nun mit der Waffe in der

Hand zu ihnen kam, hatten sie keine Chance. Er würde sie aus nächster Nähe abknallen.

»Wir müssen raus und den Schutz der Dunkelheit nutzen.« Kate hatte sich bereits abgeschnallt. Doch Gitte nahm ihr den Zündschlüssel aus der Hand und ließ den Motor an. »Ich habe zwar ein paar platte Reifen, aber es reicht noch, um ihn umzufahren, wenn er auf uns schießt.« Sie wunderte sich über ihre eigene Entschlossenheit. Doch Gitte hatte enorme Angst, dass Kate etwas geschah und sie selbst mit ihrem Aufklärungseifer die Verantwortung dafür übernehmen müsste. Das Licht ließ sie noch ausgeschaltet.

Da hörten sie jedoch ein Motorengeräusch, und dann sahen sie den Wagen von Lasse davonfahren. Das Knirschen aufspritzenden Schotters begleitete die Aktion.

»Hoffentlich fährt er den Beamten genau in die Arme.«

Kate blickte skeptisch. »Der ist ja nicht blöd. Ich glaube, er fährt weg, weil du mit der Polizei gedroht hast. Viel Zeit bleibt ihm nicht. Hör mal.« Kate öffnete ihre Tür, und sie hörten leise Hilfeschreie. Gitte schaltete sofort.

»Das ist Björn. Björn ist aus dem Auto raus, deshalb haben wir die Autotür gehört.« Sie stieß nun auch ihre Tür auf, um auszusteigen.

»Das könnte eine Falle sein.«

»Nein, ich kenne seine Stimme. Das ist Björn.« Schnell schaltete sie die Scheinwerfer an, um den vor ihr liegenden Platz besser überblicken zu können. Dann sprang sie aus dem Auto. Sie konnte nicht viel erkennen, nur zwei dunkle Bündel etwa fünfzig Meter von ihrem Auto entfernt. Wieso zwei?, fragte sie sich besorgt und lief los.

Kate war ebenfalls ausgestiegen, und als sie erneut einen Hilferuf vernahmen, rannten sie. Gitte erschrak. Björn lag hilflos auf der Seite. Jetzt richtete er sich auf, so gut er konnte. Seine Haare hingen ihm wirr ins Gesicht, und seine ebenmäßigen Züge waren zu einer zornigen Grimasse verzogen. Neben ihm lag zusammengeklappt sein Rollstuhl.

»Wir müssen ihm nach. Der Mann ist total durchgedreht. Los, wir müssen ihm nach. Er ist für den Absturz des Fallschirms verantwortlich.« Björns Stimme klang heiser und schwach, doch er hieb mit der Faust auf den Boden.

Kate baute den Rollstuhl auf, und mit Gittes Hilfe hievte sie Björn in seinen Stuhl. Es musste demütigend für ihn sein, vor ihnen im Dreck zu liegen. Gitte teilte ihm mit: »Die Polizei ist unterwegs. Die werden ihn schon kriegen.«

Björn schüttelte verzweifelt den Kopf. »Sie können ihm doch nichts mehr nachweisen. Die Sache ist vom Tisch.«

»Aber den Mord an deinem Vater kann man ihm vielleicht nachweisen.« Gitte sprach dänisch mit Björn, sodass Kate zwar von einem zum anderen schaute, aber kaum etwas verstehen konnte. Björn schüttelte den Kopf.

»Nein, das war nicht Lasse. Aber mein Vater hat angeblich Lasses Frau überfahren. Da ist der Kerl sich hundert Prozent sicher. Er sagt, mein Vater sei durchgedreht, hätte den Bezug zur Realität verloren und habe mit dem Schmerz nicht mehr umgehen können. Auge um Auge, Zahn um Zahn, habe er gepredigt. Dafür sitze ich jetzt im Rollstuhl.« Björn lachte hart auf und weinte gleichzeitig. »Wenn mein Vater nicht schon tot wäre, würde ich ihn jetzt umbringen. Er hat mit dieser Scheiße angefangen. Irgendwann wären wir alle dabei draufgegangen, ich und meine Mutter, Bente, Lasses Tochter. Der Alte hat einfach keine Ruhe gegeben, und Lasse schließlich auch nicht.«

Gitte ging in die Knie, damit sie seinem Gesicht näher war. »Warum ist Lasse nicht zur Polizei gegangen?«

»Ist er doch, aber der Unfalltod seiner Frau blieb ungeklärt, und nach der Sache mit dem Fallschirm hatte er selbst Dreck am Stecken. Wir müssen ihm nach. Bitte, Gitte, er will zu Bente.«

In diesem Moment ertönte der höllische Lärm von mehreren Martinshörnern.

Kate mischte sich nun auf Englisch ein und fragte Björn: »Was hatte dieser Typ eigentlich mit dir vor? Warum warst du in seinem Auto? Und warum hatte er eine Waffe dabei?«

Björn blickte mit großen Augen auf die Einsatzfahrzeuge; er musste gegen den Lärm anschreien. »Er wollte mich umbringen, wollte es wie den Selbstmord eines verzweifelten Mannes aussehen lassen, der mit seiner Behinderung und dem Tod des Vaters nicht zurechtgekommen ist. Er wollte mir den Mord anhängen. Das hätte auf jeden Fall funktioniert.«

»Zum Glück sind wir euch gefolgt«, sagte Gitte. Doch zu ihrem Erstaunen schüttelte Björn erneut den Kopf. Mittlerweile wurden sie regelrecht umzingelt.

»Nein, er konnte es nicht tun, ich habe es ihm schon unterwegs angesehen. Gut, er hat Panik bekommen, als ihr uns gefolgt seid, und hat auf euch geschossen, aber er wollte euch nicht treffen. Bestimmt nicht. Tu bitte was, Gitte, die halten mich noch für den Schützen.«

Mehrere Männer mit ihren Waffen im Anschlag gingen auf sie zu. Gitte hob die Hände und schrie: »Es ist alles in Ordnung. Der Schütze, Lasse Hartmann, ist eben abgehauen, er fährt einen blauen Audi.« Sie nannte die Nummer. »Dieser junge Mann wurde von ihm gegen seinen Willen mitgenommen und bedroht.«

Zwei Sanitäter rannten nun auf die kleine Gruppe zu und fragten besorgt, ob alle unversehrt seien. Die Spurensicherung kümmerte sich um Gittes Wagen und untersuchte die Einschusslöcher. Da hatte sie den alten Volvo gerade erst für viel Geld umgemeldet, und nun war er demoliert.

Sie blickte sich nach Ole um, doch der Kommissar war nicht unter den Einsatzkräften. Noch nicht, denn soeben fuhr sein Wagen mit überhöhter Geschwindigkeit auf den Parkplatz und rammte beinahe einen Streifenwagen. Ole sprang behände aus dem Auto und hielt einen Beamten am Ärmel fest. Gitte sah, wie sie Informationen austauschten und Ole kurz nickte. Der Polizist zeigte in ihre Richtung, und Ole eilte auf sie zu, schloss sie in seine Arme und drückte sein Gesicht in ihre Haare. Das war schon mal besser als das befürchtete Donnerwetter, dachte Gitte.

»Gitte, Mensch, Gitte, kannst du das nicht lassen? Diese Aktionen werden dich oder mich noch umbringen.« Dann blickte er auf und sah Kate neben Gitte stehen. Er fuhr auf Englisch fort: »Liebe Kate, ich will gar nicht wissen, wer die Idee hierzu hatte, aber du wirst von mir ein Aufenthaltsverbot für Dänemark bekommen. Es war nett, dich kennengelernt zu haben, aber bitte, bleib in Schweden, male deine Bilder, und schreib Gitte allenfalls mal eine Postkarte. Ich habe von Anfang an geahnt, dass die Verbindung Kate und Gitte Unglück bringt.«

Kate strahlte ihn an und sagte so breit, dass es beinahe amerikanisch klang: »I love Denmark!«

Björn schilderte dem Kommissar wenig später die Geschehnisse des Abends und schloss mit der Bitte: »Können wir jetzt zu meiner Großmutter fahren? Ich glaube, dass Lasse zu ihr wollte.«

»Glaubst du, Bente ist in Gefahr?« Ole runzelte die Stirn und rückte ein wenig von Gitte ab.

»Nein, er will sie davon überzeugen, dass er meinen Vater nicht umgebracht haben kann.«

Gitte mischte sich ein. »Das weiß Bente. Sie hat es mir selbst gesagt.«

»Vielleicht denkt Lasse auch, sie weiß, wer es war. Er wollte jedenfalls etwas beenden, was unseren beiden Familien nur Kummer gebracht hätte.« Björn fuhr mit seinem Rollstuhl in Richtung Autos.

Gitte dachte über einen Satz nach, den Björn gesagt hatte. Wenn sein Vater nicht schon tot wäre, würde er ihn umbringen. Hatte noch jemand aus der Familie so gedacht?

»Okay«, sagte Ole und machte Anstalten, Björn zu folgen. »Ich fahre mit dem jungen Mann zu Bente, und euch lasse ich von einem Beamten nach Hause bringen. Dein Auto wird schon wieder, Gitte. Die Spurensicherung nimmt es mit, und mit etwas Glück wechseln sie dir auch die Reifen. Die Reparaturen muss Lasse Hartmann bezahlen.«

Die beiden Frauen guckten sich an, und Kate machte ein enttäuschtes Gesicht. Dann blickte sie plötzlich erschrocken drein und sagte: »Mist, Gitte, ich muss Erik anrufen. Der macht sich bestimmt schon Sorgen, wo wir bleiben. Kannst du mir dein Telefon geben?« Sie ging mit dem Handy ein paar Schritte zur Seite.

Mittlerweile hatten sie Oles Auto erreicht. Björn fragte den Kommissar: »Kann ich mal bei Bente anrufen? Mein Handy liegt noch in meinem Auto. Ich möchte übrigens, dass Gitte mitkommt. Sie übt einen beruhigenden Einfluss auf mich aus.« Ohne mit der Wimper zu zucken, nahm er Oles Handy in Empfang und wählte eine Nummer. Bente meldete sich jedoch nicht.

Gitte nickte. »Ich komme gerne mit.«

Der Kommissar wurde dienstlich. »Gut, wir werden also zu dritt zu Bente fahren und einen weiteren Streifenwagen zur Sicherheit mitnehmen. Immerhin befindet sich Lasse Hartmann noch im Besitz einer Waffe.«

»Nein, entschuldigt, das habe ich vergessen zu sagen. Er hat sie aus dem Auto geworfen, da hinten irgendwo.« Björn zeigte mit dem Finger in die Richtung, wo er eben noch im Dreck gelegen hatte.

Gitte dachte bei sich, dass Lasse offenbar nicht auf Ärger aus war oder vor Bente Angst hatte, wenn er seine Waffe zurückließ. Er war wohl einfach mit den Nerven am Ende.

Ole sprintete sofort los, um nach dem Teil zu suchen. Das wäre nun wirklich der Super-GAU, wenn hier eine geladene Pistole einfach auf dem Parkplatz vergessen werden würde. Auf einem Parkplatz, der von einer Menge Familien mit Kindern besucht wurde.

Gitte verabschiedete sich derweil von Kate und versprach ihr, sie später noch anzurufen, um ihr den Ausgang der Geschichte zu schildern. Kate konnte bei den Sanitätern mitfahren.

Mithilfe ihrer Taschenlampen hatten die Männer die Waffe schnell gefunden. Ole ging kopfschüttelnd zu ihr und Björn zurück. »Wie kommt so ein Typ an eine Neun-Millimeter-Luger? Die sind nicht billig.«

Dazu meinte Björn lediglich: »Ich glaube, der Mann ist Sportschütze und hat sogar eine Genehmigung dafür. Zumindest hat er das behauptet.«

Ole grinste diabolisch. »Der war die längste Zeit Sportschütze. So ein Verhalten ist unentschuldbar. Und Banker war er wahrscheinlich auch die längste Zeit. Das Schießen mit einer Pistole auf ein Auto, in dem sich noch Insassen befinden, werte ich als Mordversuch.«

12

Sie fuhren schließlich mit Oles Auto die wenigen Kilometer zu Bentes Haus, das am Skarntydevej lag. Ein Streifenwagen folgte ihnen.

»Bente und ihr Mann hatten sich das Ferienhaus gekauft, als sie beide in Rente gegangen sind. Zuvor haben sie in Sakskøbing gewohnt«, erzählte Björn. »In Marielyst gibt es nicht allzu viele Jobs, außer in der Touristikbranche. Na ja, es ist halt mehr ein Feriendorf. Hier wohnen aber auch viele Dänen im Rentenalter. Leider ist Opa vor fünf Jahren an Krebs gestorben, und Bente vermisst ihn sehr. Es hat lange gedauert, bis sie in der Nachbarschaft eine gute Freundin gefunden hat. Das war nicht so leicht, da ja auch in ihrer Wohngegend viele Touristen leben und die Nachbarschaft ständig in Bewegung ist.«

Er wandte sich an Gitte. »Wie bei dir, Gitte. Aber du schaffst es sogar, die Touristen in eine gewisse Abhängigkeit zu bringen, sodass sie immer wieder zu dir zurückkommen.« Er lachte nicht, als er das sagte, sondern starrte auf die Straße.

Endlich angekommen, sah Gitte, dass Björns Hände

leicht zitterten, als er den Reißverschluss seiner Jacke schließen wollte. Auch ihr selbst war mittlerweile kalt.

»Gitte bringt nicht nur Touristen in eine gewisse Abhängigkeit, sondern auch Einheimische. Ich wage es kaum noch, sie aus den Augen zu lassen«, meinte Ole trocken.

Bentes Häuschen lag ein wenig nach hinten versetzt. Lasses Auto entdeckten sie erst auf den zweiten Blick. Es stand vor der Einfahrt eines anderen Hauses zehn Meter entfernt. Bentes Wagen befand sich auf der Wiese neben dem Haus. Im Inneren brannte Licht.

Ole hielt an, schnallte sich ab und befahl: »Ihr bleibt erst einmal im Auto. Ich gehe allein hinein.« Entschlossen lief er auf die Haustür zu, die sich an der Seite und somit von der Straße abgewandt befand.

Björn und Gitte sahen daher nicht, wie er das Haus betrat. Björn löste seinen Sicherheitsgurt und bat: »Kannst du mir den Rollstuhl aufbauen und herschieben? Ich kann hier nicht so untätig herumsitzen.« Das verstand Gitte nur zu gut, und so holte sie den Rolli aus dem Kofferraum.

Diesmal brauchte Björn länger, um in seinen Stuhl zu gelangen. Er war sichtlich erschöpft. Gitte fand in Oles Auto eine Wasserflasche, die sie ihm anbot. Dankbar trank Björn in großen Schlucken und gab danach die Flasche Gitte zurück. Sie brauchten nicht lange warten, bis Ole mit besorgtem Gesicht wieder zurückkehrte.

»Björn, kannst du bitte mit mir kommen?«, bat er den jungen Mann. »Die Situation ist etwas außer Kontrolle geraten. Hast du Bente deine Zyankalikapsel gegeben?«

Björn nickte.

Ole tat es ihm automatisch nach und erklärte dann: »Deine Oma droht damit, sich umzubringen. Es ist kompliziert. Ich hoffe, du kannst sie davon abhalten.«

Sofort packte Gitte die Griffe am Rollstuhl und schob Björn zügig Richtung Haus. »Ich komme mit, eventuell kann ich helfen.«

Die Haustür stand offen, und Gitte gelangte in einen kleinen Flur, der es schwer machte, den Rollstuhl um die Ecke zu bugsieren. Denn nach links führte der Gang in ein helles Wohnzimmer mit bunten Holzmöbeln. Die Terrassentür stand einen kleinen Spalt offen, und kalte Abendluft wehte herein. Ole blieb am Türrahmen stehen, während Björn auf seine Oma zufuhr. Viel Platz zum Manövrieren hatte er in dem Raum nicht.

»Halt! Stopp! Keinen Schritt weiter!«, rief Bente. Sie stand hinter einem gelben Holzstuhl, in der rechten Hand hielt sie eine Kapsel. Lasse Hartmann saß zusammengesunken auf einem Stuhl in einer Ecke ihr gegenüber. Gitte konnte nicht einschätzen, was in ihm vorging. Er schwitzte stark, blickte aber eher interessiert als besorgt zu Bente.

»Ich möchte, dass ihr alle hinausgeht. Lasst eine alte Frau in Würde sterben.« Bente sah von einem zum anderen, sie wirkte so erschöpft wie ein zu lang gehetztes Tier.

Björn starrte sie völlig entsetzt an. »Was soll das, Oma? Hat er dich bedroht?«

»Das brauchte er nicht mehr.« Bentes Stimme klang müde. Und Gitte wusste plötzlich, warum Bente so verzweifelt war. Sie hatte ihren Sohn verloren, das war für eine Mutter kaum auszuhalten. Doch bei Bente lagen die Umstände noch viel schlimmer. Das erkannte Gitte plötzlich, und ihr wurde ganz flau im Magen.

Ole hielt es offenbar für das Beste, für eine Ablenkung zu sorgen. Er schritt auf Lasse Hartmann zu und sagte energisch: »Lasse Hartmann, ich nehme dich fest. Die Anklagepunkte werden dir auf der Wache vorgetragen.«

Der Banker blieb gefasst, doch er wandte sich an Bente: »Sag ihnen, dass ich Lars nicht umgebracht habe. Du weißt, dass ich es nicht war.«

Bente funkelte ihn an. »Ich weiß, dass du meinen Enkelsohn zum Krüppel gemacht hast, auch wenn das wahrscheinlich keiner mehr beweisen kann. Meine Güte, was für ein krankes Spiel habt ihr beiden in den letzten Jahren getrieben! Du und Lars. Ich musste es beenden, auch wenn es mir das Herz gebrochen hat.« Sie sackte ein wenig in sich zusammen.

Alle blickten nun auf Bente, und so bekam auch Ole zu spät mit, wie Björn sich mit einer Drehung des Rollstuhls zu Lasse umwandte und ihm mit einer heftigen Bewegung eine Glasflasche über den Schädel zog. Es war der nächste Gegenstand, der sich in seiner Reichweite befunden hatte. Unglücklich an der Schläfe getroffen, sackte der Bankier vornüber vom Stuhl. Björn machte Anstalten, sich aus dem Rollstuhl heraus auf den Mann fallen zu lassen. Seine kräftigen Hände waren zu regelrechten Klauen gekrümmt.

Bente schrie auf und rief: »Haltet den Jungen auf. Das muss aufhören. Das alles muss aufhören!« Gitte stand näher bei Björn, und so zerrte und riss sie an seinen Armen, um ihn von Lasse Hartmann wegzubekommen.

»Hör auf, Björn, er ist es nicht wert, dass du ins Gefängnis musst.« Gitte verstand Björns Reaktion. Da saß ihm der Mann gegenüber, den er für den Tod seiner Schwester verantwortlich machte und der seine eigene Behinderung verursacht hatte.

Ein junger, schlaksiger Polizist, der bislang draußen gewartet hatte, kam ihr zu Hilfe. Das war gar nicht so einfach. Schließlich hatten sie den nun schluchzenden Björn wieder zurück in seinen Rollstuhl gesetzt, und Gitte schob ihn zum Eingang der Küche. Währenddessen kümmerte sich der junge Beamte um Lasse, der noch ein wenig benommen war und sich den Kopf hielt, aber wieder aufrecht saß. Der zweite Polizist, ein älterer und besonnen wirkender Beamter, tippte in sein Handy und rief einen Rettungswagen.

Ole nickte ihm dankend zu und schaute dann wieder Bente an, die noch immer die tödliche Kapsel in der Hand hielt.

Erschrocken starrte die alte Dame auf das Geschehen. Mit leiser, aber fester Stimme sagte sie: »Lasse hat schreckliches Unglück über meine Familie gebracht, aber er hat Lars nicht getötet. Er hatte gar nicht die Gelegenheit dazu. Ich war es. Ich habe meinen eigenen Sohn umgebracht. Er ist nach dem Tod seiner Tochter zu einem Monster geworden.« Mit einer unendlich langsamen, aber auch unheilvollen Bewegung führte sie die tödliche Kapsel zum Mund.

»Nein«, schrie Gitte auf und machte einen Schritt nach vorn. »Das darfst du Björn nicht antun. Er hat schon zu viele Verluste erlitten.« Mit einem Blick auf Björn sah sie, dass der junge Mann unter Schock stand. Sein Blick ging ins Leere.

Da sollten plötzlich zwei Täter im selben Raum sein. Der eine hatte durch seine Tat dafür gesorgt, dass er als junger Mensch im Rollstuhl landete, die andere, seine eigene Großmutter, hatte seinen Vater umgebracht. Wie mochte Björn sich gerade fühlen?

»Wenn ich im Gefängnis sitze, werde ich wohl kaum eine Stütze für den Jungen sein. Besser ein Ende mit Schrecken.« Bente schaute noch einmal traurig zu ihrem Enkel.

Gitte hielt beschwichtigend beide Hände in die Höhe. »Bente, das kann man aushalten. Du bist dann wenigstens am Leben, und er kann dich besuchen.«

Bente lachte traurig auf. »Ich habe seinen Vater umgebracht. Weder er noch meine Schwiegertochter werden mich besuchen.« Und mit diesen Worten steckte sie die Kapsel in den Mund und biss zu.

Ole hechtete an Gitte vorbei, stieß den Stuhl, hinter dem Bente stand, zur Seite und stürzte mit der alten Dame im Arm zu Boden. Dabei packte er ihren Kiefer und hielt ihn auseinander. Er lag halb über ihr und fasste mit den Fingern der anderen Hand in den Mund, um das meiste der tödlichen Dosis herauszuholen, bevor sie es hinunterschlucken konnte.

Gitte wollte bereits den Notruf wählen, doch dann fiel ihr ein, dass ja schon ein Wagen unterwegs war. Ole stieß einen Schmerzensschrei aus. Bente hatte ihn kräftig in den Finger gebissen. Mit einem Blick zu Ole sah Gitte, dass der sich aufgerichtet hatte, Bente aber noch immer festhielt und durch Überstrecken ihres Halses ein Schlucken verhinderte. »Hol mir bitte irgendeinen Schnaps«, bat er Gitte. «Die Zyanidkristalle des Zyankalis lösen sich in Alkohol nur schwer auf. Wir spülen ihr den Mund damit aus.«

In der kleinen Küche fand sie schnell ein Glas und füllte es mit einem Korn, der in einer Anrichte stand.

»Schütte ihn einfach in ihren Mund, ich sorge dafür, dass sie nicht schluckt«, sagte Ole.

Bente hatte ihre Gegenwehr aufgegeben, wie ein nasser Sack hing sie im Arm des Kommissars und würgte. Gitte schüttete mit Schwung, das meiste der Flüssigkeit lief zusammen mit Resten des Kapselinhaltes sofort wieder heraus. Viel konnte nicht in Bentes Organismus gelangt sein. Ole hatte ihr das Leben gerettet.

Der Krankenwagen kam acht Minuten später, und Gitte sorgte dafür, dass sie auch Björn mitnahmen. Da Lasses blutende Kopfverletzung ebenfalls behandelt werden musste, orderten die Sanitäter einen zweiten Wagen. Gitte informierte auch Björns Mutter per Handy über die jüngsten Ereignisse. Karla machte sich ja noch immer Sorgen, weil sie nicht wusste, wo ihr Sohn war. Oles Finger und Hand wiesen tiefe Bissspuren auf. Beides wurde desinfiziert, außerdem musste Ole bald zu einem Arzt, ihm wurde dringend die Einnahme eines Gegengiftes empfohlen.

»Für ihr Alter hat Bente gute Zähne, und die Kraft der Verzweiflung darf man auch nicht unterschätzen.« Ole grinste. »Das tut richtig weh.«

Gitte blickte mitfühlend auf Oles Finger. »Wird man Bente in die Psychiatrie bringen?«

Ole nickte. »Ja, sie kommt natürlich in eine geschlossene Abteilung. Immerhin hat sie einen Mord gestanden. Ich fahre dich jetzt nach Hause, und du erzählst mir noch mal ganz genau, was es mit dieser Feindschaft zwischen Lasse und Lars auf sich hat. Bente kann ich heute leider nicht mehr vernehmen, der Arzt wollte ihr ein starkes Beruhigungsmittel geben.«

Gitte nickte. Ole bat einen Beamten, das Haus von Bente abzuschließen und den Schlüssel an sich zu nehmen.

Gitte fühlte sich ausgelaugt und hundemüde. Die Erkenntnis, dass Bente ihren eigenen Sohn ermordet hatte, um Schlimmeres für die Zukunft zu verhindern, traf sie mehr, als sie gedacht hatte. Wie verzweifelt musste die Frau gewesen sein? Warum hatte sie mit Lars nicht darüber reden können?

Björns Mutter Karla hatte von Anfang an recht gehabt: Lars hatte einen Feind gehabt, nur war er vorher selbst zu einem unerbittlichen Täter geworden.

»Glaubst du, dass man durch bestimmte äußere Umstände böse werden kann?«, fragte Gitte Ole, als sie im Auto saßen, und fügte noch erklärend hinzu: »Damit meine ich nicht die Tat im Affekt, weil einen die Wut und Verzweiflung übermannen, sondern mit Kalkül geplante Morde und Racheakte. Ich bin mir mittlerweile sicher, dass Lars Lasses Ehefrau überfahren hat.«

»Fang mal von vorne an, Gitte«, sagte Ole und gab ihr einen Kuss, bevor er den Motor startete. Und so erzählte sie ihm alles. Das meiste wusste Ole ja bereits.

Der Fall war so gut wie gelöst, aber ein Gefühl des Triumphs wollte sich bei Gitte nicht einstellen. Dieser Fall war geprägt vom Unglück Unschuldiger.

Zu Hause schauten Gitte und Ole zunächst bei Erik und seiner Frau vorbei. Sie bekamen einen gemütlichen Platz auf der Couch zugewiesen, ihnen gegenüber brannte der kleine Kaminofen. Trotzdem legte Kate Gitte noch eine warme Decke über die Schultern und ließ es sich nicht nehmen, dem Kommissar ihr schwedisches Gericht vorzusetzen. Gitte musste grinsen, als auch Erik sich noch mal seinen Teller füllte.

»Wie konntest du die beiden Damen nur alleine wegfahren lassen?«, fragte Ole den Hünen, nachdem er genussvoll den ersten Bissen heruntergeschluckt hatte.

Erik grinste in gespielter Verzweiflung. »Sie haben mich überrumpelt. Ich war satt und zufrieden, und mit ein, zwei Bierchen intus werde ich immer so gutgläubig. Und du weißt ja, wie Gitte ist. Sie hat so harmlos getan, wollte nur nachsehen, ob Björns Auto bei diesem Banker steht, und dann versprach sie, dich sofort zu benachrichtigen. Ich bin mit meinem sanften Gemüt nicht der Richtige für die Beaufsichtigung dieser abenteuersüchtigen Frauen.«

Eine Weile blieben sie noch bei Kate und Erik sitzen. Das Kaminfeuer brannte und verbreitete eine knisternde Behaglichkeit. Schließlich mahnte Ole zum Aufbruch. Morgen würde es ein langer Tag werden, an dem er Berichte schreiben und Verhöre führen musste. Zu Gittes Bedauern verabschiedete sich Ole vor ihrer Haustür. Er strich ihr sanft über die Wange und gab ihr einen Kuss auf den Mund. »Schlaf dich aus.«

»Du kannst hier schlafen.«

»Nein. Als mich die Beamten informiert haben, dass du

in eine Schießerei verwickelt bist, war ich gerade bei Anita. Ihr geht es sehr schlecht. Ich habe Ann gebeten, zu ihr zu fahren, aber nun muss ich wieder zurück. Es tut mir leid, Gitte. Es ist alles etwas schwierig.«

Sie sah seinen breiten Rücken und den zögerlichen Gang, als habe er Gewichte an den Knöcheln. Und plötzlich bekam sie Angst, dass all die Sympathien und die Zuneigung für eine feste Beziehung mit Ole nicht reichen würden.

Deprimiert ging sie ins Bett. Ihr letzter Gedanke galt allerdings ihrem Vater Mads. Sie würde sich morgen erneut auf den Weg zur Russin nach Sakskøbing machen und sie mit ihrem Wissen über Wladimir Wolkow konfrontieren. Das war schon verrückt. Ihre Mutter hatte aufgrund des merkwürdigen Verschwindens ihres Ehemannes nie mehr eine halbwegs stabile Beziehung führen können.

Am nächsten Morgen war Gitte gerade erst im Institut eingetroffen und hatte noch nicht einmal die Jacke ausgezogen, da erschien Nils mit zerzausten Haaren bei ihr auf der Matte. Er trug abgewetzte Jeans, die an den Knien stark ausgebeult waren, und eine Lederjacke mit zu grellen Applikationen, die nach einer verrauchten Eckkneipe aus den Achtzigerjahren roch. Am Arm baumelte ein Aufnahmegerät.

»Gitte, es hat gestern noch eine Verhaftung im Fall Lars Andresen gegeben, und es sind Gerüchte in Umlauf, dass du dabei warst. Bitte schenk mir ein paar Minuten.«

Gitte nickte, ohne lange zu überlegen. Nils hatte ihr in der Vergangenheit ebenfalls geholfen, und es gab nichts zu verbergen. Mehr als zufrieden zog der Journalist nach einer Viertelstunde wieder ab.

Paul war heute erst kurz nach Gitte im Bestattungsinstitut aufgetaucht und hatte das Interview in weiten Teilen mitbekommen. Jetzt stand er, bewaffnet mit einer großen Tasse Kaffee und einer kleine Tasse Tee, neben seinem Schreibtisch, trank abwechselnd den magenschonenden Tee und den Kaffee, der ihm sehr viel besser zu schmecken schien.

»So, Gitte, du bist also gestern Abend in eine Schießerei geraten. Was stimmt mit dir bloß nicht?« Dabei grinste er von einem Ohr zum anderen, als sei er mächtig stolz auf seine Mitarbeiterin. »Ich möchte jetzt jedes Detail hören, insbesondere die, die du der Presse nicht erzählt hast.« Er stellte beide Tassen ab und biss mit Genuss in einen Haferkeks.

Im weiteren Verlauf des Vormittags blickte Gitte immer wieder, zunehmend ungeduldig, auf ihr Handy. Sie wartete auf eine Nachricht von Ole. Nein, ehrlich gesagt sehnte sie eine Nachricht herbei. Irgendwelche netten, verbindlichen Worte, die ihre Beziehung betrafen. Doch der launische Kommissar schien beschäftigt. Kurz vor Feierabend schrieb er lediglich: *Sehen wir uns morgen?*

Und obgleich sie sich vorgenommen hatte, Ole lieber von ihren Plänen für den Nachmittag zu erzählen, ließ sie es bleiben. Er hatte sicherlich gerade andere Sorgen, als auf sie aufzupassen. Dafür rief sie aber ihre Tante Stine an.

»Tantchen, ich fahre jetzt noch mal zu Mathilda, der Russin«, sagte Gitte und fügte scherzhaft hinzu: »Nur, falls mich die Russenmafia erwischt. Wenn ich mich in zwei Stunden nicht bei dir melde, musst du Alarm schlagen.«

»In diesem Fall komme ich wohl besser mit. Holst du mich ab?«

Gitte dachte kurz nach. »Nein, Stine, das halte ich für keine gute Idee. Wenn Mathilda etwas zu verbergen hat, und ich glaube, dass dem so ist, erzählt sie mir sicher nur etwas, wenn ich alleine komme. Glaub mir, sie ist eine kluge, interessante ältere Dame, die kaum ein Messer gegen mich erheben wird. Im Gegenteil, sie hat mir sogar angeboten, sie noch mal zu besuchen. Ich bringe ihr ein Foto von Mads mit. Mal sehen, wie sie reagiert.«

Ihre Tante seufzte am anderen Ende der Leitung. »Gut, dann machen wir es so: Wir fahren gemeinsam hin, parken ein Stück weiter weg, und ich bleibe im Auto sitzen. Wenn du dann nach einer halben Stunde kein Lebenszeichen von dir gibst, stürme ich die Villa«, sagte sie entschlossen.

Gitte lachte bei dem Gedanken, dass ihre Tante mit zwanzig Kilo Übergewicht den wilden Garten von Mathilda erobern wollte. Sie wusste, dass sie ihrer Tante auch noch von den Ereignissen des gestrigen Tages erzählen musste. Wenn Stine das alles am nächsten Tag aus der Zeitung erfuhr, würde ihre Beziehung deutlich leiden. Und ihre Tante wäre zu Recht verärgert. »Ich hole dich in zwanzig Minuten ab.«

Und so fuhren sie beide am späten Nachmittag an dem lächelnden Wasserturm, dem Wahrzeichen von Sakskøbing, vorbei. Stine hatte sich die ganze Geschichte von Gitte angehört und schüttelte wiederholt den Kopf über Bente, die nur wenig älter als sie selbst war. »Eine Waffe gegen eines meiner Kinder zu erheben, das fiele mir im Traum nicht ein«, sagte Stine nun schon zum zweiten Mal. »Meinen Ehemann, den hätte ich schon eher mal vor einen Trecker schubsen können, aber meine Mädchen, nein.«

»Nun, ich denke, dass Bente Angst hatte, durch diese Fehde auch noch ihren Enkel zu verlieren oder die Schwiegertochter. Die beiden mögen sich, soweit ich weiß. Und Björn liebt sie über alles. Dein Enkelkind ist noch nicht auf der Welt, Tantchen. Aber ich kann mir vorstellen, dass du auch alles für dessen Wohlergehen tun wirst.«

Mehr als ein Schnauben, das alles und nichts bedeuten konnte, war nicht zu hören. Stine starrte versonnen aus dem Fenster. Sie trug ein buntes Tuch um den Hals, darunter ein schwarzes Shirt, das ihr eine Nummer zu klein war. Doch das große Tuch, dessen Enden Stine gerade durch die Finger gleiten ließ, verdeckte das Shirt fast ganz.

Schließlich waren sie an dem großen Haus angekommen, in dem Mathilda wohnte und bei dem, wie Gitte wusste, zwei entzückende Labradore durch den Garten tobten.

Mit klopfendem Herzen betrat sie das Grundstück und wunderte sich, dass heute kein Hund angerannt kam. Nervös blickte sie sich in dem stillen Garten um, während sie auf dem zugewachsenen Pfad zur Haustür ging. Ein kalter Wind schlug ihr entgegen, in den Sträuchern raschelte es.

Sie betätigte beherzt den Türklopfer und wartete. Doch erst beim zweiten Mal wurde ihr geöffnet. Gitte erschrak.

Vor ihr stand Mathilda, aber sie bot einen erschreckenden Anblick. Ihre kinnlangen schwarzen Haare hingen strähnig herunter und umrahmten ein fahles Gesicht, das beim letzten Treffen noch so frisch und rosig gewirkt hatte. Ihre schönen blauen Augen waren gerötet, als hätte sie geweint.

Als sie Gitte sah, schlug sie die Hand vor den Mund, beruhigte sich aber schnell und sagte: »Ach, du bist das. Hast du deinen Vater gefunden?«

Sie machte einen Schritt zur Seite und gab Gitte zu verstehen, dass sie eintreten könne. Erst jetzt liefen die beiden Labradore schwanzwedelnd, aber ebenfalls überraschend ruhig auf Gitte zu. Das ganze Haus und seine Bewohner schienen heute gedämpfter Stimmung zu sein, dachte Gitte, und ihr war unbehaglich zumute, weil sie ohne Vorankündigung hier eingedrungen war.

Sie setzten sich wieder in die geräumige Küche, wo der Duft von Schweinebraten Gitte in die Nase stieg. Im Ofen schmorte etwas in einem großen Topf. Mathilda sah ihren Blick.

»Ich bekomme heute noch Besuch zum Abendessen und habe leider nicht viel Zeit für dich. Möchtest du etwas trinken?«, fragte sie.

Gitte bat um ein Wasser, ihr Mund war trocken; sie spürte, dass sie nervös war, als sie nun ein Foto ihres Vaters herausholte. Es war natürlich ein altes Foto, als Mads gut zwanzig Jahre jünger gewesen war. Mittlerweile wäre ihr Vater dreiundsechzig.

Mathilda setzte ihr ein Glas Wasser vor und goss sich selbst einen Weißwein aus dem Kühlschrank ein. Sie ließ sich gegenüber von Gitte auf der Küchenbank nieder und nahm einen Schluck.

»Du kannst das Foto stecken lassen«, sagte sie. »Ich kannte deinen Vater. Wer heißt schon Mads Madsen?«

Gittes Arm stockte mitten in der Bewegung, ihr Mund stand offen, und in ihrem Nacken stellten sich ein paar Härchen auf. Sie war sich sicher, dass sie sich verhört hatte. »Wie bitte?«

»Ich kannte deinen Vater.«

»Er ist tot.« Gitte sprach die drei Wörter nicht als Frage aus, sondern sie waren eine Feststellung. Eine andere Erklärung gab es für sie plötzlich nicht mehr. Doch Mathilda zuckte mit den Achseln.

»Ich weiß es nicht genau, aber ich denke, er lebt. Wolkow sitzt nicht im Gefängnis, weil er deinen Vater getötet hat. Denkst du das? Ja, ich sehe dir an, dass du das denkst.« Sie setzte erneut das Weinglas an die Lippen und fuhr dann fort. »Vielleicht hätte er es beinahe getan, aber er hat ihn nicht umgebracht.«

Gitte liefen ein paar Tränen die Wange herunter. Fahrig wischte sie sie fort. »Also bist du mit Wladimir Wolkow verheiratet, mit dem Mann, mit dem mein Vater am Abend vor seinem Verschwinden essen war. Du hast mich angelogen.«

»Du bringst dich in Gefahr und deinen Vater wahrscheinlich auch. Lass die Sache ruhen. Noch geht das. Du gehst durch die Tür dort und lebst dein Leben.«

Gitte schüttelte den Kopf. Ihr wurde es in der Hitze, die der Ofen abgab, viel zu heiß. Ihr Puls raste. Sie bemühte sich um einen entschiedenen Tonfall.

»Wenn mein Vater wirklich noch lebt, dann will ich ihn sehen. Ich will ihm sagen, was für ein Mistkerl er ist, einfach abzuhauen und Frau und Kind im Stich zu lassen«, sagte sie.

Mathilda blickte sie ernst an. »Da urteilst du aber vorschnell. Er hat euch nicht einfach verlassen, er wurde gezwungen.«

»Wer hat ihn gezwungen und warum? Du weißt es, oder?«

Also erzählte Mathilda ihr eine Geschichte, die so alt war wie der Schmerz ihrer Mutter und die zeigte, dass Mads keineswegs nur ein Opfer der Russen war.

»Mads hat uns dieses Haus besorgt, oder genauer gesagt, er hat mit mir den Verkauf abgeschlossen. Kurz zuvor hatte ich Wladimir Wolkow geheiratet. Das geschah sicher nicht, weil ich unsterblich verliebt war, aber der Mann gefiel mir gut. Er wusste, was er wollte, er trug mich auf Händen, und er bot mir ein lukratives Geschäft an. Darüber hinaus bekam ich einen Sohn. Artjom. Es war Liebe auf den ersten Blick, musst du wissen. Ich zog ihn auf wie mein eigenes Kind, er war ein Geschenk.«

Gitte dachte an den jungen Mann, den sie bei ihrem ersten Besuch in Sakskøbing mit der Rose in der Hand gesehen hatte. Doch sie wollte Mathilda nicht unterbrechen.

»Nachdem der Kauf beschlossene Sache war, lud Wladimir seine Schwester und seine Mutter zu uns ein, damit sie das Haus begutachten und sich mit uns freuen konnten. Ich kannte beide von unserer Hochzeit, die wir in Russland gefeiert hatten. Es waren zwei stolze und sehr reizende Damen. Die Männer tranken viel, zu viel aus heutiger Sicht, und Wladimirs Schwester erklärte sich bereit, Mads in sein Hotel nach Marielyst zu fahren. Sie kam erst am nächsten Morgen zurück.« Hier legte Mathilda eine bedeutungsvolle Pause ein und trank einen weiteren Schluck.

»Ich weiß nicht genau, wer da wen verführt hat, aber für Mads war es sicher nur ein Ausrutscher. Zunächst jedenfalls. Dein Vater hat nie erzählt, dass er Familie hat, und Galina, so heißt Wladimirs Schwester, hatte schon ganz offensichtlich am Abend einen Blick auf den Dänen geworfen. Am nächsten Morgen muss er ihr erzählt haben, dass er nicht frei war und die Nacht ein Ausrutscher, ja sogar ein Fehler war. Was glaubst du, wie diese Worte für eine stolze Russin geklungen haben?

Tief verletzt reiste sie mit ihrer Mutter ab, und Wladimir schwor Rache. Doch es kam noch dicker. Galina reiste schwanger ab, und mein Mann fand, dass ein Kind seinen Vater brauchte. Also setzte er Mads unter Druck. Kehrte er zu seiner Familie zurück, würde Wladimir ihn finden. Mads hat sich erst geweigert, soweit ich das mitbekommen habe. Mein Einfluss in dieser Angelegenheit war begrenzt. Doch dein Vater hat offenbar Erkundigungen über die Familie Wolkow eingeholt, und was er herausfand, beruhigte ihn ganz und gar nicht. Er wusste, dass seine eigene kleine Familie in Gefahr geriet. Ich selbst habe erst Jahre später Einblick in die kriminellen Machenschaften meines Mannes erhalten. Ich würde niemals mehr nach Russland reisen, für kein Geld der Welt, denn nur hier bin ich einigermaßen sicher. Und ich halte die Füße still. Aber ich fürchte den Tag, an dem Wladimir aus dem Gefängnis entlassen wird und ihm einfällt, dass er hier noch ein nettes Haus am Meer hat. Mein größter Schutz ist sein Sohn Artjom.« Sie lächelte, als sie den Namen aussprach.

»Mein Vater lebt also nun als Mann von Galina in Russland? Ist es das, was du mir sagen willst?«

Mathilda nickte traurig.

Gitte spürte Wut in sich aufsteigen. Ihre Mutter Bärbel hatte mit ihren Befürchtungen zum Teil also tatsächlich richtiggelegen. Er hatte seine Familie in Deutschland nicht aus Liebe zu einer anderen Frau verlassen, sondern aus Furcht, aber das Ergebnis blieb das gleiche. »Wie viele Halbgeschwister habe ich?«

In einem einzigen Zug trank Gitte ihr Glas Wasser leer und stellte es mit einem scheppernden Knall auf der Tischplatte ab. »Du hast einen Halbbruder. Galina bekam nur dieses eine Kind. Mads arbeitet in Kiew für Wolkow, der einige Supermarktketten besitzt. Wenn du zu ihm fährst, und Wolkow erfährt davon, weiß ich nicht, was er tut. Und glaub mir, er wird es erfahren. Artjom hat mir die Hölle heißgemacht, weil ich überhaupt mit dir gesprochen habe. Er hängt an seinem Vater, und Mads mag er auch. Er fürchtet die Probleme, die es geben wird, wenn Mads Kontakt zu seiner alten Familie aufnimmt.«

»Aber meine Mutter ist tot. Es besteht also keine Gefahr mehr, dass er seine jetzige Frau deshalb verlässt.«

»Galina und Mads sind nicht zivilrechtlich verheiratet. Es gab nur eine kirchliche Zeremonie, aber wenn man gläubig ist, ist diese umso bindender. Und die Menschen dort sind sehr gläubig.« Unwillkürlich blickte Mathilda zur Uhr.

»Solange Wolkow noch lebt, würde ich dir raten, die Sache auf sich beruhen zu lassen. Du bringst zu viele Menschen in Gefahr, auch dich selbst. Oder glaubst du, ein Mann wie Wolkow lässt es sich bieten, dass die Familie seiner Schwester in Misskredit gebracht wird, weil da plötzlich eine erwachsene Tochter auftaucht und Geschichten erzählt? Glaub mir, mein Mann hält selbst aus dem Gefängnis heraus die Zügel in der Hand. Jetzt musst du aber gehen.«

Gitte erhob sich. Sie wusste, dass dies nicht ihr letzter Kontakt mit dieser Frau war, die man die Russin nannte. Sie verstand den Namen nun besser. Mathilda hatte einen russischen Mann und einen russischen Sohn. Und sie war offenbar genauso an diesen Wladimir Wolkow gefesselt wie ihr Vater an Galina Wolkow. Was für eine Geschichte.

Auf der Straße war ein Auto zu hören, und die beiden Labradore, die bislang müde unter dem Tisch gelegen hatten, sprangen auf und liefen schwanzwedelnd in den Flur.

Mathilda blickte sich hektisch um. Dann drückte sie Gitte eine Backform in die Hand und sagte leise: »Spiel einfach mit, Artjom darf nicht wissen, wer du bist. Er verhält sich leider sehr loyal seinem Vater gegenüber, auch wenn er mich liebt.«

Sie hörten beide den Klopfer, und Mathilda öffnete die Haustür, während sie gleichzeitig Gitte an die Wand neben der Tür schob. Draußen stand der Mann, den Gitte schon bei ihrem letzten Besuch gesehen hatte. Er war nur wenig jünger als sie selbst und sah aus der Nähe betrachtet noch besser aus. Seine grauen Augen mit den langen Wimpern blickten sie so intensiv an, dass sie rot wurde. Er war edel gekleidet, wenn auch etwas altmodisch, als käme er aus einer anderen Zeit. Artjom Wolkow nahm Mathilda liebevoll in den Arm und gab ihr einen Kuss auf die Wange. Dann fragte er mit hochgezogenen Brauen: »Du hast Besuch?« Sein Grübchen im Kinn trat markant hervor, und er lächelte nur mit dem Mund.

»Nein, nein, das ist eine Frau aus der Nachbarschaft, die mir meine Backform zurückbringen wollte. Danke, Maja, und viele Grüße.« Und schon wurde Gitte aus dem Haus geschoben, während Mathilda ihr gleichzeitig die Form aus der Hand nahm.

Die Tür fiel ins Schloss, und Gitte blieb mit einem plötzlichen Gefühl der Leere zurück. Wie in Trance ging sie zu ihrem Wagen, wo Tante Stine sie bereits aufgeregt erwartete.

»Himmel, habe ich Angst bekommen, als da gerade dieser junge Mann zum Haus ging, der aussah wie ein Vampir aus einem alten Schwarz-Weiß-Film. Ich dachte, ich seh dich nie wieder. Wer war das?«

Tante Stine stand neben dem Auto und hatte hektische Flecken im Gesicht. Sie nahm ihre Nichte kurz in den Arm.

»Das war Artjom Wolkow, der Wahlneffe von Mads.« Gitte blickte auf ihre zitternden Hände und hielt Stine den Autoschlüssel hin. »Fahr du bitte, ich habe dir einiges zu erzählen.«

Tante Stine stieg ein und machte beim Anlassen des Motors ein Gesicht, als gelte es nun, die Welt zu retten. Schweigend hörte sie ihrer Nichte zu. Als sie bei Stines Haus in Nykøbing angelangt waren und ausstiegen, sagte ihre Tante: »Hör zu, Gitte. Ich muss über all das nachdenken. Unternimm bitte erst einmal nichts, sondern rede mit Ole, versprich mir das.«

Gitte nickte, verabschiedete sich und fuhr langsam nach Hause.

Zu ihrer Überraschung stand Oles Wagen vor ihrem Haus, und er selbst saß auf Eriks Veranda und trank mit dem Schweden einen heißen Tee. Sie hatten neben sich einen Feuerkorb aufgestellt. Mit einem Blick in sein Gesicht ahnte Gitte, dass Tante Stine ihn zumindest kurz informiert hatte. Er musste sofort losgefahren sein, denn sie selbst hatte auch nur fünfzehn Minuten nach Hause benötigt. Kate brachte je einen großen Becher Kaffee für sich selbst und für Gitte nach draußen sowie eine dicke Decke, in die sich die beiden Frauen einkuschelten. Ole legte auch noch seinen Arm um Gitte. Mehr Geborgenheit konnte sie sich kaum wünschen. Sie genoss den Moment und war froh, dass keiner sie zum Erzählen drängte.

Und als wenig später noch drei Holländer mit einem Rottweiler im Schlepptau zu ihnen kamen und ihr mit breitem Grinsen ein gerahmtes Bild überreichten, musste sie herzlich lachen. Die drei Urlauber wollten sich von Gitte verabschieden, da sie nun nach Hause fahren würden. Sie hatten heimlich ein Foto von Brutus gemacht, der wie ein Wachhund lässig in Gittes Garten vor dem Haus saß. Darüber stand: *Hier wache ich – manchmal.*

So flegelhaft diese Holländer sich auch oft benommen hatten, so hatten sie doch jedes Mal Humor gezeigt. Gitte war beinahe betrübt, dass ihr gefährlicher vierbeiniger

Nachbar nun in die Heimat zurückreiste. Sie tätschelte ihm mutig den Kopf und fragte, ob es den drei jungen Männern in Marielyst gefallen habe.

»Ja, sehr sogar«, meinte Luuck. Und Nick fügte hinzu: »Wir kommen im nächsten Jahr wieder.« Der dritte Holländer, dessen Namen Gitte noch immer nicht kannte, nickte.

Als sie in ihr Auto gestiegen waren und zum Abschied noch einmal kräftig hupten, meinte Kate, während sie einen Arm um Gitte legte: »Ich komme auch noch mal wieder. Ich habe heute, als du arbeiten warst, mit Erik einen wunderbaren Ort ausfindig gemacht. Geheimnisvoll, düster und mitten in einem Waldgebiet irgendwo zwischen Marielyst und einem anderen Ort, wie hieß der noch gleich, Schatz?«

»Gedesby«, kam Ole dem Schweden zuvor. Der Kommissar blickte amüsiert und gleichzeitig besorgt zu Kate.

»Ja, genau. Und dort habe ich ein tolles Motiv für ein Bild gefunden. Da war eine kleine Lichtung im Wald, und im Unterholz lag ein gefallener Baum, gespenstisch von ein wenig Sonnenlicht beschienen. Ich muss mir das Ganze mal bei Mondlicht anschauen und meine Farben mitbringen.«

Erik strahlte, als seine Frau so motiviert von einem weiteren Besuch in Marielyst erzählte. »Da gibt es so viele schöne, beschauliche Orte hier, und meine Frau schwärmt für die wahrscheinlich einzig düstere Ecke, die wir beim Spazierengehen zufällig entdeckt haben«, meinte er schmunzelnd. In gespielter Entrüstung hob er seine Hände in die Höhe, blickte seine Frau dabei aber liebevoll an.

Und schließlich berichtete Gitte von ihrem Besuch bei Mathilda, der Russin. Sie erzählte es so ruhig, als würde sie über einen Fall aus ihrer Zeit bei der Opferhilfe sprechen. Ohne viel Emotion, beinahe sachlich. Keiner unterbrach sie, alle hörten zu. Gitte vermochte selbst nicht zu sagen, ob man ihr nun zu einem Erfolg gratulieren sollte, weil ihr Vater noch lebte, oder ob sie besser nie so tief gebohrt hätte. Denn die Befürchtungen ihrer Mutter wurden wahr, Mads lebte bei einer anderen Familie. Er war nicht von der russischen Mafia umgebracht worden, weil er sich heldenhaft und aufrecht gegen diese gestemmt hatte. Nein, er war fremdgegangen, wenn auch unter erheblichem Alkoholeinfluss, und hatte zum Schutz seiner Familie die Konsequenzen tragen müssen. Oder um sein eigenes Leben zu schützen?

In die Stille hinein, die auf ihren Bericht folgte, klingelte ihr Handy. Es war Tante Stine, die Gitte mit entschlossener Stimme mitteilte:

»Ich werde Mads suchen.«

Danksagung

Als Erstes möchte ich mich bei meinem Agenten Dirk Meynecke bedanken, der mich nun schon seit drei Jahren berät und begleitet.

Frau Lara Gross vom Ullstein Verlag danke ich für ihr Engagement und ihre Begleitung in den letzten zwei Jahren und für das Innenlektorat. Frau Tabea Horst danke ich, dass sie nun ab Februar 2020 mit viel Elan und Interesse meine neue Ansprechpartnerin beim Ullstein Verlag wird.

Ich danke Frau Heike Rosbach, die das Außenlektorat übernommen und meinen Text auf eine sehr freundliche und bereichernde Art lektoriert hat. Vielen Dank für die gute Arbeit.

Und ich danke meinem Mann Michael, der sich als Informatiker tapfer durch meine Belletristik schlägt. Er lässt mir nichts durchgehen und ignoriert beim Lesen jeglichen Beziehungsstatus.

Dem Ullstein Verlag danke ich für die gute Zusammenarbeit in allen Bereichen und vor allem für das tolle Cover!

Und natürlich: Dank an alle Leser, die sich auf meine Geschichten einlassen!